Sinfonía de alboradas

Sinfonía de alboradas

Xosé Luis Muñoz Portabales

www.librosenred.com

Dirección General: Marcelo Perazolo
Dirección de Contenidos: Ivana Basset
Diseño de cubierta: Daniela Ferrán
Diagramación de interiores: Victoria Villalba

Primera edición en español - Impresión bajo demanda

© LibrosEnRed, 2009
Una marca registrada de Amertown International S.A.

ISBN: 978-1-59754-526-6

Preludio

"Nunca nadie en ninguna parte podrá vivir una vida plena... Nadie podrá nunca entender el alma de quien busca tristuras y contentos más allá de sí mismo... Nadie podrá hacerlo, si es que al menos una vez en su vida no prueba a seguir el Camino de las Estrellas... Seguirlo y agotarlo hasta adentrarse con él en el mar y ver como desaparece".

Año tras año, llegadas las golondrinas, un mendigo maragato repetía estas letanías, sentado y en procura de sustento cabe una baranda de las escalinatas de Platerías. Y el niño Andrés que correteaba las viejas rúas de Compostela recibía esta sementera, y con ella fue creciendo en experiencias y saberes. Gastaba ya los cuarenta, y en todos estos años jamás se había parado a considerar que aquellos "nunca, nadie" pudiesen ir con él, que no necesitaba de Camino alguno que le allegase a su propia ciudad. Ni a su propia ciudad, ni a metas apostólicas o de dioses paganos o de druidas, que gentes de todo el mundo, de toda época y de toda condición se esforzaban en perseguir. Pero aquella sementera encerraba vida, y por su propia índole estaba destinada a brotar en la conciencia de Andrés; del maestro Andrés, empedernido lector y devoto de todas las artes.

Marcaba el reloj de su vida un mediodía cualquiera de un domingo cualquiera de otoño. A aquella justa hora, cuando Andrés salía de recrear sus sensibilidades en una exposición de la Casa de la Parra, fue a dar de cara con un grupo de peregrinos que acababan de abocar al alto de la Quintana. Eran dos muchachas, un mozo, y otro caminante que a primera vista parecía sumar las edades de sus tres compañeros. Allí, abrazados, con la Puerta Santa a la vista, con la Berenguela a la vista, con la catedral a la vista, los peregrinos lloraron lágrimas sentidas; lágrimas de gozo con un aire de saudade. Al poco, como en un fundido de desahogos, el abrazo fue abriéndose en círculo de caras cansadas y brazos entretejidos, tal que una composición de Matisse, hasta que los danzantes lograron liberar toda la emoción contenida; todos los sentires acumulados a lo largo del Camino.

Aquella cascada de sentimientos despertó en Andrés, en el maestro Andrés, acostumbrado a indagar las causas y las razones de las cosas, una curiosidad tal que, antes de que los cuatro peregrinos deshiciesen la rueda y echasen a andar escaleras abajo, se acercó a ellos y les preguntó de dónde venían, qué fue lo que les llevó a hacer el Camino y por qué lloraban. Origen, principio, causalidad.

Se descompuso el cuadro de la Danza. Los peregrinos sonreían con miradas cómplices; sonreían con sonrisa fresca de lágrimas felices.

-Yo soy de Ribadavia, pero ya llevo algunos años viviendo aquí, en Santiago -le respondió el peregrino de más edad-. Un mes atrás inicié el Camino en Saint Jean Pied de Port. Las dos chicas son de León y el mozo de Valladolid. Nos encontramos en Manjarín. Ellos vienen caminando desde Burgos. Me pregunta usted que por qué lloramos… No sé… Sé que al dar en esta plaza y ver esas piedras, esos tejados y esas torres, me sentí poseído por el espíritu del Camino; el mismo espíritu que durante siglos condujo hasta aquí a millones de almas en busca de sí mismas. A millones de caminantes que salieron de sus casas en lugares remotos, quizás buscando aventura, o interiorización, o paz, o amor, o gracia, o perdón… pero que terminaron empapados en la magia de un Camino hecho a golpes de sangre y de dolor, de risas y de coplas, de templos, de hospitales, de puentes y de fuentes, de limosnas y de caridades, de relaciones y de traiciones, de santos y de tunantes. Y ese Camino termina aquí, precisamente aquí. Comprenda que sea lógico que también aquí los peregrinos aflojemos, ablandemos y dejemos brotar las contenidas emociones de tanta vivencia. Mis compañeros llegan a Santiago por primera vez. Yo he pisado estas piedras miles de veces. Pero una vez aquí después de andado el Camino, igual pesan las emociones de estos mozos castellanos que las mías. El Camino nos iguala.

Dicho esto, sin más pausas que las precisas, los cuatro peregrinos echaron a andar escaleras abajo.

-Perdone, pero aún nos queda un ritual por cumplir. ¡Feliz día!

Andrés, parado en lo alto de la plaza, quedó pensando si aquel "¡feliz día!" iría dirigido a él, o sería un a modo de conclusión que el peregrino le quiso dar a su discurso; una conclusión que resumiese tan complejo estado de ánimo: feliz día, felicidad, gozo interior, sonrisas, lágrimas, amistad, solidaridad, caridad, amor.

Cogidos de las manos, los peregrinos cantaban mientras en diagonal cruzaban la plaza:

"Peregrino, ¿a dónde vas,
si no sabes a dónde ir?
Peregrino, es el Camino y nada más…"

Ya habían doblado la esquina de Platerías, cuando Andrés decidió ir tras ellos sin dejar de pensar y de darle vueltas a las palabras del peregrino: magia, paz, amor, gracia, amistad… En la pequeña plaza de la fuente de los caballos vio, o tal vez creyó ver, a un mendigo apoyado a una baranda. La mano tendida a la limosna, y una y otra vez repitiendo como una letanía:

"Nunca. Nunca nadie podrá entender nada si al menos una vez en su vida no hizo el Camino".

"Aquel mendigo -pensó Andrés- no podía ser el mismo que casi cuarenta años atrás, en aquel mismo lugar, había derramado las primeras sementeras en su frondosa conciencia de niño… ¿O sería?

Con la duda prendida en su discurrir, entró en la catedral. Acababa de empezar la misa del peregrino. Arrimado a una columna cercana al banco que ocupaban los cuatro caminantes, observó que éstos seguían sonriendo. Sus ojos brillantes y la lágrima fácil reflejaban un contagioso estado de felicidad. También ellos advirtieron la presencia de Andrés. Llegado el momento en el que los fieles se desean paz, el peregrino de Ribadavia se le acercó, le abrazó y le dijo en voz baja: "También tú eres peregrino". Luego se le acercó el joven caminante y le abrazó; las dos muchachas le besaron. No se quedó al vuelo del Botafumeiro. Fuera, en Platerías, ya el mendigo no recitaba letanías junto a la pétrea baranda. Ya no estaba ni en la plaza ni en las rúas que a ella se abren. Quería preguntarle Andrés si había hecho él el Camino que predicaba, y si era feliz.

¡Pobre y confundido Andrés! ¿Por qué preguntar sobre caminos y felicidades, si lo que verdaderamente quería preguntar era… "quién diablos eres tú"?

En lo que quedaba de domingo no anduvo el hombre muy hablador. Se acostó con la atardecida, y hasta que el sueño le venció, bien entrada ya la noche, no cesó de darle vueltas a aquel encuentro de la Quintana.

Al día siguiente, como cada mañana, se levantó temprano para ir al colegio. Pero en esta ocasión, rompiendo hábitos, salió de casa sin su cartera de trabajo; sólo con una idea en la cabeza: presentarle al director del centro una solicitud formal de año sabático; algo a lo que su largo y ejemplar expediente le daba derecho.

El director, que además de jefe era su camarada y amigo, se sorprendió ante la petición de Andrés. En los casi veinte años que llevaban juntos no le recordaba ausencia superior a una semana.

-Pero… ¿para qué necesitas este año, si se puede saber?

Andrés, que no era fumador habitual, y mucho menos fumador mañanero, cogió un cigarrillo del paquete que el director tenía encima de la mesa; le pidió lumbre; llenó la boca de humo; lo fue liberando con mucha calma, tentando componer arillos en el aire; se sentó; apoyó un codo en la mesa y volvió a intentar inútilmente los arillos de humo. Al fin habló.

-No me vas a creer. Ayer tuve una sacudida interior; viví mi propio camino de Damasco. Al salir de la exposición de Carnot en la Casa de la Parra, tropecé con cuatro peregrinos que acababan de llegar a la Quintana. Una escena cuotidiana para cualquier santiagués de a pié. Pero ayer, o yo estaba especialmente sensible o tocado de alguna gracia desconocida. El caso es que aquellos cuatro caminantes transparentaban tal estado de quietud, de sosiego, de felicidad, de emociones, de alegría, que sentí como si algo se revolviese en mi interior. Les pregunté acerca de su procedencia, por los motivos de su viaje y por qué lloraban. El mayor de ellos me habló de la magia del Camino como si me hablase del origen de todas las ideas, de todas las especies. Más tarde, ya dentro de la catedral hasta donde les seguí, me dijo al oído: "También tú eres peregrino". Pero antes de entrar en el templo me fijé en un mendigo que procuraba limosna en la plaza de Platerías. Lo curioso es que, siendo yo muy niño, ya lo había visto, o creí haberlo visto en aquel mismo lugar. Y tanto ahora como entonces, repitiendo una y otra vez, como una letanía, que para alcanzar la plenitud del entendimiento y de la vida, para sentirse a bien con uno mismo, es preciso hacer el Camino de las Estrellas.

Andrés iba desgranando su relato con mucha calma; con muchos silencios que en ningún momento interrumpió el director. Tomó otro cigarrillo. No precisó pedir fuego. Lo encendió con el primero y prosiguió.

-De allí marché a casa. Comí ligero, sin apenas hablar con mi mujer y con mis hijos. La tarde la entretuve buscando todo lo que tenía relativo al Camino: una vieja guía de Elías Valiña, una edición comentada del Códice Calixtino, un libro de fotos con un pequeño texto literario de Otero Pedrayo, algunos folletos de turismo y poco más. Me acosté temprano. No pude pegar ojo hasta muy tarde. En ese tiempo de vela decidí dar este paso: pedir el año sabático para prepararme; para poder aprender todo lo que se puede aprender sobre el Camino y luego poder hacerlo como quien hace el gran viaje, el gran tránsito, la gran peregrinación de la vida; ese camino interior en busca del Bien y… -añadió con ironía- ¿por qué no del Mal, si está de ser?

Su director, amigo y camarada no pudo ser más parco. El asombro y la sorpresa no le dieron para más oratorias.

-¡Suerte! -le dijo mientras se levantaba y le tendía la mano por encima de la mesa-. ¡Que tengas mucha suerte y encuentres lo que buscas!

No esperó más. No habló aquel día con ningún otro compañero. En la puerta del colegio se paró y respiró hondo como cuando se toma aliento para echar a correr. Pero la suya no iba a ser una carrera de velocidad. Lo que él se proponía era un largo viaje de fondo; un viaje que le podría conducir a ninguna parte, o… quién sabe si al mismo centro de su propio mundo. Tenía claro que el Camino no podía ser un simple hacer quilómetros sin más sentido que llegar a Santiago; su Camino tenía que ser un viaje alucinante a los desconocidos paisajes de sí mismo.

Caminó hacia la Alameda. Hizo parada en el alto de Santa Susana para contemplar las torres de la catedral a través del bordado que las ramas de la robleda, ya medio desnudas de otoño, tejían entre él y el antiguo Libredón. Eran las torres de siempre; las torres que tantas veces había visto desde todas las posibles perspectivas. Pero nunca, nunca, hasta este día, se había percatado del atractivo de aquellas piedras apuntado al cielo.

La mañana refrescaba; el cielo pintaba gris; de ese gris verdoso como si las nubes quisieran espejar los montes de Compostela. Con las manos en los bolsillos y sin prisas, Andrés fue bajando la cuesta de la capilla. Casi al final del paseo cruzó con los estudiantes del Rosalía. Algunos habían sido alumnos suyos. Al pasar le saludaban.

Andaba por andar; pero al llegar a Porta Faxeira se le ocurrió que no estaría de más empezar aquel año sabático en el mismo punto en el que pensaba ponerle fin: en la catedral. Así, sin más, sin premeditación, el templo compostelano se convertía en el alfa y omega, en el símbolo del eterno retorno que, a fin de cuentas, y aún sin haber tomado conciencia de ello, era lo que Andrés andaba persiguiendo.

Se adentró en la rúa del Franco y la paseó sin prisas, observando detenidamente los escaparates de los restaurantes que, a aquellas horas mañaneras, renovaban el muestrario de carnes, pescados y mariscos.

Ya en la plaza del Obradoiro se dirigió hacia los soportales de Raxoi para disfrutar de una mejor perspectiva de la fachada catedralicia. ¡Cuántas veces habría visto esta estampa de las torres barrocas desafiando los límites de la hermosura que el hombre puede crear! ¡Cuántas veces habría reparado en la singularidad universal de esta plaza, limitada por las joyas arquitectónicas de la catedral, de San Xerome, de Xelmírez, de los Reyes Católicos, o del propio Raxoi que tenía a sus espaldas! …Pero en esta ocasión Andrés vio algo más en aquella plaza.

Vio como por las cinco bocas que dan a ella entraban gentes y gentes, multitud de personas, hasta llenar el recinto. También pudo ver como esa multitud se estiraba en rombo fluido por la escalinata que lleva desde la plaza hasta los pies del Pórtico del Maestro Mateo, y como una vez allí se perdía por el interior del templo. Lo que Andrés veía era un continuo fluir; una corriente incesante de gentes de toda clase, de todos los pelajes, de todos los países, de todas las lenguas, de todas las edades, de todas las épocas. Gentes que llegaban, llenaban la plaza y desparecían, dejando sitio a otras gentes que llegaban y hacían lo mismo; que llenaban la plaza y desparecían tras las puertas de la catedral abiertas de par en par. Era un movimiento continuo; como un río que no cesa de fluir.

Allí, anclado en la piedra, Andrés aparentaba una estatua; una estatua contemplativa, percibiendo, procesando y combinando las imágenes de aquel cuadro a la vista con las imágenes de su memoria, producto de las muchas lecturas sobre la historia de su ciudad; una historia que no es más que la historia sintetizada de siglos de peregrinaciones.

Y así pudo distinguir, entre aquella marea de gentes, un grupo que asomaba por la embocadura del Franco; un grupo que sobresalía de la multitud por su estatura; por su noble porte. Una docena de hombres altos, rubios y barbados, escoltaba a unas mujeres también rubias y también altas. Vestían éstas de blanco, en contraste con los pardos uniformes de sus custodios. De entre el grupo sobresalía quien semejaba ser persona principal dentro de aquella expedición. Era una mujer joven, algo más alta que las otras mujeres que la acompañaban, y más rubia, y más hermosa. Ornando su cabeza, una corona de pequeñas rosas rojas rompía la armonía cromática de su blanca vestidura y de su larga y rubia cabellera, tan rubia que se diría casi alba.

"Aquí llega la princesa Ingrid que viaja a pié desde Suecia. Después de postrarse ante el Apóstol tiene dispuesto ir a Roma y a Jerusalén", anunció un altoparlante. La multitud seguía fluyendo incesante a la plaza.

Tras la comitiva de la princesa Ingrid, otro séquito más modesto, menos aparente, más austero, pero igualmente digno. Era el cortejo dolorido de la reina Isabel de Portugal, recién enviudada de Don Dinís, acudiendo a Compostela a ofrecerle sus galas regias al Apóstol. Isabel, la reina santa, vestía el hábito de las clarisas. Negro sobre blanco; blanco sobre negro. Sin adornos ni perifollos que delataran o dejasen intuir su noble condición. Austeridad lusitana; austeridad aragonesa.

Ante la atónita contemplación de Andrés, otras comitivas regias seguían desfilando. La del séptimo de los Luises de Francia, en compañía de algunos fieles que junto a él habían tomado parte en el fiasco de la II Cruzada. También la del primer Eduardo de Inglaterra, que sin llegar a conocer ninguna revuelta a lo largo de su reinado, tampoco fue quien de levantar fervores entre sus súbditos.

Con más séquito, más arropados, por el mismo acceso entran la ex emperatriz de Alemania y ex reina de Inglaterra, Matilde, llegada desde su retiro normando de Ruan... O el duque de Ferrara a quien acompaña gran séquito de sirvientes, y también de peregrinos que con él habían partido desde las meridionales tierras del delta del Po, ricas en azúcar y lino.

Un marcial sonar de tambores y trompetas precede la entrada de Gonzalo Fernández de Córdoba, el gran capitán de las gestas de Granada, y también de la ocupación de Italia, territorio que conquistó para el rey Fernando. Con él, una bien formada y disciplinada compañía de infantes cruzó la plaza y subió las escalinatas de la catedral. En la solana que da a la entrada del templo, componían comité de recepción el ermitaño Paio, el obispo Teodomiro y el gran Xelmírez.

Más y más gente seguía abocando a la plaza. Sigfrido, el arzobispo de la germana sede primada de Maguncia; el pintor flamenco Van Eyck, a quien con escasos argumentos se le atribuye la invención de la pintura al óleo, o el mismo Ramón Llul, cantor de trovas amorosas, que hablaba la lengua mora y muchas otras lenguas. De Llul, beato, "doctor iluminado" y hombre de vastos saberes, se dice que estaba empeñado en convertir las piedras en oro frotándolas con vinagre.

Todos estos personajes y muchos más entraban por esta abertura que da al Franco, a Fonseca y a la rúa da Raíña, en una procesión sin fin. Y otros tantos arribaban por el Arco de Palacio, después de bajar los 22 escalones que median con la plaza de la Inmaculada.

Por allí pudo ver Andrés la llegada del obispo de Puy, Gotescalco, el primer peregrino francés que legó testimonio escrito de su viaje. Venía acompañado de buen número de clérigos, dando así noticia del poder de los obispos de la época; un poder no siempre ajustado al espíritu.

Y casi pisándole las sandalias, otro narrador de épicas peregrinas: Doménico Laffi. Este boloñés que por tres veces le rindió visita al hijo del Zebedeo, nos legó un acopio de observaciones y datos de todo lo que fue encontrando en el andar de los Caminos.

Un nuevo tronar de clarines y trompetas anuncia la llegada de otro grande. Rodeado de escuderos, con el pendón de Castilla segando los aires de la plaza, hace su entrada a pié el alférez del rey: el gran Ruí Díaz de Vivar recién desposado con doña Ximena. Un sordo rumor de admiración de los romeros que pueblan la explanada, acompaña su tránsito hasta la verja de las escalinatas. Ya en la solana que precede a las puertas del templo, es el gran Xelmirez quien le presenta las honras de nobleza. Algunas voces corean "¡Mío Cid!", "¡Mío Cid!"; pero el de Vivar las acalla desde la baranda, levantando y bajando los brazos repetidamente, con las manos extendidas. Luego, con potente voz, habla.

-No he venido aquí como alférez de Castilla, sino como humilde peregrino a suplicar del Apóstol su bendición para los reinos cristianos, para el rey mi señor, y para Ximena mi esposa que en Burgos quedó llorando ausencias.

En aquel momento, sin que el de Vivar pudiese impedirlo, un clamor se elevó a los cielos: "¡Mío Cid!", "¡Mío Cid!", clamor que no cesaría hasta que Ruí Díaz desapareció tras las puertas de la catedral.

Después de tan fastuosa entrada, pocos repararon en un hombre de gastada vestimenta, diríase que casi cubierto de harapos, muy metido en años, cansado, enjuto y con su clara mirada dirigida al suelo. Bajaba los escalones del Arco de

Palacio con el cuerpo inclinado sobre un torcido bordón, en difícil equilibrio. Un franciscano que cruzaba por delante del Arco corrió en su ayuda. El viejo peregrino pidió la bendición de su auxiliador.

-Soy yo quien suplica tu bendición –le respondió el franciscano postrado de rodillas ante aquel hombre-.

También el viejo peregrino cayó arrodillado. Y así estuvieron los dos, peregrino y franciscano, abrazados un buen tiempo en humilde compostura. Los demás romeros que incesantemente fluían por todo el ancho de la plaza apenas si repararon en estos dos hombres que, sin haberse visto nunca, al momento se reconocieron.

El viejo peregrino era Simeón el Ermitaño. Llevaba más de seis meses de caminada desde que partió de la lejana Armenia. El fraile era Francisco de Asís, que en Compostela recibió el mandato divino de fundar su primer convento. De él venía cuando se encontró con Simeón el Ermitaño. Nadie bendijo a nadie. Diéronse el beso de la paz como viejos cristianos. Erguidos y abrazados subieron a la catedral a postrarse ante el arca apostólica. De rodillas en la cripta, los dos santos lloraron como dos niños.

Seguía bajando la multitud como una serpiente sin fin bajo el túnel arcado. Y lo que más inquietaba, lo que más impresionaba a Andrés, no eran los personajes, las celebridades que iba reconociendo, sino aquel sordo silencio que dotaba a la incesante multitud casi de categoría de Santa Compaña. Pero esa quietud sonora duró lo que duró; duró hasta que una zanfoña, al abrigo del pasadizo, libró las primeras notas de acompañamiento de un romance. Era el zanfoñeiro Santalices que allí, a cubierto, anunciaba con su música la presencia de un anciano de largas y blancas barbas, de ojos de dulce mirar, con los pies llenos de sangre que casi no podía andar. Era el zanfoñeiro Santalices recibiendo a Guillermo X, duque de Aquitania y de Poitiers, que venía expiar ante el Apóstol los muchos daños que sus veleidades ocasionaron en Normandía. Venía a morir, y con su muerte a alcanzar la inmortalidad. De ahí que su pasar por la plaza fuese un pasar agónico, lento, como el de quien se está despidiendo del mundo. Aquellos sus andares armonizaban poco con el romance del zanfoñeiro Santalices que seguía trovando:

"Eu chámome don Gaiferos,
Gaiferos de Mormaltán;
se agora non teño forzas,
meu Santiago mas dará."

La plaza del Obradoiro era como un vasto mar en el que las distintas corrientes que avanzaban desde las cinco bocas, se cruzaban y entrecruzaban en un perfecto tejer. La composición más vistosa era la que plasmaban las gentes que bajaban desde Azabachería con las que venían de San Francisco. Movimientos exactos. Pases alternos. Tejido de ballet.

Por San Francisco, el más ancho y recto de los cinco accesos, vio llegar Andrés a un monje espigado y muy tieso, con un gran zurrón colgado en bandolera y los ojos muy abiertos, como queriendo apropiarlo todo sin que nada se le escapase a su mirada. Debía gozar de grande popularidad entre los peregrinos si hacemos cuenta de los muchos saludos que le dispensaban a su paso, igual nobles que vagabundos; igual santos que pícaros. Ya en la plaza, sus pasos derivaron hacia una de las esquinas, hacia la baranda que da a la Cuesta del Cristo. Allí pasó buen rato observando; observando a las gentes, pero de una en una, no en multitud; distinguiendo al aquitano del lombardo, al de la Selva Negra del galés, al catalán del navarro, y también al trigo de la paja, que siempre para estas grandes romerías llevaba a mano un buen cedazo. Pasado el tiempo, tomó recado del zurrón y se sentó a escribir en la bancada de piedra que ofrece la baranda. Y escribió. Escribió sobre Compostela *"la excelsa ciudad del Apóstol repleta de todo tipo de encantos; la ciudad que custodia los restos mortales de*

Santiago, motivo por lo que es considerada la más dichosa y excelsa de las ciudades de España". Esto escribió y esto nos legó el primero de los cronistas del Camino: el monje francés Aymeric Picaud, allí sentado en la baranda de piedra, observando cómo los romeros, uno por uno, en procesional masa, iban entrando en la catedral cual si fuese el gran Seno al que todas las almas se encaminan en procura de descanso. Pero al monje no se le escapó el aspecto del gran atrio comercial que ofrecía el Obradoiro *"en donde se venden las conchas de los peregrinos. . y también botas de vino, zapatos, mochilas de piel de ciervo, bolsas, correas, cinturones, hierbas medicinales de todo tipo y demás especias, así como otros muchos productos".* Se levantó y, confundiéndose entre la caterva, entró en la catedral. Quedó prendado como todos los que en ella entran. *"En esta iglesia no hay hendidura ni defecto alguno; está magníficamente construida; es grande, espaciosa, luminosa, armoniosa, bien proporcionada en anchura, longitud y altura, y de admirable e inefable fábrica... Quien recorre por arriba las naves del triforio, aunque suba triste regresa alegre y gozoso tras contemplar la espléndida belleza del templo".* Todo esto nos dejó por escrito Aymeric Picaud al que Andrés vio llegar estirado, destacando de entre aquel mar de cabezas, sombreros y bordones; con los ojos muy abiertos para aprehenderlo todo.

Por unos instantes, la inmensa y continua corriente humana que desfilaba ante los ojos de Andrés fue quietud. Las cabezas se volvieron hacia la bocana de San Francisco. Dos filas de motoristas, avanzando en flecha, abrían camino a un coche blanco, acristalado con gruesos vidrios. Dentro, el papa Juan Pablo II, el primer pontífice que visitó Santiago, saludaba y bendecía a una multitud pasmada. Un asiento por detrás, un cura aún joven y bien alimentado. Era el bergamesco Angelo Guiseppe Roncalli, que aún no sospechaba, o tal vez sí, la misión que le sería encomendada; la misión de abrir las puertas y ventanas de la Iglesia para renovar los aires estancados y sacudir el polvo acumulado en las seculares alfombras vaticanas. Desde el alto que antecede a las puertas catedralicias, el arzobispo Xelmírez ordena tributo de honores."¡Viva el Papa!, ¡viva el Papa!", aclamaban los peregrinos que, a la hora de celebrar a alguien, lo mismo les daba un obispo de Roma que un alférez del rey. Pero tanto Juan Pablo II como el cura Roncalli pronto desaparecerían en el interior de la iglesia. En aquel desfile que a Andrés se le ofrecía, no había lugar para protagonismos singulares. Sólo para un continuo pasar.

No duró mucho la quietud de la plaza. Desde las balconadas del Hostal, dieciocho trompetistas con coloridos trajes talares anunciaban a la multitud la presencia de algún otro notable. Todas las caras giraron hacia el plateresco retablo que enreda las puertas del que en otro tiempo fue hospital de peregrinos. Veinticuatro lacayos extendieron la alfombra roja de las solemnidades desde la puerta de aquel noble edificio hasta el enrejado de las escaleras que llevan al templo. Lanceros, pajes, damas de corte y nobles, abrían el desfile. Les seguían seis cabezas coronadas y un gran jefe militar. Por este orden: Isabel y Fernando, llegados en misión de acción de gracias por el éxito en dos partidas que cambiarían la historia: la conquista de Granada y el descubrimiento del Nuevo Mundo. A continuación, Juana y el flamenco Felipe, empeñados en rezar ante las reliquias apostólicas. Tras ellos, su hijo Carlos, nacido en Gante, y que en uno de sus viajes de regreso a aquellas tierras quiso rendir honores al hijo del Zebedeo. Y otro que también andaba de viaje, camino de Inglaterra para desposar a María Tudor, era Felipe, hijo de Carlos, nieto de Juana y de Felipe, bisnieto de Isabel y Fernando. Estas eran las seis cabezas coronadas a las que acompañaba el bastardo Juan de Austria, uno de los más notables caudillos militares del reino; el que mandó la flota de Lepanto y que terminaría haciendo historia en Flandes. Después del tronar de trompetas, la procesión tornó silenciosa. Silencio de camposanto.

Apenas las coronas habían atravesado el vano del Pórtico de la Gloria, cuando un rítmico pisar de desfile marcial sonó por la Cuesta del Cristo. Era la gran expedición de cruzados que por mar viajó desde Dortmouth hasta A Coruña, y que antes de seguir a Jerusalén venía a visitar la tumba de Santiago.

Detrás de los cruzados, en desorden, mal vestidos, hambrientos, con señales de dolor, de enfermedad y de cansancio en sus rostros, subían la cuesta las primeras peregrinaciones masivas que atravesaron los Pirineos. Una procedía de Lieja; otras de Alemania. Con ellas llegaban cantares, literaturas, plásticas y oficios; modos de pensar tan varios, tan distintos, que solamente un gran crisol como Compostela podía sincretizar en un concepto singular; en un concepto que con el tiempo daría en ser Europa.

Viendo pasar estos desfiles, el gran guerrero húngaro, Jorge Grisfan, daba reposo a su cuerpo apoyado en la fachada de la iglesia de San Fructuoso. A punto estaba de perder su escasa paciencia. Pasaron al fin cruzados y peregrinos. Tras ellos subió Jorge hasta el Obradoiro; hasta la catedral, su meta. Allí descansó unos instantes. Era el húngaro un guerrero de mal genio que, después de llevar a cabo grandes matanzas en su tierra, viajaba a Compostela en busca de penitencia. Buena parte del camino, desde el Danubio, la hizo a pie. Unos gitanos de la Camargue le robaron la bestia mientras dormía en un pajar. Escrito quedó que luego de arrodillarse ante el Apóstol, y como el sacrificio hecho hasta entonces no le pareciese suficiente, siguió hasta Fisterra donde por vez primera vio el mar. Dicen que tan grande fue su impresión, que allí permaneció por unos años alimentándose sólo de percebes.

Al tiempo que todos estos peregrinos abocaban a la plaza por la Cuesta del Cristo, o por San Francisco, o por el Arco, o desde Fonseca, también por la avenida de Raxoi ascendía una compacta romería de aventureros, mercaderes, negociantes, vagabundos, goliardos, pícaros, prostitutas, meigas, brujas, ladrones, convictos, penitentes por cuenta propia, de alquiler o delegados, juglares, canteros, artesanos, y otras gentes de los más variados oficios. Provenían de todos los rincones del mundo, de todos los climas, como bien observó Aymeric Picaud. Por los once escalones que dan a la plaza, accedían francos, normandos, escoceses, irlandeses, galos, teutones, iberos, gascones, baleáricos, impíos navarros, vascos, godos, provenzales, lotaringios, catos, anglos, británicos, gentes de Cornualles, de Flandes, grisones, alobroges, ítalos, de Apulia, de Dacia, de Noruega, rusos, nubios, partos, rumanos, gálatas, efesios, medos, toscanos, calabreses, jerosimilitanos, de Antioquia, galileos, sardos, chipriotas, húngaros, búlgaros, eslavos, africanos, persas, alejandrinos, egipcios, sirios, árabes, colosenses, moros, etíopes, filipenses, capadocios, corintios, elamitas, mesopotámicos, libios, cirinenses, panfilianos, ciclicios, judíos, y muchas más gentes innumerables, sin contar a los del Nuevo Mundo con Paulo Coelho enarbolando la guía.

Y allí seguía Andrés pasmando, pegado a Raxoi y a las losas de la plaza cual estatua contemplativa. Sin discernir si lo que estaba viendo era realidad o fantasía; producto del consciente o del inconsciente; parte del mundo real o del mundo mágico; si eran luces o eran sombras jugando a sucederse, a intercambiarse, a sustituirse en su mente. Sintió un impulso y echó a andar. Despacio, muy despacio, confundido entre la multitud, llegó hasta el justo medio de la plaza. Allí se detuvo delante de un cantero que labraba la piedra; que esculpía una estatua implorante. Una estatua con la cabeza humillada y el gesto de súplica.

-Sí -le dijo el cantero captando la percepción de Andrés-. Es una autoescultura que quiero colocar en la parte trasera del parteluz del pórtico, a los pies de la obra que me ha de dar gloria.

-Algún día -le replicó Andrés- los peregrinos creerán que esta escultura corresponde a un santo; la llamarán Santo dos

Croques, y en ella golpearan la frente. Muy pocos sabrán que se trata de una autoescultura del maestro Mateo.

El cantero desapareció, se desvaneció. También la multitud se desvaneció, desapareció. Por la plaza se movían los estudiantes de Medicina camino de la facultad, algunos turistas y los peregrinos madrugadores.

Andrés salió del trance tal como había entrado; como quien pasa de la vela al sueño o al revés, sin sobresaltos. Dio unas vueltas por la plaza cavilando en todo aquello que había visto o imaginado. Había pensado entrar en la catedral, pero allí mismo hizo promesa de no pisarla hasta llegar como peregrino. Subió a la plaza de la Inmaculada y desde allí torció en dirección a la Quintana. Quiso volver al lugar en el que el día anterior había prendido en él la impaciencia del Camino. Pero A Quintana volvía a ser A Quintana; la más grande y hermosa solana de Galicia. También aquella mañana llegaban peregrinos; pero peregrinos como los de todos los días. Al fondo, las terrazas estaban salpicadas de parroquianos que se movían como girasoles, tratando de absorber el templado calor otoñal. Por la bancada de San Paio, dos viejos platicaban cerca de las escalinatas. Un poco más allá, dos muchachas andaban metidas en lecturas. La más cercana, rubia, envuelta en linos blancos. Daba gusto mirarla. Sentaba de perfil de cara a las escalinatas. El pelo, largo y suelto; la pierna izquierda, colgando por el borde de una piedra mellada; la derecha, estirada a lo largo del asiento; la falda, remangada por encima de las rodillas. Andrés se acercó curioso. Leía poesía; leía a Walt Witman en inglés. Más al fondo, entre la cruz y el mármol que conmemora a los héroes del Batallón de Literarios, la otra muchacha sentaba ortodoxamente. Morena y menos agraciada que la muchacha rubia, vestía vaqueros y blusa blanca. La pobre repasaba un texto de Fisiología.

Andrés volvió sobre sus andares. Al subir las escalinatas pasó al lado de un grupo de mozos que tomaban el sol acostados en la piedra, sin más conversación que los detalles de la juerga de aquella noche. Entró en la Casa de la Parra. El día anterior le había llamado la atención uno de los cuadros de Carnot. Un desnudo femenino; un desnudo casi adolescente, al estilo de la velazquiana Venus del Espejo, aunque sin espejo. Todo en gris. El cuerpo de espaldas, sin cara, proporcionado, joven, fresco, carnal. En primer plano destacaban una larga, tupida y rizada cabellera negra; un talle que pedía abrazos tiernos, y unas piernas muy hermosas buscando el acomodo fetal. El fondo, hacia donde quizás mirase la muchacha desnuda, era de un gris muy gris de cielos galaicos; el mejor de los fondos para dibujar sueños de adolescencia. Verdaderamente, un hermoso desnudo femenino.

Andrés no pensaba pararse ante ningún otro cuadro. Permaneció todo el tiempo delante de esta figura, y a punto estuvo de liberar su imaginación y echarse a soñar. No tenía grandes dificultades para transformar la realidad a su gusto. Algunas veces las fantasías incluso se le presentaban sin permiso, sin pedir la venia.

Pero no. En esta ocasión, no. Se retiró a tiempo. Antes de volver a casa se acercó a la librería Follas Novas para hacer acopio de literatura del Camino; de historias de peregrinos, de mitos, de leyendas; de todo aquello que le pudiese ayudar a conocer, a entender, a fantasear un trazado que tantas mujeres y tantos hombres, de tantos y tantos países, a lo largo de tantos siglos, habían ido marcando mientras procuraban quién sabe qué.

Pasó el otoño, pasó el invierno, pasó la primavera. Andrés vivía en el Camino; pensaba en el Camino; gozaba y sufría en el Camino. Por las noches, cuando el sueño le vencía, recorría el Camino etapa a etapa, lugar a lugar, río a río, puente a puente. Y lo hacía de una forma tan realista, que alguna mañana al levantarse le dolían los pies de tanto pisar.

Por San Juan, cuando su vida recuperó la normalidad, empezó a entrenar para acostumbrarse a la mochila, para suavizar el calzado y para endurecer los pies.

Y así llegó agosto; el mes esperado; el mes del Camino.

Al cuarto día, tal que un Quijote, se armó Andrés para el gran viaje. Llevando mochila por adarga, bordón por lanza, visera por yelmo, buenas botas de montaña y cámara al cinto, tomó el camino de la estación del tren. De los suyos, de su mujer y sus hijos, se despidió antes de salir de casa. Una vez atravesado el portal, atrás quería dejar rutinas, acomodos, obligaciones e incluso familia. Por delante, sólo un modo nuevo de vivir, sin más necesidades que un rincón para el descanso, el agua que ofrecen fuentes y ríos, las sombras que regala la naturaleza, algo para comer, y la mente, los ojos y los sentidos alerta. A mayores, todo lo poco que cabe en una mochila.

En la estación de Santiago, cerca de las nueve de la mañana, se encontró con muchos peregrinos que iban ya camino de vuelta con el objetivo cumplido. Aparentaban cansados, decaídos y un punto melancólicos. Algo por otro lado natural; algo que suele seguir al estado de satisfacción que producen los trabajos rematados, las misiones cumplidas, los gozos perseguidos y logrados.

¡Qué extraña situación! Aquellas gentes, que a saber sus orígenes, posiblemente se habían echado al Camino o por una promesa, o por una íntima necesidad, o por aventura, o simplemente por ocuparse en algo; pero todas ellas, con mayor o menor conciencia, con más o menos ansias, salieron en persecución de un objetivo: el supuesto sepulcro de un apóstol de Jesús decapitado en Jerusalén que, milagrosamente transportado por sus discípulos, llegó hasta aquí, hasta los confines de la tierra. Claro que también había peregrinos, que sin fe en Jesús y mucho menos en su apóstol, perseguían leyendas ártabras, islas misteriosas, sirenas, aras de Apolo, mares infinitos y finisterres.

Frente a este abanico de posibilidades peregrinas, estaba el caso de Andrés que no tenía que perseguir sepulcro alguno, ni leyendas, ni islas, ni sirenas, ni "ara-solis", ni mares, ni fisterras. Todo esto lo tenía a mano. Sin embargo allí estaba; a punto de alejarse de todos aquellos señuelos para, una vez tomada distancia, volver tras ellos. Puede que parezca un absurdo; pero para Andrés no lo era si pensamos que el Camino, tal como él lo entendía, tenía más de viaje interior, de experiencia metafísica, que de un simple andar. Sus metas estaban dentro de sí mismo y no al cabo de la secular vía que fueron trazando los peregrinos de todas las épocas. Si se proponía medir, paso a paso, la distancia que media entre Roncesvalles y Compostela, era por su firme creencia de que, para llevar a cabo una experiencia personal como la que él pretendía, no había mejor laboratorio que el Camino; no había mejor método que renunciar, aunque sólo fuese temporalmente, a casi todo aquello que nos ata a las diarias miserias; a las fatalidades de la vida.

En el tren procuró un compartimento sin peregrinos. Se sentó mirando de frente, en dirección al sentido de la marcha. Siempre, desde niño, le molestó ir viendo cómo pasan los árboles y los túneles y las vacas y las casas y la vida, en lugar de ir viendo cómo llegan.

Por delante, diez horas de monótono cha-ca-cha-ca-chá entre Santiago e Iruña, entre Santiago y Pamplona, con transbordo en Gazteiz. Diez horas en las que Andrés fue repasando en la memoria algunas lecturas de los últimos meses.

Entre Ourense y Ponferrada, la compañía de los ríos Miño y Sil es un regalo para los sentidos. Por veces da la impresión de que el tren quisiera sumergirse en sus aguas, otrora auríferas, pero aquella mañana refrescantes, transparentes, misteriosas, envidiables. Tren y río van jugando muchas leguas entre cañones y prados y peñascos, como dos enamorados. Con su divorcio al límite de Galicia empieza la transición hacia la meseta. Andrés aprovecha la travesía de León para comer en el vagón-restaurante. El resto de Castilla bien merecía una siesta. Media hora de espera en Vitoria, apenas para apurar una cerveza, y otra hora en tren hasta Pamplona. Pasan unos minutos de las ocho de la tarde cuando pone pie en la capital navarra.

A aquellas horas ya no había autobús que lo acercase a Roncesvalles. Andrés consideró la alternativa de tomar un taxi; pero dada la imposibilidad de llegar a la misa del peregrino, que a diario se oficia en la colegiata a las ocho en punto de la tarde, desechó la idea.

Aprovechó lo que restaba de día disfrutando del tibio atardecer de Iruña. Y lo hizo desde una terraza de la plaza del Castillo, fuera del abrigo de los pórticos. Era el lugar aposta para una persona que, como él, podía entretener las horas viendo a la gente pasar.

Al día siguiente se levantó tarde. Comió también tarde para restar tiempo de espera a la partida del autobús que había de acercarlo a Roncesvalles.

Llegó a la estación a las cinco y media, con treinta minutos por delante. El autobús se fue llenado de viajeros con mochilas, y también de paisanos que se irían apeando por el trayecto. Había de todo. Entre los de mochila, unos iban en grupo otros en pareja, y otros, como Andrés, ligeros de compañía. También las edades y las hechuras y los hablares ofrecían un amplio abanico.

La tarde había cubierto. El calor y los vientos presagiaban tormenta de verano; pero ésta fue aguantando hasta que el autobús inició la ascensión al Erro. Desde allí, algún relámpago, truenos lejanos y una fina lluvia, acompañaron a los viajeros hasta su destino, y aún más allá en el tiempo.

I. De Roncesvalles a Cizur

(Allegro giocoso)

Andrés imaginaba Roncesvalles en la cima del monte y no en una ladera. También más grande y espacioso; quizás no tan verde ni frondoso, y sí más de alta montaña. Pero le gustó tal como era bajo la fina lluvia: húmedo, fresco, misterioso; con ese misterio que las bajas nieblas les imprimen a los paisajes boscosos. Y la niebla de aquella tarde en Roncesvalles, trepando monte arriba a espaldas del monasterio, era el perfecto lienzo para los pinceles y la paleta de la imaginación de Andrés que aquel día desbordaba grises.

Algunos peregrinos bullían en las puertas del albergue; otros se arrimaban al muro o subían y bajaban las escaleras que llevan a la colegiata. Dentro del albergue, a cubierto, en la larga lonja que se extiende paralela a la fachada, más peregrinos.

A Andrés le correspondió acomodarse en un cuarto de doce literas dispuestas de dos en dos. Depositó la mochila en una de las de arriba, colgó la pequeña cámara al cuello y bajó al fresco. Por la esquina del albergue seguían doblando peregrinos procedentes de Francia, seguramente de Saint Jean Pied de Port. En sus rostros se podía leer el cansancio y también la hermosa y reconfortante experiencia de una etapa que cruza el gran muro de los Pirineos; el mismo muro que antes habían cruzado Aníbal, Carlomagno, Napoleón, Francisco de Asís, y millones y millones de peregrinos a lo largo de los siglos.

En éstas estaba cuando se apercibió de que desde el interior de la colegiata llegaban murmullos de gregoriano. Bajó los escalones de dos en dos. La misa del peregrino acababa de empezar. Ocho monjes revestidos de oficiantes semicircundaban el altar en concelebración. Andrés se acomodó al centro de la nave, en la bancada de la derecha.

Lástima de que entre la intensa iluminación interior de la iglesia y la poca luz que llegaba del exterior después de salvar lloviznas, nieblas, hayas y abedules, no se pudiese admirar las que semejaban hermosas vidrieras góticas policromando el ábside. Pero para que a Andrés se le ablandasen las carnes bastaba con la melodía gregoriana, que para él transcendía a lo metafísico y a los recuerdos infantiles de iglesias frías, de disciplinas y de místicas. También el aroma del incienso le traía recuerdos. Igual que las desnudas paredes y las pétreas pilastras, e incluso el fulgente contraste de la filigrana en plata que, a modo de baldaquino, envolvía la talla de Santa María de Roncesvalles, si acaso iluminada de más.

Las neuronas de Andrés hervían; andaban a mil cosas en aquella su primera experiencia; en aquel bautismo como peregrino. Entonces empezó a sentirse caminante, romero… Le alcanzaba el tiempo para atender a las sensaciones de la luz, del canto, de la piedra, y aún para explorar a su alrededor en busca de caras, tipos, gestos que le permitiesen entrever alguna potencial compañía para los días que venían por delante. Inútil. Ni aquel era el momento, ni tan simple práctica el mejor método de elección. Las químicas de la amistad suelen resultar más complejas... O más sencillas, según la ocasión.

El templo estaba lleno. Los últimos tuvieron que buscar acomodo en la entrebancada y en las naves laterales. Pero apretando, apretando, aún alguien más encajaba en los asientos. Eso fue lo que hizo una muchacha que enseguida encontró hueco en el banco que antecedía al de Andrés. Éste, que hasta el momento flotaba en un mar de ansiedades, sintió de pronto un hormigueo por todo el cuerpo; una sensación que conocía muy bien; una sensación que empezaba cosquilleando por los pies, y que a medida que subía se dejaba notar con más y más intensidad en brazos, manos, en el estómago, en la sequedad de la garganta y en la piel de la cara. Aquella joven que acababa de sentar delante de él era la perfección de sus sombras platónicas hecha criatura. Apenas debía superar los veinte años. Pantalón corto, blanco; camiseta azul; jersey de pico, ligero, azul más oscuro; pelo castaño recogido en trenza; piel morena-clara; ojos verdes; cara de diosa.

Durante la misa Andrés no dejó escapar detalle de cada gesto y de cada movimiento de la muchacha; de su forma de sentar, de mirar, de mover las manos, de respirar. Fue un debatirse entre atender al oficio o atender al instinto. Llegado el momento de la paz, la joven giró y les dio la mano a los del banco de atrás. Al instante, Andrés supo que aquel primer piel con piel era algo más que simple magia. Los dos se miraron a los ojos y al fondo de sus almas. Ella apuntó una sonrisa y él no supo qué hacer. Sí notó la forma especial en que la moza le estrechó la mano. Aquellos instantes de contacto fueron una confesión de soledades. Por veces, la química de los sentimientos funciona así, sencillamente, sin chiflos ni chirimías.

Acabada la misa y recibida la multilingüe bendición de los peregrinos, Andrés se acercó hasta la Posada. Había escampado. La temperatura suavizó, y muchos peregrinos sentaban en la terraza dispuestos a apurar el menú. Él prefirió entrar al comedor y cenar a la carta: unos pimientos navarros, unas costillas de cordero y media botella de rioja. Era su última cena antes de echarse al camino. Y así, en soledad, quería Andrés despedir una etapa de su vida e iniciar otra que, aún por estrenar, se le antojaba propicia. Por supuesto que durante la cena no dejó de darle vueltas al esperanzador encuentro con la muchacha de los ojos verdes. ¿Harían el mismo Camino? ¿Vendría sola? ¿Por qué emprendería esta aventura? ¿De dónde habría partido? ¿Encajarían sus destinos? ¿Se entenderían?

Y como las preguntas y la imaginación del maestro carecían de límites, aún demoró la sobremesa un buen rato mientras degustaba postre casero, café y brandy.

A las diez se retiró al albergue. Al día siguiente quería partir temprano para evitar calores. En la lonja de la entrada varios grupos de peregrinos hacían tertulia, fumaban el último cigarrillo o apuraban alguna bebida. Andrés dio un "buenas noches" genérico y subió.

Antes de arroparse en su saco de dormir apagó la luz. Por un ventanuco que se abría a la explanada exterior entraba claridad suficiente para distinguir sombras y formas. Sólo una litera baja al lado de la de Andrés estaba vacía. Alguien entró a ocuparla. ¡Era ella! Él, en silencio, se quedó mirándola y gozando de esta coincidencia. Ella, sin sospechar que la estaban observando ni de qué modo, se desenvolvía con naturalidad. Extendió el saco de dormir, se quitó el jersey y el pantalón y se sentó al borde de la litera. También se quitó camiseta y sujetador. Andrés se mordió la lengua. Sólo así pudo comprobar que no estaba soñando. La visión fue fugaz. Al momento la chica volvió a vestir la camiseta; pero aquella instantánea quedó grabada en todos los registros neuronales del maestro y en lo más inmaterial de su ser, en el rincón de los sueños. Era un busto perfecto con unos pechos perfectos y una cara perfecta. El pobre hombre tuvo que hacer esfuerzos sobrehumanos para no delatarse. La muchacha se metió en el saco con la misma naturalidad con la que se había quitado la ropa.

Sumido en fantasías y tratando de entrar en sueño, Andrés gozó de un entresueño largo y plácido.

Algo más de un quilómetro por detrás de la basílica de Roncesvalles sobresale el alto de Ibañeta, escenario de la desigual lucha que el más épico de los héroes franceses libró contra un inmenso ejército de moros y vascones. Allí levanta una capilla con una pequeña campana que, antiguamente, en días de nieblas cerradas, orientaba los pasos inciertos de los peregrinos perdidos por los montes que suben desde Valcarlos y desde los pasos de la frontera con Francia. A un lado de la capilla, un amplio espacio sembrado de cruces que los romeros van clavando agradecidos de haber llegado hasta allí. Muchas de estas cruces son dos humildes palos atados de cualquier forma. El más sencillo y simple de los símbolos cristianos.

Pero… ¿qué hacía Andrés allí, en el alto de Ibañeta, a pleno día, con vestidura episcopal ensangrentada y un espadón en las manos, cortando cabezas moras?

Tantos eran los guerreros enemigos, que no dejaban ver el horizonte. La batalla se alargaba. Por parte cristiana, sólo él, arzobispo de Reims, y poco más de cinco docenas de combatientes, resistían en pié.

Andaba el prelado tan afanado en bendecir a los suyos y en desgraciar sarracenos, que no cayó en la cuenta de lo mal que las cosas les iban a las tropas de Roldán, traicionado por su suegro Ganelón. Éste había convencido al emperador Carlomagno de la conveniencia de regresar a Francia, dejando que Roldán les cubriese las espaldas. Lo que no sospechaban ni Carlomagno ni la retaguardia en la que quedaban Roldán, su amigo el conde Olivier, el arzobispo y los Doce Pares de Francia, era que, con anterioridad, el traidor Ganelón había alentado al rey moro Marsile a atacar por sorpresa a esta retaguardia, aprovechando que el grueso de las tropas cristianas, con Carlomagno a la cabeza, irían muy por delante.

Y allí estaba Andrés con sus ropas de arzobispo guerrero, y también Roldán, y Olivier, y otros sesenta caballeros. Eran los únicos creyentes que resistían y que trataban de salir con bien de aquella desigual pelea contra los doscientos mil moros que iban por la quinta arremetida. Mientras Andrés, con la ayuda de los alados Miguel y Gabriel que su Dios le había enviado, no paraba de tronzar sarracenos como quien siega tojo, andaba el malherido Roldán en querellas con su amigo el conde Olivier.

-¡Qué gran pérdida de cristianos! -lamentaba Roldán-. ¿Dónde están Engalier de Gascuña, y Sansón, y Anseis, y los otros nueve pares de Francia que tantas victorias y tantas glorias le propiciaron a mi tío el Emperador? ¿Dónde mi fiel Veillantif que nunca puso grupas al peligro, y que ahora yace aquí cien veces alanceado por los infieles? Sólo Durendal sigue conmigo, que apenas conservo fuerzas para sostenerla. ¡Oh mi amiga Durendal! ¡Cuánta justicia repartimos juntos! ¡Cuántos infieles descabezamos! ¡Cuántos desvalidos socorrimos! Y tú, conde, compañero, mi amigo, acércame ese olifante para que pueda dar noticia al Emperador del peligro que corremos.

-No nos cubramos de tan grande oprobio; no caiga sobre nosotros tal deshonra, que por mor de unos paganos que conviven con la duda y con el miedo, hagamos sonar el cuerno y alarmemos a nuestro señor Carlomagno.

-¡Pobre conde Olivier! No es ningún oprobio ni deshonra pedir ayuda cuando ya uno dio todo lo que puede dar. Además, ten por seguro que habríamos causar gran disgusto al Emperador si por un mal entendido sentido del honor no le advirtiésemos del peligro que nos asedia. No me contraríes más y allégame el olifante.

-Nunca tal hiciese ni aunque me llames iluso. Cada cristiano, con la ayuda de Dios, incluso heridos y fatigados como estamos, bien puede con tres mil sarracenos. He ahí el ejército moro paralizado de miedo, sin poder acabar con nosotros. Mal haríamos preocupando a nuestro Emperador, ya camino de Aquisgrán en procura de un descanso bien ganado tras la victoriosa incursión por tierras hispanas persiguiendo infieles.

-No abuses, conde, de mi paciencia, que aún malherido haré valer, aunque sea con la espada, mi rango de capitán de esta retaguardia, y mi razón.

Observó el arzobispo Andrés que la disputa tomaba tono de pendencia, y pensó que sería bueno poner un poco de cordura de por medio.

-Los dos tenéis parte de razón. Con la ayuda de Dios, y de sus ángeles, y del apóstol Santiago que predicó por estas tierras, y de la Virgen que se le apareció sobre marmóreo pilar, habríamos bastar para dar buena cuenta del enemigo, por grande que sea. Pero esto no comporta que debamos ocultarle al Emperador, nuestro señor, cuál es la situación de la batalla: apenas sesenta buenos cristianos frente a doscientos mil infieles. ¡Acércale, pues, Olivier, el olifante al bravo Roldán para que pueda advertir al gran Carlomagno acerca del valor y del sacrificio de estas sus tropas! En el nombre de Dios, ¡haz lo que te digo!

La escena se desenvolvía al pié de la Cruz de Roldán, una estela de piedra con espada cruzada por dos mazas, colocada allí para que en los venideros siglos los caminantes pudiesen rememorar el gran sacrificio de Roldán y de su ejército carolingio.

A prudente distancia de los caballeros francos, las tropas moras que ocupaban media cumbre de Ibañeta y aún se extendían monte abajo hasta las proximidades de la colegiata que Carlomagno había mandado construir, estaban inmóviles, cual estatuas de sal. El sol inclinado de la tarde doraba sus transparentes figuras. Diríase que era como un ejército de blanca terracota. O como esos coros de teatro que desaforan sin necesidad de tener que librar el escenario.

Al fin, herido y ensangrentado, hizo sonar Roldán el cuerno de marfil. Lo escucha el emperador Carlos desde el valle que lleva su nombre y le responde con un estruendo de sesenta mil olifantes y clarines, que multiplicado por los ecos de la cordillera asciende los montes hasta el alto donde Roldán agoniza.

Este clamor les devuelve energías a Roldán, a Olivier y al arzobispo. También despierta a los paralizados sarracenos que no se mueven, pero que arrojan sobre los maltrechos cristianos nubes de proyectiles. Matan a muchos franceses. Andrés pelea con valentía y venga las muertes de los suyos segando las cabezas de cuatrocientos enemigos. Muere el conde Olivier. Ya sólo sobreviven el arzobispo y el agonizante Roldán. Los infieles quedan de nuevo tiesos, inmóviles. Andrés deja la espada, y con las escasas fuerzas que conserva absuelve a los compañeros muertos. También Roldán llora amargamente a sus amigos mientras recibe la absolución arzobispal. El escudo reventado; la armadura rota; él, en las últimas… pero aún le sobra vida, amarga vida para contemplar la desgracia que causaron las flechas paganas. Se despide de su espada Durendal ya incorporada a la pétrea escultura que ha de recordar esta hazaña en los siglos venideros. Al fin, entrega a Dios su guante y su alma.

El arzobispo Andrés, único superviviente de la retaguardia carolingia, cansado y sin deseos de seguir en el mundo, se retira al abrigo de la capilla para allí bien morir. Y mientras el arzobispo se iba apagando, Andrés abandonaba el cuerpo sin vida del prelado. Ya no era el arzobispo Andrés; eran el arzobispo Turpin muerto, y el peregrino Andrés que corría hacia la ladera de Valcarlos para comprobar qué ruido era aquel que subía por la montaña. Y vio como una extensa nube blanca cabalgaba buscando la cima de Ibañeta. Vio a las cincuenta mil doncellas galas que el Emperador había enviado contra los sarracenos. Todas vestidas de blancos peplos. Todas menos una que, como Lady Godiva, encabezaba aquel singular ejército montando un alazán, sin más vestido que su piel; piel morena-clara. ¡Era ella! No cabía duda. Andrés quiso salir a su encuentro, pero era incapaz de despegar los pies del suelo. Intentó desesperadamente correr hacia ella, pero el esfuerzo era inútil. Pensó que tal vez podría volar, y comprobó que podía. Ella le hizo señales desde lejos; él sintió que se debilitaba de tanto contento. Y cuando el peregrino volador y la doncella godiva iban a encontrarse, sonó la alarma. Era la alarma del reloj de Andrés marcando las cinco y media.

Lo primero que hizo al abrir los ojos fue comprobar que la muchacha del busto perfecto, los pechos perfectos, la cara perfecta, seguía allí, en su litera. Todos los peregrinos de la habitación dormían. El resto del albergue también dormía.

Al volver de la ducha, mientras recogía el saco y ordenaba la mochila, otra alarma de reloj sonó en el cuarto; algunos minutos más tarde, otra; por los corredores se oían pasos. Eran las seis. El albergue despertaba. También la moza morena-clara de ojos verdes se desperezaba. A su lado, Andrés terminaba de recoger sus pertenencias para salir. Ella le pidió la hora.

-Ya son las seis.

-¡Cómo que ya! -dijo mimosa-. Éstas no son horas decentes para levantarse.

Dio media vuelta dentro del saco.

-Cuanto más tarde salgas, más sol vas aguantar -le advirtió Andrés-. ¿Hasta dónde piensas llegar hoy?

-Hasta Zubiri.

-Cinco quilómetros y medio más adelante está Larrasoaña, que al parecer dispone de mejor albergue. Si te animas nos vemos allí. ¡Adiós!.

-¡Adiós!

Esta pequeña conversación fue para Andrés como quien tira una red a ver qué pesca. Recordando la sonrisa, la intensa mirada y la forma especial de estrecharle la mano en la misa de la víspera, trataba de asirse a la esperanza de que, al menos, la muchacha sintiese curiosidad por conocerle y aceptase el envite de alargar la etapa hasta Larrasoaña. Si así fuese sería buen augurio; si no, lo más probable es que se viesen al día siguiente, en Pamplona.

Reinaban aún las sombras. Una espesa niebla las decoraba. Volvía lloviznar. Era su bautismo como peregrino y estaba sólo. Consideró que no sería bueno empezar extraviándose el primer día. De modo que se impuso calma y decidió esperar a los primeros albores para echar a andar. Hizo tiempo paseando la lonja de la entrada y desayunando unas pastillas de chocolate para calentar motores. La calma y la espera no se alargaron más allá de los quince minutos. "¡Qué sea lo que Dios y quiera!", pensó. Cogió la mochila, encendió la linterna y salió al Camino.

Apenas sobrepasado el último casal de Roncesvalles se detuvo en el primero de los muchos hitos con los que habría de tropezar entre aquel punto y Santiago: un hermoso crucero gótico, casi borrado por la niebla, la arboleda y el oscuro de la noche.

Sigue el camino por una vereda de tierra cubierta de bosque, que más semeja la boca del infierno que el vial de las estrellas. Si allí mismo se le apareciese la Santa Compaña no le habría de extrañar. Pero la Santa Compaña, como se sabe, es privilegio de las tierras galaicas. Desde luego que sería hermoso espectáculo la combinación de ánimas, candelas y campanitas, mezcladas con la sinfonía de las gotas de lluvia deslizándose de hoja en hoja; pulsando aquellas teclas vegetales, y creando sonidos de aplauso mojado.

El sendero no tenía extravío. Aún así, la linterna le permitía comprobar que las flechas amarillas, compañeras y guías del peregrino, siempre aparecían donde tenían que aparecer: en cada cruce, en cada revuelta, en cada laberinto.

La zona boscosa no duró mucho. Cuando Andrés salió al claro, ya por su izquierda pintaban las policromías de su primer amanecer, de su primera alborada. Con la irrupción de las luces se fue desvaneciendo la niebla; fue escampando. Pueblos pequeños muy cuidados, muy floreados, alternan con hayales, pinares, con tierras donde crece el acebo y con praderíos. Estos paisajes, al menos éstos, no deben ser muy distintos a los que recorrían los peregrinos de la Edad Media, porque montes como los de Mezkiritz o el Erro no son más que retales del pasado tejidos de arboledas; retales con raíces al aire a modo de serpientes resbaladizas. Este primer tramo de la primera etapa, que va salvando cuestas y laderas, muros, regatos y cancillas, es una montaña rusa que pone a prueba el entrenamiento del neófito peregrino.

La bajada a Zubiri, además de por su buena pendiente, se hace peligrosa por ser pura piedra laja; una piedra con filo inclinado hacia el cielo formando surcos. Pero si peligrosa es para el caminante, para un ciclista se antoja imposible. En esto iba pensando Andrés, al tiempo que comprobaba los beneficios del bordón que le salvó de resbalar más de una vez, cuando un peregrino en bici le sobrepasó como un relámpago metiéndole un buen susto en el cuerpo.

-No era necesario que timbrases justo a mis espadas... ¡Y vete más despacio que te vas a desgraciar!

-¡Buen Camino, y perdona! -contestó el ciclista sin mirar atrás y sin reducir la marcha-.

Aún no le había perdido de vista; aún su corazón no se había repuesto del susto, cuando una voz, también a sus espaldas, le aceleró el sobresalto.

-¡Aguarda, peregrino! ¡Espera por mí!

El peregrino giró. Al reconocerla, poco le faltó para abobar. El corazón no le latía; le hervía. La boca, que no atendía ni a su razón ni a su querer, tardó en soltar un "¡qué hay!" a modo de saludo. La rapaza, porque era ella, más que a prisa caminaba ligera. Vestía la misma ropa del día anterior: pantalón blanco y camiseta azul, pero sin suéter. En la cabeza, un sombrero de paja complementaba graciosamente su bonita figura, matizándole los detalles y las líneas de la cara con sombras cambiantes, caprichosas, afortunadas.

-¡Qué hay! Me llamo Lavinia. Soy catalana. ¿Y tú?

Mientras se presentaba, la muchacha le dio un beso de saludo.

-Yo me llamo Andrés. Vengo de Galicia.

-¡Anda! Así que vienes de Galicia para volver a tu tierra.

-Más aún. Vengo de Santiago para volver a Santiago.

-Eso sí que tiene gracia. (Breve pausa, una sonrisa y prosiguió). Pues yo, al poco de salir tú del albergue, pensé en seguirte. Tú vas sólo; yo voy sola. Además, cuando ayer nos dimos la mano en misa noté buenas vibraciones, y mi instinto nunca me engaña.

El calor apretaba; ya el sol había traspasado el mediodía, y por aquella cuesta de piedra cortada, dibujando surcos, nada más había para protegerse que el sombrero de Lavinia y la visera de Andrés. Por un tiempo no hablaron; pero sí se miraban. Y cuando las miradas se cruzaban, sonreían de contento, como si los dos tuviesen la certeza de que aquel encuentro estaba escrito en los libros; que era inevitable. Andrés trataba de procesar a toda prisa los pequeños detalles por ver si le confirmaban lo que él quería que le confirmasen: que el encuentro con Lavinia era un regalo de los cielos; un regalo de los dioses para quien tal vez hubiese ya cruzado el ecuador de su peregrinaje por este mundo. Pero si los cielos así lo habían dispuesto ¿por qué no aceptarlo? ¿Acaso iba ahora a convertirse en un fatalista cuando nunca lo fue? A su lado caminaba una muchacha más hermosa de lo que nunca había soñado, y tan joven que bien podría pasar por hija suya. Y esta muchacha le había apretado la mano con ternura y con fuerza la primera vez que se vieron, como no queriendo desprenderse de ella; y esta muchacha acababa de aceptar la invitación, nunca formalmente presentada, de caminar juntos; y esta muchacha, de la suerte más natural, le había besado a modo de saludo sin siquiera saber su nombre; y esta muchacha era como una rosa nacida en el descuidado jardín otoñal de sus afectos.

A la entrada del "pueblo del puente", que es lo que en euskera quiere decir Zubiri, el calor se hacía difícil de llevar. Por delante, hasta Larrasoaña, cinco quilómetros y medio. Y a la vista, un trecho de camino bordeando unas naves de magnesitas, que habían convertido aquel paraje en un cuadro lunar de color gris ceniza, sin una maldita sombra. Ni la hora ni la perspectiva de echarse a aquel desierto polvoriento incitaban a seguir. En contraste, ofrecíanse las aguas frescas y transparentes del Arga bajo el puente gótico.

Tratando de medir el grado de complicidad de la compañera, rompió Andrés el silencio para relatarle lo que la tradición le atribuía a aquel puente, que para algo le tenían que valer los meses de lecturas y preparación.

-¿Sabías que los paisanos de la comarca a este puente le llaman "puente de la rabia"? Cada vez que el ganado da síntomas de esta enfermedad, traen hasta aquí al animal y le hacen dar tres vueltas alrededor de la pilastra central. Dicen que del remedio se ocupa santa Quiteria, de quien se guardan reliquias en un estribo de dicha pilastra.

La cara de Lavinia era transparente como las aguas del Arga. Ni disimulaba ni pretendía disimular su sorpresa ante la demostración de saberes por parte de Andrés. En sus ojos verdes se podían apreciar destellos de admiración. Andrés, siempre tan desaplicado, tan poco sibilino para estas interpretaciones, sí advirtió esta vez su posición de privilegio en esta novísima relación, y pensó que bien podría sacar ventaja.

-¿Por qué no hacemos descanso aquí, en Zubiri? Mataríamos tres pájaros de un tiro. Podríamos comer; luego bajar al río, bañarnos, y de paso burlar las horas más duras de calor.

-Podríamos -añadió ella enseguida y con entusiasmo- comprar algo en una tienda y bajar a comer al río. ¡Mira qué aguas Dan ganas de tirarse desde aquí, desde el puente.

Compraron una barra de pan, chorizo, salchichón, queso, dos latas de cerveza, dos coca-colas y unos racimos de uvas. Hechas las provisiones, tomaron un sendero por entre los prados y huertas de la ribera en busca de un lugar acomodado por la orilla del río. Dieron con un rincón fuera de la vista de los caminos; un rincón que ofrece una pequeña playa de cantos rodados. Aunque el Arga no iba sobrado de caudal, un pequeño dique estancaba en aquel lugar agua suficiente para un baño de refresco. Sólo en parte daba el sol; el resto del río discurre sombreado de chopos y hayas que medran en las riberas y abovedan su lecho. Y a mayor abundamiento de regalía, un yerbal, mitad sol y mitad sombra, se ofrecía al lado de la pequeña playa, invitando al descanso, a una siesta e incluso a un retozo. Era el lugar perfecto. No hizo falta articular consenso. Lavinia y Andrés se sorprendieron arriando a un tiempo mochilas y sutilezas.

-Voy a bañarme antes de comer -dijo Lavinia-.

-Moción aprobada -respondió Andrés, que aún no había tomado conciencia plena de la feliz y gozosa situación que el Camino le estaba brindando-.

Envuelto en una toalla se apartó a un rincón de la playita, de espaldas a Lavinia, para vestir el bañador. Un ligero "choff" y un "¡qué gusto!" sonaron seguidos. Era la moza sumergida ya hasta la boca, y a cada poco haciendo inmersión completa para que el agua le refrescase también la cabeza.

Andrés entró derecho y decidido hasta donde estaba la muchacha, que no paraba de agitar las aguas y de hacer ondas que las tornaban opacas. Cuando lo tuvo a su alcance, Lavinia emergió tendiéndole las manos e invitándole a acercarse. Sorprendido, Andrés simuló resbalar y se dejó caer. Necesitaba tiempo, aunque sólo fuesen unos segundos, para asumir aquella nueva e inesperada suerte y no reaccionar como un lelo. Ella vestía una braguita de baño, sin más. Los pechos al aire. Cuando salió de las aguas, él se sintió repentinamente atolondrado. El cuadro que se le ofrecía se le antojó el mismísimo Nacimiento de Venus, con aquella luminosidad, aquella paz, aquella precisión y aquella sensualidad tan melancólicas, tan puras, tan tiernas... Años atrás, visitando los Uffizi, en Florencia, esa pintura de Botticelli había atraído a Andrés de tal forma que quedó clavado delante de ella por más de media hora, con la misma cara de atolondrado que ahora se le había puesto.

Al cabo de dos o tres rebrincos dentro del agua pensó que ya era hora de asumir la situación y de hacerlo sin que le temblase la voz; sin evidenciar miradas sospechosas, y sin que Lavinia tomase conciencia de que aquello era para él un acontecimiento extraordinario; un acontecimiento nunca antes vivido. Lo cierto era que allí estaba él sólo, en un lugar apartado de indiscreciones, con una muchachita a la que apenas conocía y que se le antojaba la más bonita que nunca en su vida había visto. Y Lavinia, brincando como una niña, saltaba y se hundía en las aguas y lo salpicaba. En una de éstas se lanza contra él; se le cuelga al cuello; le rodea la cintura con sus piernas y los dos caen abrazados en las aguas. Sumergidos, Andrés sintió deseos de besarla; pero se contuvo. Para aquel maestro hecho a tratar con adolescentes, lo de la continencia era algo más que un hábito.

Él fue el primero en levantarse. Ayudó a Lavinia. Para salir a salvo de aquel trance de tensa fantasía, sugirió que podían comer. Lavinia le cogió de la mano. Ya fuera de las aguas, la muchacha hurgó en la mochila. Sacó y vistió una camiseta blanca, limpia, con escudo y leyenda de la Universitat Lliure de Catalunya.

-¿Estudias en esa universidad?

-Sí. Este año terminé tercero de Arquitectura.

- Y ¿cómo lo llevas?

-Muy bien. Con buenas notas. Me gusta mucho la carrera.

-Pues no sé cómo te irá en el futuro. De lo que sí estoy seguro es de que vas a ser la más bonita de las arquitectas. A poco que las obras que diseñes guarden armonía contigo, crearás la décima y aún la undécima maravillas.

-¡Qué amable! ¡Qué galante!

Y sin más, le besó en la mejilla. Esta vez Andrés tuvo reflejos suficientes para devolverle el mimo.

-Además de bonita eres una chiquilla cautivadora. Tendré que andar con mucho tiento para no caer en tus redes como un tonto -apuntó fingiendo una simulada suficiencia-.

-No hagas eso. Déjate llevar. Yo también me dejaré llevar hacia donde soplen los vientos y los afectos. ¿Por qué tenemos que ir poniéndole frenos a la vida continuamente? Supongo que tú estarás casado; yo convivo con mi pareja desde hace dos años. Pero aquí, al Camino, vine sola. Los prejuicios los dejé colocados en casa. Vine para conocer una de las más renombradas rutas del románico y del gótico; pero vine abierta a cualquier experiencia vital que se presente. Si elegí tu compañía fue porque cuando ayer te vi en la iglesia me inspiraste confianza. Ahora estoy convencida de que puedo confiar en ti. No te cierres. No les tengas miedo a los afectos.

-¿No debería ser yo quien dijese esas cosas? -replicó Andrés que no salía de un asombro para caer enredado en otro-.

-¿Y por qué tenías que ser tú? ¿Porque tienes más años? ¿Porque eres más sabio? Los afectos no son cosa de años ni de saberes. Son cosa del alma y de las sensibilidades de cada alma. Y a ti te leo en los ojos un alma muy sensible. No la ates. No la encadenes. Si ella fuerza por ser libre, no se lo impidas. Te prometo que no te has de arrepentir.

Con la navaja multiusos de Andrés partió Lavinia la barra de pan por la mitad; abrió los dos cachos y preparó los bocadillos. Mientras, Andrés estiró las toallas en la hierba aprovechando el sol y la sombra. Recogió algunas flores que medraban a la orilla del río; compuso con ellas un pequeño ramo; lo ató con un junco, y lo clavó en medio de la improvisada mesa, entre las toallas.

-Si va a ser nuestra primera comida, que no falte un pequeño detalle florido.

Lavinia lo observaba a distancia con aquellos sus ojos verdes, transparentes, brillantes, sonrientes. No dijo nada. Simplemente se puso de rodillas; dejó los dos bocatas sobre las toallas; se acercó al ramito y lo besó. Luego, tomando la cara de Andrés entre sus manos, le dedicó la más bonita de las sonrisas. El pobre hombre no pudo evitar que todas sus debilidades le asomasen a los ojos. En la vida se había sentido tan a gusto. Pensó en lo caprichosa que es la fortuna. Ayer, a aquellas horas, paseando solitario las calles de Pamplona, y tan sólo una vuelta de clepsidra después allí estaba, tumbado a la orilla de un río y disponiéndose a comer en compañía de la más hermosa de las criaturas que nunca se habían fijado en él; una muchachita que, además, no cesaba de porfiar en que se sintiese cómodo.

Durante la comida Andrés le contó por qué había decidido hacer el Camino. Le habló del encuentro con los peregrinos a las puertas de la Casa de la Parra; de los recuerdos de la infancia y de aquel mendigo maragato que en las escaleras de Platerías le había fecundado el inconsciente. Le contó cómo había preparado esta aventura y cómo llevaba un año sabático al margen de su profesión de maestro. También le habló de la situación familiar, pero a modo de aséptico relatorio, como para inducirle a que entendiese que esas circunstancias no tenían por qué interferir en su relación.

El sol seguía apretando. A la sombra y al frescor del río se estaba bien. Tan bien que al poco de haber comido, Lavinia entró en sueño. También Andrés, pero por poco tiempo. Al despertar y ver que la muchacha aún dormía, se levantó sin hacer ruido; cogió su cámara y la fotografió desde todos los tiros y todas las distancias. Luego, allí, a su lado, trató de gravar en la memoria, en la carpeta de la memoria eterna, cada célula de aquel cuerpo, cada poro, cada marca, cada curva, cada accidente, cada miembro. Todo el cuerpo en su conjunto.

La cara de la rapaza tenía aquella tarde una luminosidad especial. Por la expresión cambiante que tomaba, con guiños de complacencia, debía estar soñando sueños bonitos. Lo que más llamaba la atención de Andrés; lo que más le atraía de la cara de Lavinia, era la suave transición que unía la base de sus ojos con los pómulos; una transición de lisura morena, brillante, de progresivas intensidades. Las ojeras, suave y excitantemente marcadas. Al cabo de una de ellas, la de la derecha, un puntito rojo, apenas apreciable, se le antojaba a Andrés una cota a conquistar para poder clavar en ella la bandera de la ternura. Luego, los labios encarnados y húmedos, acombados, cuna de besos, frontera de placeres. El ombligo que asomaba entra la camiseta y el tanga era lo más parecido al centro del universo andresiano. Y ese centro aparecía inserto en un vientre liso, irisado, acogedor, maternal; en un vientre que se hundía debajo del tanga, a saber en qué paraísos, y que reaparecía transmutado en dos hermosas piernas, tan morenas, tan suaves, tan bien hechas como el resto de su cuerpo. Y al final, unos pies pequeños, justos, bonitos… Del ombligo hacia arriba las formas se desvanecían en la flojedad de la camiseta. Sólo los pezones se insinuaban. Pero aquella era una parte del cuerpo de Lavinia que Andrés tenía bien gravada. Le quedó impresa de forma indeleble. Primero, con el "flash" de la noche anterior, amortecido por la poca luz; luego, con el "flash" cegador en el río.

"¿Qué me está pasando? -se preguntaba Andrés- ¿Me estaré enamorando? ¿Cómo es posible que en tan poco tiempo pueda un sentimiento prender de esta manera? ¿Conviene dejarse ir? ¿No me estará empujando todo esto hacia un suicidio afectivo? ¿No viví ya otras experiencias de amores imposibles y sufrimientos sin remedio? Por otra parte… ¿por qué hay que ponerle puertas a la felicidad? ¿No son acaso éstos los momentos más gozosos que recuerdo? ¿Aún no tengo claro que de malgastar también esta ocasión, lo estaré lamentando el resto de mis días? ¿Tampoco en esto he escarmentado? Y además… ¿no me dejó muy claro Lavinia que no debía temer a los afectos, y que si los dejaba brotar no me iba arrepentir?".

Cuando la chica despertó, lo sorprendió sentado a su lado y mirándole como si estuviese en trance o navegando por otras dimensiones. Allí sólo estaba el cuerpo de Andrés, inerme, aguardando el retorno del espíritu soñador. Lavinia tuvo que cogerle de un brazo y sacudirlo.

-¿En qué piensas? ¿Qué haces?

-Nada. Nada. Perdona -dijo volviendo en sí-. Pensaba en cómo parar el mundo; en cómo detener la vida. Bueno… en realidad pensaba en que va siendo hora de irnos.

-Espera. Antes voy a meterme en el agua para ahogar las perezas de la siesta.

Lo que tardó en pronunciar estas palabras fue el tiempo que tardó en levantarse, quitar la camiseta y meterse en el río. Andrés no se cansaba de mirarla. Miraba a la moza como quien mira al cielo, como quien mira nada, como quien mira al infinito, como quien mira a Dios, si es que se puede mirar a Dios de aquella manera.

La caminata hasta Larrasoaña, con el calor ya suavizando, les llevó algo más de una hora. A la entrada del pueblo, al ver que otro puente les recibía, comentaron: "Como en Zubiri. Esto debe ser un buen augurio". En la puerta del albergue, que también era casa consistorial, o al revés, el alcalde les dio la bienvenida.

-No os entretengáis. Buscad acomodo; ducharos, y luego hablamos.

Descargaron las mochilas en dos literas elevadas y arrimadas la una a la otra, como si llevasen allí toda la vida aguardándoles. Se ducharon. Lo que restaba de tarde lo dedicaron a pasear el pueblo, que poco tenía que ver y que maldita la falta que a ellos les hacía.

Por la noche, Lavinia se acostó mirando a Andrés, y Andrés mirando a Lavinia. Se miraban sin hablar y, por veces, como si mantuviesen un diálogo secreto, de mente a mente, de corazón a corazón, sonreían para reforzar los argumentos de quién sabe qué. Después de que el alcalde entrase en el dormitorio a darles las buenas noches a los peregrinos y a apagar la luz, Lavinia se arrimó a Andrés; le besó, y en voz muy queda le dijo.

-¡Que descanses!... ¡Eh!, y sueña conmigo.

-Ya llevo todo el día soñando contigo. Anoche también soñé contigo. Que descanses, bonita.

Ella le tomó la mano. Se la apretó fuerte. Poco a poco fue aflojando sin soltar… hasta que quedaron dormidos.

El primer tramo de la etapa que conduce a Cizur, un poco más allá de Pamplona, le va haciendo cortejo al río Arga; un río que ya para siempre guardará testimonio del encuentro de aquellas dos vidas; de aquellos dos destinos asimétricos que el Camino había hecho converger. Andrés y Lavinia sabían que el río aquel quedaría prendido de sus memorias más recurrentes. En él empezaron a vivir una historia que querían gozar intensamente mientras durase. Por aquí el camino es sendero; sendero escoltado de hayas y abedules, tan enamorados de las aguas que se funden en ellas como en un beso infinito. El sendero sube y baja apartándose y acercándose al Arga; jugando a enredarle en padeceres.

Ir a Cizur en lugar de quedar en Pamplona obedecía a una recomendación del alcalde y hospitalero de Larrasoaña, que se deshizo en elogios sobre el albergue de aquel lugar, "uno de los mejores y más acogedores del Camino. Ya lo veréis".

Por Pamplona pasaron casi de largo. Se detuvieron en la plazuela del Ayuntamiento para llevarse una foto del lugar en el que todos los años, por julio, un "chupinazo" pone a andar los "Sanfermines", y en el que siete días más tarde se entona el "Pobre de mí" con el que se da fin a las fiestas; siete días en los que los más jóvenes renuncian a camas y a sobriedades. Aún hicieron otra parada en la iglesia de San Saturio donde el sacristán les selló la credencial. El hombre quedó convencido de que la pareja eran padre e hija.

A Cizur, llamado Menor porque al lado hay un Cizur Mayor, llegaron a las horas del mediodía, cuando el calor era más fiero.

El albergue levanta detrás de un gran portón de madera, que al abrirse da paso a un yerbal muy cuidado y salpicado de frutales: higueras, manzanos, perales, ciruelos. A la derecha, una casa con amplia solana cubierta donde vive la hospitalera. Al fondo, el albergue propiamente dicho; una construcción que en tiempos debió ser establo, o almacén, o bodega, o taller de alguna noble casa labriega.

-Tenía razón el alcalde. Por este albergue merece la pena dejar atrás Pamplona -confesó Lavinia rendida a la evidencia-.

Si quitamos la iglesia románica de San Miguel Arcángel, Cizur no tiene mucho que ver. La tarde se les fue yendo, parte en siesta, parte en una visita a la iglesia, y el resto en un largo paseo por los campos que rodean el poblado; unos campos en buena medida dedicados al trigo, y que en aquella época del año aparecían segados, casi yermos. El sol declinante de la tarde los teñía de un amarillo tan intenso que se dirían pintados por Van Gogh. Lavinia y Andrés caminaban cogidos de la mano, hablando poco y gozando intensamente cada segundo, cada sensación, cada cromatismo, cada fragancia; gozando del propio tacto de las manos; gozando del sonido acompasado de las pisadas y del piar de los pájaros que andaban a la procura de granos sueltos. De cuando en cuando algún perro ladraba a lo lejos, y otro y otro le replicaban en elocuente diálogo. A Andrés no le faltaban ganas de presentarle algunas cuestiones importantes a su compañera. Cuestiones sobre diferencia de edades, de vida hecha o de compromisos familiares, laborales y sociales. Pero hacerlo en aquel momento sería un disparate de prosaísmo. De modo que decidió que mejor era dejarlo para más propicia ocasión, y disfrutar sin pesares de aquella tarde, de aquella quietud, de aquella luz, de aquella sinfonía pastoral al lado de aquella muchacha aún con más luz en su cara y en su mirada de la que regalaba la tarde.

"¿Cómo alguien podía sentirse tan bien, tan a gusto, sin haber pagado todavía peaje alguno?". Esta cuestión contrapunteaba el plácido bienestar de Andrés.

II. De Cizur a Irache

(Adagio ma non troppo, ma divoto)

El tercer día tenía un destino claro: Puente la Reina, un lugar, como tantos otros, nacido al abrigo del Camino. El avance de la víspera allegándose a Cizur, les permitió madrugar un poco menos aquella mañana.

Antes de traspasar el portalón del albergue, Lavinia y Andrés se cruzaron por entre los frutales con una moza, que incluso a aquellas horas de la mañana, recién levantada y sin arreglar, se ofrecía espléndida a la vista. En años debía andar mucho más cerca de Andrés que de Lavinia. Era de cuerpo hermoso y de estiloso andar; rubia de pelo y piel; ojos azul mediterráneo; vestir peregrino, pero con gusto; mirada meiga.

-¡Buenos días! -la saludaron casi al unísono-.

-¡Bon jour, et bon voyage! -les respondió la moza, que con una botella de agua en la mano caminaba hacia dos tiendas de campaña que aquella mañana aparecieron plantadas sobre el césped-.

El sol asomaba por encima de los montes del este como un toro bravo asoma al ruedo: cabreado y dispuesto a dar pelea. Menos mal que la parte dura de la etapa se concentra al inicio. Había que ascender y atravesar el Monte del Perdón, que ya desde Cizur se ofrece amenazante a la vista, con su cima peinada por cien artilugios eólicos y la ladera moldeada por los vientos. Había que subir y cruzar antes de que el sol ahogase los respirares.

El camino que conduce a la pendiente en seguida se interna en campos de cereal, donde el verderol y el gorrión encuentran despensa y regalan concierto matutino para disfrute de los caminantes.

Aquella mañana ni Lavinia ni Andrés se levantaron habladores. Ya habían comprobado el día anterior que caminar y hablar a un tiempo puede resultar muy fatigoso. Además, la mañana limpia, a aquellas horas aún tibia y benévola en sensaciones, invitaba a la meditación, a la interiorización, al diálogo íntimo con el ser que siempre va con cada persona. Otra razón que podría explicar esta abstinencia verbal era que tanto una como otro habían vivido aquellas dos últimas jornadas muy a prisa, y el cuerpo les pedía un poco de sosiego para poder cribar tanta vivencia y tantas emociones e ir separando lo puramente ilusorio de esa otra cosa que, sin duda, comenzaba a aposentar en ambos.

A medida que la llanura de trigo segado se hacía cuesta dibujando crueles toboganes, Lavinia iba tomando metros de distancia por delante de Andrés aunque sin sobrepasar nunca el campo de un tiro de piedra, espacio que él se encargaba de regular desde atrás cambiando, no sin esfuerzo, ritmos y zancadas cuando era preciso.

El de Lavinia era un caminar de diosa griega, sutil, delicado, luminoso, ligero. Más que andar semejaba desplazarse sin pisar el suelo, como un viento bajo que acariciase la hierba fresca. Realmente, a la vista de lo que se movía por el camino, sus andares no eran de peregrina. Los peregrinos, unas veces porque les obligan los sufrientes pies; otras viciados por el bordón o por la carga, suelen bambolear como un barco en mar agitada. Lavinia, no. Ella caminaba con sencillez, con normalidad. Cierto que el peso no la desequilibraba. Colgaba a la espalda una mochila pequeña, ligera, caída a la cintura, con un saco también ligero envuelto en funda plástica y atado encima, sin sobrepasarle los hombros. La cabeza baja, mirando al camino, dejaba ver que iba metida en conversaciones consigo misma. Colgando hacia atrás, que aún el sol no apretaba, el sombrero de paja con trazas de corona celeste, remarcaba aún más los aires olímpicos de la muchacha. Así es como la veía Andrés, quizás más con los ojos del corazón que con los de la cara; pero así es como la veía.

¿No andaría el hombre, de nuevo, metido en fantasías? Todo aquello que estaba viviendo ¿no sería un simple sueño? Pero por otra parte, ¿es que acaso el Camino de las Estrellas no estaba repleto de historias fantásticas, de amores y desamores, de encuentros y desencuentros, de vida y de muerte, de creyentes y descreídos?

Lo que a Andrés le preocupaba es no haber frenado a tiempo aquel desborde de sentimientos que le estaba atando sin remedio a la criatura que caminaba por delante de él. Y el caso es que sabía muy bien como solían rematar estas dejadeces sentimentales; casi siempre en íntimos lamentos y estropicios afectivos. Pero lo suyo no tenía remedio. Se enredaba en amores con tanta facilidad, con tal promiscuidad, que rara era la época en la que no andaba metido en melancolías. Lo malo era que este padecimiento tenía difícil cura. Casi nunca, por no decir nunca, Andrés compartía con alguien sus sentimientos; ni siquiera con la persona objeto de sus quereres. Y así es imposible. Lo menos malo era que, a fuerza de padecer, el dolor había mudado en nostalgia, en saudade, que son sentimientos menos hirientes; sentimientos agridulces que, bien administrados, a veces hasta pueden derivar en goce. Esta vez las circunstancias eran distintas. El miedo a ser rechazado; el pánico a un "no"; esa inseguridad que le llevaba a ocultar sus sentimientos, no tenían razón de ser. ¿Acaso no le había dicho Lavinia muy claro que abriese todas las ventanas del alma que no se iba arrepentir? ¿No le demostraba a cada momento con las sonrisas, las caricias, los besos y la palabra, que la corriente de sentimientos fluía en las dos direcciones? Pero… ¿y si para ella fuese una simple aventura de verano? Todo esto había que hablarlo. "Lavinia, ven y sienta que tenemos que hablar". No, así no. Con tanta solemnidad, no. Tampoco tan pronto. Hace sólo tres días ni se conocían. ¿Por qué no dejar entonces que el tiempo vaya haciendo su trabajo? Ya se encargará él de que estas cuestiones afloren en su momento. Por otra parte, fiarlo todo al azar del tiempo es una rutina muy de Andrés que le sirve para ir aplazando decisiones y proyectos incómodos. Llegados a este punto, lo mejor será dejar que la cosa discurra a su propio ritmo, que es un ritmo binario; un ritmo de dos.

Caminando por delante, Lavinia gozaba como una mariposa de aquel encuentro con Andrés, de su compañía, de su conversación, de sus saberes y de su ternura. Ternura de tímido que resulta más acariciante. Gozaba de aquella mañana; de aquel aire que empezaba a caldearse, pero que aún aliviaba los sudores del esfuerzo; de aquel amarillo de los campos segados donde brincaban el conejo y la perdiz. Gozaba también de los pequeños pueblos que iban atravesando, o que clavados en su historia quedaban a uno y a otro lado del camino. Algunos de ellos, abandonados, vacíos, coronaban pequeñas cimas dando testimonio de antiguas cautelas y prudencias.

A Andrés le resultaba cada vez más penoso mantener las distancias. Aquel continuo subir y bajar de los toboganes le restaba fuerzas para seguir el buen paso de la rapaza. Además de los años, a Andrés le pesaba la mochila en la que cargaba más de lo conveniente. Al final se le fue la mano metiendo libros y libretas, sin contar una cantimplora de metal forrado que cargaba dos litros de agua. La llevaba llena por lo que pudiese pasar, y porque sabía que Lavinia sólo disponía de una botellita de plástico que apenas daba para un mal alivio.

El esfuerzo de Andrés calmó cuando la chica decidió esperarle. La cuesta que los había de llevar al alto del Perdón ya no estaba lejos. A la vista se presentaba cuando menos trabajosa. Desde donde ellos estaban, la serpiente que dibujaba el camino de ascensión se mostraba bien nutrida de peregrinos; unos en grupos y otros en solitario. Atrajo la curiosidad de la pareja uno que caminaba sólo. Llevaba un caminar muy distinto al de los demás. Caminaba encogido en sí mismo y muy despacio, parando a menudo como para recoger las fuerzas que se le iban saliendo del cuerpo.

Ya el sol braseaba. Lavinia subió el sombrero de paja a la cabeza y Andrés giró la visera que llevaba con el parasol hacia atrás.

-¿En qué pensabas? -preguntó Lavinia-.

-En cosas... En cosas que me están pasando y que desde que decidí hacer el Camino, va para un año, nunca pensé que me podrían pasar. Estoy pensando también en las pequeñas cosas que aprendes a apreciar y que pueden resultar fuente de placeres; cosas que en la vida que dejamos atrás, en la vida normal, apenas si reparamos en ellas. Hablo de una sombra, de una fuente, de un regato, del cantar de un pájaro.

-También yo cavilaba en esas pequeñas cosas. En las flores silvestres que crecen a la orilla del camino; en el aire que te da en la cara y te alivia los sofocos; en esos gazapillos que corren libres por el campo; en el goce de una buena compañía...

-Gracias por lo que me toca; pero más goce es el mío si de compañías hablamos.

-¿Y por qué tu goce tiene que ser mayor?

-Por una razón evidente, Lavinia; porque mi goce es un goce maduro, y por lo tanto una fruta en sazón que, al decir de las gentes, tiene mejor paladar.

Hablando de estas pequeñas cosas llegaron junto a un joven peregrino que descansaba a la sombra de un vallado a un lado del camino. Lavinia y Andrés aprovecharon también aquel fresco de sombra para descargar unos minutos las mochilas y beber un poco de agua antes de echarse a la cuesta, que ya la ascensión estaba a la vista. Invitaron a beber al mozo peregrino.

-Os los agradezco porque voy sin agua. Olvidé llenar la cantimplora y por este monte no creo que encontremos donde reponer.

-Según las guías -le dijo Andrés-, poco antes de la cima hay una fuente llamada Reniega, con leyenda propia como otros muchos hitos del Camino.

-Pues ojalá llegue pronto a ella un peregrino polaco que camina por delante. Va cansado, enfermo, y a buen seguro sediento ya que tampoco lleva agua consigo. Si no la alcanza rápido pienso que no llegará a la cima.

El peregrino al que se refería el mozo era el mismo que a Andrés y a Lavinia les había llamado la atención cuando lo vieron ascender encogido en sí mismo y muy despacio.

-Ese peregrino -prosiguió el mozo- tiene una historia increíble. Esta mañana caminamos juntos desde Pamplona hasta Cizur. Yo aquí hice un descanso; él siguió adelante.

Lavinia y Andrés sentaron. El mozo entendió que lo hacían para atender más cómodos a la historia del polaco.

-Hace dieciocho meses -empezó a relatar- el hombre salió de su casa de Cracovia dejando mujer y dos hijos. Había hecho la promesa de venir a pie a Compostela en el caso de que los suyos librasen de una peste ruin que a punto estuvo de llevarlos al otro mundo. Se llama José, y como de un ojo le falta la vista le apodan el Tuerto. Su oficio es el de sastre y, según cuenta, les alcanza para vivir él, su mujer y sus dos hijos sin pasar estrecheces. Antes de salir preparó a su hijo mayor, de doce años, para dejarlo al frente del negocio. Atravesó todas las tierras, las germanas y las francas, viviendo de las caridades de cada pueblo. En Dijon se entretuvo por veinte días trabajando las viñas de un villano. Allí probó por primera vez el vino, que en Polonia es privilegio de ricos y de misacantanos. Tal fue la afición que le tomó al borgoña que tentado estuvo a quedarse en la comarca de por vida.

El mozo relator, que parecía de los que se toman el Camino con calma y sin muchas normas, se puso a liar un pitillo sin por ello perder el hilo de la historia.

-Paró luego cerca de Mont Ventoux donde conoció a un loco que escribía sonetos en toscano. Contaba que había aprendido estas artes en un tiempo que estuvo viviendo en Siena, hasta donde llegó siguiendo a una moza de la que se había enamorado cuando ella pasó por la Provenza, camino de vuelta de Compostela. La moza nunca le prestó interés, y fue en un desesperado intento de enamorarla que el loco, que por entonces aún conservaba cordura, se puso a aprender la rima toscana. Por las tardes, a última hora, subía al monte, dicen que para mirar el mundo, y lo hacía incluso cuando ventaba fuerte, lo que no es aconsejable. Una tarde que José lo acompañó pudo apreciar que sólo miraba al sureste, en dirección a Siena, por si veía a la moza que aún lo tenía enredado. A José le confesó que alguna vez la vio por la plaza en la que se corre el Palio, llorando los sonetos que él le había escrito. La siguiente estación la hizo el sastre de Cracovia en Beaucaire, villa regada por el Ródano y que centra el triángulo Nimes-Avignon-Arles. Allí entró en tratos con un juglar que le enseñó a tañer el violón y la viola de siete cuerdas, y también un poco de rabé que en España se utiliza para acompañar las Cantigas de Santa María. Con estas habilidades pudo José el Tuerto ir tirando y viviendo el resto del Camino.

-¿Y sabes si sigue tocando algún instrumento? -inquirió Lavinia que gustaba de cantar acompañándose de la guitarra-.

-Ya no, desde que se lastimó una mano tratando de huir de África.

-Y ¿qué hacía en África? -quiso saber Andrés-.

-Pues el caso es que tocando cantigas y romances por las villas de la Camargue era tan celebrado que le llovían obsequios y convites. Así fue como engordó veinte quilos. Tropezó entonces con unos piratas berberiscos que lo apresaron y lo condujeron a África, llevándolo de feria en feria para venderlo. Unos tratantes al servicio del sultán de Ashabad, que viene siendo la capital de Turkmenistán, lo compraron. Gustaba el sultán de capar cristianos para hacerlos cantar óperas de "castrati". La fortuna del sastre fue la de ser un poco jorobado, ya que esta rareza llevó a la favorita del sultán a solicitarlo a su servicio para pasarle la mano por la joroba, que también por aquellas tierras dicen que trae suerte. Después de algún tiempo dejándose sobar las espaldas, y aunque agradecido por haber salvado los atributos, logró José meterse en un barco chipriota que había ido a descargar higos secos, sal y ajo. En él viajó hasta Barcelona. Retomado el Camino, se encontró con un pariente de Cracovia que le habló de lo responsable que le había salido el hijo y de lo mucho que había hecho prosperar la sastrería. También de que en su ausencia, ya pasado más de un año desde su partida, le había nacido un tercer hijo. Claro que no le dijo nada ni de la fama de incontinente que en aquel tiempo había adquirido su mujer, ni del vecino que le había hecho cortejo y, al decir de las gentes, también el hijo. Y ésta es la historia de José el Tuerto que, tal como anda, de no encontrar agua muy pronto algo malo le va a pasar.

Terminado el relato de las aventuras y desventuras del sastre de Cracovia, ya con un sol que calentaba en exceso y que les obligaría a agrandar esfuerzos, tomaron los tres la pendiente. A medida que ascendían, el valle se iba ensanchando y los horizontes se iban alejando. Lavinia advirtió que el mozo forzaba con ella un cortejo primario y optó por no soltarle cabo alguno, que luego es siempre trabajoso de recoger. Así que se arrimó a Andrés; le tomó la mano, y mirando al mozo le anunció sin palabras, pero muy claramente, que aquello era cosa de dos y no de tres. El peregrino no necesitó de segundas señales. Poco después les dirigió un "ya nos veremos", y apretando el paso se perdió por delante.

De la línea que la cima del monte dibuja en el cielo bajaba el ruido sordo de los aerogeneradores. Y aunque por donde subían los peregrinos apenas se movía el aire, allí arriba algo debía soplar cuando todos los artilugios eólicos giraban aspas.

Al llegar junto a la moderna fuente de piedra, construida en el lugar en el que la tradición cuenta que brotó milagrosamente el agua, y que desde entonces llaman Reniega, vieron al sastre de Cracovia tirado en el suelo, sin fuerzas para levantarse, resignado a dar por rematada allí mismo su peregrinación y no sólo la de Compostela sino también la de la vida. La fuente de piedra estaba seca y al polaco no le quedaba ni un resto de fuerzas para seguir adelante.

-Le voy a dar mi agua -dijo Lavinia mientras echaba a correr hacia el enfermo-.

-¡Espera! Yo llevo más -replicó Andrés- y sospecho que le hará falta toda.

Cuando estaban a dos o tres pasos del agonizante, frenaron en seco. Imposible dar un paso más. Un muro de aire blando, intraspasable, espeso, impermeable, paralizante, les cortó la carrera y el auxilio que llevaban al peregrino necesitado. La fuente de piedra había desaparecido; las aspas de los aerogeneradores quedaron clavadas en el aire; a su alrededor nada se movía; ni las gentes, ni el viento, ni los pájaros, ni el tiempo. Tampoco Andrés y Lavinia se movían. Sólo la agonía del peregrino, con los labios blancos de sequedad y los ojos hundidos, parecía tener vida.

-¡Agua, por caridad! -balbuceó derramando la poca voz que le quedaba-.

Quietos como estatuas, Lavinia y Andrés lo observaban todo; lo oían todo; lo entendían todo; lo sentían y lo sufrían todo sin poder allegar remedio alguno. Y así fue como vieron y oyeron hablar con el moribundo al mozo peregrino que poco antes habían conocido.

-Ya sabía yo que te iba a pasar esto; pero no te preocupes que para todo hay remedio.

-¡Agua, por favor! ¡Un poco de agua!

-Tendrás todo el agua que quieras y aún más. Tendrás una larga vida gozosa si ahora mismo reniegas de Dios y vuelves a tu tierra.

-Nunca conseguirás que renuncie a Dios, mi Señor.

-Pero ¿no ves que no te queda otra elección? ¿Acaso no quieres seguir viviendo y así poder regresar junto a los tuyos?

-Sólo quiero agua, por caridad.

-Pues dime al menos que renuncias a tu devoción a la Virgen y tendrás el agua que quieras.

-No sigas porque no pienso renunciar a nada de lo que me pides. Prefiero morir de sed a tener que padecer la condenación eterna de la que nunca se puede escapar.

Por las mejillas de Lavinia, en aquel trance rígidas, marmóreas y frías, resbalaron dos lágrimas. La entereza del peregrino agonizante la conmovió hasta el punto de hacer brotar dos lágrimas de donde hasta entonces todo era quietud. Por dentro, Andrés sentía la rabia de no poder auxiliar al sediento que tan cerca de sí suplicaba, y también ganas de decirle cuatro cosas a aquel diantre que negociaba con la extrema necesidad.

-Voy a concederte una última oportunidad -prosiguió el tentador-. Reniega aunque sólo sea del apóstol Santiago. Da la vuelta. No sigas hacia Compostela.

-Sí que iré si Dios me libra de ésta, que se lo prometí en sagrado. Si el agua que me ofreces ha de ser a cambio de mi fe, marcha y déjame morir en paz.

-Pero si ni siquiera el cuerpo de Santiago está enterrado en Compostela. ¿No te das cuenta de que todo esto es una andrómina de los curas para mover a los tontos como tú y tenerlos de su mano?

-Huye de mi, demontre, que a mi fe poco le va que el cuerpo de Santiago esté en un lado o en otro. Yo voy a donde sé que me ha de escuchar.

Una nube amarilla envolvió el cuerpo del falso peregrino. La tierra se abrió y el mozo desapareció. Por el aire, un jinete cabalgaba sobre montura blanca. Se detuvo junto al polaco. De donde el caballo posó sus patas surgieron cuatro manantiales. Con una concha de vieira el jinete le dio de beber al peregrino hasta que éste sació, y con el agua le llevó también remedio a todas sus dolencias.

- Tu fe te salvó. Nos veremos en Compostela.

El jinete desapareció de la misma forma que se había hecho presente. La fuente de piedra volvió a su sitio; el aire se tornó permeable. Las aspas volvieron a girar y a cantar con monótono son; las gentes, el viento, los pájaros y el tiempo retomaron animación. Andrés y Lavinia quedaron libres de las mágicas cadenas. Quien ya no estaba era el sastre peregrino; el polaco que había descubierto el borgoña en el Camino; que había andado en tratos con un loco y con un juglar; que de milagro se había librado de una capadura y de una muerte por sed. Lavinia y Andrés se miraron. No les hizo falta decir nada. Los dos sabían que aquello que acababan de vivir, o de soñar, no era cosa ni de razonar ni de buscarle explicaciones.

En la cima del Perdón, donde los caminos del viento cruzan con los caminos de las estrellas, hicieron alto para retomar fuerzas y para reconquistar el mundo de las cosas. A sus pies, mirando hacia lo andado, el valle de Pamplona y la cuenca del Arga tenían trazas de gran planicie cortada al fondo por los Pirineos, que desde aquella perspectiva regalaban la ilusión de casi poder tocarlos con la mano. Por la parte opuesta, mirando hacia el camino por andar, otro valle más verde que el primero, como si aquella sierra del Perdón marcase una divisoria cromática. Los pueblos de Uterga, Muruzabal y Óbanos aparecían alineados en el vial peregrino. Y a lo lejos, Montejurra encortinando las fértiles tierras riojanas.

A Óbanos llegaron a la hora en que los cristianos acostumbran a hacer un hueco para la comida. Puente la Reina, su estación término por aquel día, apena distaba tres quilómetros. Coloquiaron para decidir qué hacer: si seguir y dar por concluida la jornada, lo que parecía lo más inteligente, o si deternerse allí, comer, y luego concluir el paseo hasta el albergue. Puente la Reina se esconde en un declive del valle. Desde el altillo de Óbanos sólo se ve la torre de la iglesia se Santiago que, por algún efecto óptico, se antoja aún más cercana.

-Yo preferiría seguir y concluir la etapa -dijo Andrés-; pero seguro que a ti te gustaría acercarte a la iglesia de Eunate. Para verla es preciso desviarse dos quilómetros hacia atrás. A la salida del pueblo habría que tomar el Camino aragonés que allí se une a éste de Roncesvalles. Si quieres podemos comer aquí y luego acercarnos a Eunate antes de rematar la etapa.

-No tengo referencias de esa iglesia. ¿Merece la pena?

-Las guías hablan de ella como una de las más celebradas del Camino. Se trata de una iglesia románica de planta octogonal, atribuida a la orden de los Templarios. Por tanto, de una iglesia mágica. En una de las guías que llevo conmigo hay una foto.

A la vista de la imagen, Lavinia desterró cualquier duda.

-Esto no se puede perder. Haremos lo que tú dices. A partir de hoy mismo me tienes que dejar esas guías para estudiar cada etapa. No quiero volver a poner en evidencia mis ignorancias.

-No te preocupes. A tu edad yo ni siquiera había reparado en que el Camino de Santiago fuese algo más que un sendero de fe y de sufrimientos. No tenía idea de las muchas cosas que en él se pueden disfrutar.

-Sí, pero tú no estudiabas arquitectura. En mi caso no tiene perdón salir a hacer este camino sin informarme acerca de los numerosos tesoros arquitectónicos que guarda.

En el restaurante, la mujer que les atendía les habló de la leyenda de Óbanos, una de las más trabajadas del Camino; una leyenda que cada año representan en la plaza del pueblo 800 actores, la mayoría de ellos del lugar.

-He leído algo acerca del Misterio de Óbanos; pero no conozco la historia al detalle -dijo Andrés-. Ya me gustaría que alguien del pueblo me la contase.

Dada la disposición de Andrés a la que Lavinia se sumó, ofreciose la mujer a relatarles el argumento de la leyenda. Para cualquier vecino de Óbanos, propalar la historia de santa Felicia, más que una obligación es una devoción. Todos se sienten orgullosos de su Misterio, que ya es tan parte del pueblo como la plaza o como la iglesia dedicada al Bautista. La mujer invitó a los peregrinos a cafés. Se sentó con ellos a la mesa y arrancó con la historia que tantas otras veces les había contado a tantos otros peregrinos.

"Hace muchos, muchos años, vivían felizmente en la Provenza, en poderosa casa, los duques de Aquitania. Tenían dos hijos: Guillermo, bravo guerrero a quien el destino le tenía reservado el gobierno de aquellas soleadas tierras, y Felicia, una hermosa muchacha que por los tiempos en que discurre el relato debía galantear las diecisiete primaveras.

"Por su belleza, por su piedad; por su dominio del laúd, del arpa, de las artes culinarias y de los varios idiomas que había aprendido, Felicia era la princesa casadera más solicitada de todos los reinos europeos. Sus padres, los duques de Aquitania, soñaban con tirar provecho de las bodas de su hija. Pero un buen día a Felicia se le dio por peregrinar a Compostela, como hacían tantos y tantos miembros de la nobleza europea de la época. Preocupados por los muchos peligros que una joven de tan corta edad podía correr por aquellos caminos, sus padres y su hermano trataron sin éxito de convencerla para que desistiese de su idea de peregrinar. "Nada puede hacer que cambie de propósito". Así que una mañana, acompañada de importante séquito que a la vista de la obstinación de la muchacha su padre le había puesto para su guarda, partió hacia Galicia. Por exigencia del duque, los cortesanos y cortesanas velaban a Felicia con todo el mimo y con todas las atenciones que la dureza del viaje permitía. Siempre procuraban que se alojase en albergues caros y que comiese en las mejores posadas. Las damas atendían a su cuidado corporal y los caballeros la defendían de cualquier peligro y le allanaban todos los obstáculos.

"Con todo, durante el viaje fue estableciendo contacto, cada vez más comprometido, con peregrinos hambrientos a los que regalaba alimento; con enfermos a los que atendía, y con otros muchos caminantes que, por distintos azares, presentaban aspecto lastimoso, y para los que siempre disponía de alguna palabra cariñosa. Nunca dejaba de visitar los muchos hospitales que en aquella época había por el Camino. En ellos practicaba todas las obras de misericordia que de pequeña había aprendido de su madre.

"A medida que se acercaba a Compostela, el corazón de Felicia se iba transformado. Cuando pisó la catedral, su decisión estaba tomada. Por medio de un peregrino aquitano que regresaba a su tierra les mandó una carta a los suyos: "Queridos padres y hermano. Mi vida está en la caridad, en la oración y en el trabajo. No volveré ni al lujo ni a la comodidad de la corte. Os quiero. Felicia".

"Ya de regreso, sin damas ni caballeros que la cuidasen y protegiesen; sin séquito que la acompañase; sólo como simple peregrina, Felicia se desprendió de todo lo que llevaba y decidió quedarse en un lugar muy cerca de aquí, en Amocain, para dedicar el resto de sus días a ayudar a los muchos peregrinos que por estas tierras pasan.

"Al conocer los duques de Aquitania la decisión de Felicia, salió Guillermo en procura de su hermana. Cuando dio con ella, flaca, mal vestida, descuidada, viviendo la miseria de los pobres en este apartado rincón de Navarra, y teniendo como único lecho una mísera ermita que ella misma había levantado con sus manos para atender a los peregrinos y para alabar a Dios, le rogó, le imploró, le suplicó que regresase con él a la dulce Provenza para atender a los padres, ya viejos, que precisaban de sus caridades. Se lo rogó con los ojos bañados en lágrimas; se lo ordenó. Cuando Guillermo dio por seguro que no había forma de lograr que Felicia se fuese con él, lleno de rabia y de locura la mató a puñal dentro de la ermita.

"Al volver en sí y comprobar el crimen, Guillermo, arrepentido, viajó a Roma en procura del perdón del Papa. Éste le impuso como penitencia peregrinar a Compostela. Por el Camino, al igual que le había pasado a su hermana Felicia, su corazón se fue transformando. Ya de regreso, decidió establecerse en la capilla del crimen; en la capilla construida por su hermana, que ya por entonces había alcanzado fama de santidad por toda la comarca. Y allí continuó la obra que Felicia había empezado. Los años que vivió, los pasó Guillermo llorando su gran pecado".

-¡Qué hermosa historia! -exclamó Lavinia-.

Durante el relato, la muchacha había mantenido sus luminosos ojos verdes abiertos como ventanas, y los oídos atentos para no perder detalle.

-Algún día -dijo Andrés- habrá que ver esa representación. Seguro que vale la pena.

-Están ustedes invitados. Ésta es su casa si deciden venir.

Agradecidos, los dos peregrinos se despidieron y se pusieron en marcha, camino de Eunate. Había que andar dos quilómetros hacia atrás por la ruta aragonesa; dos quilómetros que ni a Andrés ni a Lavinia le amargaban. A él porque quería conocer uno de los más destacados hitos del Camino; una edificación atribuida a los templarios, que a este viático aportaron no sólo obra y seguridad, sino algo mucho más importante para el maestro Andrés: leyenda y misterio. El interés de Lavinia venía porque ésta podría ser la primera ocasión de demostrarle a su compañero de viaje sus conocimientos, sus saberes acerca del arte románico que tan de su agrado era.

El calor aún incomodaba; pero metidos como estaban en conversación, el trayecto se les hizo corto. Cruzaron con algunos peregrinos que venía andando el camino aragonés.

-¿De vuelta de Compostela? -les preguntaban-.

-No. Sólo nos desviamos para visitar Eunate.

-Hace media hora la capilla estaba cerrada.

-¡Pff, qué faena! -lamentó Lavinia-. ¿Qué hacemos?

-Tú dirás; pero ya metidos en gastos, bien podemos acercarnos aunque sólo sea para verla por fuera.

La fortuna vino a aliarse con ellos mientras admiraban los historiados capiteles del atrio porticado. De un coche bajaron una pareja de novios y una tercera persona que les abrió el santuario. La pareja venía a ver cómo podía amañar la decoración floral de Santa María de Eunate donde pensaban casar.

Discurrían los novios sobre la distribución ideal del pequeño espacio de la capilla, sobre la colocación de las macetas de flores y sobre cómo decorar la mano de la Virgen que siempre sustenta un motivo natural y de época... ya una espiga de trigo, ya unas flores de avellano, ya un racimo de uvas... Aprovechando su suerte, Lavinia y Andrés entraron y se arrodillaron de la forma más natural. Aquel espacio se lo estaba demandando. Y también de la forma más natural, mientras se arrodillaban, Lavinia tomó la mano de Andrés. Así, cogidos y recogidos, permanecieron un tiempo con la mirada distraída en el ábside pentagonal; permanecieron así, en actitud contemplativa y con la mente ocupada en discurrires diferentes. Lavinia tratando de concertar sus estudios de arte con el arte presente; Andrés empeñado en gozar de aquel contacto de manos en las que repicaban los latidos de dos corazones a ritmos desacompasados. El ritmo de Andrés mucho más taquicárdico que el de Lavinia.

La muchacha llamó la atención de su compañero sobre las columnas que trepaban por cada ángulo de aquella planta octogonal; cada una con dos cuerpos capitelados sobre los que prolongaban los nervios de la cúpula.

-Fíjate qué curioso -le dijo-. Si miras al centro de la cúpula verás que los ángulos que forman los nervios son distintos. Eso nos está diciendo que la planta es totalmente irregular, algo que a simple vista no se aprecia.

Las observaciones de Lavinia también se centraron en el ábside que se abre enfrontado a la puerta. Le precede un arco de medio punto, tal como mandan los cánones del románico.

-Qué difícil debe resultar -añadió- modelar espacios tan hermosos, tan sublimes, tan armónicos, en plantas tan reducidas como ésta. Sólo el románico y el gótico son quien de elevarlos a la perfección, aunque sea con gustos diferentes.

-Y entre el románico y el gótico ¿tú con cuál te quedas? -preguntó Andrés-.

-¿Por qué no me preguntas si prefiero a mi padre o a mi madre? Es lo mismo. Depende del momento, del estado de ánimo y, en ocasiones, incluso de la compañía. En estos momentos, aquí y ahora, me quedo con el románico; un estilo más sólido que el gótico, más reposado, más firme, más tangible.

-No sigas, no sigas. Por esa línea argumental vas terminar diciendo que también más previsible y más aburrido.

-No. Ni el románico ni tú sois previsibles o aburridos. En tal caso, sublimes. ¡Y no me seas tan tiquis-miquis! -concluyó Lavinia, tratando de rebatir la ironía mientras le miraba el alma a través de los ojos-.

Los cinco quilómetros que los separaban de Puente la Reina se les hicieron ligeros. Y más a Lavinia que no ocultaba el contento de haber ido a Eunate y haber gozado de aquella singularidad arquitectónica.

Las literas del albergue de Puente la Reina ya estaban ocupadas a aquellas horas de la media tarde. Sólo quedaba una habitación alfombrada de colchones, seis en total, unos pegados a otros. Pillaron dos en una esquina. Al lado sesteaban dos mozas de trazas centroeuropeas. Eran austriacas. Al regresar de la ducha las encontraron despiertas, sentadas en los jergones y hablando en alemán.

Después de cenar tomaron asiento delante del albergue, en un muro que sostiene terraza elevada y con hierba. Había allí más peregrinos, a la fresca, hablando de las andanzas de la jornada. Lavinia y Andrés se integraron en un grupo de Albacete, tres mozos y dos mozas que también se habían acercado a Eunate. Sólo uno de ellos quedó satisfecho de la visita. Los demás, o no demostraban entusiasmo o incluso lamentaban el rodeo hecho. No eran de Albacete capital. Sobre este punto porfiaban una y otra vez para que quedase claro.

-Somos de La Roda -decía a menudo el que aparentaba liderar el grupo-.

Los mozos no parecían tener mucha prisa por acostarse. Lavinia y Andrés acusaban cansancio. La jornada había sido muy intensa. Se despidieron y entraron en el albergue. El cuarto estaba repleto. Y aunque los colchones que les correspondían fueron respetados, en los otros cuatro acomodaban seis personas. La temperatura allí dentro, en aquel aposento orientado a poniente, era muy alta. El sol lo había caldeado toda la tarde. Desde el corredor Lavinia hizo gestos a Andrés para que saliese.

-No puedo dormir en este sitio. Sólo pensarlo me angustia. ¡Están como sardinas en lata! Hace mucho calor ahí dentro. Tú haz lo que quieras. Yo prefiero dormir en el descansillo de las escaleras, o incluso abajo, en el suelo del comedor.

-Te acompaño.

Procuraron dos esterillas, cogieron los sacos de dormir y volvieron a salir fuera. Allí seguían los mozos de La Roda a la fresca. Pero al grupo se había agregado un caminante poco convencional. Era de los que gustaban más de hablar que de escuchar. Andaba tan metido en explicarles a los manchegos sus vivencias, sus andanzas entre los indios choles que no reparó ni en la llegada de Lavinia y Andrés, ni en la señal que uno de los mozos les hizo a éstos para que atendieran aquellos desvaríos. Cuando el contador de las historias de los indios choles cayó en La cuenta de las nuevas presencias, no tuvo inconveniente en volver a empezar. Tampoco los de Albacete lo tuvieron en volver a escuchar; aunque esta vez, ya repuestos del primer relatorio, fueron aliviando el monólogo con algunas disgresiones.

-Los indios choles son el pueblo más sabio del mundo...

Así, con esta rotundidad, empezaba su discurso; un discurso lleno de rotundidades, de actos de fe, de absolutos. En su línea argumental no cabían flaquezas ni debilidades dialécticas. Cojeaba un poco, eso sí, por el lado del discernimiento y de la credibilidad, y esto era precisamente lo que hacía divertido su discurso; lo que hacía que fuese atendido con regodeo y con cierta propensión a la chacota.

-Todo lo que sé lo aprendí de los indios choles. Ellos lo saben todo y tienen remedios para todo...

-¿Cuántos años estuviste con ellos? -preguntó una de las chicas del grupo, profesora de matemáticas en el instituto de La Roda-

-Más de tres meses.

-¿Y en ese tiempo aprendiste todo lo que sabes?

-Sí, porque lo que sabía antes no vale para nada. La única sabiduría es la de los indios choles.

-Entonces ¿por qué los dejaste? -terció uno de los mozos-.

-Porque quiero traer su sabiduría a España; quiero ser un apóstol de la cultura chole.

-Pues nos gustaría que empezases a transmitirnos alguna de esas sabidurías -añadió otro mozo del grupo manchego-.

-Sí. Cuenta, cuenta -corearon los demás-.

Aquel caminante tan poco convencional hizo en este punto una pausa prolongada; una pausa escénica. Con la mirada trataba de concitar la atención de todos los circundantes, metidos en ímprobos esfuerzos para no romper en risas.

Y como en un remedo de lo que Virgilio cuenta que sucedió en la corte cartaginesa de la reina Dido, cuando el narrador advirtió que todos callaban y esperaban con los rostros atentos, entonces habló así.

-La gran sabiduría de los indios choles; su gran panacea; su elixir; el remedio de todos sus males; su principio y su fin, están representados en un sólo elemento. Un elemento que nuestra ignorancia poco menos que desprecia; pero que yo, desde que estuve con ellos, llevo siempre conmigo, como un talismán. Y a todos vosotros, si queréis vivir felices, con salud y alegría, os recomiendo que también lo llevéis.

-¿No será ese elemento el enredo en el que nos estás liando? -interrogó una de las mozas de La Roda-. No sé si en estos momentos soy feliz o estoy alegre; lo que sí sé es que me tienes impaciente… en vilo.

-No. No es algo tan inmaterial como la intriga o el enredo. Es algo que se puede tocar; que todos habéis tocado; que todos usáis a diario. Es una auténtica fuente de vida de la que emana toda la sabiduría del mundo.

-Pero dilo ya —imploraron todos a coro-.

-Sí. Os estoy hablando de ese mágico elemento que es la sal.

La carcajada fue general. Del albergue salieron peregrinos a interesarse por lo que pasaba allí fuera. Dos mozos del grupo rodaron por la hierba poseídos de la risa. Al apóstol de los indios choles no le hizo gracia esta mofa. Sacó del bolsillo un salero y con el poco ánimo de quien se siente predicador en el desierto les dijo.

-Reíd, reíd; pero yo en vuestro lugar me haría con un salvoconducto como éste. En la mochila llevo repuesto.

Concluido el gozoso alboroto que aún duró un tiempo, Lavinia y Andrés buscaron el lugar más allanado en la hierba. Antes explicaron a los del grupo por qué salían a dormir al raso. Con las disculpa de alejarse de un afamado roncador que ocupaba litera cerca de ella, una de las chicas de La Roda se animó a acompañarles. También se apuntó el devoto admirador de los indios choles.

-Será como en Chiapas cuando andaba con mis maestros choles. ¡Cuántas noches durmiendo bajo las estrellas! ¡Cuántas noches escuchando historias, antiguas tradiciones y viejos remedios de antes de que los conquistadores llegasen a aquellas tierras! Remedios a base de sal, naturalmente.

-¡Hombre!, pienso que exageras un poco las virtudes de la sal, que no digo que nos las tenga -razonó Andrés-. Ahí están sus aplicaciones en la industria de la salazón, o incluso en la medicina, por no hablar del uso más corriente, el culinario; pero tanto como ser la panacea contra todos los males... ¡Hombre!, algo pienso que exageras.

Acomodaron los unos al lado de los otros. Las chicas en medio, y marcando los extremos, Andrés por el lado de Lavinia, y en el otro el predicador que antes de acostarse les obsequió con el ritual del salero. Haciendo un círculo alrededor del grupo fue esparciendo el prodigioso elemento que tantas virtudes encerraba.

-Esto -dijo mientras derramaba la sal- para que durante la noche no se nos acerque ningún bicho, ningún perro, ningún reptil, ningún gusano, ningún mal espíritu, ningún alma en pena.

Aún tardaron en entrar en sueño. Y entre hablar de indios choles, y de sales milagrosas que también sirven para curar las ampollas tan molestas para el peregrino; después de hablar de las cien andanzas vividas por aquel extraño compañero de camino, llegaron aún a escuchar las once y media en el reloj de la iglesia de Santiago. Una hora muy a despropósito para quien tiene que madrugar tanto como Andrés y Lavinia querían madrugar. Aún así fueron ellos los últimos en quedar dormidos. Lavinia quería alargar el goce de un cielo que en su vida había visto de aquella manera; el goce de un cielo estrellado en noche de luna pobre, que la hacía sentirse criatura cósmica. De este goce quiso contagiar a Andrés. Él no era la primera vez que disfrutaba de noches de cielos estrellados; pero nunca como en aquella ocasión, oliendo el aroma de la hierba y sintiendo el calor, la respiración y los latidos del corazón de Lavinia. Por unos instantes pensó que el mundo fuese de ellos dos y de las estrellas que estaban allí para velar porque nada ni nadie viniese malograr aquel estado de bienestar que sólo a ellos pertenecía. Lo más prosaico de la situación era que pocos metros por detrás, por la carretera principal que atraviesa Puente la Reina, los coches y las motos, algunas con escapes ensordecedores, no favorecían el buen descanso. Pero el cansancio de la jornada era mucho, y el sueño se fue adueñando del cuerpo y del pensar de Lavinia, que antes de rendirse se acercó a Andrés y le besó suavemente en los labios. Luego se embozó hasta los ojos en el saco de dormir. Sólo le asomaba un mechón de pelo que medio le cubría la frente; una frente tintada de blanco nardo, en la que Andrés depositó el beso de vuelta. Tampoco él tardó mucho en dormirse. Se fue quedando y gozando de aquel beso que le supo a dulce de membrillo, a arroz con leche, a mermelada de melocotón maduro, a eternidad, a gloria, a paraíso. Y soñó; aquella noche soñó con un cielo olímpico lleno de diosas lavinias, ocupadas en hacerle feliz.

Poco antes de las seis, aún de noche, Andrés despertó a su compañera. Muy en voz baja le habló al oído.

-Cantan los gallos para el día, mi bien.

-¿Hay ya que levantarse? -preguntó ella mientras se desperezaba-.

-Sí, bonita. Es la hora peregrina.

En el albergue ya se movía alguna gente. Se ducharon; recogieron las mochilas; Andrés devolvió las esterillas; almorzaron yogur líquido con magdalenas que habían comprado de víspera, y enfilaron la sirga que conduce hasta el puente de la reina, al final del pueblo; un puente construido nueve siglos atrás para que los peregrinos pudiesen atravesar el Arga sin mojarse, y que terminaría por darle nombre a la villa. Las aguas bajaban mansas; bajaban reflejando los cinco arcos del puente, y los sufrimientos, las ansias, las alegrías y las esperanzas de las millonarias riadas de romeros que, antes que ellos, durante siglos, se habían ocupado en desgastar el piso de aquel puente, que más que puente parecía gracia en piedra.

Empezar a caminar así por la fresca tiene la ventaja de que se sufre mucho menos y se adelanta mucho más. De modo que después de superar unos duros declives, pronto llegaron a Mañeru desde donde se divisa la silueta de Cirauqui que, como nido de víboras ...eso es lo que significa en euskera..., asienta sobre un cerro resuelto aún en brumas. Escalar aquel altillo es más penoso de lo que se podía presumir. Ya en la cima, y después de cruzar el pasadizo de salida que atraviesa una hilera de casas, Andrés y Lavinia tomaron la pendiente que enseguida se transforma en calzada romana; una calzada que guarda memorias de rutas imperiales, predecesoras de las jacobeas. El camino salva los bajos del declive ofreciéndole al peregrino unas ruinas que en otro tiempo fueron puente.

Por delante de ellos, un caminante vestido a la antigua moda peregrina avanza despacio. Sandalias, calzón corto sujeto con un cordel, camisa griega, esclavina, sombrero de ala ancha, zurrón a un costado y alto bordón con calabaza.

-¡Muy buenos días, mi romero! -saludó Andrés-.

Paró el romero ante el ruinoso puente, contrariado por el descuido en que lo tenían. Llevaba la cabeza baja. No respondió al saludo que quizás ni oyó.

-¡Muy buenos días! —insistió Lavinia al adelantarle-.

Nada. Sus luengas y blancas barbas apenas dejaban adivinar unos ojos de dulce mirar; unos ojos que no repararon en los dos caminantes que pasaban a su lado.

A Estella llegaron temprano; antes del mediodía. El albergue aún no había abierto. En la oficina de información les dijeron que algo más adelante, en Irache, un hotel reservaba cada día, a precio muy acomodado, tres o cuatro habitaciones para peregrinos. La tentación era de las de pecar. A Lavinia le saltaban chispitas de los ojos. A Andrés, pensando en sábanas limpias y colchón blando, sobre todo después de una noche durmiendo al raso en duro suelo, el rincón de los deseos se le llenó de jugos gástricos.

Entretuvieron la mañana en la piscina pública. Había mucha gente. Estella andaba metida en fiestas. Comieron, pasearon el pueblo, y cuando el sol y el calor anunciaron tregua, tomaron el camino de Irache. Apenas cuatro quilómetros cuesta arriba.

Haciendo esta misma ruta en 1976, por mayo florido, subían los carlistas desde Estella a Montejurra para cumplir con el anual rito de reclamar la corona de España para el pretendiente Carlos Hugo. Algunos partidarios de su hermano Sixto, que aspiraba a la misma pretendida corona, salieron al camino con pistolas. Poco después se retiraban dejando atrás dos muertos.

A los pies del benedictino monasterio de Irache, el camino bordea unas bodegas que ofrecen al peregrino dos fuentes para alivio de sequedades. De una mana agua; de la otra, vino tinto. Andrés llegaba advertido por las guías; pero Lavinia, que aún no había cumplido con el propósito de enmienda de empezar a leerlas, no pudo reprimir una especie de grito ancestral, más propio de las tierras celtas de Andrés que de las suyas occitanas. Las mochilas cayeron al suelo. La primera en embocar el grifo del vino fue ella. Hacía pequeñas pausas de respiro, pero sin perder el ritmo.

-¡Qué pasada! ¡Qué rico está! -cantó Lavinia dando media vuelta y brincando para colgarse del cuello de Andrés y así mostrarle de cerca su alma feliz; un alma abierta de par en par, tal vez por el efecto temprano del vino-.

Bebió Andrés y los dos insistieron. Las camisetas entintadas guardarían memoria de aquel trance. Ya el pequeño tramo que les quedaba por recorrer, un quilómetro generoso, más que andarlo lo fueron bailando.

Antes de entrar en el hotel tomaron la precaución de disimular las manchas de vino. Lavinia vistió el mismo jersey azul marino que llevaba en Roncesvalles; Andrés se puso la chaqueta del chándal. No consideraron si pedir una o dos habitaciones. Simplemente pidieron una. Parar en un hotel era quizás poco peregrino; pero después de tres noches durmiendo en albergues y la última al raso, el cuerpo se lo agradecería.

Llegados a la puerta de la habitación, con la mirada más dulce y más melosa que encontró en su colmena de seducciones, Lavinia le preguntó si la iba a tomar en brazos para entrar. Andrés no respondió. Bajó la mochila; abrió la puerta; la cogió en brazos, y entraron. Ella se lo agradeció con un tierno y discreto beso.

El cuarto disponía de dos camas, piso enmoquetado, televisión, minibar y amplia terraza con vistas a una urbanización de casas clónicas, que a aquellas horas en las que el sol declinaba hervía en gentes. Mientras Lavinia se duchaba, Andrés se sentó fuera, en la terraza, disfrutando los aires aún cálidos que bajaban de Montejurra. Disfrutando... y pensando. Pensando en la ocurrencia de Lavinia al pedirle que la tomase en brazos; pensando en las actitudes, en los decires, en los mirares que se venían sucediendo desde el reencuentro de Zubiri. Y como quien manejaba la iniciativa era ella, Andrés analizó todas las posibilidades, todas las derivadas, e incluso discurrió sobre cuál podía ser la siguiente propuesta. El haberle pedido que la cogiese en brazos para entrar en el cuarto, parecía el principio de una secuencia que, de darse una cierta lógica, a la fuerza había de terminar en la cama aquella misma noche. Por otra parte, y por el conocimiento que de los comportamientos de la muchacha iba adquiriendo, también podía ser una forma de mostrarle la plena confianza que en él tenía, sin más. En los cuatro días que llevaban juntos ya le había dado indicios suficientes de la naturalidad con la que procedía en todo. Por eso que la petición de que la tomase en brazos pudo no ser más que eso: una forma natural de comportamiento, sin otra malicia. Pero también cabía que hubiese intencionalidad. Total, que Andrés no resolvió duda alguna, en vista de lo cual decidió prescindir de estrategias y dejar que los acontecimientos siguiesen rodando e imponiendo su inercia. Cada cosa a su momento, que era un lema que a Andrés, siempre tan poco precavido, le iba como traje de sastre. De hecho, lo único que había programado a conciencia en su vida era aquel viaje, y para eso le estaba saliendo totalmente al revés de lo previsto. La diferencia, o la interferencia, ¡bendita interferencia!, era Lavinia. ¿Por qué entonces querer adelantarse a los acontecimientos si, como era evidente, los acontecimientos tenían vida propia y por lo tanto resultaban imprevisibles? ¿Quién podría volver a encauzar las desbordadas aguas de los sentimientos convergentes de dos seres, sin duda tocados de la gracia de las diosas y los dioses del amor?

Cenaron en el restaurante del hotel. Más que de conversaciones, fue una cena de miradas, de supuestos y de complicidades. Aquella noche Lavinia estaba especialmente hermosa, o al menos eso le parecía a Andrés. Nunca la había visto de este modo. El pelo liso, caído hasta los hombros, le enmarcaba un rostro que así parecía más menudo, más contrastado, más gozador. Sus ojos despedían ese brillo que sólo los primeros amores adolescentes producen. Y el vino con el que acompañaron la cena le coloreó suavemente las mejillas y le remarcó la pequeña pintita de su ojera derecha; bueno... el vino, la cena, el momento, la ansiedad, o lo que fuese. Lo cierto es que Andrés se sentía como sólo los dioses del Olimpo se pueden sentir. Se sentía en la gloria.

Aunque la etapa del día siguiente era una etapa corta, y más después de lo adelantado aquella tarde subiendo a Irache, en poco alargaron la velada. Ya en la habitación, Lavinia no perdió tiempo en cortejos, ni en acercamientos, ni en diplomacias. Apoyada en la mesa del escritorio esperó a que Andrés cerrase la puerta. Al pasar junto a ella, le cogió de las manos; buscó lentamente sus labios; se ajustó a su cuerpo y, sin palabras, sólo con iniciativa, le propuso un viaje alucinante al mundo de los besos más hermosos; un mundo donde abundan los sonetos, y las estrellas, y los boleros. Aquel beso duró lo que duró; pero a Andrés le dio tiempo a conocer los cielos y gozar de sus glorias.

Después del beso aún permanecieron un buen tiempo con los cuerpos juntos, los rostros separados y los brazos proyectados hacia las mejillas contrarias. La cara de Lavinia estaba encendida; tenía luz propia. Sus ojos eran fuente de deseos, y al encogerlos al modo de los miopes lograba el efecto de hacer que aquellos deseos brotasen con más fuerza... Por fin disparó.

-¿En qué cama nos acostamos? ¿En la tuya o en la mía?

¡Esa! Esa era la cuestión que Andrés llevaba toda la tarde-noche deseando y temiendo oír a un mismo tiempo. Esa era la cuestión para la que había estado buscando respuesta sin éxito. A él se le daba mejor la improvisación, y en aquel trance no le quedaba más remedio que improvisar.

La condujo hasta el pasillo de entre camas. Él sentó en una; en la de enfrente sentó ella. Las rodillas pegadas, las manos y las miradas entrecruzadas, empezó Andrés a argumentar con su más delicado y didáctico tono magistral.

-Lavinia. Querida Lavinia. No puedes imaginar lo mucho que en estos pocos días aprendí a quererte. Es imposible. Ahora mismo podría decir que nunca quise tanto a alguien. Por eso te ruego que atiendas a mi razonamiento. Si cuando concluya… ¡atiende!; si cuando remate sigues pensando que debemos acostarnos juntos, no seré yo quien se oponga. Tú decides. ¡Escucha! Pienso que lo que estamos viviendo es tan hermoso que cualquier alteración sustancial lo estropearía. No sé como andas de filosofías; pero seguro que la historia de la cueva de Paltón te sonará. El cavernícola pasó buena parte de su vida viendo tan sólo como en la pared de la cueva se reflejaban las sombras de las cosas. Esto estimulaba en grado superlativo su imaginación. Sobre aquellas sombras él se figuraba lo que más le apetecía. Cuentan que cuando salió de la cueva y vio las cosas reales, y las pudo tocar, sufrió una gran decepción. Ahora mismo me siento como el cavernícola. En nuestra relación encuentro más de imaginación y de deseo que de contraste y logro. Estoy viviendo el más platónico de los amores platónicos, que es el más intenso de los amores posibles. Y como considero que no lo exprimimos ni la décima parte de lo que puede dar de sí, sería una pena pasar al siguiente estadio sin agotar el provecho que podemos obtener de este primero. ¡Presta atención! Si esta noche hacemos lo que tú propones y que yo deseo con todo mi ser y con todo mi entender, habremos consumido el primer plato de este banquete esplendoroso sin apenas tiempo para degustarlo. Soy partidario de cada cosa a su momento. Si lo mezclamos todo estaremos reduciendo nuestra capacidad de gozar. ¿Por qué, entonces, no aprovechar bien lo que el destino nos deparó para esta mesa? ¿Por qué ir al postre sin haber degustado plenamente los anteplatos? Insisto. Haremos lo que tú quieras, Lavinia, y en cualquier caso yo seré el hombre más feliz del mundo. Pero de momento me siento bien con lo que estamos viviendo a cada minuto; con lo que pasó hace unos instantes; con verte; con tener cogidas tus manos; con abrazarte; con desearte; con imaginar la dulzura del postre. Una cosa es segura. Cuando degustemos ese postre ya nada será igual. Seguirá siendo muy hermoso; pero distinto. Habremos liquidado la cueva de Platón, y las sombras proyectadas, y la imaginación, y la poesía... Lo demás es prosa... y dicho esto, quedo a tu disposición. Tuya es la última palabra.

La moza, que durante el monólogo de Andrés fue mudando su expresión de alegre a adusta, de complaciente a responsable, tomó su tiempo antes de responder.

-Aunque el cuerpo me pida otra cosa, te haré caso. Confío en tu experiencia. Pero cúmpleme al menos un capricho. Quitemos la mesa de noche y juntemos las camas. No será como dormir juntos; pero será mejor que dormir separados.

Juntaron las camas. Apagaron las luces. Se abrazaron. Andrés notó que a Lavinia se le escapaba una lágrima.

-¿Quieres que vaya a tu cama? -le preguntó ya desarmado-.

-No. No te preocupes. Estoy llorando de contento.

No hablaron más. Las palabras sobran cuando los sentimientos gritan.

III. De Irache a Nájera

(Andante cantábile con alguna licenza)

A la salida de Irache, el camino se mete entre encinas donde asienta el hurón bravo, el puerco espín, el gato montés, el mochuelo, el buitre y el águila perdiguera. Como madrugar no habían madrugado, el sol ya lucía tibio desde las cimas de Montejurra a espaldas de los peregrinos. En las ramas de las encinas, el ruiseñor, que es cantor de crepúsculos, ensaya trinos firmes y sostenidos. Pasado el encinar ya todo es viña y trigal hasta Los Arcos, final de una etapa corta que Andrés y Lavinia decidieron como de descanso, de transición o de paseo, dado que las dificultades ni exigían prisas ni provocaban ansias por llegar. La tomaron como lo que era: una etapa apacible rociada de símbolos míticos. El de la encina, tan cara a Zeus y tan mezclada con las artes adivinatorias. Los sacerdotes de Dodona nunca revelaban sus oráculos sin antes haber escuchado e interpretado el ruido del viento entre sus hojas. Los druidas celtas procuraban el muérdago en ellas. También estaba el símbolo de la vid, siempre presente en las dionisiacas, en las bacanales y en las eucaristías. Y el del trigo que tan amorosamente fecunda la diosa Ceres.

Los dos romeros caminaban frescos como rosas de rocío. Y para festejar aquella hermosa mañana, de cuando en vez la muchacha trenzaba aires de sardana, acomodando sus pasos a la tonada del ruiseñor. Lo de la noche anterior no parecía pesar sobre el ánimo de ninguno de los dos. Aún así, y dado que Andrés aparentaba más circunspecto, sacó Lavinia el tema para que ningún recelo prendiese en ellos como raíz de tojo temprano, que luego siempre es mala de arrancar.

-¿No estarás apenado por lo de anoche?

Ante tal cuestión, Andrés no pudo remediar ni ocultar las credenciales de su naturaleza.

-¿Y por qué lo preguntas?

-Porque te veo un poco encogido esta mañana.

-No, no. Es que estoy despertando despacito. Pero ya que hablas de eso, la pregunta no es qué me pasa a mí, sino cómo te sientes tú.

-Ya te dije ayer que no te preocupases; que estoy bien. No te negaré que en aquel momento me apetecía lo que me apetecía; pero también entendí lo de la cueva de Platón, y lo de los beneficios de apurar y gozar de todo lo que tenemos encima de la mesa, cada cosa a su tiempo. Lo entendí. Hazme caso. Y lo acepté. De momento también a mí me puede alcanzar con la esperanza de que detrás de una cosa ha de venir otra, y de que en el filón de los quereres una puede encontrar el diamante, la piedra preciosa, en cualquier instante; cuando menos se espera. Además, para que no pienses que a lo peor me sentí insatisfecha, te diré que esta noche tardé en dormir más que tú. Y en tanto no caí en sueños, fui matando el desasosiego. Ya sabes, una forma de ir tirando.

-Eres increíble; no tienes enmienda; no paras de sorprenderme; eres un encanto… Dame un beso. Nos lo merecemos.

Cogidos de la mano mientras iban hablando, Lavinia apretaba y aflojaba al ritmo de las cadencias, de las modulaciones y de las intensidades del relato. Cuando Andrés le pidió el beso, le tomó la otra mano; pegó su cuerpo al de él cuanto era posible, y lo volvió a besar como le había besado aquella noche; con uno de esos besos que hacen que el tiempo se detenga y que los espacios se llenen de las más hermosas músicas de Vivaldi, de Haendel, de Albinoni y del ruiseñor.

Fuera del encinar, el sol ya andaba un tanto embravecido; pero la brisa que aún soplaba desde Montejurra refrescaba los campos y el júbilo de los peregrinos. Yerbales, trigales, viñas, caseríos y alguna ruina de castillo antiguo coronando cimas, se disputaban el paisaje. Al cabo de una viña en cuesta que el camino toma de prestado, tropezaron con una especie de capilla que se abre a la sirga en dos arcos con geminada columna dórica al medio. No era una capilla. Era un aljibe del siglo XIII, recientemente restaurado, que en las guías denominaban "Fuente medieval" o "Fuente de los moros". Su interior, una amplia escalinata en piedra descendiendo sin descanso hasta el nivel de las aguas que cubrían con hondura todo el bajo. Unas aguas frescas; un lugar fresco que Andrés aprovechó para aliviar calores, y Lavinia para quitarse una bota y estirar el calcetín que se le había ido arrugando en el calcañar.

Desde el fondo del aljibe, la muchacha que sentaba en la más alta de las escaleras se le dibujaba a Andrés como imagen de virgen en peana. Los rayos de sol atravesando el trenzado pajizo del sombrero caído hacia atrás, le chispeaban en el pelo. La propia redondez del sombrero tenía un aire a corona de talla medieval. Por el efecto de la luz contraria no se le apreciaban los detalles del rostro; pero sí las formas. Incluso las formas del talle que el sol le remarcaba, traspasando la fina camiseta y silueteándole la figura. Se advertía claramente que no vestía sujetador. "Ni falta que le hacía", pensaba Andrés.

Cuatro peregrinos, dos hombres y dos mujeres, se detuvieron en medio del camino a espaldas de Lavinia. Llevaban mochilas aparatosas; sobre todo ellos. Descargaron para retomar alientos. Andrés volvió a refrescar la cara con el agua del aljibe y subió. Al pasar al lado de Lavinia le acarició el pelo.

—¡Buenos días! —saludó a los recién llegados—.

—¡Bon jour! —le respondió una del grupo.

¡Vaya! ¡Qué casualidad! Era la misma moza que habían visto a la salida del albergue de Cizur caminando con una botella de agua hacia las tiendas que levantaban entre los frutales. Ahora se explicaba que las mochilas abultasen tanto. ¡Claro! Tenían que cargar con las tiendas. Reparada la arruga, Lavinia empezaba a calzar la bota. Las miradas de Andrés y de la moza francesa chocaron y se enredaron de tal forma que arrastraron al uno y a la otra hasta dejarlos frente a frente. Se dieron la mano. Todo dejó de moverse a su alrededor. Dejaron de moverse los peregrinos, el viento, las formas y el caer de la arena en los relojes del buen juicio. Los ojos de ella eran tan azules, tan transparentes, tan expresivos, tan sonrientes, tan hermosos, tan indiscretos, que Andrés pudo leer claramente en ellos lo que le estaban pidiendo. Le pedían tierra caliente al cobijo de las vides; le pedían soledades, sudores y quereres. Por su parte, el mirar de Andrés era abierto, complaciente, descuidado, "lo que tú quieras" ¡Qué fácil es entenderse sin palabras en el lenguaje de las mariposas! Y aunque todo estaba detenido en el tiempo y en el espacio, excepto los mirares, los pensamientos y los sentimientos de ellos dos, Andrés creyó advertir como por delante de él cruzaba el joven que dos días antes habían encontrado en la cuesta del monte del Perdón; el que les había contado la historia del sastre de Cracovia; el mismo que la tierra se había tragado envuelto en nube amarilla. Y cruzó haciéndole un guiño de "no seas tonto y aprovecha, que la vida es breve y las ocasiones como ésta, escasas".

-Je m'apelle Andrés.

-Yo, Selene. Y no te esfuerces, que si puedo leer a Cervantes a Cunqueiro y a Lorca, mejor te entenderé a ti.

Lavinia seguía calzando la bota. También los peregrinos, el viento, las formas y el correr del tiempo revivían. Andrés fue retrocediendo de espadas. Miró a Lavinia, y al instante se arrepintió de aquel momento de flaqueza con Selene. ¿Cómo galantear con la francesa que, aún siendo todo lo hermosa e incitante que se quiera, no resistía comparación? ¿Cómo teniendo la suerte de ser amado por la mujer más bella, más lozana, más primorosa, se podía distraer de aquel modo? Claro que, por otra parte, la atracción que sentía por Lavinia y la atracción que sentía por Selene, en nada eran comparables; poco tenían que ver. Con todo, y con el deseo de confirmar su propósito de enmienda y de descubrirle las cartas a Selene, se colocó dos escaleras más debajo de donde sentaba Lavinia; se inclinó; le terminó de atar la bota, y le besó la pierna por encima de la rodilla. Quería que la francesa lo viese. Y lo vio.

La Fuente de los Moros cae a los pies de Villamayor de Monjardín, el último lugar habitado antes de Los Arcos, que aún queda a una docena de quilómetros de caminada. O lo que viene a ser lo mismo, a tres horas de normal andadura peregrina. El terreno es una planicie levemente ondulada. Camino y caminantes van siendo escoltados, sucesivamente, por viñedos, por un pequeño tramo de chopera y por extensos trigales tronchados, que a aquellas horas y bajo aquellos soles hervían en seco.

Metidos en tal infinitud, iban Lavinia y Andrés soportando calores y espantando moscas que, como satélites impertinentes, atraídas por el brillo y las sales de los sudores, orbitaban alrededor de sus cabezas calculando el momento propicio para un ataque por sorpresa. Mientras viniesen de cara, aún menos mal; pero las muy raposas conocen bien la teoría del ataque por retaguardia, y contra esta estrategia es difícil una defensa eficaz.

No hay por aquellos rasos sombra alguna ni cosa que se le parezca. Sólo al fondo, delante de ellos, un gran ensilado de paja triguera podía proyectar algún alivio; algún alivio que, en todo caso, caería por poniente, por la cara opuesta a la que ellos avistaban, ya que de mañana el peregrino que busca Compostela camina siempre pisando su propia sombra. El ensilado, como un cubo de Rubik, estaba formado por otros muchos cubos de paja prensada. Cada lado debía medir unos cuatro metros, lo que supone una altura considerable. Y de que ofrecía buena sombra daba fe lo limpio y duro que estaba el terreno por ese lado de poniente.

Andrés y Lavinia llegaron al pajar con la pretensión de descansar a su frescor. Pronto cambiaron de opinión. Allí estaba sentado el peregrino que habían conocido bajando la calzada romana de Cirauqui; el que iba vestido a la antigua, con sandalias, calzón corto sujeto con cordel, camisa griega, esclavina, sombrero de ala ancha, zurrón al costado y alto bordón con calabaza.

-¡Muy buenos días, mi romero! -saludó Andrés-.

Pero al igual que había sucedido en el primer encuentro, tampoco en esta ocasión hubo respuesta. Lo único que el peregrino hacía era lamentarse amargamente y, de vez en cuando, acompañándose de gestos muy expresivos, gritarle a un invisible que debía andar por ninguna parte: "¡quitte moi, quitte moi!".

-Sigamos, Lavinia, que a este peregrino le veo todas las trazas de ir para muerto si es que no está loco.

-¿Por qué dices eso?

-¿Acaso no le ves la cara mustia? ¿Y esos ojos garzos, leonados; pero tristes y apagados? ¿Es que no reparas en cómo lleva los pies llenos de sangre, de penitencias, de polvo, de años y de agonías? Además, no me gusta que no responda a nuestros saludos. Es como si para él no existiésemos; como si viniese de otro mundo. Sigamos. Estas cosas no me dan buen pálpito.

Por si acaso, Lavinia se despidió del viejo por ver si reaccionaba. Pero nada. Como si tal cosa.

Lavinia y Andrés, L.A., celebraron la galana vista de las primeras sombras de Los Arcos metiendo las cabezas bajo el surtidor de una fuente anclada a la entrada del pueblo. De estas aguas habló pestes Aymeric Picaud en su tiempo. Las sombras de la calle Mayor no deben ser muy diferentes a las que abrigaban a los peregrinos del Medievo. La calle aboca directamente a la plaza de la iglesia de Santa María, otra joya del Camino que la moza celebró con un admirativo "¡Mira lo que veo!". Ya iba directa hacia ella. Andrés la detuvo con un argumento no falto de lógica.

-¿Por qué no lo dejamos para la tarde que nos ha de sobrar tiempo? Piensa que en el albergue nos espera la ducha.

La muchacha pasó una mano por la frente; sacudió el sudor, y siguió a su compañero dando por buena la propuesta.

Llegando al albergue, casi a la salida del pueblo después de cruzar el río, tropezaron con el grupo de manchegos; los de la velada de Puente la Reina con los que habían compartido historias de indios choles. Les extrañó que saliesen a aquellas horas, pasado ya el mediodía, con las mochilas a la espalda.

-¿A dónde vais? -preguntó Lavinia-.

-Seguimos hasta Viana.

-¿Pero no veis que están cayendo los pajaritos fritos?

-Sí, pero es que queremos llegar a León y tenemos pocos días.

-Vosotros veréis. ¡Buena suerte!

-¡Que no os pase nada! -añadió Andrés- ¡Ultreya!

También ellos habían subido a Irache el día anterior por la tarde; y también habían celebrado la fuente del vino. Pero como iban advertidos, consigo llevaban viandas e hicieron picnic en el abierto del monasterio. Allí mismo quedaron a dormir. Lo hicieron al abrigo del pórtico que ampara la torre herreriana de la que fue primera Universidad navarra. Se levantaron temprano y temprano llegaron a Los Arcos sin pasar los calores que pasaron L.A. Descansaron en el albergue un par de horas, y ahora, bajo el peso de la canícula, por ahí se iban camino de Viana si es que antes no derriten.

Por el matrimonio germano que atendía el albergue supieron que el pueblo disponía de una buena piscina donde se podía comer; también que a las ocho se celebraba una bonita novena a la Virgen en la iglesia de Santa María, e igualmente que aquella noche se podría presenciar un grandioso espectáculo: el polvo de estrellas de San Lorenzo que, cada año, por las fiestas de la Virgen, se dejaba ver con su folión de luminosas fugas.

El programa era perfecto. Primero a la piscina; luego un paseo por el pueblo, visita a la iglesia, novena, cena, y antes de retirarse a dormir, la fuga de estrellas.

En la piscina disfrutaron como dos adolescentes que anduviesen en juegos de seducción. Aprovechando que a la hora de comer no quedaba mucha gente, brincaron y rebrincaron dentro del agua todo lo que les apeteció. A Lavinia, que le gustaba practicar el piel con piel y lo sabía hacer con naturalidad, aquel sin-parar a remojo le devolvió el contento que los calores de la etapa le habían agostado. Andrés se dejaba querer. No llevaba la iniciativa, pero estaba encantado de que aquella mocita, aquel regalo de los dioses, fuese así de espontánea.

Después de comer estiraron las toallas bajo una sombrilla, que calor ya habían soportado suficiente por la mañana. Allí acostados se contaron lo felices que eran sin decirse que eran felices, porque eso saltaba a la vista. Y aún amagaron una siesta mientras los primeros chiquillos no llegaron y empezaron a grillar el aire con sus chirridos.

La tarde se les fue yendo en pasear aquel pueblo medieval, fronterizo, estrecho; un pueblo otrora próspero, pero que aún en sus fachadas, en sus gentes, en la Puerta de Castilla y, sobre todo, en la torre renacentista de Santa María, alardeaba y transparentaba el orgullo de antiguas noblezas.

Tenían razón los hospitaleros germanos. La novena de la Virgen merecía la pena. El templo en sí mismo merecía una visita reposada; pero en medio de aquella novena era bien difícil hacer distingos entre la belleza barroca de los retablos y el arrebato en piel de gallina que producía el espectáculo de todo un pueblo arropando a su Virgen; una Virgen con Salve propia, e con más erre-ache del lugar que el más antiguo y legitimado de los vecinos de Los Arcos. El tríptico barroco del altar mayor y las capillas laterales, ardían en oro, cegaban. La misa que precedía a la novena llevaba órgano, coro y solistas; pero la novena era cosa del pueblo, y que nadie se la quitase. Cuando llegó la hora de la Salve, el clímax sobrepasó el techo de los cielos. La composición cantada al unísono por todos los fieles, tiene una parte solista. El pueblo calló. Una mujer que sentaba al fondo del templo, un banco por delante de L.A.; una mujer más bien baja, que para ver el altar tenía que ponerse de puntillas, arrancó a cantar en trémolo, como sólo algunas mujeres piadosas de villa pequeña y las grandes sopranos saben hacerlo. Andrés y Lavinia encajaron aquel sólo como un latigazo eléctrico, hormigueante, emotivo. Ella, para disimular emociones, abrazó la cintura de Andrés; a éste los ojos se le pusieron en lágrimas. ¿Que por qué estas reacciones? Había que estar allí. Algunos estados de ánimo no son contables.

Antes de que empezase el espectáculo de las estrellas, Andrés y Lavinia, aún con la piel encogida y la Salve de la Virgen bailándoles en la memoria, reposaron la cena en una terraza de la Plaza Mayor; una plaza vallada y con el suelo cubierto de arena para la becerrada que iba a correrse el día de la Virgen. "Seis becerros, seis, de Vicente Lumbreras, para los novilleros…"

Pasadas las diez, el césped del paseo que acompaña el curso del río Odrón por la ribera del albergue, se fue llenando de peregrinos, lugareños y otras gentes que no eran ni de éstos ni de aquéllos. La noche agosteña y la blanda hierba que aún guardaba calores de la soleada del día, invitaban a tumbarse. Era, desde luego, la mejor posición para contemplar la gran pantalla celeste. Cuando el reloj de la iglesia dio aviso de las diez y media, todas las farolas del paseo se apagaron disciplinadamente y las ventanas de las casas cerraron en persianas.

Comienza la función. Luces bajas. Ni la luna tenía cara aquella noche. Música de Haendel por cortesía del Concejo. "Pasen, señores, pasen y vean uno de los más singulares espectáculos de la Naturaleza: el cielo en movimiento; la gran carrera de las estrellas; la eterna fuga del universo. Pasen, señores, pasen y comprueben la relatividad y las miserias de este mundo, apenas una mota de polvo en medio del grandioso cosmos".

Andrés y Lavinia acomodaron donde menos concurrencia había; pero en poco tiempo se vieron rodeados. ¡Qué les importaba! Él, acostado en la hierba cara arriba; ella, de medio lado, arrimada a Andrés; las caras también arrimadas para compartir ternura y poder hablar bajito, en confidencia.

No tardaron en aparecer en el cielo las primeras trazadas de luz. Al principio, espaciadas; luego, más y más seguidas hasta que el baile se convirtió en lucería. Para él no era un espectáculo novedoso; pero Lavinia, flor de asfalto, nunca había visto cosa igual.

-¡Esto es de alucinar! ¡Qué bonito! Y yo sin haberlo visto nunca… Andrés, te quiero; te quiero mucho… ¡Qué pasada! ¿Y por qué las estrellas corren de esa manera? Parece una carrera de chiribitas… Dime que me quieres. Anda. Dímelo… Esto es como para ir por los sacos, echar aquí toda la noche y pasarla soñando. ¡Mira! ¡Mira como cruzan y entrecruzan! Parece como si tejiesen un bordado de nardos… No quiero separarme nunca de ti; nunca; nunca.

Una prolongada pausa de palabras cayó sobre la pareja después de tanta confesión entrecortada. La ternura desplazó a los discursos. No fue nada especial; pero sí un juego de ósmosis, de pieles… como a Lavinia le gustaba; como a Andrés le gustaba que le gustase a Lavinia, porque al fin y al cabo la otra piel era la suya. Él libó de aquel trance todo el bienestar hasta sentirse cumplido. Sólo cuando estuvo seguro de que la voz no le temblaría, tomó la palabra.

-Lavinia, ahí están delante de nosotros todas las estrellas del hemisferio. Escoge una.

-Deja que primero seque los ojos que no veo bien.

Con toda la confianza que le daban aquellos cinco días de intensa convivencia y de fuertes sentimientos, metió la mano en el bolsillo de Andrés, tomó un pañuelo y enjugó los ojos. Él la miraba como quien mira el abrir de una camelia. La verbena de estrellas fugaces pintaba su cara de blanco-nacarado dándole aspecto de frágil porcelana china, como a punto de quebrantar. Era una hermosa camelia blanca, delicada, tierna.

-¿Qué te parece aquella que está al lado de la Osa Mayor y que brilla tanto? A mí me gusta -dijo Lavinia-.

-Sí. La veo. También a mí me gusta… Debe tener un nombre como todas las estrellas… Yo no lo conozco. ¿Y tú?

-Tampoco. Nunca fui de astronomías.

-Mejor así. Pongámosle nosotros un nombre.

-No se me ocurre ninguno -confesó la moza después de una mediana pausa-.

-¿Y si le llamamos Tocata? Al cabo ésta es una noche de estrellas fugaces; de estrellas en fuga. Y las tocatas y las fugas siempre armonizaron bien.

-Tocata. ¡Me gusta!

Los dos quedaron mirando a la estrella un buen rato, como si quisiesen hacerse con un lugar en aquel que iba a ser su íntimo espacio. Después de un tiempo Lavinia señaló hacia el astro con un dedo y lo saludó: "Hola, Tocata".

-Desde este día, festividad del mártir San Lorenzo, uno de los siete diáconos de Roma, esa va a ser nuestra estrella, Lavinia. Sólo nuestra. ¡Fíjate bien en donde está! Si alguna vez nos separamos y queremos saber el uno del otro, no tendremos más que esperar una noche estrellada como ésta y mirar hacia ella. Allí estarás tú; allí estaré yo. Allí estaremos los dos, porque esa estrella es nuestra estrella y de nadie más. ¿Comprendes? Ya tenemos nuestra propia estrella; nuestro refugio; nuestro lugar de encuentro; nuestra eterna privacidad, ahora y para siempre. Sería bonito que algún día pudiésemos viajar a ella. Tú y yo solos.

-¡Oye! -exclamó Lavinia mientras sentaba y apoyaba una mano a cada costado de Andrés- ¿Y si Tocata fuese una supernova; una de esas estrellas que se desintegraron hace tiempo y ahora son un vacío? ¡Sería bueno que escogiésemos el vacío, la nada, como refugio, como punto de encuentro, como cueva de nuestra privacidad!

-Yo en tu lugar no me preocuparía. Tampoco las estrellas fugaces son estrellas. Son partículas de cometas que se encienden al contacto con la atmósfera, y sin embargo las llamamos estrellas. Este mundo, nuestras vidas, nuestros proyectos, nuestros comportamientos, no son más que una ristra de convenciones, de acuerdos, de consensos. Lo importante es que nosotros creamos en esas cosas. Y si tú y yo creemos que Tocata es nuestra estrella, te aseguro que nadie en el mundo nos la podrá quitar. Siempre será nuestra. Sólo nuestra. Nunca dejaremos que se vacíe.

Y como en las películas del viejo Hollywood, la función de aquella Tocata y Fuga terminó en un beso prolongado. Y fueron felices. Y comieron perdices.

Aquella noche Lavinia logró dormir; pero Andrés casi no pegó ojo. Su sueño, de naturaleza ligero, no pudo con el reloj de la torre de Santa María, empeñado en molestar con las horas, con las medias y con los cuartos. Inútil. Cuando acariciaba el sueño, ¡zas! ¡tolón!, la campanada de las y cuarto; ¡tolón, tolón!, las de las y media; ¡tolón, tolón, tolón!, las de las menos cuarto, o los ¡tolón! de cada hora. Pensaban levantarse temprano; pero con este suplicio, Andrés adelantó la madrugada a las tres campanadas de las cinco menos cuarto. Lavinia se hizo la perezosa. No se levantó hasta la tercera invitación de su compañero.

Antes de salir desayunaron en el comedor del albergue tal como los israelitas habían hecho el día que abandonaron Egipto: de pié y apoyados en el bordón. Sólo que ellos no huían de la esclavitud. O tal vez sí, porque ahora, ya con un destino común y con una estrella propia y compartida, se sentían más libres que antes; o más atados, que nunca se sabe. El caso es que se sentían bien, muy bien.

La noche no podía ser ni más negra ni más cerrada, y aún faltaba mucho para la alborada. La linterna de Andrés les permitía ir siguiendo las flechas amarillas, guías del peregrino. También les permitió leer la advertencia, gravada en piedra, de quienes al cabo del pueblo reposan en el cementerio: "Yo que fui lo que tú eres; tú serás lo que yo soy".

-¡Quita, quita! -exclamó Andrés-.

-Pues a mí me gustan los cementerios. ¿Conoces algún lugar que inspire más paz, más sosiego, más serenidad?

-Sí. Tienes razón; pero no deja de ser la paz, el sosiego y la serenidad de los muertos. Y en mi tierra a los muertos les tenemos mucho respeto, Lavinia.

-¿Y por qué? Los muertos no hacen nada.

-¿Nunca oíste hablar de la Santa Compaña?

-¿No es algo así como una procesión de féretros?

-Algo así... Ya tendremos tiempo de hablar de esas cosas; pero no de noche ni a las puertas de un camposanto. No me hace ninguna gracia. Será porque es cierto eso de que todos llevamos dentro el niño que fuimos alguna vez. Y el niño que va conmigo lleva oídas tantas historias de muertos y de aparecidos, que esto de los camposantos y de la Santa Compaña aún me provoca ciertos escalofríos.

Los Arcos y su necrópolis quedaron atrás. La conversación fue derivando a temas más ligeros. El caminar era forzosamente lento, acompasado al estrecho campo de visión que la pequeña linterna les proporcionaba. Andrés buscó el modo de llevar palo y linterna en una mano, y así dejar libre la otra para coger la de Lavinia. Era más seguro para los dos, por si uno tropezaba, y también más tranquilizador para él aunque no lo quisiera confesar. Un pequeño regato de agua orillando el camino les ponía música a los pensares. De cuando en vez el regato cambiaba de orilla y había que andar con tiento para no meter las botas en el agua. Llegando a Sansol las negruras se disiparon. En un parque arrimado a la carretera aún los últimos mozos y mozas agotaban los tiempos de verbena vestidos a la navarra.

-En otras circunstancias -comentó Lavinia- yo estaría ahí con esos mozos, y no aquí caminando a estas horas en las que el mundo aún no despertó. ¿Por qué estamos aquí? ¿Por qué crees que estamos aquí tú y yo, a estas horas irracionales? Parece más normal el comportamiento de esos mozos que quedan atrás, de juerga, divirtiéndose. Sin embargo, aquí vamos los dos, madrugando, caminando, soportando los calores, machacando los pies. Pero esto no es lo peor. Lo que más me descoloca es que pueda sentirme tan bien, tan a gusto conmigo misma. Si ahora me diesen a escoger entre estar de fiesta o seguir caminando, escogería el Camino. Sin duda. ¿Qué tiene el Camino que engancha de esta forma tan absurda? ¿Lo sabes tú?

-No. No lo sé. A mí me pasa lo mismo. Tampoco lo cambiaría por nada en estos momentos. ¿Me preguntas que qué tiene? Pues algo debe tener cuando tantos millones de personas lo han hecho; cuando hasta los dioses lo adornan con un camino paralelo de estrellas. Tal vez obtengamos una respuesta cuando en Santiago bajemos a la tumba apostólica. No lo sé. Pero si ahora mismo tuviese que improvisar una razón, te diría que lo que más me engancha a mí es tu compañía; las vivencias, los sufrimientos y los gozos conjuntos. También lo que el Camino tiene de artístico, de físico, de metafísico y de rescoldo legendario. Fíjate lo que llevamos vivido estos días y con qué intensidad. Te aseguro que yo ya no sé distinguir muy bien lo real de lo irreal, aunque al final todo sea Camino. Insisto. Lo que más me engancha es tu compañía. No soy nada determinista; pero también es cierto que cada vez creo menos en las casualidades. Y este encuentro entre tú y yo, puede que no sea una casualidad. El tiempo dirá.

Y hablando, hablando, se encontraron a los pies de Torres del Río. Sansol y Torres del Río dominan dos altillos; dos altillos uno frente a otro con una gran quebrada en medio. Estar están a un tiro de piedra; pero para el caminante, ir de uno a otro lugar supone bajar primero un dificultoso despeñadero y luego subir un repecho moledor. Torres del Río presume y con razón, de iglesia octogonal templaria, muy parecida en planta, construcción y estilo a la de Eunate. Pero a aquellas horas, para pesar de Lavinia, estaba cerrada. ¿Y quién se la abriría se aún los mochuelos no se habían acostado? Dieron una vuelta a su derredor y, resignados, siguieron camino.

Andrés marchaba por delante. A la salida del pueblo se volvió para decirle algo a su compañera y... ¡flash! De nuevo la Naturaleza y sus maravillas.

-¡Detente, Lavinia! Mira hacia atrás.

Por encima de los viejos tejados de Torres del Río, una cascada de colores de todas las intensidades, de todas las formas, delimitaba la línea del horizonte donde cielo y tierra juntan. Los bajos estratos, la niebla y el vaho ascendente, descomponían la luz en un espectro de mil irregulares arcoíris. Centraba el cuadro un gran disco solar, rojo, tintado en sangre; y a partir de él, conformando círculos o alineando estratos, los amarillos, los rosáceos, los violetas, los azules, los verdes, los grises y todos los demás tonos que caben en la más impresionista de las paletas.

-¡Collóns! -le salió a la chica de lo más hondo de su condición catalana-. ¡Qué meravella! ¡Es un somni!

-Graba bien este cuadro, Lavinia. Anoche nos apropiamos de una estrella. Ya tenemos alborada y estrella. Nos falta el carro de Apolo que nos lleve de una a otra.

El tramo que sigue, el Barranco de Mataburros, más que un trecho de camino es una faena para el caminante. L.A. aprovecharon para descansar de conversaciones y distanciarse un poco. Por delante, más ligera de equipaje y de años, iba

Lavinia metida en su mundo; iba repasando la experiencia que estaba viviendo y que la estaba remodelando de una forma que no había previsto cuando decidió hacer el Camino; ni siquiera cinco días atrás, en Roncesvalles, cuando optó por unir su caminar al de Andrés.

Él era un hervidero de sensaciones, de impresiones, de sentimientos y de perezas filosóficas. Cuando se le acumulaban tantos referentes, solía darse un tiempo de reposo. Y eso fue lo que hizo también en esta ocasión. De modo que se dedicó al nirvana contemplativo y a gozar de la visión espléndida de Lavinia que caminaba por delante. Pantalón corto, oscuro; camiseta blanca; piernas exactas, morenas, lisas, brillantes; andares olímpicos de diosa griega.

Pasado el Barranco de Mataburros, ya entre almendros, olivos y viñas, se juntaron de nuevo. A la vista aparecía Viana, que antes de dejarse alcanzar aún jugaría más de una vez al escondite por detrás de otros barrancos. Es la suerte que los paisajes navarros eligieron para despedir al peregrino.

Por estas tierras encontró la muerte el hijo de un papa que a los dieciséis años ya lucía capelo cardenalicio. Despreciaba de igual modo las leyes humanas y las divinas. Él asesinó a todos sus rivales; también a su hermano para arrebatarle la capitanía de los ejércitos de la Iglesia, y al esposo de su hermana con la que entró en amores y de resultas nació un niño. Pero su sabiduría, y con razón, alcanzó fama en toda la cristiandad. Dominaba el griego, el latín, el castellano, el francés y el catalán. Murió por estas tierras luchando como un león y sin proferir una sola queja. Sus restos descansan en Viana, en el atrio de la iglesia gótica de Santa María, en la plaza de los Fueros de Navarra. Su ejemplo, en las páginas de "El Príncipe" de Nicolás Maquiavelo. Se llamaba César Borgia, un gobernante que nunca anduvo con dobleces ni falsedades; un hombre cabal. Un poco bestia brava, eso sí.

A la salida de Viana, la panorámica que se ofrece desde la iglesia de San Pedro es para verla con calma; para verla y degustarla a pequeños sorbos paseándola por el paladar cual si de un buen reserva de Rioja se tratase. El lugar es como una réplica del monte de las Tentaciones, "todo esto te daré…"

-¿Queréis que os recomiende un buen hotel en Logroño? -les preguntó un joven caminante que por allí rondaba-.

Era el mismo que en la cuesta del Perdón les había relatado las aventuras del sastre de Cracovia; el mismo que Andrés creyó ver en la Fuente de los Moros.

Ninguno de los dos había advertido su presencia. O quizás es que apareció de la nada. Ahora sentaba en el viejo muro del recinto y les hablaba con la dulzura de quien semeja querer ayudar.

-Después de una etapa tan dura como ésta, y aún lo que queda, bien os vendría una holganza en cama blanda.

Los peregrinos callaron; callaron, saludaron y siguieron camino. Enseguida alcanzaron la frontera donde, con galanura, Navarra cede paso a las tierras de La Rioja, la de los antiguos monasterios y los grandes ríos; la de los hacedores de lenguas; la de los sublimes caldos. Cada palmo de esta tierra es un pedazo de historia; cada vid, una copa de ambrosía; cada arena, una espina de peregrinos, o de santos que por aquí eran también "pontífices".

Bajando el cerro de Cantabria por entre viñas, olivos, higueras y campos de labor, ya a las puertas de Logroño, por poco dejan la vida en un susto. Caminaban con la relajación de quien se sabe a punto de terminar la jornada, cuando de una caseta bajo higueras, a la orilla del camino, un hombre como enloquecido sale a todo correr y empieza a disparar una escopeta. ¡Pam, pam, pam! Lavinia y Andrés pararon en seco. A la muchacha se le cayó el bordón al suelo y ni se le ocurrió recogerlo; sólo abrazarse a Andrés, apoyar la cabeza en su hombro y cerrar los ojos. Una bandada de pájaros levantó vuelo cubriendo el sol.

-Perdonen el susto. Es que si los dejo, estos estorninos me vendimian la viña en media hora.

Algún vendimiante volador debió caer abatido. Un perro salió a la carrera; cruzó el camino; subió la rampa de tierra que da a las viñas, y se internó entre las cepas buscando la caza.

-¿Saben? Es que con dos o tres pájaros de éstos da para un guiso. De nuevo les pido mil disculpas.

-Nada, nada. No se apure. Lo importante es que los estorninos no le vendimien la viña. Nuestros corazones siguen latiendo. ¿No es así? ¡Ala! ¡Con Dios! ¡Que le aproveche el guiso! ¡Ah! ¡Y tómese un buen trago de la cosecha a nuestra salud, que casi la llevamos de prestado!

La sorna de Andrés le devolvió color y sonrisa a Lavinia que por unos instantes había palidecido.

A la entrada de la ciudad, otro cementerio a la derecha. Tenía su aquél la etapa. Cementerio a la salida; cementerio a la llegada. Y de este último casi tienen que hacer uso involuntario por culpa de los estorninos, que al fin y al cabo lo único que procuraban era el sustento prometido… "Mirad las aves del cielo que no siembran, ni siegan, ni recogen en graneros, y vuestro Padre Celestial las alimenta"… En esta ocasión Andrés accedió a los deseos de su compañera. Aprovechando que las puertas estaban francas, dieron un paseo por entre las sepulturas.

-No entiendo como alguien puede no gustar de esta paz, de este sosiego, de esta serenidad.

-Dios te guarde por muchos años esa sangre fría; esa serenidad ante las cosas de los muertos. Yo doy la pelea por perdida. Donde haya un muerto, allá penas, a no ser para encargarle una misa o un responso.

La tarde en Logroño la repartieron entre siesta de guardar y un licencioso recorrido por las calles del casco viejo en las que el dios Dionisio anda sobrado de devotos. Entre aquellas calles, la del Laurel se llevaba todos los laureles. Cada portal, una tasca, y en cada tasca, una especialidad. Que si un pimiento relleno; que si unas setas aliñadas; que si una buena loncha de jamón sobre pan entomatado; que si una brocheta vegetal o de carne. Y con todas estas especialidades, riojas a granel para Andrés; dos riojas y luego aguas para Lavinia.

Estaban dando cuenta de sendas brochetas y compartiendo conversación y vinos con compañeros de andares, cuando un estrépito del demonio irrumpió por todas las revueltas y tabernas de la barriada atronando y atropellando calmas y disfrutes. Cien sirenas de patrullas policiales ensordecían Logroño. Andrés asomó a la puerta y pudo ver como en cada esquina de cada calle, en cada cruce, un coche-patrulla bloqueaba el paso; y pudo ver también como de cada coche bajaban varios efectivos uniformados cribando al personal con la vista; y como tomaban la harina despreciando el salvado. Cuando hicieron acopio de toda la harina de las calles, entraron en las tascas para cumplir el cupo. La harina eran las muchachas más agraciadas. Sobre Lavinia se echaron dos perros de presa que hicieron inútil el enloquecido intento de Andrés por retenerla. ¿Qué era aquello? ¿Qué estaba pasando? Andrés salió corriendo. Los coches ya cargados empezaron a desatascar las calles. Desesperado, se subió a un taxi.

—¡Siga! ¡Siga a esos coches! ¡Que no escapen!

—¿Pero usted sabe lo que me está pidiendo, hombre de Dios?

—¡Por lo que más quiera! ¡Sígalos! ¡No los pierda!

—¡Cálmese! No los voy a perder. Sé a dónde se dirigen. Pero antes escúcheme. Esto pasa todos los años. Son los guardias del rey Ramiro que vienen en busca de las cien doncellas para entregárselas al rey moro como tributo. Si le tocó a alguien suyo, sepa que no hay nada que hacer; que éste es el precio de un antiguo pacto; pacto sagrado por ser de reyes. Hace siglos que el holgazán Mauregato lo contrajo con el monarca moro a cambio de que éste lo dejase en paz. Van hacia el castillo de Clavijo. Si quiere le llevo hasta allí por un atajo. Llegaremos antes que las patrullas. Pero se lo advierto. Le dejaré a buena distancia. Yo no me aproximo.

Confundido, desconcertado, desorientado después de oír aquella historia. Andrés se hundió en el asiento trasero del taxi y sólo dio en susurrar un "lléveme allí, por favor".

Apenas habían recorrido quince quilómetros de taxímetro cuando el coche se detuvo.

-Hasta aquí llegamos. He ahí el castillo de Clavijo. Dentro seguro que ha de estar el rey Ramiro. Pueda que el botín aún esté en camino. Baje que yo me voy. ¡Buena suerte!

Andrés echó a correr. Algo menos de un quilómetro lo separaba del castillo. A mitad de carrera los coches-patrulla le sobrepasaron. Falto de fuerzas, quedó preso al suelo sin capacidad de movimiento. A lo lejos vio como Lavinia y las otras noventa y nueve doncellas bajaban de los coches vestidas de blanco lino. El pelo suelto, adornado con guirnaldas y con trenzas de flores vivas y formas varias. Nunca los campos de Clavijo habían albergado tanta belleza. Lavinia tornó sus suplicantes ojos verdes hacia Andrés. Éste corrió hacia ella, pero los guardias hicieron barrera intraspasable entre los dos. Armados de petos y espaldares, mallas, cascos, lanzas y espadones, eran mucho muro para quien sólo iba provisto de razón y sentimientos. Vio como en el castillo entraban las doncellas y los guardias, y como cerraban por dentro. Desesperado, medio enloquecido, Andrés quedó golpeando las puertas hasta que le sangraron los nudillos. Ya la noche iba cubriendo; las antorchas encendían en las almenas; la campana de la capilla del castillo tocaba a rezo. El escándalo que Andrés montaba afuera llamó la atención del rey.

-¿Quién golpea de esa forma las puertas del castillo?

-Es un desesperado al que le arrebatamos su doncella, mi señor.

-¿Qué quiere?

-Suplica hablar con el rey, mi señor.

-¿Y por qué no se nos dijo? Ésta es la hora del rezo. Dejadlo pasar y que aguarde a que terminemos la oración.

El patio de armas hasta donde llevaron a Andrés era un hormiguero de gentes que bullían ruidosas en todas direcciones. Guardias, pajes, doncellas del castillo, arrieros, escuderos y soldados, andaban a vueltas con las últimas faenas del día. En el sótano, los cocineros aviaban la cena. Los matarifes bajaban corderos recién desollados y cestos de aves desplumadas. Hasta la esquina donde Andrés tomó asiento, cerca de la escalera que sube a la torre, llegaban los aromas de los guisos y los llorares de las doncellas cautivas en el alto gineceo.

El rey tuvo a bien concederle audiencia a la hora de la cena. Sólo él sentaba a la mesa; una larga mesa que mediaba un largo salón. A su alrededor, multitud de nobles y consejeros informaban al monarca, y no menos de una docena de criados atendían a la provisión de viandas. Las paredes ardían en teas. Había mucha luz y olía a mirra en el salón. Dos jóvenes muchachas, ligeras de vestido, tocaban el laúd con oficio y cantaban historias de amores desgraciados. También de guerras; de guerras moras en las que el héroe cristiano siempre resultaba con honra.

Al entrar Andrés en la estancia, todos callaron a un gesto del rey Ramiro. El invitado hizo las tres reverencias cortesanas y se acercó al otro extremo de la mesa en la que cenaba el soberano. La tabla debía medir una media docena de varas bien cumplidas.

-Algo muy importante querrás pedir cuando tan desesperado golpeabas a las puertas del castillo. ¡Dime! ¿Qué se te ofrece?

-¡Mi señor! Hay ente las doncellas que vuestros guardias comisaron en Logroño una por la que estoy dispuesto a dar la vida. Liberadla, mi señor, y luego disponed de mí a vuestro antojo.

-Lo que me pides es del todo imposible. Has de saber que mañana al mediodía habré de cumplir sin falta con el sagrado compromiso que mi antecesor Mauregato contrajo con los sarracenos; un tributo anual de cien muchachas vírgenes, a cambio de que respeten nuestras tierras y no arrasen nuestros campos.

-Pero, mi señor, ¿cómo es posible que el rey cristiano esté sometido y atado al rey infiel por un tributo tan humillante, tan injusto y tan en contra de la ley de Dios? ¿Por qué no os rebeláis, mi señor?

El rey se levantó solemne de su silla. Mandó abrir una ventana. Fue hacia ella e invitó a Andrés a que se acercase.

-Mira. Observa bien aquella luminaria. Es el campamento de Abderramán II que viene a recoger su tributo. Consigo trae al menos doscientos mil soldados bien armados. ¿Qué me pides? ¿Qué quieres? ¿Que con mis escasas tropas defienda la honra del reino cristiano?

-En estos casos, mi señor, cuando la causa a defender es justa, hay que confiar en la Divina Providencia. Vos, majestad, disponed la batalla que yo bien sé quién nos ha de socorrer. Los libros hablan de eso.

-¿Qué libros? ¿Qué es eso de lo que hablan?

-No importa, mi señor. Pero sabed que el que ha de venir en nuestro auxilio es más poderoso que cien ejércitos como ese que acampa en la llanura.

El rey se quedó mirando la gran luminaria; miró luego a Andrés; lo miró de la cabeza a los pies y aún más adentro; se acercó a sus consejeros para pedirles su parecer; volvió a sentar y siguió cenando. Andrés retornó al otro extremo de la mesa. El rey Ramiro ordenó que le pusieran silla y le sirviesen cena.

-No sé por qué atiendo tu recomendación. Y lo voy hacer desoyendo el parecer de mis nobles y de mis consejeros. Pero dime. ¿Quién es ese más poderoso que cien ejércitos?

-Ese, mi señor, es uno de los más apreciados generales de Jesús Nuestro Señor; es su apóstol Santiago; el que vino en busca de reposo a mis tierras de Galicia. Su espíritu y su coraje siempre están del lado de Dios y de sus creyentes.

-A buen adalid nos confiáis; mas aún no sé qué te guía a asegurarnos que el Apóstol vendrá en nuestra ayuda. Combatiremos contra Abderramán; pero en el envite va tu vida. Tu vida a cambio de tu verdad; a cambio de la victoria.

-Me parece justo, mi señor.

-Quiero que mañana estés a mi lado en la batalla; que seas mi alférez. Si logramos la victoria, tú y tu doncella quedaréis libres. Si no es así, tu doncella irá a Granada para que el rey moro disponga e ella, y a ti te prometo que serás pasto de los buitres en estos mismos campos de Clavijo.

Aquella noche nadie durmió en el castillo. El rey se retiró a rezar a la capilla; los capitanes reunieron sus tropas y las dispusieron para la lucha. No había en la fortaleza, contando a los de dentro y a los acampados fuera de los muros, más de diez mil hombres de armas. La apuesta de Andrés semejaba una apuesta suicida. Se jugaba mucho en el envite; se jugaba la vida. Pero más se jugaba con la pérdida de Lavinia; se jugaba las ganas de vivir.

Al alborear, trompetas de guerra sonaron en las torres del castillo. El campamento moro, sorprendido, se apresuró a la batalla. Las fuerzas estaban veinte a uno. Atendiendo a las sugerencias del nuevo alférez, el rey Ramiro dispuso que las tropas no se moviesen del cerro para así obligar al enemigo a acercarse. Siendo las fuerzas tan desproporcionadas como eran, había que aliarse con el terreno y con las mejores estrategias.

Las primeras acometidas sarracenas no dejaban mucho margen para la esperanza. Los cristianos se defendían con valor, pero los números cantaban. De poco valía que por cada cristiano caído cayesen cuatro o cinco infieles. De momento figuraba que ni la promesa de Andrés ni las plegarias del rey tenían respuesta alguna. Ya habían perdido la vida la mitad de los cristianos y quince o veinte mil enemigos. La lucha era un cuerpo a cuerpo sin más final posible que un seguro desastre para los ejércitos del rey Ramiro. Resignado, Andrés asumió su responsabilidad.

-Mi señor. Disponed ya de mí. Se conoce que no tuve fe bastante, y por mi mal consejo he ahí cuantos valientes cristianos dejaron la vida. Es justo que también yo deje la mía a su lado. ¿De qué me serviría, además, si tengo que perder lo que más quiero? ¡Quitadme la vida de una vez, mi señor!

Con los ojos irritados en sangre y las venas de las sienes a punto de reventar, el rey Ramiro tiró de espada para cortarle allí mismo la cabeza. Pero he aquí que, al igual que le había sucedido a Abraham cuando se disponía a sacrificar a su hijo Isaac, una voz potente y clara sonó en lo alto.

-¡Detente, Ramiro! ¡Dirige tu espada al enemigo y deja en paz a quien bien te aconsejó!

Cabalgaba Santiago por el cielo sobre montura blanca al frente de un ejército de serafines y potestades. Una compañía de querubines les escoltaba tocando chifles, chirimías y trompetas de victoria. Atrás dejaban una luminosa nube de polvo de estrellas.

-¡Santiago viene cerrar España a los moros! -gritó una voz anónima de entre las tropas de Ramiro-.

-¡Santiago cierra España! -resumió el rey-.

A la vista de aquel ejército de otro mundo, los infieles dieron en huir en todas las direcciones. Tropezaban unos con otros. Atrás dejaban cabalgaduras y armas. Los cristianos hicieron gran matanza entre las tropas del segundo de los Abderramanes. Las aves de rapiña de las tierras de Clavijo aún hoy guardan memoria del banquete que siguió a aquella batalla.

Nunca más un rey cristiano tuvo que tributar doncellas a ningún rey moro. En agradecimiento al Apóstol, Ramiro I de Asturias extendió una orden a todas las Españas para que se cumpliese a perpetuidad: que cada año se enviase a la Iglesia de Compostela una medida de la mejor siega y del mejor vino por cada yugada de tierra.

Al despertar, aún muy temprano, Andrés quiso avisar a Lavinia. No estaba. La buscó por todo el albergue de Logroño. No estaba. La mochila, el bordón y el sombrero descansaban en su litera sobre el saco de dormir; pero ella no estaba. Andrés no se hizo preguntas. Se aseó; cogió sus cosas y las cosas de Lavinia, y salió al camino. Próximo destino: Nájera, tierra de reyes.

Llevaba ya unos nueve quilómetros en soledades, y seguía sin hacerse pregunta alguna. Ella tenía que aparecer. No podía andar muy lejos. Al llegar al embalse de La Grajera que da de beber a Logroño, vio a Lavinia sentada en el muro que contiene las aguas. Vestía las mismas ropas de cuando andaban por la calle del Laurel. Ella, al verle, echó a correr y lo abrazó como si llevasen años esperándose. Todo volvía a ser igual. Todo... menos un pequeño detalle. La guirnalda de flores vivas seguía adornándole el pelo. Le caía bien. Andrés pensó que la hacía aún más bonita.

El plácido paseo que atraviesa el cuidado parque de La Grajera lo hicieron callados y cogidos de la mano. Tampoco en esta ocasión hablaron de lo vivido, de lo soñado, de lo imaginado o de lo inducido. No hablaron porque no querían, o porque no podían, que cualquiera sabe. Lo único que a Andrés no le encajaba era que Lavinia aún luciese guirnalda. Pero después de todo, ¿qué era esta poquedad entre tanta fantasmagoría?

Entrar en Navarrete es como meterse en las bodegas del Camino. Entre las viñas, una cadenciosa secuencia de estampidos ahuyenta a los pájaros vendimiadores. El olor a mosto le da un punto de alegría a la entrada. El lugar anda en fiestas. Todas aquellas comarcas se habían puesto de acuerdo para celebrar a la Virgen de agosto. Al atravesar el pueblo, un lugareño los convidó a pan, a queso y a buen vino en su bodega. Allí estaba también el caminante de la cuesta del Perdón, el de la Fuente de los Moros, el de los muros de Viana.

-Este vino vale más que el Camino entero. Si os animáis podéis quedar esta noche a la verbena y cobraros así la holganza merecida -les dijo-.

Los peregrinos apuraron el queso, el pan y el vino; le agradecieron al lugareño la gentileza, y siguieron hacia Nájera.

El cielo se había toldado en negruras amenazantes. A la salida del pueblo, otro camposanto; en esta ocasión a la izquierda. Estaba cerrado. Pero al menos pudieron ver la hermosa portada de acceso; una portada abocinada, estilo románico, trasladada hasta allí desde el antiguo hospital de San Juan de Acre, que aún conserva ruinas al otro lado de Navarrete, justo arrimado a la senda por donde entran los peregrinos. La muchacha quedó prendada del pórtico, quizás un poco estropeado por la mala influencia de tantos años a la intemperie, pero con la gracia de las obras bien acabadas.

Cuando el camino se separa de la incómoda carretera para meterse por veredas entre viñas, el cielo empieza a ganar en negruras. Muy a lo lejos, los primeros relámpagos vienen anunciando tormenta que, cada vez más, cada vez más, se va acercando a los peregrinos.

-Esto tiene muy mala cara, Lavinia. Será mejor que saquemos los chubasqueros. Me da el pálpito de que en cualquier momento puede arrancar un diluvio.

La previsión de Andrés no pudo ser más oportuna. Apenas habían colocado los chubasqueros cuando se les vino encima una arroyada. En lo que la vista alcanzaba, ni un solo sitio para cobijarse. Había que seguir y aguantar el aluvión. Lo peor es la primera mojadura; luego incluso se agradece el frescor de la lluvia resbalando por la piel. Lo malo de aquella tormenta fue que arrancó con piedra; una piedra con tamaño suficiente para lastimar. Afortunadamente para los peregrinos y para las viñas, el pedrisco duró lo que dura un grito ancestral; pero el agua aún les acompañó un buen trecho. El agua, los relámpagos y los truenos. Un rayo cayó muy cerca. Su luminoso latigazo quebró el negro cielo y se precipitó sobre el alto de San Antón. Hacia allí se dirigían los dos caminantes que creyeron ver como del suelo levantaba una nube de humo de chamusco.

El estruendo del trueno hizo temblar la tierra como si por el subsuelo chirriasen cien carros de bueyes. Lavinia, que nunca había vivido una tormenta así, al aire libre, tan en primera línea, tuvo miedo e instintivamente tomó la mano de Andrés que tampoco las llevaba todas consigo. No le daba tranquilidad alguna que un tendido de alta tensión discurriese tan paralelo y tan cercano al camino.

La tormenta se iba alejando. Ellos pingaban como polluelos. Por entre las nubes fueron entrando los claros, y al poco todo el cielo era una gran cúpula azul; una cúpula de un azul intenso como sólo se pude contemplar tras una tormenta de verano; una cúpula señoreada por un sol ardiente que enseguida enjugó las ropas y las intranquilidades de los peregrinos. Las gotas de lluvia resbalando por las caras trocaron en gotas de sudor. Y el frescor de la piel, en resol.

Al alcanzar el alto, en el lugar que llaman Poyo de Roldán, Lavinia y Andrés, ya totalmente secos, pensaron que se merecían un agasajo; que se merecían sentar, apagar la sed y comer unas almendras que les repusiesen fuerzas para los últimos cinco quilómetros que aún les separaban de Nájera. Desde aquel espléndido mirador se domina el extenso y verde valle del Najerilla. Y al fondo, la ciudad. Una ciudad que busca apoyo y cobijo en una pared peñascosa, horadada y peinada en bosque.

Muy cerca de donde sentaron, un muchacho que cuidaba de un rebaño de ovejas se entretenía con su honda. Le apuntaba a los pájaros y a todo bicho que se moviese por la ladera.

-Es curioso -comentó Andrés- lo poco que el mundo cambia en algunos lugares, pase el tiempo que pase. Hace muchos, muchos siglos, según refiere la leyenda, aquí, en este mismo cerro, un hombre hizo girar también su honda para deshacerse del enemigo que sentaba a las puertas del castillo de Nájera guardando prisioneros. Y ahora ahí está ese muchacho haciendo lo mismo al cabo de más mil años.

-¿Ves por qué te quiero tanto? -interrumpió Lavinia-. Andar contigo es andar muy despacio por los tiempos. ¡Vamos! ¡Cuéntame la historia!

-Pues dicen que allá por la época en la que en Europa imperaba Carlomagno, un gigante sirio descendiente de Goliat, de nombre Ferragut, se había señoreado de Nájera. En esta ciudad mantenía presos a numerosos caballeros cristianos derrotados en el campo de batalla. Enterado Roldán, el más valiente de los caballeros de Francia, de este apresamiento, le pidió permiso a su tío el emperador para ir a liberar a los prisioneros cristianos del infiel Ferragut. Cuentan que Roldán y Ferragut mantuvieron una erudita discusión teológica. Convencido el francés de que el sirio no iba a dejar a Alá por Jesús, se retiró hasta este alto. Subió a esta misma piedra en la que tú y yo sentamos, que por algo se llama el Poyo del Roldán; vio al gigante a la puerta de su castillo de Nájera, que ya es tener buena vista; cogió una piedra de dos arrobas; midió distancias; apretó los dientes, y haciendo girar con fuerza una honda proporcionada al tamaño de la piedra, fue a dar con el proyectil en el medio y medio de la frente de Ferragut que cayó muerto al instante. Los caballeros cristianos quedaron libres. El valiente Roldán, ojo de lince, tomó asiento en el libro de las leyendas.

El alquitrán de las calles de Nájera hervía; los pies de los peregrinos hervían; las camisetas de los peregrinos pingaban; las gargantas de los peregrinos estaban hechas estropajo. Para Lavinia y Andrés lo más importante del mundo en aquel momento eran una bebida fría y una ducha refrescante. Ni leyendas, ni compromisos, ni siquiera caricias. Sólo una bebida fría y una ducha refrescante. He ahí una de las ganancias del Camino: el aprecio que se aprende a darles a las cosas pequeñas.

Una de esas imperiosas necesidades pronto la pudieron satisfacer. Pasadas las primeras casas del pueblo, Lavinia reparó en el cartel de un bar. Tomó a Andrés de la mano, y en un último esfuerzo, gastando el resto del caudal de energía que le quedaba, echó a correr arrastrando con ella al compañero que tampoco estaba para muchos trotes.

Satisfacer la segunda de las necesidades aún les llevó cruzar el pueblo. El albergue y la ducha esperaban al otro extremo, en un anejo al monasterio de Santa María la Real.

Llegaron con las fuerzas justas; los pies doloridos; la cabeza turbada, y sus vidas revueltas. Para cabezas y vidas poco remedio había; pero los asuntos de los pies y del cansancio tenían mejor amaño. Después de ducharse y de lavar la ropa del día, Andrés bajó el colchón de su litera al suelo. Le pidió a Lavinia que sentase en él. De su botiquín de urgencias sacó los avíos precisos; sacó antiséptico, pomadas, vendajes, esparadrapos y utensilios de costura. Primero le curó los pies que ya presentaban claras señales de los muchos kilómetros andados desde Roncesvalles. Con mimo y con aguja e hilo, le fue vaciando las ampollas. Luego le aplicó pomada en las zonas de piel lastimada. Concluidas las curas de urgencia le besó los pies.

-Acuéstate boca abajo y te doy unas friegas. Ya verás lo que es estar en el cielo.

-¡Collóns! -exclamó la rapaza-. ¡Con lo que a mí me gusta que me den masajes! Eso sí, sólo acepto si luego dejas que yo te masajee a ti.

-Estaba deseando oír eso.

Lavinia vestía pantalón corto, muy corto, y camiseta floja, muy floja. Por debajo de estas dos prendas, nada. Arrodillado, cogió un pie de la moza entre las manos; le aplicó los pulgares contra la planta; apretó y luego fue deslizando las yemas desde el calcañal hasta los dedos y desde los dedos hasta el calcañal; así una y otra vez sin dejar un rincón de piel; después giró el tobillo a un lado y a otro, hacia arriba y hacia abajo. Los dedos se los fue tratando uno a uno, retorciéndoselos con suavidad, apretándoselos y estirándoselos. Luego el otro pie. Una vez que terminó con los pies empezó con las piernas.

De cuando en cuando Lavinia le miraba y le dedicaba una sonrisa, algún guiño, alguna carantoña.

Primero extendió por toda la pierna una fina capa de pomada relajante; luego, empezando por la pantorrilla, le fue aflojando los músculos endurecidos; le fue apretando y arrastrando los pulgares de abajo arriba, de cabo a rabo. Al principio la moza amagó alguna queja; pero a medida que el músculo ablandaba, las quejas se fueron transformando en dulces gemidos y las friegas de Andrés en suaves resbalares. Más que friegas parecían caricias, y más aún al llegar al muslo, que allí el hombre tuvo que cerrar los ojos para concentrarse en la nada y no hacer alguna tontería. Una rodilla de Andrés apoyaba entre las piernas de la moza; la otra, por fuera. Lavinia advirtió el rebullir interior del compañero; su desasosiego. Agradecida, le devolvió un silencioso recado de complicidad acariciándole una pierna. Cuando las manos de Andrés llegaron a los límites que marca la doblez del pantalón, que era corto, muy corto, ella cerró los ojos; pero no el alma que le salía por la piel y se dejaba leer como un libro abierto. Los dos componían una estampa rabiosamente sensual, con aroma de incitantes feromonas. Si algo más allá fueron en aquel momento las funciones glandulares y hormonales de cada uno, lo guardaron para sí; para su propia complacencia.

Sentado sobre los muslos de su paciente gozante, empezó Andrés, muy suavemente, el tratamiento de la espalda. Le levantó un poco la camiseta, y por debajo se aplicó a la labor. También aquí saltaron chispas cuando las manos de él rozaron las bases laterales de los pechos de ella, que seguía con los ojos cerrados y el respirar profundo, intenso, ligero.

Se volvieron las tornas. Paso a paso, Lavinia procuró seguir los mismos tiempos, los mismos campos y los mismos tientos que Andrés había llevado con ella. Los comportamientos y las reacciones de ánimo y sentidos, fueron un remedo de lo de antes. Al terminar, ella se dejó caer al lado de Andrés. Se besaron brevemente. Por el dormitorio andaba demasiada parroquia para tan íntimo oficio.

IV. De Nájera a Burgos

(Allegro un poco agitato)

Por la noche todos los bosques encogen los ánimos y agrancan los miedos; por la noche, los grillos parecen lobos y los lobos parecen diablos. Y por la noche echan a andar los peregrinos para aventar calores maduros. En el Camino, a quien madruga, los grillos, los lobos, los diablos y los dioses le ayudan.

El peregrino Andrés y la peregrina Lavinia salieron del albergue cuando aún el gallo y el topo dormían en su gallinero y en su topera; cuando aún el golpeo de los bordones en las gastadas losas callejeras tenía ecos infinitos, y los hablares eran bajos.

El camino sale bordeando el monasterio de Santa María que, a aquellas horas, era de lo poco que rebullía en Nájera. Los amplios muros de piedra no impedían que el canto de maitines llegase amortecido hasta los romeros del alba. De este monasterio llevaban buen recuerdo L.A. La tarde anterior lo habían paseado sin prisas. Allí, en el Panteón Real, yacían las primeras historias de Navarra y de sus reyes; y allí, sumergido en filigrana gótico-plateresca, quedaba el refinado Claustro de los Caballeros, que a Lavinia le había humedecido sus transparentes ojos verdes al verlo envuelto en la opaca luz de una tarde color teja.

Nájera despide al caminante en cuesta emboscada. Estos repechos de primera hora, cuando el músculo aún entreduerme, son los peores. Pero Lavinia y Andrés, ligeros de pesares, los aliviaban con poco esfuerzo. A mitad de pendiente ella entonó unos aires de su tierra que hablan de un ruiseñor; de un rossinyol que va a Francia, llevando en su vuelo la queja de una mal-maridada y la dulce promesa de un beso.

La vereda es ancha y los árboles que la bordean, antiguos. Tan antiguos que a fuerza de ver pasar peregrinos les tomaron confianza y les alfombraron el paseo con un entretejido de raíces. Raíces viejas, raíces recias, raíces gruesas por las que a aquellas horas de negruras aún traficaban los diablillos, los trasgos y los gnomos que entienden de los intereses más oscuros de los humanos; de esos intereses a los que la noche favorece. Las raíces de algunos árboles antiguos son las autopistas que unen los infiernos con la tierra. Por ellas van y vienen esos diablillos, esos trasgos y esos gnomos, que los demonios grandes se valen de los volcanes y por eso huelen a azufre.

Lavinia le tiró de la mano a su compañero.

-Mira aquella lucecita que se ve allá, en la cima de la cuesta.

-Debe ser una luciérnaga.

-¿Acaso las luciérnagas vuelan?, porque esa se mueve mucho en el aire.

-No, no vuelan. Será otra cosa.

Era otra cosa. Era la punta de un cigarrillo que fumaba el mozo de la historia del sastre de Cracovia. Fumaba y esperaba. Les esperaba a ellos sentado en la cima de la cuesta.

-Buenos días. Vosotros siempre tan madrugadores, tan sistemáticos, tan organizados.

-Buenos días -le respondieron los dos peregrinos sin detenerse-.

-¿A dónde vais tan aprisa? Parece que os llevase el demonio. Esperad que salgo con vosotros.

-Entonces será mejor que te levantes y eches a andar -le dijo Andrés-, porque detenerse a estas horas va contra todas las reglas del manual del buen caminante.

De un salto se puso en pie; colgó su pequeña mochila y les siguió.

-Os vengo observando desde hace días. Sin duda sois la pareja más entrañable que anda por el Camino. Parece que fueseis envueltos en una nube que os distanciase y os protegiese del dolor, de las incomodidades, de las inconveniencias que sí tienen que padecer los demás caminantes; una nube que os protegiese y os distanciase del resto de peregrinos. Perdonad si me meto donde no me importa.

-Pues me parece que sí te metes -le contestó Lavinia-.

-Si es así vuelvo a pedir disculpas. Pero es que no puedo dejar de fijarme en vosotros. Tan inseparables; tan a vuestro aire; tan enamorados; siempre tan despegados de la tierra que parece que levitaseis. Y por encima con ese morbo añadido de la diferencia de edad, que no hace sino estimular la curiosidad y la murmuración.

La luz aún era escasa. Empezaba a amanecer. Caminando entre Lavinia y el mozo, Andrés observaba a éste descaradamente, intentando sorprenderle algún gesto, alguna señal, algún descuido que le confirmara lo que venía sospechando desde la primera vez que se encontraron. En realidad no sabía qué buscaba. Quizás un centelleo rojo en los ojos; algún indicio de apéndices, o cualquier otra peculiaridad que la imaginería popular dio en atribuirles a ciertos seres. Le fue observando mientras el mozo hablaba con la dulzura de quien quiere convencer. Al fin le dijo.

-No voy andar con rodeos. ¿Qué quieres de nosotros? Llevas días apareciéndote en los sitios más insólitos; haciéndonos propuestas también insólitas, y no creo que se trate de simples acasos. ¿De dónde vienes? ¿Cómo te llamas? ¿Qué pasó en Fuente Reniega el primer día que nos vimos?

-¡Que qué pasó en Fuente Reniega? No sé qué quieres decir.

-Estoy hablando de tu conversación con el sastre polaco; de las condiciones que le imponías para calmarle la sed, y de tu misteriosa desaparición, como si te tragase la tierra.

-No te entiendo. De verdad que no sé de qué me hablas. Aquel día, cuando me adelanté a vosotros en la cuesta del Perdón, es cierto que encontré al sastre a lado de una fuente seca. Estaba a punto de morir de sed y de cansancio. Yo no llevaba agua. Le dije que esperase que se la iba a buscar. En aquel momento subía otro peregrino con cantimplora. Le dimos de beber. Me ofrecí a acompañarlo, pero él prefirió esperar allí. Cuando me iba, ya vosotros os acercabais al lugar.

-Eso no fue lo que nosotros vimos -terció Lavinia-.

-No sé qué visteis vosotros; pero es vano que sigas dándole vueltas a la cabeza. Con el tiempo comprenderás que un mismo hecho puede tener más de una percepción; más de una interpretación; más de un relato. Depende de quién perciba, interprete o relate.

-Aún quedan tres preguntas por contestar -insistió Andrés-. ¿De dónde vienes? ¿Cómo te llamas? ¿Qué es lo que quieres de nosotros?

-Quizás no os hayáis dado cuenta, pero el Camino nos iguala a todos. En el Camino no hay diferencias ni de naturaleza, ni de edad, ni de sexo, ni de condición, ni de conocimientos. Fijaos en vosotros mismos. El acento os delata. Nacisteis bien distantes tanto en el espacio como en el tiempo, y seguro que esas diferencias se extienden a la condición social, cultural e incluso a las creencias de cada uno de vosotros. Sin embargo ahí estáis, ilusionados como dos niños. Esto sólo es posible en el Camino. Al Camino llegamos todos de ninguna parte. ¿Qué importa dónde nací? ¿Qué importa cómo me llame? Pero si a vosotros os resulta más cómodo disponer de un nombre para que hablemos, podéis llamar Lucio.

-Bien, Lucio. Llevas razón en mucho de lo que dijiste. Es cierto que el Camino puede ser un paréntesis en nuestras vidas; un paréntesis en el que caben amores, desamores y, sobre todo, un conocimiento más profundo de nosotros mismos. El Camino, como dices, nos iguala; nos iguala por el lado más primario del ser humano; por todo aquello que nos entra por los sentidos, aunque luego se transforme en sentimiento. Todo eso es cierto; pero aún no respondiste a la primera de las preguntas. ¿Qué quieres de nosotros?

-¡Que qué quiero de vosotros? ¿Qué quiere todo el mundo de todo el mundo? Afecto, comprensión... Para mi bien o mi desgracia, dispongo de bienes materiales como para no tener que preocuparme. Pero me encuentro sólo y me siento incomprendido; al menos no me siento comprendido por las personas que yo quisiera. Busco un poco de afecto, un poco de benevolencia.

-Pero eso no cae del cielo -terció Lavinia-. Eso hay que ganárselo. No llega sólo con procurarlo. Se necesita suerte para dar con la persona adecuada en el momento justo. Como nos pasó a Andrés y a mí.

-Del cielo ten por seguro que caen muy pocas cosas. Pero eso que tú dices de las personas adecuadas es lo que vengo buscando desde que empecé el Camino. No estoy aquí por cuestiones de fe, ni por tumbas de un apóstol, ni por barcas de piedra, ni por indulgencias ni paraísos. Si me eché al Camino es porque sé que la gente llega aquí desnuda de condicionamientos y de prejuicios, y por tanto predispuesta a escuchar y abierta a los afectos.

-¿Y no piensas -intervino Andrés- que si has buscado eso y no lo encuentras, quizás sea porque eres incapaz de conectar con la gente?

-Es posible que no logre conectar con alguna gente que anda por el Camino; pero sí con otra mucha que me necesita y a la que presto ayuda aunque me pague con desafecto. Pero no pierdo el ánimo. Si alguna virtud tengo; si algo me caracteriza, es la perseverancia.

¡Flash! Fue sólo una ráfaga. Pero al fin Andrés sorprendió al mozo en ese descuido que buscaba; o creyó sorprenderlo. Duró lo que tardó en pronunciar la palabra "perseverancia". En ese segundo los ojos le chispearon, y los destellos que de ellos salían se extinguían al momento en las memorias. No hubo tiempo para más. Lucio apretó el paso, marcó distancias y se perdió en el horizonte. Aún tardó el desaparecer. Andaban por las proximidades de Azofra y los peregrinos pisaban llanura.

Aquel encuentro con Lucio fue un encuentro extraño. Como extraños habían sido los anteriores encuentros. Como extraño era el viejo peregrino que no les respondía a los saludos; y lo que vieron o creyeron ver en Fuente Reniega; o lo que vieron o creyeron ver la tarde-noche de Logroño. Pero ni Lavinia ni Andrés querían hablar de eso. Lo tomaban como algo propio del Camino; como algo que, por encima de ir más allá de lo natural, fuese natural. Y es que el Camino estaba tan lleno de historias que ¿por qué a ellos no les había de corresponder alguna? Y si no querían hablar de eso era también porque, a pesar de no decírselo, cada uno sabía lo que sentía el otro. Una simple mirada entre ellos era una completa confesión. Entre Lavinia y Andrés había química en lo físico; magnetismo en lo sentimental, y telepatía para esas otras cosas. Y ni el uno ni la otra eran amigos de hablar por hablar; de hablar cuando las palabras no hacen falta. En lo físico practicaban el piel-a-piel, y les iba bien; para los sentimientos les bastaba con armonía, ternura y quietud; y para aquellas otras cosas propias del Camino, mucho de telepatía y una pizca de teología. No necesitaban más. Por otra parte, a ninguno de los dos les gustaba leer en prosa lo que era poesía.

Las tierras que van de Azofra a Santo Domingo son una pura ondulación serpeando campos de trigo; campos ocres y amarillos, y viñedos. Y ya hacia el final, plantaciones de forraje. Son tierras de vino; tierras de monasterios, de santos y de hacedores de lenguas. En el cielo azul, el sol de agosto disponía parrillada de peregrinos para aquel mediodía. Cerca de Santo Domingo, la amplia vereda que atraviesa los segados trigales se endereza. Los únicos accidentes son los continuos toboganes y el sol que arde. Lavinia menos, porque es de menos transpirar; pero Andrés era una cascada de sudores. Si retorciese la camiseta había de dar una buena medida de líquido. Y la parte alta del pantalón, un pantalón flojo, de algodón, era de color mojado. El paisaje no ayudaba. Sólo la lejana silueta de La Demanda prometía etapas mejores. Pero nada de esto agostaba los ánimos ni las bienandanzas de L.A., que soportaban los calores con la certeza de que este-ir-juntos era su cielo.

Conquistada una de las lomas que se les había hecho ardua de más, ¡zas!: ¡el Edén! Delante de ellos, el valle del Oja; por detrás, el ocre-amarillo de los campos ronchados; al fondo, Santo Domingo exhibiendo soberbio la torre barroca de su catedral; y a su alrededor, una verde alfombra de alfalfa y remolacha, y miles de aspersores que a aquellas horas de calor infernal aliviaban la sed de muerte que amenazaba a la vegetación.

Pero la meta aún no estaba alcanzada. Las distancias en estas llanuras son un espejismo que desasosiega. Y más cuando hay sol por medio y los paisajes se subliman. Podían restar aún unos buenos cuarenta minutos de caminada, que a aquellas horas de hervuras había que andarlos.

Pocos metros después de la cima de la loma, un aspersor que regaba la alfalfa también mojaba la vereda en su girar. Andrés echó a correr; descargó la mochila, la cámara de fotos y todo lo que se pudiese dañar con el agua, y se colocó donde el riego del aspersor daba de lleno. Lavinia, más atrás, caminando con esa desgana que da el sentirse cerca-lejos del final, al ver lo que hacía su compañero echó también a correr; soltó la mochila y se colocó junto a Andrés a gozar de aquel refrescante regalo que los campos de La Rioja les hacían. Y allí, mientas se empapaban, cogidos de una mano y separados todo lo que la largura de sus brazos les permitía, dieron en improvisar unos pasos; unos pasos tal vez de danza griega, o de sardana, o de muiñeira, que todos ellos guardan elementos comunes, quizás porque todos ellos, en sus orígenes, se reducen a una forma primitiva de cortejar, de enamorar, de coquetear con la ilusión.

Lavinia salió tan empapada que la camiseta que vestía no era más que una segunda piel traslúcida. Retomado el camino, estas trasparencias duraron lo que los enredados pensamientos de Andrés. El sol era implacable.

A la entrada de Santo Domingo, casi al principio de la sirga que lleva al albergue, dos niños se ocupaban en darles el biberón a unos mininos recién nacidos. Los tenían en una caja de zapatos, entre paja. Sus padres no se los dejaban meter en casa. La escena enterneció a Lavinia.

-¿No son una monada? -comentó mientras le daba biberón a uno de los gatitos que los niños le prestaron-.

Casi al final de la sirga estaba el albergue; un noble y antiguo edificio que durante años pasó por ser el mejor lugar de acogida de todo el Camino. Luego de acomodarse y duchar, estaban Lavinia y Andrés colgando la colada en el tendedero que da a la parte trasera del albergue, cuando en los bajos de éste atronó una ruidosa algarabía.

-¡Fue el Santo; fue el Santo!

-¡El Santo le salvó la vida!

-¡Es un milagro!

-¡Vamos! ¡Todo el mundo se dirige a la plaza!

El albergue era un hervidero de gentes gritando y corriendo sin sentido en todas direcciones.

-¿Qué pasa? -preguntó Lavinia a un peregrino que salió al tendedero casi sin estar en sí-.

-¡Hay que ir a la plaza! ¡Hay que ir a la plaza! -repetía como un autómata-.

Lavinia y Andrés se miraron, encogieron los hombros y echaron a andar ligero en la dirección en que se movía aquella marea de peregrinos. Otras gentes hacían lo mismo en la calle, que era un puro barullo.

-¡Dicen que la farmacéutica le pudo tocar la capa al Santo! ¡Yo también la quiero tocar!

-¿Pero de verdad es el Apóstol?

-¡No! ¡Parece que es nuestro Santo!

-¡Rápido, rápido, hijo mío, que si nos acercamos a él te ha de quitar el hechizo que llevas contigo!

-¡Yo le pediré que mi marido deje de beber!

-¡Yo, que me quite trabajos y miserias!

-¡Vas dada si piensas que te ha de quitar trabajos y miserias quien en vida no hizo más que trabajar y ser pobre!

-¡Pues sí, porque yo siempre le tuve mucha devoción! ¡No como tú!

En la plaza no corría el aire. No había espacios. Sólo gente; mucha gente. Y en medio de la gente, en medio de la plaza, una horca de la que colgaba un mozo. Bueno, en realidad no colgaba, porque aunque con la cuerda alrededor del cuello, sus pies apoyaban sobre los hombros de un viejo que vestía capa. El mozo no paraba de gritar una y otra vez "¡Unschuldig!" "¡Unschuldig!". Era la único que se escuchaba en aquel lugar, y aunque la gente no paraba de hablar y de implorar, sólo se oía "¡Unschuldig!" "¡Unschuldig!". Con mucho esfuerzo y bien cogidos de la mano para no perderse, L.A. fueron serpeando entre la multitud hasta acercarse al medio de la plaza. Hacía un calor de justicia; sin embargo cuanto más se acercaban a la horca, al ahorcado y al viejo al que todos llamaban santo, más templaba. "¡Unschuldig!" "¡Unschuldig!", seguía insistiendo el rapaz en medio de aquel ensordecedor silencio. Mucho tuvieron que esforzarse, pero al fin llegaron a primera fila; una línea intraspasable, distante aún unos tres metros de la horca. En ella se mostraba un muchacho rubio de apenas dieciséis años, que para evitar ahogarse con la soga apoyaba los pies sobre los hombros de un viejo de sayo pardo y capa parda, de largas y blancas barbas y de escaso pelo. Llevaba el viejo un bordón de auxilio y la mirada perdida en ninguna parte. A su alrededor, un gallo y una gallina picoteaban en el suelo con la misma familiaridad que si estuviesen en su corral. Y el mozo no paraba de repetir "¡Unschuldig!" "¡Unschuldig!", sin que otra palabra se escuchase en aquella plaza en la que todos hablaban a un tiempo y todos iban tejiendo su propia historia del extraordinario suceso.

Como si de un escenario teatral se tratase, en un instante cambió el decorado. La luz, toda la luz de aquel resplandeciente agosto se concentró en el círculo de la horca, del mozo, del viejo, del gallo y la gallina, cegando las voces del muchacho. Entonces empezó a oírse a la multitud en claroscuro.

-¡Milagro! ¡Milagro!

-¡Hay que avisar al corregidor!

-¡Y a los padres del mozo que esta mañana siguieron hacia Compostela después del ajusticiamiento!

Los padres del rapaz rubio que sufría la horca, venían ya de vuelta. Fue el propio Santo quien los detuvo en Viloria al pasar por delante de su casa y les convenció de que volvieran en busca de su hijo que seguía vivo.

-¡Y yo que vi esta mañana como pateaba el pobre cuando lo ahorcaban! ¡Milagro!

-¡Viva Santo Domingo!

-¡Vivaaa!

-¡La moza de la posada confesó su pecado!

-¡El corregidor tiene que retirarle la cuerda!

-¡La moza lo acusó de robar dos copas de oro de la posada!

-¡Ella que ahora llora su maldad fue quien se las metió en el zurrón!

-¡Dicen que anduvo toda la noche detrás del muchacho; que éste prefirió mantenerse en virtud, y que ella no pudo soportar el desdén!

-¡Santo Domingo querido, que el señor corregidor no de el caso por perdido!

-¡Santo Domingo bendito, que esa mujer pague su delito!

Muy lentamente la plaza se fue aliviando de gentes. Era la hora del yantar. También Lavinia y Andrés buscaron donde comer. A un lado de la catedral, un reclamo en el suelo llamó su atención. "Restaurante Los Arcos. Menú del peregrino". Entraron. El comedor estaba al fondo. Antes, el bar donde los lugareños sólo hablaban del suceso de la posada y del ahorcamiento del mozo germano al que una muchacha despechada le había buscado la ruina.

Apenas sentaron, una procesión de sirvientes con el dueño de la casa al frente, entró abriendo camino en el refectorio a quien debía ser persona de mucha importancia en el lugar

-Señor juez; señores alguaciles —dijo reverencioso el posadero-, pasen y sienten en la mesa principal.

Lo que la mesa tenía de principal era estar al fondo y en el medio de un local, que tampoco brindaba grandes dimensiones

-La comida que el señor corregidor encargó está casi a punto. Mientras, háganme el honor de degustar unos entremeses a cuenta de la casa.

Los dos peregrinos sentaban en una esquina, lo suficientemente cerca de la mesa principal como para escuchar lo que allí se hablaba, pero discretamente fuera de los focos.

-No hay derecho, Andrés. El mozo inocente colgado en la plaza, y el juez tan tranquilo disponiéndose a comer.

-Quizás acaba de llegar de algún viaje y aún no sabe lo de la moza que confesó, ni lo del milagro del Santo.

-¿Y por qué no se lo dicen?

-Y yo que sé…

-¿Y si se lo decimos nosotros?

-Pero Lavinia, ¿tú estás segura de haber visto lo que has visto? ¿Estás segura de que haya una horca en la plaza, y un ahorcado, y un Santo que lo sostiene? ¿Estás segura? ¿Estás segura de que ese hombre sea el corregidor que condenó al muchacho rubio? ¿Estás segura?

-¿Es que tú no lo viste como yo?

-Llevamos vistas tantas cosas…

Los sirvientes entraron con dos hermosas y bienolientes fuentes. En una, un gallo recién asado; en la otra, una gallina.

Justo detrás de los sirvientes entró una pareja de peregrinos de mediana edad; los dos rubios. Él con barba cana; ella con piel colorada de los soles del camino. Con humildad, pero con decisión, se dirigieron a la mesa del corregidor. Este los reconoció.

-Buen provecho y dispense usted, señor juez. Nosotros ya nos íbamos resignados camino de Compostela, llorando el infortunio de nuestro único hijo que por defender su virtud y no ofender a Dios usted mandó a la horca. Al llegar a Viloria, un hombre nos convenció para que diésemos la vuelta puesto que seguía vivo.

-Eso no es posible –dijo uno de los alguaciles-. Yo mismo dirigí esta mañana el ajusticiamiento y vi como lo ahorcaban bien ahorcado; como Dios manda.

-Fue un milagro, señor corregidor. No era justo que un inocente muriese de esa forma.

El juez que hasta entonces había escuchado con atención la increíble historia que los padres del joven le contaban, adoptando una actitud solemne y en tono grave, se limitó a sentenciar.

-¡Atiendan! Cuando yo dicto una sentencia me aseguro de que ésta se cumpla, y que se cumpla con todas las de la ley. No se dejen arrastrar al engaño. Su hijo está tan vivo como este gallo y esta gallina que, si ustedes nos disculpan, vamos a despachar.

En aquel momento gallo y gallina recobraron plumas, levantaron de la fuente y salieron volando entre la admiración y el aplauso de todos los comensales del restaurante. Los padres del muchacho daban gracias a Dios, a Santiago y a Santo Domingo. El juez, avergonzado, no logró reaccionar en un tiempo. Cuando lo consiguió, haciendo acopio de la escasa solemnidad que en aquella situación cabía y de la poca dignidad que logró mantener, levantándose les dijo a sus ayudantes y a los padres del mozo ajusticiado.

-¡Síganme!

Fueron a la plaza; descolgaron al mozo; el Santo que lo sostenía desapareció. Los tres peregrinos, padre, madre e hijo, siguieron camino de Compostela, y el juez dicen que se retiró al monasterio de San Millán de por vida. En cuanto al gallo y la gallina del milagro, salieron del restaurante y entraron en la catedral. Desde entonces, allí siguen dando fe de la justicia divina que es la mejor y más justa de las justicias.

Como si nada hubiese ocurrido, Lavinia y Andrés y los demás clientes del restaurante continuaron con la faena; una faena que por las tierras de La Rioja acostumbra a ser una grata faena. Muy cerca de la pareja, en otra mesa, dos peregrinos hablaban animadamente. El caso no tendría nada de especial si no fuese que mientras uno de ellos hablaba en castellano, el otro sólo hablaba la lengua de los mandarines chinos. De cuando en cuando, el indígena miraba hacia Andrés y Lavinia como diciendo: "¡lo que hay que oír!".

-Perdona. ¿Tú entiendes algo de lo que te dice? -le preguntó Andrés-.

-Ni yo entiendo nada ni creo que él me entienda algo a mí. Pero eso está muy bien, porque así puedo decir lo que me da la gana sin que me lleven la contraria.

-¿Hace mucho tiempo que os conocéis?

-Venimos juntos desde Pamplona y no paramos de hablar. Lo malo es padecerlo por las noches. Ronca como un dragón. Os aconsejo que os alejéis de donde él duerma.

La conversación terminó ahí. El chino, que no había dejado de hablar, le tiraba a su compañero del brazo reclamando atención.

-Sí, sí -le respondió éste-. Quizás tengas razón, pero yo no te la voy a dar.

Lavinia y Andrés sonrieron. Y como si nada hubiese sucedido allí dentro, siguieron dando buena cuenta de las cremas caseras que habían pedido de postre.

Al día siguiente, como de costumbre, madrugaron y salieron temprano. Hasta Belorado no eran muchos quilómetros; pero decían los libros que con sol fuerte la etapa podía resultar muy ruin. Los madrugadores no se llevan bien con los almuerzos. A las horas en las que sale el peregrino, excepto en las grandes ciudades, todo está cerrado. De ahí que mucho agradecieron L.A. la invitación que, a su paso por Grañón, les hizo el cuidador del albergue de aquel lugar: café con leche; unas tortas de mantequilla especialidad de la comarca, y mucha conversación. El albergue, pequeño, cómodo y muy cuidado, sobrellevaba la desventaja de estar muy cerca de uno de los grandes puntos del Camino, de Santo Domingo. Eso hace que sea muy poca la gente que llega a dormir allí, por mucho que el hospitalero se empeñe en hacer promoción. Si Andrés no atina a dar con una buena escusa, hubiesen perdido en Grañón lo ganado con la madrugada.

-Tenemos que salir ya. Nos esperan en Redecilla. Muchas gracias por el almuerzo.

-No hay de qué. Para eso estamos. ¡Buen viaje! ¡Ultreya!

Hasta Redecilla el camino es un paseo, y más aún caminado por la fresca. A las puertas de la villa, un gran cartel anuncia el fin de La Rioja y el comienzo de la vieja Castilla, tierra de poetas, de trigo, de pan y de barros; tierras por las que el Cid Campeador dio honra y gloria a sus señores, y por las que tuvo que vagar penas camino del destierro.

Lavinia estaba radiante, y Andrés contento de verla radiante. Cada día se sentían más a gusto en pareja. Y como pareja que se entiende, no necesitaban decirse muchas cosas. Era suficiente con mirarse, cogerse de la mano, abrazarse, besarse, y tocarse las almas. Los piel a piel; los sentir a sentir; los vivir a vivir, eran tan sutiles, tan precisos, que pareciese que en lugar de dos fuesen una sola ansia.

-Seguro que te gustará -le comentó Andrés a la moza- la pila bautismal que hay en la iglesia de esta villa. La habrás visto en los libros de arte.

-Sí. Esta vez hice los deberes. Ayer me informé en las guías. Tengo ganas de verla de cerca.

Redecilla aún estaba despertando; la iglesia, cerrada.

-Pues habrá que hacer algo -dijo él-. Yo tampoco quiero irme de aquí sin ver la pila.

Preguntaron a una mujer que barría a la puerta de su casa.

-Con Dios, buena mujer. ¿Qué se puede hacer a estas horas para entrar en la iglesia?

-Llamen a aquella puerta. Les abrirá el cura. Él les enseñará la iglesia. Supongo que querrán ver la pila.

-Sí, queremos verla. Y también la iglesia. Muchas gracias -le respondió Lavinia-.

El cura les contó que hasta no hacía mucho siempre dejaba la iglesia abierta para que los peregrinos más madrugadores pudiesen entrar, y que si ahora la cerraba era porque un desalmado le había metido la navaja a aquella hermosa joya románica del siglo XII para llevarse un recuerdo. L.A. comprobaron y lamentaron el crimen, y la muchacha no pudo reprimir un "¡hay que ser cabrón!". A pesar de estar en lugar piadoso, el propio cura subscribió el exabrupto con un "hay que ser muy cabrón!"

El resto del trayecto hasta Belorado es de esos tramos de camino con asfalto de más para el buen discurrir del peregrino. Lavinia y Andrés hablaron poco. Fue una mañana para cultivar el trato con ese otro ser que siempre nos acompaña; una mañana para la introspección y para gozar de la soledad en compañía. Siempre por delante, la moza tenía que echar mano al sombrero continuamente para impedir que el rebufo de los camiones se lo arrebatase. Andrés, que también cuidaba de la visera, se entretenía observando la gracia, la armonía, la ligereza, la hermosura de aquella muchachita que, de cuando en cuando, miraba hacia atrás y le sonreía. "No merezco tanto", le contaba Andrés a su otro ser. "Tanta ventura, a la fuerza ha de tener un coste".

-¿Sabes lo que pienso? -dijo Lavinia interrumpiendo aquel sosegado callar-.

-No.

-Pienso que deberíamos hacer una etapa, o al menos un tramo de etapa, por separado. Tengo que pensar en tantas cosas... Es tan bonito lo que estoy viviendo que necesito reposarlo. Ahora mismo camino sin tocar tierra; voy aboyando. Necesito meditar. Preciso algo de calma, de poso.

Entrando ya en Belorado, por el sendero que lleva al albergue, Lavinia se colocó a la par de Andrés; le cogió la mano; vistió el verde más fresco de sus ojos; le miró melosa, y con voz de confidencia le dijo.

-Es que quiero comprobar si puedo andar sin ti después de estos diez días, que ya no sé si son reales o virtuales; pero que para mí están siendo toda una vida.

Un beso y una flor. El beso, el que Lavinia le dio en la mejilla. La flor, la propia moza adelantándose y moviendo los brazos como una alondra que quisiese echar a volar.

Sentado en el suelo a la puerta del albergue, el chino hablador les recibió con las únicas palabras castellanas que debía saber.

-Aquí, albelgue.

-Gracias.

Una ceremonial inclinación de cabeza y una sonrisa muy oriental cerraron el diálogo.

Las madrugadas en el Camino es lo que tienen; regalan tiempo para el reposo de pies y ánimos. Antes de ir a comer al restaurante que les recomendó la cuidadora del albergue, una muchacha vasca muy dicharachera, L.A. tuvieron tiempo para descansar y para aliviar las sequedades de la etapa en una terraza porticada de la plaza mayor.

La vida de todos estos pueblos castellanos guarda una estrecha relación con sus plazas. En ellas se cruzan y entrecruzan pasiones, odios, amores y desamores; en ellas los niños aprenden a jugar, los mozos a cortejar y los viejos a ver pasar el tiempo; en ellas crecen las vidas, bullen los recuerdos, huyen los días y mueren las prisas. Las plazas de los pueblos castellanos tienen alma, sangre y corazón latiente.

Al terminar de comer, y de comer bien sin mucho gasto, Lavinia manifestó deseos de sestear. Él la acompañó hasta el albergue, pero con el propósito de volver a la plaza a matar el tiempo. No tenía sueño.

Aún estuvo un buen rato sentado en la litera junto a ella, acariciándole la cara, el pelo, los brazos, el vientre; arrullándola. ¡Cuánto amor había en aquel tocar! También ella le acarició la cara, y con el índice mojado le abrió los labios buscando un beso. Fue un beso tranquilo, gozoso; de esos en los que se intercambia vida. Los ojos de la muchacha semejaban un paraíso humedecido por el rocío de la mañana; semejaban las rías gallegas a la puesta del sol; semejaban la gloria. Andrés se los besó y marchó.

-¡Que descanses, bonitiña!

A la salida del albergue, sentada en un poyo frente a la iglesia de Santa María, Selene consultaba un libro. La inesperada presencia de la moza francesa allí, sola, atolondró un tanto a Andrés. Cuando reaccionó se acercó a saludarla. Ella hizo sitio a su lado en un claro gesto de invitación a que sentase.

-¿Por qué no vamos a la plaza y sentamos más cómodos en una terraza? -le propuso él-.

-Acabo de huir de allí dejando a mi compañero y a mis amigos. No creo que les gustase verme aparecer ahora contigo. Sobre todo a mi marido.

Lo que consultaba Selene era un diccionario bilingüe. Vestía pantalón corto, blanco, prolongado en unas perfectas piernas morenas color oro. Por encima, camiseta azul celeste con sólo unas tiras por los hombros. Sus ojos eran tan azules, tan claros, tan frescos, tan habladores... Por ellos se le iba el pensamiento. Era muy guapa y las distancias cortas le favorecían.

Hablaron de todo y de nada; hablaron... hablaron. Ella había sido quien convenció a los otros tres para hacer el Camino. Vivía en la campiña, en plena meseta francesa; leía a Cervantes, a Cunqueiro y a Lorca; daba clases de educación especial a media jornada. Sólo les quedaban dos días más de Camino. En Burgos se retiraban.

-Es una pena -dijo ella-. Ahora que empezamos a conocernos... Pero ya ves. Yo viajo con mi compañero y tú con esa muchacha tan linda. Te confieso que hasta a mí me gusta. ¿Cuál es vuestra relación?

-Nos conocimos el primer día, en Roncesvalles, y desde entonces no nos separamos.

-Me gustaría hacer una etapa contigo, a solas -le disparó de golpe-. Si tú quieres inventar alguna disculpa con tu chica, yo también buscaría una para mi pareja.

-Pues podría ser mañana mismo -improvisó Andrés, primero encajando la sorpresa y luego recordando la propuesta de Lavinia de hacer una jornada por separado-. Tal vez no toda la etapa -continuó-, pero sí el tramo final de Montes de Oca; desde Villafranca hasta San Juan.

-Nosotros pensamos adelantar esta tarde algunos quilómetros y pasar la noche en algún prado. Mañana nos podemos ver en Villafranca. ¿A qué hora?

-De aquí a Villafranca hay doce quilómetros... A las diez es buena hora. Yo tendré que ser muy cauto para que Lavinia no sospeche.

-También yo. ¡Adiós! Me voy antes de que lleguen mi marido y mis amigos. ¡Hasta mañana!

Selene se retiró pasándole la mano por la cabeza y sin dejar de mirarle. Andrés, enredado en aquel mirar, tardó en recobrarse. Algo tenía aquella moza que era capaz de hacerle perder el tino; de embobarlo. Enseguida pensó en Lavinia y en cómo se estaba aprovechando de la propuesta que ella le había hecho por la mañana. Dentro de sí, algo o alguien le decía que aquello que maquinaba no estaba bien; que si algo hermoseaba su relación con Lavinia era la sinceridad; eran la limpieza, la honradez, la autenticidad, y que lo que él andaba a tramar era retorcido; era deshonesto, tramposo, mentiroso. Por otra parte, también podía ser una buena ocasión para bajar de la nube en la que andaba metido y poner los pies en el suelo. Además, el hecho de caminar juntos él y Selene los doce quilómetros de Montes de Oca no tenía por qué significar algo más que eso: caminar juntos. Y ya metido en el abasto de argumentos que le justificasen, no era de despreciar la evidencia de que, cada vez que se miraban, entre él y la moza francesa saltaban chispas. Lo mejor para que la mala conciencia dejase de dolerle era no seguir pensando en el asunto. Ya pasaría lo que tuviese que pasar. Sólo quedaba pendiente el detalle de presentarle la cuestión a Lavinia. Podrían ir juntos hasta Villafranca y allí dejar que ella marchase por delante. No sería difícil convencerla. Al fin y al cabo la idea era suya.

Lavinia y Andrés cenaron en el mismo restaurante del mediodía, casi a las afueras de la villa. De regreso al albergue volvieron a parar en la plaza. El entre-luces venía cálido, y los del lugar alargaban la anochecida al fresco. Por veces, aquella plaza parecía el patio de recreo de una escuela de tanto niño que brincaba ente las mesas. Andrés aprovechó para hablar sobre lo de hacer los Montes de Oca por separado.

-¿Cuántos quilómetros son? –preguntó ella-.

-Doce. Pero para tus propósitos de recapacitar y meditar son doce quilómetros ideales: monte, pendiente, esfuerzo soledad, paisajes…

-Eso es poesía, Andrés... ¿Qué es poesía? Poesía eres tú –añadió con sorna-.

Cuando Lavinia le hablaba de esta manera, con dulzura sonriéndole y mirándole a los ojos, Andrés también miraba sonreía y callaba. Callaba porque de hablar lo haría en trémolo, y eso le daba apuro. Siempre había sido muy suyo a la hora de dejar entrever sus inseguridades, aunque a veces aparentase lo contrario.

Tampoco en el albergue había mucha prisa por ir de retirada. Fuera, varios peregrinos andaban en animada conversa mientras aprovechaban para fumar el último cigarrillo. Dentro, la tertulia era más formal. El albergue, pegado pared con pared a la iglesia de Santa María, ocupa lo que en otro tiempo había sido salón de actos y teatro parroquial. En el antiguo escenario había ahora cocina, baños y duchas. Algunos peregrinos aún andaban entre pucheros y lozas. Al centro de la sala, una larga mesa de madera, con bancos de madera, en la que unos cenaban y otros entretenían el tiempo metidos en lerias. Llevaba la voz cantante un peregrino con claras hechuras andinas. Su discurso no iba más allá de cantar las excelencias de Sudamérica, siempre en contraste con la vieja Europa.

-Por ejemplo, la fruta. La fruta de Europa es insípida. Yo no la puedo comer sin echarle pimienta. Y las carnes… Las carnes aquí son blandas, y las mujeres flacas.

Nadie le contradecía. Sólo una rapaza brasileira, una belleza que más parecía una virgen de Murillo que una peregrina, le puso un matiz.

-No será para tanto.

Pero él seguía instalado en su discurso, sin atender más razones que las propias y con un círculo de oyentes bien nutrido; más que por el interés de la prédica, por su extravagancia. El ensimismamiento del mozo andino llegó a su fin cuando de las sombras de una esquina del local salió parlamentando otro peregrino.

-Lo mejor que hay en toda América es el pueblo de los indios choles. De ellos aprendí todo lo que un hombre necesita. Aprendí a vivir con poco; aprendí a compartir la vida con la Naturaleza que nos da de todo, y aprendí el gran secreto de este mundo: aprendí que la sal es un regalo que los dioses nos dispensaron para que pudiésemos asemejarnos a ellos. La sal cura; la sal alimenta; la sal da vida.

Muchos ya lo conocían. También L.A. En Puente la Reina durmieron al sereno con él y con una moza manchega que enseñaba matemáticas en el instituto de La Roda. Y como lo conocían, optaron por fijar la atención en otro lado.

En una mesa pequeña cercana a la pared, al pié del escenario, un viejo peregrino de luengas y blancas barbas y de dulce mirar andaba afanado en lecturas y escrituras, pero como ausente; como si nadie más que él estuviese en aquel lugar. Era el peregrino que Lavinia y Andrés habían encontrado a la salida de Cirauqui, y más tarde a la salida de un ensilado de paja poco antes de Los Arcos. De él sólo sabían que era francés o que venía de algún país en el que se hablaba el lenguaje de los diplomáticos. En ninguno de los dos encuentros le pudieron arrancar una palabra; sólo le oyeron un "¡quitte moi, quitte moi!" dirigido a un invisible que debía andar por ninguna parte. Colgaba de la pared un pergamino con el Romance de Don Gaiferos que Andrés le leyó a Lavinia y luego a otro peregrino, un médico aragonés que se interesó por el significado de aquel antiguo texto.

"¿Aonde irá aquel romeiro,
meu romeiro, aonde irá?
camiño de Compostela,
non sei se alí chegará.
Os pés leva cheos de sangue,
non pode xa máis andar.
¡Malpocado, pobre vello,
non sei se alí chegará!".

Cuando Andrés estaba leyendo, Lavinia vio que el viejo peregrino dejaba los papeles y les miraba a ellos. Vio también como una lágrima asomaba a sus secos ojos.

"¿Aonde ides, meu romeiro?
¿Aonde queredes chegar?
Camiño de Compostela,
onde teño o meu fogar!".

El salón se fue vaciando; los peregrinos con litera subieron a acostarse a lo que otrora fuera anfiteatro; otros se acomodaban en el piso de butacas. Sólo el viejo romero seguía allí sentado, en la mesita, leyendo y escribiendo a la luz de una candela.

"Ten longas e brancas barbas,
ollos de doce mirar,
ollos garzos, leonados,
verdes como auga de mar.
¿Aonde ides, meu romeiro?
¿Aonde queredes chegar?".

Andrés tardó en dormir. La mala conciencia le agujaba los ojos. Por dos o tres veces consideró la posibilidad de aliviar su pesadilla contándole a Lavinia el encuentro y el acuerdo al que había llegado con Selene. Pero la perspectiva del placer de la transgresión le hizo reconsiderar. Poco a poco se fue quedando dormido. "No tiene por que pasar nada… Es un simple paseo en otra compañía… Así sabré también qué siento en ausencia de Lavinia… Porque, por encima de todo, a quien quiero es a Lavinia, a Lavinia, Lavinia, Lavin…".

Salir de noche de Belorado tiene su cosa. En la oscuridad no es fácil seguir las flechas amarillas que apuntan hacia Compostela, ni aún llevando una linterna como llevaba Andrés. Pero salir de noche permite avanzar por la fresca; permite ver las estrellas, y permite gozar de las alboradas.

-Mira nuestra estrella, Andrés. Ahí está Tocata brillando como siempre, acompañándonos, protegiéndonos, iluminándonos. El día que la tenga que ver yo sola, seguro que he de llorar.

-No pienses en eso.

-Pero tenemos que pensar. El Camino no es eterno.

-¡Quién sabe! Desde que salimos de Roncesvalles pasaron tantas cosas… Gocemos del momento. Las preocupaciones no necesitan que se las llame.

Hasta Villafranca, entre tronchados trigales salpicados de pequeños y cuidados pueblos, L.A. practican más el soliloquio que la conversación. Y como siempre que caminan en silencio, Lavinia va por delante. Es lo que tiene el Camino. Que da para todo. Y una parte muy importante de ese todo son los momentos de soledad; una soledad que ya cerca de los Montes de Oca interrumpió Lavinia.

—¿Cómo hacemos al llegar a Villafranca?

—Lo mejor es que tú sigas. Yo esperaré media hora. Seguro que irás más aprisa que yo. Por eso, cuando llegues a San Juan de Ortega no te preocupes si tardo un poco, que llegar he de llegar.

Ya en Villafranca, después de atravesar el puente sobre el río Oca, él la acompañó hasta la iglesia de Santiago donde empieza la ascensión a los Montes. Besos, nostalgias, apegos, ternuras. Era su primera despedida. A la moza se le humedecieron los ojos. Andrés no tuvo valor para confesarle su maldad. Esto le redobló los remordimientos. Y ni tan siquiera el "¡te quiero!" del adiós le alivió carga.

Para Lavinia, la experiencia de caminar sola por primera vez desde que encontró a Andrés a las puertas de Zubiri, fue una experiencia agridulce. Por un lado le sirvió para repasar las vivencias de aquellos diez días, que más que días parecían años por lo intensamente que los había vivido. Y por otro lado le sirvió también para caer en la cuenta de lo difícil que en adelante le iba a resultar tener que prescindir de Andrés. Subió ligera las primeras rampas. Luego fue disfrutando de la larga caminata por la cima de la montaña. Adelantó a muchos peregrinos. Algunos pretendían acompañarla. Ella les decía a todos que aquellos eran los montes de sus soledades y que prefería no compartirlos. También alcanzó al peregrino de las luengas y blancas barbas. Pensó que yendo sola podría arrancarle alguna palabra.

—¡Bon jour, pèlerin!

Aguardó respuesta. Nada. No había manera. Ni tan siquiera reparó en ella. De modo que siguió adelante con un "bon voyage", y recitando el comienzo del Romance.

"¿Aonde ides, meu romeiro?
¿aonde queredes chegar?..."

Cuando los árboles que alinean a los bordes del amplio cortafuego se acercan, y la vereda se estrecha, Lavinia reparó en una moza que sentada en el suelo hacía meditación a la sombra de un rebollo. Piernas cruzadas, ojos cerrados, brazos abiertos, antebrazos mirando al cielo, y los dos dedos corazón montando sobre los índices. La etapa tocaba a su fin. El monasterio de San Juan distaba ya poco. De no ser por los rebollos ya se podría ver la silueta de su campanario. Los pasos de Lavinia sonaban rítmicos en aquellas soledades arboladas; sonaban a madurez y a perfiles de vida futura. Cada vez tenía más claro lo que quería, y esos quereres apuntaban todos al mismo viento; apuntaban a Andrés. Y esos pasos fueron los que sacaron de su trance a la moza que hacía meditación a la sombra del rebollo. Cuando Lavinia llegó a su altura, la moza se alzó con agilidad y también con ligereza cargó la mochila a sus espaldas.

-¡Hola! Buenos días. ¿Importa que te acompañe?

Era la muchacha brasileña; la belleza brasileña que la noche anterior había matizado las peregrinas tesis del peregrino andino. Dado que el camino que restaba era poco, Lavinia aceptó en esta ocasión hacerlo en compañía.

-Claro que no me importa. Me llamo Lavinia. ¿Y tú?

-Yo Rosa. ¿Cómo es que andas sola?

-Pues porque el compañero que anda conmigo y yo decidimos hacer los Montes de Oca cada uno a su aire. Llevamos nueve días sin separarnos ni un poco y quisimos darnos este respiro. Ya sabes… para pensar y asentar un montón de experiencias, y para encauzar un montón de sentimientos descontrolados.

-¿No os conocíais de antes?

-No. Nos conocimos el día que los dos llegamos a Roncesvalles. Al día siguiente empezamos a andar juntos… y hasta hoy.

-Pues parece que os conocieseis desde hace más tiempo; que llevaseis toda una vida enamorados. Quizás no os lleguen los ecos; pero sois una pareja muy comentada en el Camino. Sobre vuestra relación son varias las opiniones que circulan. Hay quien dice que estáis recién casados; otros comentan que se trata de una preparada aventura de verano; otros que si sois el clásico ejecutivo con su secretaria, e incluso hay quien aventura algún parentesco de sangre entre vosotros. En fin, que hay para todos los gustos.

-Pues ya ves que no es nada de eso. El nuestro es el simple caso de dos personas que se encuentran; que entre ellos fluye la química; que primero se gustan, luego se enamoran, y ahí acaba la cuestión.

-¿Y los dos sois libres?

-En estos días del Camino, sí. Antes, yo llevaba algo más de un año conviviendo en pareja con un compañero de carrera. Andrés está casado y tiene dos hijos.

-Ese es un grave problema.

Lavinia movió la cabeza en un gesto de asentimiento. Se abrió un corto silencio. Luego ella misma retomó la palabra.

-¿Sabes, Rosa? El caso es que no sé por qué te estoy contando todo esto. Apenas te conozco.

-Yo sí te puedo decir por qué me lo cuentas.

-Adelante.

-Me lo cuentas porque necesitas confesar con alguien lo que te gustaría decirle a él y no te atreves.

-Puede ser. Puede ser.

-Escucha, por si te vale de algo. También yo sé lo que es enamorarse de un hombre casado que te dobla en edad. Fue una experiencia apasionante, llena de ilusiones y de ternuras. Un día él tuvo que elegir, y yo salí perdiendo. Tardé tiempo, mucho tiempo en levantar cabeza y en superar sufrires.

-¿Sabes lo que opina mi compañero de todo esto? Que hay que ir viviendo el día a día; que a las preocupaciones no hay que llamarlas, que vienen solas.

-No quiero que pienses que pretendo fastidiarte. No es ésa mi intención. Además, esas cosas no siempre salen mal. A veces funcionan.

El sol apretaba en serio, y por mucho que por aquellas cimas soplara una ligera brisa, tanto calor y tanto hablar les había secado las gargantas. Rosa sacó una botella de agua. Bebió e invitó a Lavinia a beber.

-Por cierto. ¿Qué es lo que Andrés estima más de ti? ¡No será el sexo…!

-No. Para Andrés el sexo no es lo prioritario. Dice que debe ser el sello final; pero siempre al término de una relación en la que otros afectos vayan preparando el camino. Él goza y hace que los demás gocen de la ternura, del contacto íntimo de las almas, de las ilusiones y de los deseos.

-Ese es un buen augurio. Cuando de principio un hombre no busca el sexo con orejeras de burro distraído, es que busca mucho más. Es que está buscando el alma de la persona. ¡No sabes cómo te envidio! Además, Andrés aparenta ser un hombre en sazón; uno de esos hombres maduros, pero sin pasar. ¡Vamos!, de esos hombres que apetecen.

Lavinia no pudo reprimir una carcajada ante aquel arrebato de sinceridad. Rosa rió con ella. Cogidas de la mano como si se conociesen de años, y moviendo los brazos, brincaban entre la retama, la ortiga y la lavanda. Diez minutos de relación sincera en el Camino pueden equivaler a diez meses en la vida de común. Entre las dos jóvenes prendió un afecto nacido de la sinceridad de dos seres limpios. Las torres de San Juan estaban a la vista.

Atrás quedaba Andrés, ajeno a los comentarios de las mozas que seguían brincando como dos cervatillas, gozosas de su plenitud, de su juventud, de sus vidas, del sol y del aire de aquellos montes. Atrás quedaba Andrés, que después de despedir a Lavinia al pie de la ascensión volvió sobre sus pasos para entrar en el bar que había a la salida del puente.

Sentada en un rincón al lado de una ventana, Selene ponía mantequilla en una media luna abierta.

-¡Bon jour! -saludó Andrés ofreciéndole la más fresca de sus sonrisas-.

-¡Buenos días! -respondió la moza devolviéndole la sonrisa envuelta en un tornado de chispitas que le bailaban en los ojos-. Pensé que no vendrías. Hace ya un rato que os vi pasar de largo e imaginé lo peor; pero veo que eres hombre de palabra. ¿Qué vas a tomar? -añadió mientras se levantaba-.

-Lo mismo que tú.

-Una media luna, mantequilla y café con leche. Ya te lo pido yo de paso que voy al aseo.

Al verla de pie, al verla caminar, a Andrés se le calmaron los pocos remordimientos que aún porfiaban en cargar su mala conciencia. "Al fin, ¿para qué? -pensó-. Lavinia es Lavinia y Selene es Selene, y no hay que ir por la vida confundiéndolo todo".

Selene estaba esplendorosa, fulgente. Los peregrinos no son de mucho atavío, ya que todo lo que se lleva hay que cargarlo. Vestía el mismo pantalón blanco y corto de la tarde anterior en Belorado; el perfecto contrapunto para aquellas piernas perfectas, morenas color oro. Por encima, una camiseta amarilla, floja, pero tan estirada y sujeta al pantalón que le hacía un busto como tallado a golpe de célico cincel; una figura desbordante en esencias de hidromieles y de todas aquellas otras fragancias; de todos aquellos otros bebedizos con los que los olímpicos acompañan sus más íntimos placeres. El andar de Selene no era un andar solitario. Con ella caminaban la mirada de Andrés, y también las de los parroquianos que a aquellas horas de la mañana calentaban el cuerpo con unas mezclas de coñac y otros brebajes que sólo los más bravos son quien de aguantar.

Al regresar a la mesa, Selene le acarició la cabeza y le besó en la frente.

-Cuando llegaste ni siquiera nos saludamos. Un "buenos días" es algo muy formal, muy frío. ¿No te parece?

Andrés le devolvió el beso. Pero se lo devolvió al azar; dónde cayese; sin reparar en más. Fue a dar en un párpado. Al separarse; al abrir ella los ojos, éstos soltaron tal cantidad de destellos que alcanzaron a recalentar aquel rincón del bar. También el rincón de los deseos de los dos peregrinos; unos deseos cada vez más sueltos, cada vez más descontrolados; unos deseos abiertos a lo que el destino quisiera ponerles por delante.

Definitivamente, Selene ganaba mucho en las distancias cortas. Toda ella, su cuerpo, su moverse, sus miradas azules, su sonrisa, su hablar musical, invocaban amor. Y Andrés estaba prendido, enredado en aquel hechizo. Ella le habló de lo mucho que le gustaba la literatura romántica francesa, e incluso improvisó un retrato sicológico de Andrés, equiparándolo a un personaje de Flaubert... "sentimental, reveur, imaginatif, mais, peut-être, pas trés heureux dans sa vie"... Cuando se quería expresar con exactitud, el hablar se le iba al francés. Andrés quedó sorprendido con aquella diagnosis flaubertiana, y con lo bien que ella había captado la esencia de su forma de ser. Realmente Andrés se sabía sentimental, soñador, imaginativo, y también un tanto infeliz en su vida, al menos mientras su vida no recaló en Roncesvalles.

Transcurrido el tiempo previsto, poco más de media hora desde que Lavinia y Andrés se habían separado, éste y Selene cargaron mochilas y retomaron la etapa; su particular etapa. Una aventura abierta; una aventura por escribir, por componer. Habría que ver qué podía salir de la combinación de deseos del siempre tímido y cauteloso Andrés y de la aparentemente más directa y decidida Selene.

Apenas se deja atrás Villafranca y su iglesia de Santiago, la pendiente que hay que salvar es de las que no dan para hablares. Bastante tiene el caminante con tratar de llegar entero a los primeros alivios y poder mirar atrás y ver lo abajo que queda el pueblo. El esfuerzo no es muy largo; pero sí intenso. El día empezaba a entrar en calores, y tanto una como otro daban a ver señales de ahogo. El sudor regaba sus caras. Menos mal que enseguida tropezaron con una fuente que en las guías figura con el nombre de Mojapán; una fuente con leyenda, como cabía esperar; con una leyenda que el propio nombre del manantial deja entrever.

Llegados a ella bajaron las mochilas. Andrés se quitó la gorra y metió la cabeza debajo del caño hasta que la piel y las ideas le refrescaron. Selene mojó la cara. De esta forma gozaban de la frescura del manantial después del esfuerzo de la empinada cuesta, hasta que Selene, acercándose a Andrés por la espalda, lo abrazó por la cintura y le besó suavemente en el cuello, por debajo de la oreja. Sorprendido, él se limitó a dejarse querer. Luego, girando lentamente dentro del abrazo, se ciñó a ella. Los labios juntos; las manos buscando pieles por debajo de las camisetas; un beso sin prisas; respiraciones intensas, y texturas en metamorfosis. Más notoria la metamorfosis de Andrés, y cuanto más notoria, más se ceñía Selene a él. Por un instante los dos cuerpos estremecieron. Los ojos de Selene, tan azules, tan transparentes, tan sonrientes, tan hermosos, tan indiscretos, volvieron hablar de tierras calientes y sudores mezclados. Y de nuevo, la inexcusable presencia de Lucio cruzando por delante y obsequiando a Andrés con una sonrisa elocuente .. "¡Aprovecha, aprovecha, que éste es tu día! ¡Persevera!". Otra vez, la palabra. Otra vez, ojos chispeantes, centelleos rojos, y el paso apurado de aquella aparición hasta perderse en la revuelta del camino. Sólo Andrés lo vio. El ademán se le descompuso, el cuerpo aflojó y la magia del momento se perdió.

-¿Qué te pasa? -le preguntó la moza-.

-Nada. No te preocupes. No tiene que ver contigo. Es mi cabeza. A veces cruzan por ella ideas o ilusiones incontrolables. Con decirte que creí ver al mismo demonio...

-¡Qué imaginativo eres! Sí. Sin duda serías la delicia de Flaubert.

-Mejor será que sigamos subiendo. Estas fantasías enseguida se diluyen. Tal como llegan, se van.

Tratando de reconquistar la confianza de la moza, le ayudó a colocar la mochila; una mochila ligera. Al dejarla sola, su compañero y sus amigos decidieron aliviarle carga. Andrés aprovechó el momento de abrocharle el cinturón para acariciarla con ternura. Los ojos de Selene que se habían puesto tristes, recobraron el perdido brillo azul.

El camino aún les reservaba algunas subidas, ya mucho más llevaderas que la del despegue de Villafranca. Poco a poco fueron recuperando el tono de alegría, de aventura y de despreocupación.

-¿Sabes? Es la primera vez que me pasa algo así -dijo Selene-.

-¿A qué te refieres?

-Va para veinte años que estoy casada y nunca me ocurrió lo que me está ocurriendo contigo. No sé nada de ti. Todo lo que sé es fruto de especulaciones y de deducciones, más que de conocimiento. La razón me dice que lo que estamos buscando no me va reportar ningún bien; pero dentro de mí juguetea un sentimiento que me lleva hacia ti sin que pueda hacer mucho por evitarlo. Te deseo, y sin embargo temo las consecuencias de lo pueda pasar. Esto nunca me había ocurrido.

-Por si te consuela, también yo siento algo parecido. En estos días me enamoré de la chica que va conmigo como nunca me había enamorado de alguien. Estoy convencido de que va a ser imposible que en el futuro vuelva a querer como quiero a esta chica. Sin embargo aquí me tienes; aquí estoy contigo. Con mala conciencia, pero sin querer renunciar a nada. Yo procedo de unas tierras en las que se dan los meigallos, los hechizos y las hechiceras, y algo de esto me debe acompañar. Claro que también hay otra explicación menos mágica; más razonable. Puede que lo que nos está pasando no sea más que la lógica consecuencia del encuentro entre un hombre y una mujer, que cuando salieron al Camino dejaron en casa el acopio de prejuicios con que cargamos en la vida. Y así, liberados de escrúpulos, prevenciones y convencionalismos, simplemente se gustaron y aquí están. Pero tienes razón. Nada de esto es normal.

-El caso -continuó ella- es que lo que yo siento va más allá de lo que sería una falta de prejuicios y de escrúpulos. Eso es lo que me da miedo. Sobre todo si pienso que dentro de dos días regreso a Francia.

Para evitar amarguras en el resto de la etapa, de su etapa, los dos forzaron y lograron desviar la conversación hacia mejores huertos. Hablaron de los peligros que otros peregrinos, en otros tiempos, habían vivido por aquellos parajes. Los Montes de Oca eran el más temido obstáculo para los romeros que iban a Compostela. En ellos abundaban el lobo, el zorro, los salteadores, los locos de atar, las trampas, las almas en pena, los miedos que agrandan los peligros, y la falta de señales que orientan al peregrino. Muchas gentes que venían de lejos dejaron la vida por aquellos lugares. Nunca llegaron a pisar Compostela. De ahí nació el juego de la oca; una carrera de obstáculos que no siempre alcanza buen final.

Superadas todas las cuestas y todos los barrancos; metidos ya en el amplio cortafuego; cuando el sol se hacía más impertinente en sus abrases y la brisa se refugiaba en las sombras, Selene apostó por un descanso.

-Sería bueno que parásemos. Ya no debe restar mucho camino, y tampoco es cosa de que lo saldemos así, sin más.

Andrés no interpuso objeción. Ella lo tomó de la mano. Abandonaron el abierto cortafuego y entraron en el arbolado procurando guardarse de miradas indiscretas. Selene sacó una toalla de la mochila. Con ella secó la cara y el pelo de Andrés; le quitó la camiseta y le secó el cuerpo. Le dio la toalla y ella misma se desprendió de su camiseta.

-Por favor, sécame.

Los pechos de Selene no eran los de Lavinia; pero para casi doblarle en edad, aún resplandecían. Tenía un cuerpo hermoso aquella moza, y Andrés tenía ese cuerpo entre sus manos, y la sangre de Andrés hervía en sus venas, y sus músculos se tensaban; también los pechos de Selene endurecían. Volvieron los respirares hondos, intensos. Lo que no había eran palabras. ¿Para qué? Ya secos y desnudos de medio cuerpo, ella estiró la toalla sobre la hierba al lado de un roble. Le sentó a él en un extremo, apoyado en el árbol, y ella se acostó a lo largo de la toalla reclinando la cabeza en el regazo de él. Entonces arrancó una sinfonía de caricias con música de Schuman y de jilgueros. Por la mente de Andrés cruzó la imagen limpia de Lavinia. Enseguida la borró. Las mariposas hacían arabescos en el aire; una camada de perdices cruzó ante ellos en confianza. La cabeza de Selene, cada vez más, buscaba el centro, y el centro de Andrés se lo agradecía. Las manos de él perdieron el control, y despreciando límites tanteaban otras vegetaciones, otros bosques, otros montes. Los ojos de ella cerraron, y al cerrar ocultaron azules marinos, escrúpulos y prudencias. Los dos exploraban sin coto y sin veda. Wagner desplazó a Schuman, y el tomillo, el brezo y la lavanda endulzaban el aire. Andrés estaba tumbado al lado de Selene; las manos de ambos sitiaban el placer; las pocas ropas que vestían iban aflojando; los respirares apagaban las músicas; algunos gazapos salían de sus toberas y mordisqueaban la hierba. Estaban ya plenamente desnudos. El cuerpo de Selene era una escultura clásica, y su secreto, una hermosura rubia. Fue justo en el momento en que se vieron desnudos cuando Selene recapacitó. Se arrodilló al lado de Andrés; le besó en el pecho y en la frente, y le pidió perdón.

-Perdona. No sé como decírtelo.

Lágrimas azules asomaron a sus ojos; pero continuó.

-Pienso que debemos detenernos aquí. Perdona.

Empezó a vestirse; él hizo lo mismo. Al terminar, Andrés pensó que alguien tenía que romper silencios.

-No te apenes, Selene. Que no te quede mala conciencia ni remordimiento alguno. ¡Quién sabe si esta decisión tuya no será lo mejor que nos pasó en todo el día! ¡Quién sabe!

-Si rompí el encanto del momento no fue por remordimiento alguno; fue porque no sé si resistiría tener que regresar a Francia después de una completa experiencia contigo. También yo cargo con una poderosa veta sentimental, y no quiero tener que pagar unos instantes de placer con un año herida de ausencias. No merece la pena.

-Admiro tu entereza, tu voluntad -dijo él haciendo trueque de ansias por calmas-. Quizás yo pueda razonar igual que tú; lo que nunca podría hacer es cortar en el momento en que tú lo hiciste. Pero que quede claro. No tienes por qué sentir pena de mí. Comparto tu lógica y admiro tu valentía. Gracias de todos modos por estos instantes de fantasía.

Selene se abrazó a Andrés; se ciñó a él más que nunca, como queriendo entrar en su alma. Él le enjugó las lágrimas sorbiendo todas las sales azul-mediterráneas, todos los antiguos placeres griegos, todos los hidromieles, todos los néctares olímpicos.

Atrás quedaba la arboleda. Ya con la silueta de la espadaña de San Juan a la vista, Selene tuvo otro golpe de sentido común.

-Será mejor que nos separemos aquí. Si llegamos juntos y nos ven tu chica o mi compañero, sospecharían. Y lo peor es que no podríamos negárselo.

-Estás en todo, Selene. Vete tú por delante; yo espero un poco.

La despedida fue cortés. Las manos asumieron el protagonismo. Sentado a un lado del camino, al abrigo de una sombra, Andrés quedó contemplando la figura de Selene, hermosa, apetecible, imposible, que como luna huidiza se fue desvaneciendo en la distancia. Descansó unos quince minutos antes de echar a andar.

Cuando llegó a la plaza del monasterio, Lavinia salió corriendo a su encuentro como si llevasen meses sin verse.

-Hace casi dos horas que te espero. ¿Por qué tardaste tanto?

-Vine sin prisas. Y a ti ¿cómo te fue?

-Muy bien. Aunque lo cierto es que no descubrí dentro de mí algo que no supiese. Es curioso. Hice casi todo el trayecto sola, pensando en mil cosas; pero no fui capaz de ahondar en ninguna, como si el pensamiento volase sin lograr posar. Y tú ¿qué tal?

-A mí esta caminata me sirvió para confirmar lo mucho que te quiero; que te quiero más de lo que nunca quise a alguien; más de los que nunca podré querer a alguien.

Mientras hablaban, Lavinia lo acompañó a los dormitorios del albergue donde le había reservado litera al lado de la suya. La última confesión de Andrés la dejó herida de alegría, y no pudo, no quiso evitar brillos de felicidad en sus ojos verdes. También los de Andrés brillaron aunque por razones distintas. Le dolía, le quemaba la conciencia el estar ocultándole su infidelidad. Y si se lo contaba… ¿qué pasaría? Pues que calmaría su malestar y que a ella le daría un disgusto que no merecía. Confesar o no confesar. Esa era la gran cuestión sobre la que la humanidad nunca se puso de acuerdo. "De momento, lo mejor será callar -pensó Andrés-. Luego, si algún día viene a cuento, ya se verá".

Como en aquel lugar lo único que hay es el monasterio que ofrece albergue, el bar de Marcela, cuatro o cinco casas de labriegos y mucho paisaje, L.A. dedicaron la tarde a admirar el románico templo monacal salpicado de góticos; una obra iniciada por Juan de Ortega, el más estrecho colaborador del Santo de La Calzada.

Lavinia estaba especialmente habladora, contenta y radiante aquella tarde. Desde que Andrés le hizo confesión de aquel modo tan absoluto, el cuerpo no cesó de hormiguearle; los ojos tomaron más brillo; la sonrisa más longitud; los labios más color, y la esperanza más fundamento. Durante el recorrido cultural se les unió la brasileña Rosa. Lavinia hizo las presentaciones. Andrés la saludó con un beso y un cumplido.

Era el día de la Virgen. La mayoría de peregrinos asistieron a misa. El cura de San Juan, el cura de aquel monasterio sin monjes, un hombre sencillo que sin las galas litúrgicas bien podría pasar por un labriego del lugar, pronunció un hermoso sermón; un sermón directo, humano; un sermón salido del corazón más que de los libros. Cualquiera se daba cuenta de que aquel era un hombre de fe; de fe, y de tanto, tanto tabaco que algún día habría de acabar con él.

Al salir del templo varios peregrinos se entretuvieron jugando a la pelota, jugando al fútbol en el abierto del monasterio. Rosa se metió en el juego. Era una maravilla verla con la pelota en los pies. Hacía malabarismos. Los mozos peregrinos, que seguramente sumarían muchas horas de patio de colegio, no podían con ella.

-¡Vamos, Andrés, Lavinia! ¡Venid que les vamos dar una lección a éstos!

Lavinia aceptó el envite. Andrés prefirió sentar en el muro pretextando una herida en el pié para así poder deleitarse con el físico en movimiento de Lavinia, y también… ¿por qué no?.. de Rosa. Ésta estaba como pez en el agua. En Río de Janeiro, de donde venía, jugaba en el equipo femenino del Flamengo. De ahí esas artes. Lavinia se movía con alguna torpeza, aunque con mucha gracia. Desde fuera, Andrés jaleaba a las dos muchachas; pero poniendo mucho cuidado en no dañar la sensibilidad de Lavinia con un exceso de elogios a Rosa.

Los dormitorios del albergue dan a un austero, armonioso y coqueto claustro románico. A las seis de la mañana, la balconada que asoma a él se llenó de peregrinos medio sonámbulos que parecían andar a la procura de una ilusión o de un sueño aún adormecido; la ilusión o el sueño de dar con el coro angélico que interpretaba aquel salmo y llenaba de músicas las arcadas claustrales. No eran ángeles; eran las músicas de los monjes de Silos con las que el cura de San Juan despertaba a los peregrinos antes de obsequiarles con un refrigerio de leche, café o cacao, pan y mantequilla; del mismo modo que por la noche les había regalado con unas pacientes y exquisitas sopas de ajo.

A la salida de San Juan el camino se interna en bosques. Entre la negrura de la fraga y la espesa niebla que cubría el monte, ni siquiera valiéndose de la linterna de Andrés era fácil dar con las flechas amarillas que apuntan a Compostela. L.A. iban ligeros. La ducha del albergue les había avivado el músculo. A pesar de correr el ecuador de agosto, las temperaturas mañaneras en aquel alto eran muy bajas, y el agua de la ducha, muy fría.

-¿Sabes que Rosa me preguntó ayer si nos podía acompañar? -comentó Lavinia-.

-¿Y qué le contestaste?

-No se lo dije con crudeza porque me parece una buena chica y una compañía agradable y aprovechable; pero le hice entender que nos gustaba caminar solos. Eso sí, también le dije que en los finales de etapa podríamos compartir cosas.

-Ya veo que dominas la diplomacia.

-¿No te gusta lo que hice?

-Sí, sí; claro que me gusta. También yo prefiero no compartirte. Lo que quiero decir es que si en lugar de preguntártelo a ti me lo pregunta a mí, no sabría salvar el apuro con esa facilidad.

El nacer de la aurora los pilló en un extenso y abierto altiplano alfombrado de piedras y presidido por una gran cruz de madera. Tamizada por la niebla, la luz tomaba vidas en la cara de Lavinia. En ella esculpía cariátides, pintaba lirios, escribía sonetos y tocaba sonatas para piano, violín y beldad.

-Lavinia, vas acabar conmigo. No estoy preparado para tener que soportar tanta belleza a estas horas de la mañana.

La moza dio en reír; luego, mirándole, le dijo melosa.

-Nunca más quiero separarme de ti.

Echaron monte abajo. Cerca ya del pueblo de Atapuerca, el sol naciente proyectaba las sombras de los dos peregrinos hasta las faldas de la sierra en la que asientan los yacimientos prehistóricos.

-¿Reparas? -dijo Andrés-. Es como si nuestras sombras nos transportasen a las cuevas de Atapuerca; a los orígenes de la humanidad. Como si tú y yo viviésemos solos en este mundo y Dios nos hubiese encomendado la responsabilidad inexcusable de multiplicarnos y de poblar la tierra.

-Pues no sé a qué esperamos -replicó Lavinia buscando ironías en el seno de su "seny" catalán-. Quedémonos aquí y cumplamos la encomienda.

A Burgos entraron por la ribera del Arlanzón, lo que supone un paseo largo, umbrío, refrescante, agradable. El Camino tiene variante por la zona industrial; igual de larga, pero soleada y llena de coches, de humos y de peligros. Los dos trazados confluyen en el mismo punto: la catedral. No eligieron. Entraron por la orilla del río por casualidad. Ya en el refugio, justo al otro extremo de la ciudad, cayeron en la cuenta de lo bien que se habían encaminado. Los que entraron por el interior no paraban de echar pestes contra el sol, los coches, los semáforos y contra quien tuvo la idea de colocar el albergue al cabo del mundo. Claro que, por otra parte, su emplazamiento, en pleno parque del Parral, entre el Hospital del Rey y el río, no podía ser ni más bucólico ni más apacible.

Dentro del parque, pero por fuera del recinto vallado del albergue, levantaban las dos tiendas de los franceses. Aprovechando que Lavinia hacía colada en los lavaderos exteriores, Selene entró en los dormitorios y buscó a Andrés para despedirse. Al día siguiente tomaban el tren de vuelta a Francia. Andrés, que medio sesteaba tirado en la litera, hizo ademán de levantarse. Ella le atajó y sentó a su lado.

-¿Sospechó algo tu pareja? -preguntó Selene-.

-No.

-¿Y piensas decírselo?

-De momento, no. Sería hacerla sufrir sin necesidad. Más adelante ya Dios dirá.

-De todos modos será mejor que no me encuentre aquí. Vengo a despedirme. Quizás no nos volvamos a ver. Sólo quería decirte que nunca olvidaré los Montes de Oca ni lo que en ellos sentí. Por momentos vi la gloria, y mi cuerpo gozó sin gozar del todo lo que nunca había gozado. Si la vida no fuese tan complicada, tan mezquina, tan torcida, yo podría ser una mujer feliz a tu lado. Pero ya ves. La vida es como es, y lo que pudo ser ya nunca será.

-Selene, nunca se debe decir "nunca jamás".

-Entre nosotros. Tú y yo sabemos muy bien que lo nuestro va a ser un "nunca jamás". Pero quédate con esto. Siempre estarás en mi recuerdo.

-También tú en el mío.

Ella se inclinó. Le besó. Dos lágrimas azules resbalaron por sus mejillas. Se levantó y marchó. Andrés captó el contraluz de Selene cuando ésta cruzaba la puerta del albergue y lo fijó en su recuerdo. Era el contraluz de una Venus... cuerpo belido, rubia de pelo y piel, ojos azul mediterráneo, dulce querer... Era el contraluz de una Venus que después de aventurarse en amores mortales, ahora se retiraba a su Olimpo.

Apenas unos segundos más tarde, esta imagen del contraluz de Selene se fundió con la imagen del contraluz de Lavinia entrando. Andrés despertó del sueño. Fue un bonito despertar.

V. De Burgos a Frómista

(Alla marcia)

El albergue estaba lleno. La tropa de caminantes aumentaba en Burgos. Por falta de tiempo, muchos peregrinos empiezan el Camino aquí en lugar de hacerlo desde más lejos. A tenor de la tronada que aquella noche sacudió el pabellón de descanso de los caminantes, el roncador chino debía andar por cerca de donde dormían L.A. Y tal era la desesperación de Andrés, que a falta de un cuarto para las seis decidió levantarse. Despertó a Lavinia silenciosamente, rozándole los labios con un dedo. Cuatro o cinco peregrinos andaban ya por la zona de aseos. La etapa que les esperaba era de las que permitían tragar quilómetros. Y cuanto más temprano saliesen, más quilómetros podían hacer.

Antes de las seis y media Andrés y Lavinia estaban listos. Las luces escasas; la temperatura templada; la hierba del parque seca... la lunada no había sido de rocíos. Delante de los pabellones del albergue, a un lado de la fuente, las dos tiendas de los franceses. Las habían trasladado hasta allí por seguridad. En una de ellas Selene fingía dormir; pero su corazón, su pensamiento y su más hondo sentir salieron a despedir a Andrés. Dentro sólo quedaba un cuerpo hermoso; un cuerpo insatisfecho por no haber completado el folión de temblores, sudores y músicas, que pudo y no quiso gozar al abrigo de los

Montes de Oca; un cuerpo hermoso con una linda cara y unos ojos que sabían a Mediterráneo, pero que en aquel amanecer lloraban por un amor imposible.

Andrés llenó la cantimplora en la fuente. La temperatura de aquellas horas anticipaba calores de mucha sed. Luego, al ritmo del batir de los bordones en las losas y en el yerbal, L.A. se fueron alejando del albergue y de las tiendas.

Mientras cruzaban el parque amurallado del Parral, iban recreándose en las vivencias de la tarde anterior. En su visita a la catedral, una joya llena de joyas; al monasterio de Las Huelgas que coronaba reyes y los armaba caballeros; a la ciudadela que domina los tejados históricos de la histórica ciudad, o a la iglesia de Santa Águeda que levanta sobre el predio de Santa Gadea donde el Cid humilló a su rey para que su reino no fuese humillado. Quien más disfrutaba de estas vivencias era Lavinia, siempre dispuesta y abierta a todos los goces, en especial a los que proporciona la Belleza, que al fin y al cabo no es más que el espacio en el que confluyen todas las bondades del mundo.

También llevaban consigo el recuerdo de una espléndida cena en la terraza de un mesón que aboca a la plaza de la catedral; una cena de morcilla burgalesa, cordero asado en cocina de leña, tinto de la Ribera, tarta de queso para él y cuajada para ella, muchos mirares de los de mirarse al alma, y sonrisas habladoras. Eran como una pareja de adolescentes que acabasen de descubrir el amor. De pronto, Andrés se había desprendido de treinta años.

En estas cosas iban mientras se acercaban al final del parque; mientras se acercaban al portalón que da al Hospital del Rey, custodiado aquella amanecida por dos guardas armados de lanza. Cerca de los guardas, cuatro caballos. Dos vistosamente enjaezados, y el otro par dispuesto para jinetes de menor estirpe. Al tratar de franquear la puerta, los guardas cruzaron lanzas. Uno de ellos los condujo hasta las monturas mejor enjaezadas.

-Todo está dispuesto, mi señor -dijo el guarda dirigiéndose a Andrés-. Es la hora. Vea como ya la multitud se encamina a Santa Gadea.

Orillada al muro del parque, una procesión de hombres y mujeres con vestido plebeyo avanzaba a paso apurado, en silencio y con la cabeza baja. Ni Andrés ni Lavinia se sorprendieron al contemplarse a sí mismos. Él, con casco, malla, peto y espaldar, recios coturnos y espada al cinto; ella, con vestido oscuro bordado en hilo de oro, y toca azul cielo hasta los pies. Los dos guardas les ayudaron a montar. También montaron ellos. Los cuatro jinetes cabalgaron hasta Santa Gadea.

Estaba el atrio de la iglesia repleto de gentes venidas de toda Castilla, y aún seguían llegando más y más. Aquella mañana, al romper el alba, un hidalgo burgalés llamado Rodrigo iba a tomarle juramento al rey castellano Alfonso. Sería allí, en Santa Gadea. La muerte del segundo de los Sanchos de Castilla, hermano de Alfonso y amigo y valedor de Rodrigo, se había producido en oscuras circunstancias. Fue a las puertas de Zamora, a manos del traidor Bellido Dolfos. Rodrigo, apocado el Cid, se había propuesto que el rey Alfonso jurase que nada había tenido que ver en la muerte de su hermano Sancho. La osadía del hidalgo Rodrigo era de tal alcance; era tan atrevida, que todas aquellas gentes habían hecho jornadas y jornadas a pie para presenciar como el rey iba a humillar ante un súbdito. Nunca en las Hespañas se había visto tal insolencia. Nunca el pueblo había arrodillado a su monarca.

Al llegar los cuatro jinetes, la multitud se abrió en pasillo. Delante, los dos guardas; les seguían Lavinia y Andrés a los que el gentío aclamaba.

"¡Mío Cid! ¡Mío Cid!".

"¡Larga vida a dona Ximena!".

Descabalgaron delante de las escaleras que dan acceso a la iglesia. Lavinia se colocó con otros hidalgos y cortesanas en la primera fila de gentes. Andrés subió al atrio. La multitud seguía aclamando.

"¡Mío Cid! ¡Mío Cid!".

Las puertas de la iglesia abrieron. Sonaron trompetas de honra. Miembros de la alta nobleza se colocaron a los lados del abierto estrado. Salieron también el alférez del reino, la hermana del rey doña Urraca, el obispo, y por último el rey Alfonso. Urraca miró a Lavinia con gesto huraño. Alfonso miró a Andrés lleno de ira, de resentimiento y con ánimo de venganza. Tenía el cuerpo tenso, la cara congestionada, las venas de la frente hinchadas. Andrés, aparentemente sereno, inclinó la cabeza con ceremonia. El gentío coreó.

"¡Viva el Rey!".

Sólo unas pocas voces seguían aclamando al Cid.

El sexto de los Alfonsos de Castilla se acercó a su retador que delante de sí tenía un cerrojo de hierro y una ballesta de palo. Lo hacía de mal grado. Él, el rey, no había consentido aquel juramento que Rodrigo el de Vivar le exigía. Si accedió a tal humillación fue por consejo de sus nobles; fue para disipar cualquier sombra de duda, "ya que nunca puede haber ni rey traidor ni papa excomulgado", le decían sus consejeros.

Y allí, sobre el cerrojo de hierro y la ballesta de palo, en Santa Gadea de Burgos donde juran los hidalgos, le tomó el Cid juramento al rey castellano.

-¡Rey! ¡Qué mueras a manos de villanos y no de hidalgos. De villanos que calzan abarcas en lugar de zapatos de hebilla; que visten capa y camisones de estopa en vez de tabardos y camisas de holanda bordadas; que montan burras y no mulas o caballos! ¡Que te maten en las aradas con cuchillos cachicuernos y te arranquen el corazón vivo, si no respondes a esto con verdad! ¿Fuiste tú quien dispuso o consintió la muerte de tu hermano Sancho?

La ira, la rabia, la cólera, le salen al rey por todos los poros de su cuerpo y de su alma; los ojos le queman, y la espada que cuelga al cinto ansía por ir derecha al corazón del Cid.

-Te vuelvo a preguntar. ¡Rey! ¿Fuiste tú quien dispuso o consintió la muerte de tu hermano?

-¡Haz la jura, buen rey! -le dijo uno de sus nobles consejeros-. ¡No temas!

Humillado como nunca se había visto ningún otro rey de Castilla y lleno de rabia, jura Alfonso. Luego, distanciándose de su retador le dice en tono amenazante.

-Has llegado muy lejos, Rodrigo. Ahora, mal caballero, bésame la mano y vete de mis tierras. No vuelvas de aquí a un año.

-Sin ningún resentimiento cumplo tu orden. Pero has de saber, mi rey, que si tú me destierras por un año, yo me destierro por cuatro.

Marchó el Cid sin besar la mano el rey. Mientras, por toda Castilla clamaban las campanas y sonaban los pregones anunciando que el Cid Campeador se iba del reino y que quien le prestase ayuda perdería hacienda e incluso los ojos de la cara. Algunos, a su paso, musitaban: *"¡Deus! ¡Qué bon vasalo se oubese bon señor!"*.

Detrás del Cid salió llorando doña Ximena. Lo amaba con locura. El destierro les iba a separar por cuatro años.

Ya a las afueras de Burgos, aún de noche, al pasar bajo una farola, Andrés advirtió que Lavinia enjugaba una lágrima. Alargó dos pasos y se colocó ante ella.

-¿Qué te pasa?

-Nada, nada; que de pronto me vino la tristeza.

-Creerás que te lo digo por consolarte; pero no. Me duele mucho verte llorar. No me llores nunca. Si fuese brujo haría para ti un mundo en el que no hubiese lágrimas; en el que ser feliz fuese una obligación... Y ahora dime ¿qué te pasa?

Lavinia le miró con ojitos de lástima y le dijo mimosa.

-Pensaba que cuando lleguemos a Santiago tú te quedarás allí y yo tendré que ir al destierro de mi casa y de la Universidad. No sé si tendré fuerzas para sufrirlo.

Se abrazó a Andrés y entró en llanto pleno. Él dejó que desahogase. Luego, besándole los húmedos ojos le dijo.

-Olvida esa porfía. No pienses más en eso. Ya llegará el momento. Te aseguro que en mis cuentas no entra el permitir que seas infeliz. Por ahora no me pidas más. Confía en mí.

-Andrés. No quiero obligarte a nada ni quiero que te sientas coaccionado. ¡Dios me libre! Pero tienes que entender que estas incertidumbres me lleven a estas tristezas.

-Hagamos un trato. Tú dejas de afligirte y yo te prometo un final sin penas. No sé cómo; pero así tiene que ser.

Estaban solos en medio del camino. La farola había quedado atrás. Caminaban bajo una chopera que el viento arpaba en adagios.

-Trato hecho... ¡Te quiero! ¡Te quiero mucho!

El alba les pilló por entre campos de girasoles. El punto de tristeza que aquella mañana había asomado a los ojos de Lavinia, le añadía encanto. Cada hora que pasaba, el lazo que les unía iba engordando. Llevaban doce días juntos como si fuesen doce meses; como si fuese el calendario zodiacal al completo. Las vivencias conjuntas eran muchas y muy intensas, y las preguntas empezaban a brotar, y las dudas a inquietar. Y lo que en un principio sólo era presente, ahora también era futuro. Y el futuro siempre anda en sombras, siempre desasosiega.

Aquella misma mañana Lavinia y Andrés se vieron mezclados en lo de Santa Gadea, y aún no sabían si había sido un sueño, una ilusión, una transportación, una abducción histórica o qué cosa había sido. Pero tampoco les importaba mucho. Tanto él como ella habían salido al Camino abiertos a lo que el Camino les ofreciese, fuese real, fuese virtual, fuese cosa del demonio o fuese cosa de Dios o de los dioses. Y tanta receptividad les estaba dando frutos. ¡Vaya si estaba! Uno de los más claros frutos era el amor entre aquella muchacha de poco más de veinte años, llena de vida, de inquietudes, de gracias físicas y de futuro, y aquel hombre ya en el ecuador de su peregrinaje por el mundo, pero que por estas cosas del Camino estaba ahora recobrando primaveras.

A Tardajos, donde la sirga deriva hacia las tres mesetas, llegaron cuando el mundo daba en despertar. Debían andar por allí también muy metidos en fiestas. La plaza era un cerrado de tractores con pacas de paja alrededor para aliviar morradas. Todas las salidas estaban tapadas. Todo dispuesto para una becerrada. Al pasar vieron como una mujer de mediana edad sacudía frustraciones desde la baranda de un balcón, y quizás también sueños rotos. Lavinia sacó una reflexión.

-¡Cuántas cosas podrían contar las sábanas que sacude esa mujer! ¡Cuántas vidas se tejen y se ríen y se lloran entre ellas!

-Algún día -le respondió Andrés- también tú y yo escribiremos historias en lienzos como esos. Y de seguro que serán hermosas historias.

Lavinia le miró con ojos sonrientes, brillantes, amorosos... y le salió una canción.

"En teníem prou amb tres frases fetes
que havíem aprés d'antics comediants.
D'histories d'amor, somnis de poetes,
no en sabíem més, teníem quince anys..."

-¡Pero mi bien! -exclamó Andrés-. ¿Qué te falta a ti? Eres una hermosura. Eres inteligente; intelectualmente abierta e inquieta; comprensiva, amorosa, razonable. Eres una bendición; un milagro que se cruzó en el camino de este pobre peregrino; un peregrino que hace dos semanas salió de su casa con el solo propósito de tratar de dar con el sentido de su vida y se encontró con la vida misma. Y por si todo esto no fuese suficiente para colmar mi suerte, resulta que cantas como los ángeles.

Mirándole a los ojos, Lavinia redondeó el canto.

"Velles notes, vells acords,
velles paraules d'amor..."

A la entrada de Rabé cruzaron con dos monjas que caminaban con cadencias de paseo. Una de ellas llevaba en la mano un ramito de flores silvestres, seguramente recién apañadas a la orilla de camino. Atravesó la carretera, y con una sonrisa de ángel que sólo una monja hermosa es capaz de dibujar, se lo entregó a Lavinia.

-Toma y lleva contigo este ramito. Viéndote caminar me imaginé a la Virgen andando por los caminos de Nazaret. A cambio de las flores, cuando llegues a Santiago reza un avemaría por nosotras.

-Muchas gracias. El ramito ha de llegar conmigo a Compostela aunque sea seco. En cuanto a lo de rezar... mejor sería que rezasen ustedes por nosotros dos.

-¡Id con Dios! Y cuidado con los calores, que por estas tierras aprietan mucho -les dijo la otra hermana-.

-Muchas gracias. Queden también ustedes con Dios -añadió Andrés-.

Después de Rabé, una localidad historiada y aún con resabios de nobleza en sus piedras, el camino se mete en subidas. L.A. alcanzan la primera de las mesetas de aquella etapa cuando el sol, como les había advertido la monjita, picaba bravo. Aquello sí era Castilla: polvos, sudores, yermos, pedregales, trigales, soledades. Poca vida y mucha saudade de historias antiguas.

En la cima de la meseta, que antes de entrar en bajada hacia Hornillos allana un buen trecho, un horizonte de góticos flamígeros rompe la monotonía de los campos agostados. Andrés y Lavinia ya habían visto en otros lugares estas pequeñas torres de cantos gastados que los peregrinos van construyendo a su paso. Las habían visto en la subida de San Antón, camino de Nájera, y también a la salida de San Juan de Ortega. Arriaron mochilas, bebieron y buscaron unas piedras con las que contribuir a aquella anónima obra; a aquella improvisada muestra del arte peregrino.

Desde la otra orilla del altiplano, al fondo se podía divisar el caserío de Hornillos. Cogidos de la mano bajaron la pendiente de Matamulos corriendo y saltando, sin cavilar en las consecuencias que les podría acarrear el colocar un mal pie y salir con una torcedura. Muchos peregrinos abandonan cada día por causas menos graves. Por suerte no les pasó nada, y una vez en el valle, aunque con algunos sofocos, se sintieron a gusto. Era como si en aquel correr y saltar hubiesen descargado un montón de preocupaciones; como si cada uno hubiese echado a rodar, cuesta abajo, una buena ración de estorbos.

A la entrada de Hornillos, sentada a la sombra de una encina y al frescor del Hornazuela, un regato poco cumplido en aguas, Rosa meditaba soledades. El día anterior, en lugar de detenerse en Burgos, la moza brasileña siguió hasta Tardajos huyendo del alboroto de la ciudad. Al ver llegar a Lavinia y a Andrés se alegró. También éstos se alegraron.

-Vente con nosotros -le propuso Lavinia-.

-¿No os importa?

Rosa, feliz, recogió la mochila y se fue con ellos.

Hornillos bien merece el nombre con el que carga. A aquellas horas próximas al mediodía no sólo parecía un horno; era un horno. Las casas, pequeñas, de adobe, algunas encaladas, devolvían más calor del que caía del cielo. Y a mayores, aquella calle larga, muy larga; una sirga que en un principio era camino y que el Camino transformó en pueblo.

Una mujer enlutada, aún joven, regaba el paso por delante de su portón. Andrés la saludó. Quitó la gorra y le pidió a la mujer que se la mojase. También Lavinia hizo lo propio con el sombrero, y Rosa con el pañuelo que llevaba anudado al cuello; un pañuelo verde, amarillo y azul, los colores de su tierra.

-Si quieren refrescar también por dentro -les dijo la mujer- les puedo ofrecer un botijo con agua fresca.

Pasaron al vestíbulo de la casa. Bebieron del botijo. Rosa con poca maña; pero... qué importaba si lo que no caía por dentro refrescaba por fuera. La mujer enlutada les puso delante una cesta con manzanas. Cada uno cogió una; le dieron las gracias; también una sonrisa que fue lo que la mujer más agradeció, y marcharon. No era cuestión de entretenerse. Hasta Hontanas, donde pensaban hacer noche, restaban once quilómetros; dos horas y media de caminada con el sol cada vez más impertinente.

A la salida de Hornillos, otra meseta, otra ascensión. En el horizonte, ni un asomo de sombra.

Rosa, amén de ágil, guapa y acaparadora de información, era habladora. Y no sólo habladora; también una buena conversadora. Les contó como en Tardajos había tenido noticia de la existencia de una especie de comunidad hippie, asentada en un oasis que verdea entre trigales, a una hora por delante de Hontanas. El lugar era refugio de utopías; refugio del "flower power" y de la dulce fragancia del hachís, además de parada de peregrinos. Al parecer, la colonia era muy móvil. Sólo entre la primavera y el otoño tenía ocupación segura: la del gallego Antón. El resto del año, este vagabundo cosmopolita que andaba por los cuarenta recorría mundo en busca de santuarios consagrados a la vida alternativa. Pero llegada la época en la que la alondra persigue los calores, Antón las seguía hasta aquel lugar llamado San Bol. Siempre llegaba con alguna moza cosmopolita como él, que igual podía haber nacido en Copenhague, en Berlín, en Ámsterdam o en Budapest. Los únicos trazos que las igualaban eran su desinhibición y su belleza nórdico-centroeuropea; esa belleza que parece asentar en la eternidad.

Rosa no disimulaba el contento de ir en la compañía de Lavinia y Andrés. Pero para trabar confianza con ellos y así poder repetir caminatas conjuntas, sabía que era preciso evitar los recelos de la moza. Así que tomó cuidado de que su relación con Andrés no derivase en desconfianzas. Por las anchas veredas ella caminaba a un lado, siempre con Lavinia en medio. Y cuando el sendero los ponía en fila se colocaba por delante o por detrás; nunca en medio. También medía los gestos, las sonrisas y las complicidades. Lo hacía todo con naturalidad estudiada.

La travesía de esta otra llanura mesetaria era larga, silenciosa, hirviente. El aire estaba calmo; no se movía ni una paja. Los pájaros no trinaban ni los gazapos corrían. La vida parecía concentrarse en los tres peregrinos que desafiaban distancias y silencios y calores, y en los lagartos pasmados al sol. De pronto, cuando la llanura dio en convertirse en bajada, vieron como al fondo se dibujaba el oasis; una alucinación, un paraíso verde contrapunteando aquel cegador infierno amarillo. Y otra vez echaron a correr; pero en esta ocasión, no tanto por jugar como por el afán de alcanzar cuanto antes el frescor de aquella sombra; la única desde que atrás habían dejado Hornillos.

Para llegar al oasis hay que desviarse unos metros a la izquierda del camino. El son de una samba sonaba a lo lejos. Rosa no pudo sujetar ni pies ni caderas. Daba gusto verla. Su cuerpo era una fiesta; una fiesta de músicas, de ritmos, de armonías, de insinuaciones, de convites. A Andrés se le iban los ojos, y para que Lavinia no le sorprendiese se situó dos pasos por detrás de ella. En un cambio de cadencia Rosa dio la vuelta, y sin dejar de mover caderas y misterios siguió danzando hacia atrás; danzando y mirando a los compañeros de Camino con un punto pícaro y una sonrisa llena de luz, que convidaban a lo que cada quien quisiese conjeturar. Estaba más maliciosa, más atrayente que nunca.

Sin volver la cara, pero intuyendo lo que a él le ocupaba, Lavinia tendió un brazo hacia atrás para que Andrés le cogiese la mano. Rosa captó el significado del gesto. Dio media vuelta y siguió sambeando.

San Bol es un pequeño refugio en forma de capilla de planta griega; y también una fuente de la que mana abundante y fresca agua sobre un estanque; es un amplio yerbal arbolado, que igual sirve para extender manteles, como para una romería o un aquelarre.

A aquellas horas, por la solanera que antecede al refugio cuatro o cinco personas andaban metidas en los preparativos de la comida. Dirigía el operativo el gallego Antón, sobrado de autoridad. Al fin y al cabo él era quien había tomado posesión del lugar; quien lo cuidaba y, por lo tanto, quien disponía.

-Buenos días -saludó Antón a los tres caminantes-. Si pensáis quedar a comer, avisad cuanto antes. Pero comáis o no, aquí podéis descansar el tiempo que os apetezca.

Andrés y Lavinia habían salido de Burgos con la intención de hacer parada y fonda en Hontanas y descansar allí hasta el día siguiente; pero a la rapaza le gustó el lugar; también a Rosa. No hizo falta convencer a Andrés con argumentos. Bastó con un cruce de miradas.

-Quedamos, quedamos -respondió Andrés-. Ya seguiremos por la tarde.

-Entonces dejad las mochilas dentro. Si queréis un trago de vino, ahí tenéis la bota.

-¡Hombre! ¡Esa sí que es una buena prueba de hospitalidad! -replicó Andrés-.

-Antes -puntualizó Antón- hacedme un favor. Id a la fuente y calmad la sed con agua.

Además de Antón y de su compañera Agneta, por la solanera andaban también Luis, amigo de Antón, y una pareja de peregrinos muy jóvenes que cautivados por aquel lugar decidieron parar allí unos días. Dentro, a la sombra, un viejo conocido de L.A., Pedro, el apóstol de los indios choles; también Claire, una moza francesa, y María, una rapaza muy pizpireta ella, y Pablo, que se había ofrecido como "chef". Andaba éste al redor del hornillo de gas preparándolo todo para cuando los pinches de la solanera terminaran de mondar, limpiar y cortar. El menú para aquel mediodía consistía en zancos de pollo a la cerveza, con patatas rotas y ensalada.

-Si os gusta, bien; y si no, a comer a Burgos -les espetó el cocinero a los tres nuevos agregados-.

Pero aún había alguien más en aquel oasis. Una persona que acostaba a la sombra del arbolado y al frescor de la hierba. Era

Lucio. Él los había visto llegar, pero no los saludó hasta que bajaron a la fuente a apagar la sed y a limpiar los sudores más gordos del camino.

-Muy buenas, amigos peregrinos. ¡Qué pequeño es el mundo!

-¡Vaya! Tú otra vez. Eres como una aparición -le contestó Lavinia-. Donde menos se piensa, ahí estás.

-Tal vez sea una aparición. ¡Me alegro de veros! ¿Quedaréis a dormir?

-No -terció Andrés-. Por la tarde pensamos seguir a Hontanas.

-Pues no sabéis lo que os vais a perder. Esta noche habrá aquí un "happening". Seguro que a las mozas les gustaría.

-¿Y en qué consiste eso? -preguntó Rosa-.

-Viene a ser como una fiesta hippie, con algo de todo: hierba, rock-and-roll, sexo… En él nada es obligatorio; pero todo es posible.

-Ya veremos si quedamos o seguimos —dijo Lavinia-. Lo tendremos que pensar.

Los tres echaron un buen trago de la bota. El vino estaba fresco. Allí no había electricidad, pero la fría agua del estanque suplía sobradamente la falta de frigorífico.

-¿Venís de muy lejos? -les preguntó Antón-.

-Yo vengo de Somport -contestó Rosa-. Ellos, de Roncesvalles.

-Ya lleváis un buen tute encima del cuerpo. ¡Y lo que os falta hasta Santiago!

Antón era algo más joven que Andrés; pero no mucho. Estaba en esa edad en la que igual se conecta con los de arriba que con los más jóvenes. Su forma de conducirse dejaba entrever una gran seguridad en sí mismo. Tenía las cualidades de quien lleva recorrido mundo y le gusta demostrar a cada paso que está de vuelta de muchas cosas. El año anterior, por otoño, al término de la temporada en San Bol, había vuelto a Galicia; había vuelto a su villa de Cariño para echar una mano. Él vivía de lo que le rentaban unos negocios familiares que llevaban sus hermanos. Y como no necesitaba mucho, iba tirando con holgura. Después de Navidad levantó vuelo. Visitó el norte de África; pasó a Italia, y de allí a Dinamarca. En Copenhague buscó asiento en la comuna de Christiania. Conoció a Agneta en Nygade, la calle peatonal donde abundan los músicos y los ajedrecistas. Agneta, una moza sueca, rubia, de ojos azules claros como el cielo de verano de su tierra, tocaba la flauta travesera. Y tal era la dulzura que ponía en el gesto, en los aires y en la interpretación, que una vez que Antón la vio quedó prendado y se plantó ante ella hasta que la moza le dedicó la sonrisa que reclamaba. Al concluir la actuación musical, los dos fueron caminando hasta Tívoli. Allí, entre titiriteros, norias y sherezades, Antón la convenció para que fuese a vivir con él a Christiania.

Agneta aún no alcanzaba los veintidós y ya había completado los estudios de flauta en el conservatorio de Estocolmo. Aspiraba a lograr plaza en alguna buena orquesta de Alemania; pero antes se quiso dar un período sabático para recorrer mundo. Con la flauta en la alforja no le habían de faltar medios para el sustento. Hasta llegar a Copenhague poco mundo había recorrido. El primer alto después de dejar Suecia lo hizo en la capital danesa. Allí estuvo con Andrés hasta que éste, entrada la primavera, tomó la ruta de las alondras camino de San Bol. Agneta le siguió. Se detuvieron en Hamburgo, París y Silos. Aquí pensaban echar un día, pero por capricho de Agneta quedaron tres. En este tiempo la moza no se perdió ni uno sólo de los cantos de los monjes, en especial el que, por estar en mayo, al atardecer le ofrecían a la Virgen en el claustro del ciprés. Era el preferido de Agneta. En él, a la belleza del gregoriano se unían el grandioso marco del claustro y la paleta rojiza del agonizante sol tintando los altos corredores y la punta del ciprés. Desde este coro vegetal que apunta al cielo, los jilgueros contrapunteaban el rezo benedictino con sus trinos. Lo que movía a Agneta no era la devoción; era la emoción.

Por acuerdo mayoritario, la comida se sirvió fuera, en la solanera, aprovechando la sombra del cubierto que protegía la entrada al refugio. No eran horas de exponerse al sol antiguo e inclemente de Castilla. Sentaron trece a la mesa. Nadie ahorró elogios para la buena mano del cocinero.

-Y eso que no probasteis mis arroces. El pollo a la cerveza es cosa de niños.

Pablo era valenciano, de Alcira; un entusiasta de los fogones. Lo que más lamentaba era no disponer de su paella.

-Veríais qué arroz a banda y qué paellas. Mi suegra, que con razón presume de buena cocinera, ya se rindió hace tiempo a estas dos especialidades mías.

Andaba Pablo por la travesía de los treinta. Consigo llevaba una buena carga de soledades, de pasotismo y de hachís; pero le faltaba su paella.

-Si te comprometes a cocinar para esta noche, yo te aseguro que tendrás paella y todo lo que precises -le retó Antón-.

-Eso está hecho. ¿Cenaremos todos los que estamos ahora?

-No sé si estos tres de última hora -apuntó Antón- ya decidieron qué van hacer. También puede que algún otro caminante llegue por la tarde.

Lavinia, Andrés y Rosa se miraron. Fue Lavinia quien enseguida interpretó el sentir de los tres.

-¡Quedamos!

-¡Bien! -exclamó con entusiasmo la francesa Claire-. ¡Paella, hombres, mujeres, luna y rock-and-roll!

Claire había llegado a San Bol el día anterior. Al enterarse de que esta noche habría fiesta hippie, no lo dudó un instante. ¿Cómo ella, una muchacha tan francesa, tan liberada, iba a perderse un acontecimiento como aquel en pleno Camino? Tenía 28 años. Tiempo atrás había intentado hacer carrera como modelo; pero incluso para ella, una mujer tan desprendida de los usos y normas sociales, el libertinaje del mundo de la moda era mucho reto. Y lo cierto es que bien podría haber alcanzado éxito. Soltura y figura no le faltaban. Quizás algunos centímetros; pero ni eso. Ahora trabajaba en la casa Chanel, en París, al margen de las pasarelas. Al Camino llegó en busca de un poco de autenticidad. Ella, que vivía en un mundo de fantasías y disfraces.

Para la sobremesa pasaron adentro en busca de más frescor y de acomodo para el reposo. Pasaron todos, excepto Lucio y Pedro que prefirieron la sombra de la arboleda. Los dos tenían apostolado que hacer aquel día; pero a ninguno le iba bien para su cometido ni tanto calor ni tanta luz. El aire tibio y la oscuridad de la noche ampararían mejor sus propósitos.

Lavinia hizo un grato descubrimiento: una guitarra. Sentada al fondo, en una litera, templó cuerdas y tentó algunos acordes. Tocaba con soltura y con oficio. Enseguida Agneta se unió a ella con la flauta, y las dos empezaron a improvisar y a tratar de meter cuerdas en viento.

Al otro extremo, tumbados en la bancada que semicircundaba el ábside de aquel refugio-capilla, la demás gente hacía relación de lo necesario para la noche: una paella y todos los ingredientes para trece o quince personas; también para una buena sangría. De hierba disponían Antón, Luis y Pablo. Calculado el gasto, hierba incluida, todo a escote. En un pequeño cobertizo hecho con cuatro palos y unas esteras, guardaba Antón una vieja furgoneta. La utilizaba para ir de compras, para las emergencias y para pequeñas excursiones. En ella fueron él y Pablo hasta Castrojeriz. Les acompañó Claire. En el pueblo hicieron la compra para la cena y consiguieron el cacharro para cocinar.

La pareja de mocitos optó por una siesta. Luis movilizó a Lucio y a Pedro para recoger leña con la que alimentar la hoguera de la noche; una hoguera para cocinar el arroz y para darle luz y vida al happening. Andrés, Rosa y María quedaron hablando. Al fondo, Lavinia y Agneta trabajaban el filón del repertorio barroco. De pequeña, en Suria, Lavinia había estudiado guitarra clásica. Ahora, de la mano de Agneta, estaba en la gloria recordando a Telemann, a Scarlatti, a Albinoni, a Pourcel...

María no paraba de hablar. Menuda, pero con un cuerpo hecho a cincel; graciosa en el decir y en el mirar, esta moza zamorana ya bien metida en los treinta, aparentaba muchos menos años de los vividos y de los que sus andanzas por el mundo y por la vida podrían presuponer. Hasta aquí había llegado tratando de dejar entre renglones su última aventura. Su profesión de docente le permitía disfrutar de un largo verano. Aquel año decidió conocer el norte de África. Primero visitó Túnez. De allí a Marruecos. En el avión, a su lado, un joven alemán. Ella era mujer de pocos miramientos para entrar en conversación; pero aquel día... debió ser la intensidad del primer cruce de miradas que ninguno de los dos se atrevió a romper el ardiente hielo que les separaba.

-Nunca me había pasado una cosa así. Aún no me explico cómo pude hacer todo el viaje sin abrir la boca.

Los dos iban a Casablanca, y en Casablanca coincidieron en el mismo hotel, lo que es casualidad sobre casualidad. Allí empezó una historia que prometía pasión. Pero les faltó tiempo. A ella no le importaba ir a prisa; pero el alemán era más comedido; más pausado en estas cosas del galanteo. Él andaba en viaje de negocios. Al día siguiente retornaba a Alemania, y una semana más tarde viajaba por tres días a París. María, tan caprichosa como inestable en las cosas de los afectos, no quería, no podía permitir que esta ocasión se le escurriese. Estaba obcecada con aquel mozo y con la idea de seducirlo.

-Pues ya es coincidencia -improvisó-. Dentro de cinco días también yo tengo previsto ir a París.

Quedaron en verse en la capital francesa. Sería al jueves siguiente en el mirador de Trocadero, a la una del mediodía. No pasó de aquella jornada. Fueron tres días de locura; de policromías en la Sainte Chapelle; de vértigos; de noches de acordeón en la Place du Tertre; de camas revueltas; de fuertes impresiones en el Orsay; de burbujas de sexo con champán. Pero al cuarto día, con frialdad germana, el mozo abandonó el hotel sin despedirse. La historia de Rick y de Elsa empezó en París y terminó en Casablanca. La de María y el joven alemán empezó en Casablanca y remató en París. Pero al contrario de lo que le había sucedido a Elsa, a María no le quedaba ni el consuelo de poder compartir París con alguien para siempre. Volvió de allí para meterse directamente en el Camino. No es que aquella ruptura tan seca la lastimara al punto de que el mundo de sus afectos se sintiese herido. Lo que más le dolía es que no le habían dado la oportunidad de ser ella quien marcase las distancias.

Cocinar la paella fue todo un ritual introductorio a una noche que se pretendía entre mágica y nostálgica. Pablo manejaba el fogón con buena mano y con mercadotecnia. Luis se ocupaba en la sangría. No había llegado nadie más. Estaban los trece de la comida. Las muchachas vistieron sus mejores ropas. No había mucho donde escoger porque en una mochila entra lo que entra; pero con imaginación remediaron las carencias, y también con algún adorno y con sayas flojas y coloristas que Agneta les prestó. Todas, eso sí, llevaban el pelo trenzado con flores, hierbas y hojas que por la tarde habían recogido en el oasis y por los alrededores. Moviéndose con ligereza bajo la arboleda y en torno a la hoguera, como llevadas por el viento, semejaban un coro de ninfas bailándoles una danza a las últimas luces de la atardecida; un coro de delicadas cariátides cargando sin esfuerzo atados de utopías, nostalgias y deseos.

El arroz regalaba aromas; Luis daba a probar su combinado de frutas, vino, limonada, azúcar, canela y licores. Antón se ocupaba en colgar de las ramas de los árboles cuatro luces de carburo. Agneta dirigía el coro de las ninfas-cariátides que disponían manteles sobre la hierba. Lucio, cerca del fuego, observaba cada movimiento de cada persona como si se tratase de la obertura de algo que prometiese acabar en sinfonía de locuras. Andrés y el mozo más joven estaban atentos a cualquier indicación de Pablo, el cocinero, para allegarle leña, o agua, o sal, o un poco de sangría, que para algo era en aquel momento el maestro de ceremonias. Y Pedro… Pedro, cerca de Lucio, miraba y callaba. Aquella puesta en escena le traía memorias de noches cálidas en los montes de Chiapas; de noches abiertas a la vida y a los goces más primitivos o más auténticos, según se mire. Con todo, se sentía fuera de lugar. Aquellas gentes se movían en esferas distintas a las suyas. Podían pasar de las nostalgias al verismo; de la poesía a la prosa, con toda naturalidad y sin un segundo de aclimatación. Él, sin embargo, no sabía, no quería salir de su pequeño espacio de indios choles, de sales y de noches de lunar. Por eso se sentía mejor con Lucio que con ningún otro, porque Lucio le daba a cada cual lo que cada cual demandaba. El conjunto era una mágica mezcla de luces y sombras; de cantos de grillos y cantos de fuentes; de ordenada anarquía y de infinitos deseos de libertad; de belleza y de ansias universales; de amenazas de tormentos, de éxtasis, de paraísos y de serpientes.

La cena fue un éxito. Pablo terminó aupado y celebrado. Enseguida se limpió el espacio y se completó un círculo de doce puntos. Lavinia cogió la guitarra; Luis, que por ser el más viejo podía presumir de vivencias hippies y libertarias en los santuarios de Ibiza y Santorini, era también el más nostálgico del grupo, y para certificarlo sacó de su mochila dos botellas de licor café que guardaba cual tesoros para una ocasión como ésta. Él hacía Camino de vuelta y traía el licor desde Galicia. Del ritual de liar la hierba se ocupaban Pablo y Antón. Las luces de los carburos proyectaban sombras a los cuatro puntos cardinales; sombras que al confundirse con las sombras de la noche componían efectos espectrales. Luis repartía su ambrosía. El dulce sonar de una flauta se fue imponiendo al coro de grillos que pronto dieron en acompasar el roce de sus alas al canto pastoral que Agneta interpretaba desde la solanera. Sentada entre Antón y Andrés, Lavinia se abrazó a éste estremecida. La noche en medio de la nada, la cena, las sombras, el licor café, la hierba, la magia del círculo, la experiencia nunca vivida, el canto de los grillos, de la flauta y de la fuente... Eran muchas sensaciones, muchas emociones como para no estremecer. La moza miró a Andrés; él también la miró, y en esas miradas se prometieron que aquella noche nada ni nadie les separaría. Sospechaban que cuando entre humos y licores cayesen las inhibiciones, los dos serían tentados. A Lavinia la rondaban Antón y Pablo. Y en Andrés habían puesto los ojos, con no muchos disimulos, Agneta y Claire. Ello sin contar las reprimidas querencias de Rosa.

Calló la flauta. Agneta se incorporó al grupo. Lucio animaba a beber y a fumar. Cada uno en sus propósitos iba ganando posiciones. Lavinia retomó la guitarra y arrancó por nostalgias.

"Al vent,
la cara al vent,
el cor al vent,
las mans al vent,
els ulls al vent
al vent del món".

Al escuchar la canción de Raimon, el valenciano Pablo saltó al centro del círculo, y arrodillándose delante de Lavinia la acompañó por bajo en los cantares. La miraba con devoción y con ganas inconfesables, aunque disimuladas, de abrazarla, de besarla, de poseerla. Estaba prendado de la moza y esperanzado en que la noche diese en orgías libertarias.

"I tots,
tots plens de nit,
buscant la llum,
buscant la pau,

buscant a Deu,
al vent del món".

Mientras Lavinia convidaba a buscar pasiones, paces y dioses en el viento de la noche, Claire abrió el corro para situarse detrás de Andrés. Primero apoyó los antebrazos en sus hombros; luego le cogió la cara entre sus manos; por último le besó en el cuello y le habló muy bajito al oído.

-¿Por qué no salimos de aquí y nos perdemos al favor de la luna?

Andrés alargó una mano hacia atrás; acarició una mejilla de Claire y se tomó un tiempo para meditar la respuesta. Lavinia, metida de lleno en el cantar, la cara al viento, el corazón al viento, las manos la viento, toda ella al viento y plena de noche, no reparó en lo que se tejía a su lado. El aire estaba impregnado del dulce aroma del hachís. Las defensas ablandaban.

"Tots plens de nit,
buscant la llum,
buscant la pau,
buscant a Deu,
al vent del món".

-En cualquier otro momento de mi vida -reaccionó al fin Andrés-, tu propuesta colmaría mis anhelos; sería una oferta sorprendente, deseable, irrechazable; sería una puerta abierta a los paraísos. Pero ahora mismo estoy con Lavinia y por nada del mundo querría estropear esta relación; por nada ni de éste ni de otros mundos querría perderla.

-¿Pero es que acaso no vais a tomar parte en el happening, en la desnudez, en la meditación, en el intercambio, en el amor sin condiciones, en las hogueras, en los tambores?... ¿Es que pensáis encerraros en vosotros mismos? -le replicó Claire, notoriamente ofendida por aquel rehúse que acababa de encajar-.

-Tú misma lo has dicho —le contestó Andrés concisamente-.

Lavinia acabó la canción. Claire se levantó, entró al centro del corro y comenzó a danzar. Antón se acercó al coche que estaba al lado; abrió las puertas y puso la radio a buen volumen. Tenía algunas cintas dispuestas para la ocasión. Empezó a sonar Janis Joplin. A Claire se le fueron uniendo las otras mozas. La primera, Rosa, una no fumadora militante que aquella noche, por no desentonar, le había dado a la hierba y andaba flotando. Luego, María, la más menuda, la más ágil, la más graciosa de movimientos, la más incitante. A continuación, Agneta, llevando de la mano a la muchacha que andaba a compartir fumares, solturas y apalpadas con su pareja. Y casi al tiempo, también Lavinia. La danza iba tomando cuerpo y coreografía. Joplin animaba desde el coche.

"Take another little piece of my
heart now, baby!
oh, oh, break it".

La composición que formaban los hombres, sentados o tumbados en el suelo, recordaba actitudes de raposo escogiendo presa en medio del gallinero.

"Break another little bit of my
heart now, darling, yeah, yeah,
yeah".

Ellas bailaban como diosas. Era una danza de gratitud a la vida; de gratitud a aquel momento o a momentos mejores pasados o por venir. Era un rezar sin palabras. También era un irrefrenable "in progress" de sensaciones, de emociones, de desinhibiciones, de excitaciones.

"I need you to come on, come on, come on, come on and
take it,
take it,
take another little piece of my heart now, baby!
oh, oh, break it!"

Claire volvió a tomar la iniciativa. De un tirón hizo volar la camiseta por los aires. Quedó con el busto libre de tapaduras; un busto mucho más hermoso de lo que las ropas permitían intuir. El pareo ondeando e insinuando entre las piernas; la cintura breve; el vientre liso y acogedor; los pechos en su justeza; los cabellos floreados, sueltos y transparentes a la luz de la noche, le daban aires de hada; de hada reina en los reinos de la belleza.

"Break another little bit of my heart, now Darling,
yeah,
c'mon now.
Oh, oh have a
have another little piece of my heart now, baby.
You know you got it —whoahhhh!!
Take it!"

También Agneta, también María, también la muchachita, también Rosa... arrancaron camisetas. Los hombres se levantaron, y todos con la cara al viento, el corazón al viento, el pecho al viento... Sólo una de las danzantes salió de la excitación para entrar en la quietud; de la euforia saltó a la tristeza. Era Lavinia. Para ella la felicidad sólo tenía un nombre por aquellos días, el de Andrés, y allí se estaban entretejiendo emparejamientos que no quería ni para sí ni para él. De só la danza y se sentó. Andrés, embebido en el baile y en el hachís y en el licor, no se percató. Sí lo advirtió Rosa que se acercó a ella y le preguntó si se encontraba mal.

—No. No. Seguid. Seguid.

—¿Estás a disgusto?

—Es igual. No quiero estropearle la fiesta a nadie.

—¿Prefieres que quede contigo?

—No, por favor. Vuelve al corro.

Rosa retornó al grupo danzante. Claire y Pablo habían desaparecido. Andaban a la luz de la luna; a los gozos y a las sombras Agneta le hacía ronda a Andrés, y la muchachita buscaba a su pareja. María seguía danzando, levantando fervores y abajando horizontes. A quien más tentaba era a Antón; pero Antón, dada a Lavinia por imposible, trataba de abordar a la muchachita. Lucio estaba como ausente, pero complacido; Luis, decepcionado; Pedro, ignorado. Rosa advirtió a Andrés de que Lavinia le necesitaba. El hombre se acercó a ella y vio que tenía los ojos en aguas. Pugnaba la infeliz por contener el llanto.

-¿Qué te pasa, bonita?

-¡Vámonos! -le contestó con su mirar más triste-.

-Si nos vamos ahora tendríamos que dar explicaciones, y yo no sabría qué decir.

-Esperamos un poco y luego inventa cualquier disculpa y nos vamos. No quiero pasar aquí la noche.

-No te preocupes. Dame un tiempo. Procuraré una excusa. Pero sobre todo no me llores. No soporto verte llorar.

Pasado un rato Claire y Pablo aparecieron abrazados. Venían envueltos en calores y en sudores. Ella se desnudó y se zambulló en el estanque. Antón salió corriendo y volvió con una manta. El agua estaba muy fría, cortaba.

Cesó la danza. Todos descansaban en la hierba de la yerba. El licor café, en las últimas, seguía circulando. Andrés tomó la palabra.

-Lavinia y yo -dijo en alto para que todos escuchasen- seguimos camino. Habíamos hablado de hacer una etapa de noche, y ésta es una noche perfecta. Calor; buena luna; estamos estimulados y, sobre todo, queremos adentrarnos en el silencio, que después de un día tan agitado es lo que nos piden el cuerpo, el alma, Raimon, Janis Joplin y Tocata.

-¿Quién es Tocata? -preguntó María-.

-Es nuestro secreto -respondió Lavinia-.

-Voy con vosotros -saltó Pedro, el apóstol de los indios choles, que llevaba toda la noche ignorado y fuera de lugar-.

No les hizo falta ni a Andrés ni a Lavinia decir nada. Rosa anduvo ligera al quite.

-Déjales ir solos y no te metas donde no te llaman.

-Eso. Déjalos -recalcó Antón-.

Se despidieron, recogieron las mochilas y marcharon. Rosa les acompañó hasta el cruce de caminos.

-Me preocupas, Lavinia. Dime que no te pasa nada y quedo tranquila.

-Gracias, Rosa. De verdad que no me pasa nada. Sólo que, en un momento dado, al ver el rumbo que llevaba la noche me deprimí; me vine abajo; sentí necesidad de huir. Agradezco tu preocupación y tu cariño. No quisiera que nos perdiésemos de vista. Espero que pronto nos volvamos encontrar. ¡Te quiero mucho!

-Yo también os quiero a vosotros. Mañana nos vemos en Frómista.

-Hasta mañana.

-Hasta mañana.

Se besaron. Rosa regresó. Ellos tomaron el camino hacia Hontanas. A lo lejos sonaba la flauta de Agneta en un "adagio" de saudade por los amigos que se iban. Andrés llevaba la linterna a mano por si tenían que rebuscar alguna flecha amarilla en algún cruce de senderos. Antón les había dicho que no tenían pérdida; que bastaba con seguir la vereda. No hizo falta encenderla. La luna, aunque en creciente, era generosa. El terreno, limpio de estorbos que proyectasen sombras. El amarillo de los trigales cortados, un espejo para la luz de la luna. Caminaron algún tiempo en silencio; cogidos de la mano; más unidos que nunca. Aquella noche caminaban en las ondas del viento y de la eternidad buscando trigales; buscando Hontanas. Cinco quilómetros; una hora.

-Me alegra -dijo Andrés rompiendo silencios- que decidieses salir de San Bol. Estábamos todos sobreexcitados. De seguir, yo podría haber perdido el tino, el horizonte, el sentido del valor de las cosas.

-Ya me di cuenta.

La luz de la luna cayendo sobre aquella elevada planicie de campos segados, era como alma de nardo. Dos pequeños muros, uno a cada lado de la senda, enderechaban los pasos de L.A. a la busca del paraíso que sólo a ellos pertenecía. La moza llevaba en la cara la misma luz de la primera noche en el albergue de Roncesvalles; de aquella noche en la que Andrés vio como se desnudaba de medio cuerpo para librarse del sujetador antes de meterse en el saco; antes de meterse en el Camino.

-Dime una cosa, Lavinia. ¿Por qué no te quitaste la camiseta en San Bol como las otras chicas?

-Pero ¿tú sabes qué caras poníais los hombres mirando para nosotras? Parecíais hienas oliendo carnaza. Y tú no eras una excepción. No, así yo no me desnudo delante de nadie. Si quieres, me desnudo ahora y bailo para ti; no me importa. Pero allí, en aquellos lupanares, no.

Llevaban casi una hora de camino. Andaban por la medianoche de una noche cálida, acogedora, llena de aromas, pálida, sonora. Olía a trigal y a tierra caliente; a lavanda y a romero; a maternidad y a fruta prohibida. Lavinia se detuvo. Bajó la mochila; se quitó la camiseta; se acercó a Andrés que ya había arriado también su carga; le descubrió el pecho para poder juntar las pieles; le abrazó, y se quedó mirándole... La sonrisa amplia, limpia, repleta de mensajes secretos. El labio superior, sinuoso como un arco de ballesta; el inferior, combado y abierto a besos, a poesías y a cantares. Los ojos encogidos para que todo el gozo y alegría que guardaban no se le escapasen. Ojos verde luna; ojos verde esperanza; ojos verde amor. Y aquellos párpados... aquellas ojeras de lisuras morenas y brillantes, con la marquita encarnada... los primeros hechizos que enamoraron a Andrés a las orillas del Arga... Y toda esta estampa, bañada por la pálida luz de la luna que la aliñaba de misterio, de enigma, de deseos, de atractivos... De fondo, un coro de grillos cantándoles al amor y al misterio de la noche.

Después de mirarse largamente con toda la ternura que pueden acoger los campos de Castilla en una noche de verano; después de gozar del roce de las pieles... curtida de soles la de

Andrés, suave como algodón la de Lavinia… se besaron sin prisas; se besaron hasta perder la conciencia del tiempo. Las manos circulaban sin fielatos marcando territorios y posesiones.

-Si tú quieres -habló Andrés, completamente desarmado en medio de tanta ventura- esta noche podemos retomar lo que dejamos pendiente en el hotel de Irache.

-No. Esta noche, no. Cuando llegue el momento quiero estar a solas contigo. Esta noche estaríamos tú, yo, la sangría, el hachís y el licor café. Demasiada tropa. Además, ¡recuerda! Tú me enseñaste a gozar de la cueva de Platón antes de dar con la realidad. Tú me enseñaste a gozar de la mesa del amor poco a poco, disfrutando de cada plato. Atiende, mi amor. Nada deseo tanto como darme a ti; pero hay muchas formas de darse. En estos días, desde aquella noche de Los Arcos cuando tomamos posesión de Tocata que, por cierto, ¡mira cómo brilla!; en estos días aprendí a no dejar que el sexo me comiese el seso. Lo acepto, lo respeto, lo deseo; pero ahora sé que hay también muchas otras cosas. Por ejemplo, estar a tu lado y aprender a quererte. Dime qué puedo hacer; como te puedo querer más y más. ¡Anda! ¡Dímelo! Pero, sobre todo, dime que nunca me dejarás.

Sin esperar respuesta, Lavinia se separó, se alejó y empezó a bailar bajo aquella luz de nácar. Por veces brincaba… los brazos en alto, las piernas encogidas, el cuerpo perfecto, la sonrisa plena… Por veces se limitaba a marcar la intensidad de los afectos a secos, mágicos y seductores golpes de cadera… el busto en escorzo y los brazos como para unas sevillanas… Pero siempre, siempre sin dejar de sonreír; sin callar aquellos ojos verdes. "Su sonrisa tuvo que venir de los cielos. En la tierra no puede darse perfección igual". Andrés se pellizcó para asegurarse de que no soñaba; de que no había muerto. Y como Pedro, Juan y Santiago en el monte Tabor, pidió una tienda para sentar allí y vivir la eternidad mirando a Lavinia, desnuda de medio cuerpo; danzando y cantando como una diosa.

"Moi, je t'offrirai
Des perles de pluie
Venues de pays
Où il ne pleut pas.
Je creuserai la terre
jusqu'après ma mort
pour couvrir ton corp
d'or et de lumière.
Je ferai un domaine
où l'amour sera roi
où l'amour sera loi
où tu sera roi.
Ne me quitte pas.
Ne me quitte pas.
Ne me quitte pas.

Se volvieron a mirar. Se volvieron a abrazar. Se volvieron a besar. Se volvieron a querer. Lavinia volvió a danzar; volvió a cantar.

"Je ne vais plus pleurer.
Je ne vais plus parler.
Je me cacherai là
A te regarder
Danser et sourire
Et à t'écouter
Chanter et puis rire.
....
Ne me quitte pas.
Ne me quitte pas.
Ne me quitte pas.

-Es la declaración de amor más hermosa que se puede escuchar —le dijo Andrés con los ojos en lágrimas-. Gracias, mi bien. Gracias. Gracias. Gracias. Si yo fuese Neruda y esta noche pudiese escribir los versos más hermosos, te los escribiría y los mandaría por el aire para que todo el mundo se enterase de cuánto te quiero. Lo que no sé es por qué esto me está pasando a mí, ni qué méritos contraje para merecer tanta dicha, tanta felicidad. Te quiero todo lo que un ser humano puede querer.

Felices, despiertos, gozosos, llenos de vida, recogieron las mochilas y echaron a andar. De pronto, de forma inesperada, al cabo de la planicie apareció Hontanas a los pies de los caminantes. La luna rebotaba en los tejados. La torre de la iglesia, imponente, se silueteaba a contraluna. Casi sin alumbrado, parecía un pueblo muerto, o como poco dormido. Lo cruzaron sin golpear el bordón; sin hacer ruido. Sólo los perros saludaban a su paso. Al llegar al albergue que cae casi al final de la sirga que atraviesa el caserío, Andrés probó por si la puerta estaba abierta. Estaba.

-¿Quieres que durmamos aquí?

-No -contestó Lavinia-. Hoy prefiero dormir a cielo abierto. Solos tú, yo y nuestra estrella. Abrazados. Sigamos y busquemos un prado, un yerbal, una caseta, una cama de brezo; lo que la providencia nos ofrezca.

El lugar más iluminado de Hontanas era el recinto de la piscina pública, al cabo del pueblo. De allí a Castrojeriz, casi diez quilómetros. El camino se complicaba con cruces y entrecruces. La linterna los salvó de algunos incómodos extravíos. Anduvieron otras dos horas. Sobre las tres, decidieron detenerse y echar los sacos en un prado, a la izquierda de la carretera. Ya a la vista estaban las ruinas del convento de San Antón. La noche había refrescado. Para aislar humedades extendieron las toallas y por encima estiraron los sacos. Vistieron las escasas ropas de abrigo que llevaban. Se abrazaron. Pronto se entregaron rendidos al sueño. Despertaron ya bien metidos en la luz del día. Los dos coincidieron en la descripción de un sueño de procesiones de frailes con hábito negro y con una gran "tau" en azul clavada al pecho. Les seguía una piara de cerdos. Iban sanando enfermos de ardientes erupciones y extremidades encarnadas.

-¿Sabes, Lavinia? Estos sueños tienen que ver con los antonianos que hace siglos levantaron y habitaron ese convento en ruinas que tenemos delante. Dicen que estaban especializados en curar el "fuego de San Antón" y la peste porcina.

-¿No te parece curioso que los dos soñáramos lo mismo?

-¿Curioso? ¿No te parece a ti curioso que llevemos vividas tantas curiosidades? ¿No te parece curioso que en un mundo tan grande tú y yo coincidiésemos en el mismo día, a la misma hora y en el mismo lugar. Y no sólo que coincidiésemos, sino que nos fijásemos el uno en el otro? Estoy convencido de que este Camino tiene mucho de mágico. Ni siquiera podría defender que todo esto que estoy viviendo no sea más que un largo y hermoso sueño. De ser así, no quisiera despertar jamás.

Ya el sol asomaba a espaldas de los peregrinos coloreando la piedra amarilla del convento y las arcadas que sobrevuelan el camino asfaltado. ¡Qué atentado a la razón, al buen gusto y a la historia! ¡Una carretera atravesando el convento!

A la entrada en Castrojeriz, poco antes de la colegiata, un rebaño de ovejas salía del corral a la busca de los frescos pastos de la mañana. No era fácil contarlas. Serían unas doscientas, o más. En cosa de segundos L.A. se vieron metidos en un mar de lanas. Eran dos bustos con mochila en medio de una marea de ovejas y de balidos. Lavinia, que nunca en otra se había visto, gozó como una niña de aquel momento pastoral; de aquel cuadro bucólico. Incluso se atrevió a coger un corderillo en brazos.

-Parece un muñeco de peluche. ¡Qué cosa más bonita! ¡Qué suave!

-¡Señorita! -gritó el pastor mientras echaba la tranca al portalón de corral-. Si lo quiere llevar y me promete cuidarlo, se lo regalo.

-¡Muchas gracias! -contestó Lavinia mientras devolvía el corderillo al suelo-. Seguro que él estará más contento en el rebaño, entre los suyos.

Pasada la larga sirga que atraviesa Castrojeriz, otra ascensión rematada en altiplano. Contemplado desde lejos, el camino que serpea la cuesta impone.

Lo malo que tiene dormir al sereno es que luego no hay ducha para desperezarse y uno anda encogido. Poco antes de la ascensión a Mostelares, el camino atraviesa el Odrilla, un río que salva un pequeño puente medieval. Allí pararon; bajaron a las aguas e hicieron aseo al estilo de los antiguos peregrinos. "¡Cuántos no habrán hecho esto a lo largo de los siglos en este mismo lugar!", comentaron Lavinia y Andrés. Subiendo la ladera de la alta meseta uno tiene la sensación de ascender en globo. El verde valle del Odrilla se va hundiendo bajo los pies a golpe de mirar hacia atrás. Lavinia, más ligera y más ágil, enseguida tomó ventaja. Arriba, sentada al pie del crucero que saluda al peregrino al final de la ascensión, esperó la llegada del compañero.

-Esta cuesta me pilló a traición -dijo él-. Creo que estoy pagando con creces los excesos de ayer y el escaso descanso de esta noche.

-Ya ves -replicó Lavinia con cierto afán de devolver pelota-. El Camino da mucho, pero regala muy poco. Y quien las hace termina pagándolas. Esto me lo dijiste tú cuando salías de Roncesvalles y yo quedaba en la litera.

En la otra punta de la llanura mesetaria, ya a las puertas de Tierra de Campos, pararon a contemplar el desolador paisaje castellano. Paisaje desolador, pero sublime; seco, pero cálido; desierto, pero vivo; amarillo, amarillo, amarillo… ¡Qué bien encuadraba en aquel fondo la figura juvenil y graciosa de Lavinia! El azul marino de su camiseta navegaba sobre los amarillos de los horizontes. El sol cayendo en picado sobre el sombrero de aquella diva de ojos verdes, dibujaba caprichosos arabescos, puntillas y polisones en su cara colorada de calores y de contentos. También en la bajada tomó delantera Lavinia, que en lugar de andarla la fue saltando; la fue bailando. Diríase que si la felicidad pudiese tomar cuerpo, ese cuerpo sería el de aquella rapaza que bajaba Mostelares desafiando gravedades, equilibrios, silencios, eternidades… y con qué calma, con qué cara, con qué dulzura, con qué mirada, con qué media sonrisa esperó por Andrés al final de la bajada. Las liebres saltaban los tronchos e iban a esconderse entre la hierba que crece a los lados del camino. A golpe de años, su código genético fue recogiendo y fijando que aquél era el lugar más seguro contra cazadores. Ni antes ni después de la Fuente del Piojo, otro trocito de cielo en medio del infierno, se molestaron en hablar. ¿Para qué, si el goce de sentirse tan cerca lo llenaba todo? Pero lo que es en la fuente, sí pararon, sí se mojaron y celebraron la frescura de las aguas; y rieron, y jugaron, y se salpicaron, y volvieron a agradecer a los cielos el regalo de aquellas pequeñas cosas.

A las puertas de la provincia de Palencia, unas puertas que abren los siete arcos del puente medieval sobre el Pisuerga, hay una ermita en la que reciben a los peregrinos con lavado de pies y un botijo con vino fresco. Cuidan del lugar hospitaleros italianos. En esta ocasión un matrimonio de Bérgamo, de mediana edad. Él, médico; ella, licenciada en leyes. El médico se ocupó de los pies de Lavinia; la hospitalera de los de Andrés. Los dos sabían de los padeceres del Camino que llevaban cumplido en dos ocasiones.

-¿Desde dónde venís? -le preguntó el hospitalero a Lavinia-.

-Desde Roncesvalles.

-¡Enhorabuena! Tienes los pies como rosas, y esto no es normal después de llevar andados trescientos quilómetros con estos calores. ¿Y tú cómo lo llevas? -le preguntó a Andrés-.

-Por ahora no me quejo.

-Se os ve contentos -prosiguió el hospitalero-. No me preguntéis por qué; pero el caso es que todos los que hacen el Camino con buen ánimo y con alegría, evitan muchos problemas de pies, de neuronas y de espíritu.

Por dentro, la ermita-albergue de San Nicolás conserva las trazas de la antigua iglesia que fue. Conserva el presbiterio, el altar y el coro que al fondo ocupan ahora las literas. Es un lugar fresco en medio de la forja de la más áspera Castilla y... ¡qué bien sonaba allí Mozart! ¡qué bien sonaban el Tuba Mirum, el Confutatis, el Lacrimosa, el Benedictus, el Ave Verum! ¡Qué bien bajaba el vino fresco!

Llegar a Boadilla a aquellas horas, con la hornada que se estaba cociendo... llegar al descubierto, sin sombra alguna que ampare los ahogos, es meritorio. Pero lo peor de este tramo es la rara sensación que se percibe durante el acercamiento al poblado. Siendo tan plano el terreno, Boadilla empieza a verse al alcance de la mano y de los pies desde tres quilómetros antes; pero entre la ausencia de referencias y el reverbero del calor que la tierra devuelve al aire, da la impresión de que una docena de yuntas de bueyes estuviesen tirando del pueblo; de un pueblo que a cada paso se aleja más y más de las ansias de los caminantes.

-Bien visto -comentó Lavinia-, esto de hacer el Camino es cosa de locos. ¿Quién nos manda andar a estas horas por estos páramos, si ni los pájaros se atreven a dejar sus nidos; si ni los lagartos mueven el rabo; si ni el viento aguanta tanto calor? Menos mal que hay otras compensaciones, que si no mereceríamos estar todos con camisa de fuerza.

En el corazón de Boadilla, centrando la plazuela que le guarda las espaldas a la iglesia de Santa María, yergue un hermoso rollo jurisdiccional, símbolo de poder y de justicia; el mejor de Castilla. Sentado a su pié, en un peldaño de piedra gastada por el tiempo, el viejo peregrino de las luengas y blancas barbas comía una corteza de pan y una cortadura de queso. Después de los fracasos anteriores, Andrés ni se molestó en saludarlo. Lavinia sintió lástima. Se acercó y le dijo.

-¿No sería mejor que procurase una sombra? Ahí se va a derretir con la piedra.

El romero la miró con aquellos sus ojos cansados, verdes como agua de mar. Esbozó una sonrisa intemporal y siguió comiendo como si sólo él estuviese en la plazuela. Llevaba los pies heridos y manchados de sangre; pero ni un sólo gesto de queja en su rostro.

Los dos peregrinos hicieron alto en el mesón para comer y para dejar correr los calores. Hasta Frómista sólo restaban cinco quilómetros, y no merecía la pena seguir desafiando a los dioses antiguos ni a los rigores solares. Comieron en el jardín a la sombra de un manzano abundante en frutos. Descalzos, reposaron los pies en la hierba fresca. De nuevo el infinito placer de las pequeñas cosas: una sombra, un asiento, la hierba fresca.

Dejando atrás Boadilla… campos secos, campos yermos, campos polvorientos… el camino se arrima al Canal de Castilla y entra en relaciones con él. La proximidad del agua, el frescor del agua, el cantar suave de las aguas por entre los juncos, el verde de las riberas, cambiaron el humor de los peregrinos, ya reseco de tanto sol. Lavinia volvió brillar y saltar y sonreír. Andrés volvió gozar del brillo, de los saltos y de la sonrisa de Lavinia. Nunca, desde Roncesvalles, agradecieron tanto la llegada a destino.

Frómista. Antiguo asentamiento celta y romano. Tierra de trigo y de descanso. Aquella tarde la ducha fue un momento orgásmico. Como orgásmica sería para Lavinia la visita que al atardecer hicieron a la iglesia de San Martín, una de las cumbres del románico peninsular que, como tantas otras manifestaciones, también a estas tierras llegó haciendo el Camino.

Ni los excesos de la víspera, ni el poco descanso de aquella noche, ni la infernal jornada por los campos de Castilla les restaron a L.A. ni un ápice de las ganas de vivir; de vivir intensamente cada instante que el destino les iba regalando. Ella intentó contar uno a uno los más de trescientos canecillos que festonan los aleros de los tejados y de los falsos tejados de la iglesia. Todos perfectos; todos distintos; alguno atrevido. Moviéndose entre la luz rojiza del ocaso y la piedra rojiza de San Martín, Lavinia semejaba una caricia de la primavera.

VI. De Frómista a Terradillos

(Poco adagio quasi andante)

Rayaban las primeras luces del día cuando Andrés y Lavinia abandonaron el albergue de Frómista. Aquella jornada no era de madrugar. La etapa hasta Carrión es plana y corta; no alcanza los veinte quilómetros. Si los caminantes la hiciesen sin detenerse, les bastarían cuatro horas; pero tampoco era el caso. Por eso no madrugaron; por eso y porque aquella noche habían prolongado la velada. Después de la cena compartieron tertulia con Rosa, con Claire, con María y con Pablo. Los cuatro habían caminado todo el día, de sol a sol, y bien merecían un goce de frescor como el que envolvía la plaza que da a la iglesia gótica de San Pedro. En San Bol había quedado el apóstol de los indios choles que andaba mal de pies; también la pareja de mozos, animados por Antón y por Agneta. El gallego y la sueca acariciaban la perspectiva de hacer comuna de placeres con los jóvenes. De Lucio nada se sabía. Pero Lavinia y Andrés sospechaban que muy pronto, en cualquier esquina, en cualquier encrucijada, se les volvería presentar. Era su sombra; su misterio.

El cielo pintaba negro. La temperatura era anormalmente fresca para un agosto de Tierra de Campos, aunque fuese a aquellas horas. No hacía falta entender de témporas ni de cosechas para adivinar que pronto caería un aguacero. Lavinia y Andrés salieron solos. Ella caminaba silenciosa, recogida, y con un punto de tristeza en los ojos. Andrés veía en su cara la sublime ternura y la delicada belleza de una "pietá"; veía las músicas lentas y tristes de un dúo de cello y flauta; vio un punto de aflicción.

-Algo te preocupa, Lavinia.

Ella no contestó. Miró a Andrés con una mirada entre de resignación y abatimiento, y a él le dolieron hasta las ganas de vivir. Parecía tan frágil, tan vulnerable, tan afligida… Además, aquella mañana estaba especialmente preciosa. Pantalón de chándal blanco y largo, que le sentaba como un dedal; camiseta azul celeste, que combinaba graciosamente con su piel morena de soles y de quereres; el sombrero colgado de la mochila; el pelo trenzado, casi enrastado para no tener que peinarlo… y aquel asomo de tristeza en sus ojos verdes…

-No soporto verte así -insistió Andrés-. ¿Qué te pasa?

-¿Qué va a ser? -arrancó por fin-. Lo que me viene preocupando desde hace tiempo, Andrés. Tú dices que no me inquiete; que todo se arreglará. Llevamos ya trece días. Estamos, más o menos, a mitad de camino. Dentro de dos semanas llegaremos a Santiago, a tu tierra, a tu casa. Allí te esperan tu mujer, tus hijos, los amigos y el trabajo. Apenas hemos hablado de eso. A mí me esperan en Cataluña mis padres, mis estudios; también mis amigos… Esto se acaba, Andrés, y yo no sé cómo hacer para impedirlo. Me dices que confíe en ti, y yo quiero confiar; pero no veo qué salida pueda tener esta situación. También me dices que no le dé más vueltas; pero no puedo evitarlo. Me angustia pensar en un futuro sin ti. No tendría fuerzas para enfrentarme a él. Me dices que vas a pensar por los dos; pero ¿qué? ¿Cuál es la salida? ¿Dónde está la puerta de la esperanza? Tengo miedo, Andrés. Tengo mucho miedo.

Aquellas reflexiones; aquellos clamores; aquella súplica angustiada de Lavinia, dieron de lleno en la línea de flotación de las inseguridades de Andrés. Y al igual que la flecha troyana en las maderas del caballo griego, "stetit illa tremens". El maestro Andrés, que por oficio estaba acostumbrado a tener siempre una respuesta para todo, en aquel instante se sintió perdido, sin argumentos, sin palabras, sin fuerzas; sin saber cómo retener la vida y las esperanzas, que como granos de fina arena se le escurrían entre los dedos. No sabía cómo detener el vibrar de aquella flecha. "Stetit illa tremens". "Ahora o nunca, Andresiño" trataba de convencerse; "pero ahora o nunca ¿qué?". Sus pensamientos eran un rebullir sin tino, un descontrol. Y esto le incomodaba. Toda su vida se había regido por un orden sencillo, elemental: su familia, sus estudios, sus libros, sus músicas, su trabajo, sus viajes, sus amigos. Todo normal; cada cosa en su sitio y a su tiempo. En alguna ocasión, un breve desliz sentimental, y otra vez vuelta a la rutina, a la familia, a los libros, a las músicas y a los escapes. Cuando Lavinia le alcanzó a las puertas de Zubiri, pensó que también éste podía ser un desliz; una pequeña aventura del Camino. Aquel día ni por la imaginación se le pasó que Lavinia iba a entrar con aquella fuerza, con aquella rotundidad, con aquel sin-vuelta-atrás en su vida. Y ahora, al escuchar estas reflexiones, esta súplica angustiada de la muchacha, cayó en la cuenta de que no estaba preparado para hacer frente a la situación. Quedó sin argumentos, sin palabras, sin fuerzas; sin saber cómo retener la vida. Una vida que sin Lavinia ya no tendría sentido.

"Lo primero que hay que hacer -pensó Andrés- es salir de inmediato de este trance". A su lado caminaba la rapaza, ágil, flexible, triste; la cabeza baja; el andar firme. A cada pisada suya, con cada reflexión que hacía, Lavinia iba hurgando en las debilidades de Andrés, que eran muchas y que le estaban doliendo. La cogió de la mano. Ella le miró, y al advertir que allí no germinaba respuesta alguna, añadió.

-Olvida lo que dije. No quiero crearte pesares. No tengo derecho a entrar así en tu vida y destrozarlo todo. Míralo de esta otra forma. En dos semanas llegamos a Santiago. Allí están esperándote los tuyos. Si quieres me presentas como una compañera del Camino. Si no, nos despedimos antes. Tú vuelves a tu trabajo, a tus cosas, a tu casa. Yo, a Suria. Y cuando empiece el curso, de nuevo a Barcelona. Dentro de unos años pueda que recuerdes con nostalgia este pequeño capítulo de tu vida. Para entonces, yo tal vez sea una buena arquitecta… quizás haya casado con un hombre al que nunca podré querer como quisiera. Seré, en fin, una de esas mujeres que pasan por la vida con más o menos éxito profesional y social, pero con la esquizofrenia de tener que resignarse a un hombre queriendo a otro. Ya ves. Una historia de tantas; una historia vulgar; una historia corriente.

-Lavinia, ¡por Dios! ¡No sigas! Lo que me dijiste antes me descolocó. No lo puedo negar. Yo soy así; muy poco previsor; muy del día a día; muy de mirar los problemas al sesgo, quizás por temor a afrontarlos. Y esto no es virtud. Al contrario. Es una pesada carga; una fuente de desasosiegos, de sufrimientos. Pero lo que acabo de oír es lo más sangrante que nunca me dijeron. Jamás pensé que pudieras ser tan cruel conmigo. En cada palabra tuya se escondía un puñal. O una aguja, que es más delicada pero también hace daño; también hiere. Sabes muy bien que ese futuro que con tanta impiedad acabas de dibujar para los dos, es imposible. Ni tú ni yo lo resistiríamos.

-Entonces ¿qué otro futuro puede haber? -preguntó Lavinia, suplicante-.

-No lo sé. Lamento ser así de claro; pero no lo sé. Sólo sé que tiene que haberlo y que juntos lo tenemos que encontrar. Confiemos en que el tiempo, el destino, los dioses y el Camino nos amparen. Pero no vuelvas a decirme que lo nuestro no tiene futuro. Ni siquiera lo pienses, mi bien.

-De acuerdo. De acuerdo. Trataré de hacerlo. Pero ten en cuenta que la arena de nuestro reloj ya va por la mitad, y como no demos con una solución antes de que caiga el último grano, estamos perdidos.

Un silencio, una pausa reflexiva llevó a Lavinia por delante un buen trecho. En un cambio de manos, el bordón se le fue al suelo. Se detuvo a recogerlo y esperó a Andrés. Un cruce de miradas restableció la quietud.

-¡Bueno! -dijo la moza-. Ahora alegremos las caras, que para tristeza la del cielo. ¡Observa que nubes tan negras! Esto lleva trazas de rematar en diluvio.

A la entrada en Población de Campos, el cielo era de cierto una amenaza de negruras y de aguas. Empezaba a correr ese aire fresco premonitorio, pregonero de las grandes tormentas de estío. Pensaron que lo mejor era aguardar allí a que el cielo descargase y no exponerse a que las aguas les pillasen en descampado. Lo más sabio era buscar un cubierto y esperar. Por la sirga que atraviesa el poblado no se veía ni una balconada ni resguardo alguno que pudiese prestarles amparo. Torcieron a la derecha buscando una zona más habitada, más acogedora. Dieron con lo que podía ser un buen cobijo: una casa con solanera generosa. Debajo de esta solanera ni siquiera los vientos podían meter aguas. A los lados de la puerta que centraba aquel abrigo, dos muros de piedra sostenían unos ajardinados de begonias. Los muros eran anchos. En uno depositaron las mochilas; en el otro sentó Andrés apoyando la espalda en la pared. Lavinia se acomodó entre sus piernas. La cabeza caída sobre el hombro del compañero imploraba ternuras. Él la besó y la abrazó por debajo de los pechos, cruzando las manos sobre su vientre liso, caliente, vivo, dulce, enamorador. Así permanecieron a la espera de que las nubes rompiesen; así estuvieron sin hablar más que con la piel, hasta que unos pasos con cadencias peregrinas les rescataron de aquel ensimismamiento. Eran los pisares de Rosa que también venían buscado abrigo. El caprichoso azar los reunía de nuevo.

-¡Qué bien! -saludó la rapaza brasileira-. ¡Qué alegría encontraros! Pensé que tendría que pasar sola la tormenta. ¡Con el miedo que me dan!

-¡Buenos días! Ven. Sienta aquí con nosotros.

L.A. deshicieron la compostura y sentaron en el muro con las piernas colgando. Rosa se acomodó al lado de Lavinia.

-¿Cuánto tiempo tendremos que estar aquí? –preguntó la recién llegada-.

-Por ahí viene un paisano –advirtió Andrés-. Le voy a preguntar a él, que de estas cosas que caen del cielo las gentes del campo saben mucho.

El hombre bajaba la calle con un cigarro en la boca y dándole a un mechero de yesca con una larga mecha anudada. Por los modos, aquel debía ser el primer pitillo del día; ese que produce el placer que ya los otros no dispensan. Andrés salió a su encuentro.

-¡Con Dios, buen hombre! ¿Cree usted que tardará mucho en romper la tormenta?

El paisano le miró; miró a las mozas; miró al cielo, y sin detenerse susurró.

-¡Psssh!

-Andrés regresó junto a ellas sonriendo.

-Pues sí que nos aclaró mucho.

No tardó en aparecer otro lugareño. Venía en dirección contraria, cuesta arriba. Llevaba un caldero con leche recién ordeñada. Andrés probó suerte de nuevo.

-¡Buenos días! ¿Tardará mucho en descargar la tormenta?

Con un ritual calcado al del otro paisano, le miró a él, miró a las mozas y miró al cielo; pero fue algo más elocuente.

-Cualquiera sabe…

Siguió andando. Caminado un trecho, se detuvo; miró hacia atrás, y concluyó su pronóstico.

-De todas formas, yo de ustedes esperaría. Están en buen sitio. Arriba tienen el bar y dentro de poco les abrirá. ¡Buena suerte!

No habían pasado cinco minutos cuando abrió el bar. Entraron y aprovecharon para desayunar. Al poco, un luminoso relámpago seguido de un sonoro trueno anunciaba a toda Tierra de Campos el comienzo de la tormenta. No duró mucho. Apenas el tiempo que Lavinia, Rosa y Andrés tardaron en despachar los cafés y las tostadas. Pero fue intensa.

-Si llega a pillarme a mí sola por esos caminos, me da algo -comentó Rosa, feliz de encontrarse allí al amparo del bar y de los amigos-.

Hasta Villasirga, o Villalcázar de Sirga que es su nombre completo, caminaron los tres peregrinos sin pausas. Salieron apenas escampó, aún con el cielo cubierto. Tres quilómetros más adelante, por Revenga, el cielo era ya un mar azul sin una sola mancha de nube. Rosa les fue haciendo la crónica de lo que había pasado en San Bol la noche del "happening", después de que ellos marchasen; de como Antón y Agneta habían tratado de convencer a la joven pareja para intercambiar retoces y holganzas, y de cómo la muchachita se pasó la noche sollozando.

-A mí me dio mucha pena. Se la veía tan desvalida... No sé cuántos años tendrá, pero aparentar no aparenta más de diecisiete. Parecía muy enamorada de su compañero, y su compañero parecía no despreciar la posibilidad de dejarse llevar por la sueca. Esto le hacía sufrir doblemente. Sufría por ella y por el mozo, y también por los excesos de hachís, de sangría y de licor café. Sus sollozos salían con sordina, que aún duele más. Quise acercarme a su litera y hablar con ella; pero tampoco yo estaba para muchas consolaciones. Suficiente tenía con defenderme de Luis, que dentro de aquel río tan revuelto debió pensar el hombre que bien podría sacar alguna ganancia conmigo.

También relató como Claire y Pablo cogieron sus sacos de dormir y volvieron al descampado. Los dos hablaban de lo mucho y bien que allí brillaban las estrellas. Lo que no especificaron fue si las estrellas eran reales o ilusorias; si eran soles o eran luminarias de esas que sobrevuelan el placer y estallan cuando éste culmina.

Les contó también como María, enloquecida por los excesos, terminó revolcándose por la hierba totalmente desnuda. Hubo que meterla en el estanque, secarla, arroparla y cuidarla.

-De todo eso me ocupé yo, porque lo que pretendían Luis, Antón y el propio Pedro, era aprovecharse de la indefensión de la moza. Si no fuese por ella y por la muchachita, seguramente yo habría salido detrás de vosotros; pero alguien debía cuidar de ellas.

-¿Y qué fue de Lucio? -preguntó Andrés-.

-No supimos nada de él. Al volver al campamento después de despediros, ya no le vi. Y la verdad es que nadie se preocupó de su suerte.

Villasirga es un pueblo pequeño con una iglesia grande; una iglesia grande e importante. En su tiempo fue una de las tres únicas encomiendas templarias del Camino. Por ella pasaron reyes y plebeyos, obispos, santos y pecadores, y en ella se venera la imagen sedente de la Virgen Blanca regalándole regazo a un Niño que el tiempo había decapitado. A esta Virgen, según dicen la más milagrera del Camino, le dedicó el rey poeta una docena de sus Cantigas. Lavinia, que desde la visita a Eunate había adquirido la sana costumbre de repasar cada tarde las guías de Andrés para informarse de lo que al día siguiente podrían ver, saltó de alegría al divisar la imponente mole de aquel templo-fortaleza destacando poderosa sobre los tejados de la villa.

-¡Qué ganas tenía de llegar aquí! Por las fotos que vi en los libros, la iglesia debe ser una pasada.

El templo no defrauda ni por fuera ni por dentro. Desde la calle, desde las escalinatas y desde debajo de la arcada por la que se accede al interior, los tres peregrinos miraron y remiraron; pararon y comentaron y disfrutaron de aquella belleza austera del románico templario. Ya dentro, sentaron frente a la enrejada capilla de Santiago que guarda la imagen da le Virgen milagrera. No había nadie más; estaban los tres solos. Cada uno para sí y a su modo, le agradecían a la Virgen Blanca los favores del Camino. Lavinia el haber conocido a Andrés; Andrés el haber conocido a Lavinia, y Rosa el haber conocido a los dos… En este estado de recogimiento estaban cuando el silencio del recinto quebró en trovas. Al frente de una amplia corte de sabios, de poetas, de traductores y de cantores, entró el rey Alfonso, señor de Castilla y de León, hijo del rey santo, cantando los milagros de la Virgen de Villasirga. Ocupó la comitiva los asientos alrededor de los peregrinos mientras el rey castellano tañía su rabé al pié de la reja.

Cantó cómo Santa María se había hecho con el buey que un aldeano de Segovia no le quería entregar después de prometérselo. El animal descansaba a los pies de la imagen, y el aldeano loaba las maravillas de la Virgen por haberle librado de los lobos que le devoraban y mal-mordían el ganado, y se arrepentía de su incumplimiento.

Cantó también cómo Santa María acogió y curó a un buen hombre alemán que llegó lisiado a Villasirga. Y allí estaba el tullido llorando a los pies de la Virgen, abandonado por otros caminantes que lo habían llevado consigo hasta Santiago. Camino de vuelta decidieron no cargar más con él y dejarlo allí, en Villasirga. Pero Santa María atendió los lamentos del lisiado y le sanó, y el buen hombre alemán retornó a su tierra cantando los milagros de la Virgen Blanca.

Y cantó asimismo cómo Santa María había guardado su iglesia de los moros que la querían destruir, y cómo hizo que todos ellos quedasen ciegos y tullidos. Y allí estaban los moros llorando su desgracia y muchos de ellos pidiendo bautismo, que aquel milagro a muchos había convertido.

Y así terminaba el décimo de los Alfonsos de Castilla su trovar:

"Romeus que de Santiago
Ya forun-lle cantando
Os miragres que a Virgen
Faz en Vila Sirga".

Pronto la iglesia volvió a quedar en silencio, y los tres peregrinos mirando admirados la pétrea imagen de la Virgen Blanca que tan hermosas cantigas le había inspirado al rey poeta. Lavinia y Andrés mantenían memoria de lo que allí acababan de ver y oír. Para Rosa fue como un sueño liviano y pasajero.

Al salir de la iglesia tropezaron con un muro de aire caliente que casi les hace desistir del propósito de reemprender la marcha. Hasta Carrión aún quedaban siete quilómetros de sudores y de soles; siete quilómetros que las dos mozas hicieron, a trechos acompasadas al andar de Andrés y a trechos brincando por delante, como si aquel calor que freía a los pajarillos en el aire no fuese con ellas. Él, que se derretía en aguas e iba regando de sudores la vereda, se quejaba del descaro de las mozas desafiando termómetros. Y Rosa aún lo incomodaba más.

-Pero por Dios, Andrés. Si con estas temperaturas en Río no salimos a la calle sin abrigo.

-Menos chanza con este peregrino que es de tierra de lluvias y de calores soportables. Vosotras brincad, brincad, que ya reiré yo cuando os dé un desmayo.

La verdad es que daba gusto verlas brincar. Tan distintas y tan hermosas; tan juveniles; tan llenas de vida y de capacidad de vivir. Eran dos gacelas gozando de todo y en plenitud; gozando del hecho de ser, de sentir, de querer, de sufrir, de estar allí. Pero quien más gozaba era Andrés viéndolas a ellas brincar y pensando que qué suerte la suya. Un mes antes, tan sólo un maestro sin mayores horizontes; hoy, un hombre nuevo transformado por el querer de aquella muchachita que iba delante trenzando aires y esperanzas de nuevas vidas. "¿Qué Camino era aquél?" A esta inquietud procuró Andrés no responder. No había por qué introducir censuras en medio de tanta magia.

Todos los caminantes saben muy bien que las alegrías acortan las distancias. Con estas brincaderas, Carrión fue conquista fácil. Casi se les vino encima. A la entrada de aquella villa condal, el convento de Santa Clara levanta sobrio, solemne y cuidado. Lavinia mostró interés en visitarlo, en especial su museo que entre otras valiosas piezas guarda una hermosísima "Piedad" de Gregorio Fernández. Un patio enlosado a modo de vestíbulo, con dos frentes cubiertos y un crucero al centro, recibe a los peregrinos que desprenden mochilas y aprovechan para calmar sed y calores en una máquina de refrescos. Frente al portalón de acceso, en un pequeño cuarto con expositor, una monja vende postales, camisetas y pastas de Santa Clara. Andrés compra pastas para obsequiar a sus compañeras de viaje.

-¿Quedarán a dormir aquí? -les preguntó la monja-.

-¿Acogen también peregrinos?

-No podemos llamarle albergue; pero disponemos de unas treinta camas con sábanas limpias y toallas limpias; de cocina con cacharros y vajilla; de lavadora; de pilón para lavar a mano, y de varias duchas. Lo que cobramos es casi simbólico.

Al oír hablar de sábanas limpias, a Lavinia y a Rosa se les iluminó el contento.

-¡Sábanas limpias! ¡Qué gozada! Ya no recuerdo -exclamó Rosa-.

-Pues no le demos más vueltas. Si queréis nos acomodamos aquí -dijo Andrés-.

-De acuerdo.

-Conforme.

-Entonces acompáñenme. Les muestro el cuarto y ya pueden dejar las mochilas, ducharse, lavar la ropa o lo que quieran.

Era habladora la monjita, una mujer de unos sesenta años sin duda acostumbrada al trato con peregrinos.

-¿De dónde son?

-De Cataluña, de Galicia y de Brasil. Ya ve. Una pequeña Babel -contestó Andrés-.

-¿Quién es de Galicia?

-Yo soy de Galicia. Vengo del punto final de las peregrinaciones, de Santiago. Estoy haciendo el camino de vuelta.

-La suya es una peregrinación un poco rara. ¿No es cierto?

-Es que mis motivaciones también son raras. Yo no persigo un sepulcro, que sé muy bien donde se encuentra y que visité muchas veces. Voy en busca de cosas que fui perdiendo por la vida. En esas ando.

-¡Ay, hijo mío! No me hable usted así que no estoy yo para esos belenes. La vida en un convento es mucho más sencilla que todo eso. Y se me da que puede serlo también fuera del convento. Lo que pasa es que muchas veces somos nosotros mismos quienes la complicamos. Mire, no me pregunte por qué, pero tengo el pálpito de que su vida está bastante enredada. ¿O no?

Sorprendido por aquella salida y con el retraimiento de quien se siente pillado, Andrés asintió con la cabeza. El diagnóstico de la monja había dado de lleno en la herida.

En el estrecho corredor que comunica todas las dependencias del albergue, cruzaron con un mozo que debía andar rondando los treinta. Pantalón corto, camisa india, barba no muy cuidada, pelo abundante y revuelto, enjuto de carnes, ojos oscuros y siempre al acecho. La primera impresión que causó en Andrés fue la de un mozo... quizás cultivado, pero de vuelta de muchas vivencias y de muchos excesos. Lavinia y Rosa lo vieron como uno de esos irresistibles tímidos que andan por la vida seguros de que no hay mujer que no puedan cautivar.

-¡Buenos días! -saludó cortés a la monja y a los peregrinos, inclinando levemente la cabeza-.

La hermana clarisa les condujo hasta un cuarto con cuatro camas. Una estaba hecha; las otras tres, con un juego de sábanas blancas recién repasadas encima, y una toalla de baño también blanca y suave como lana de cordero. Andrés y Lavinia no disfrutaban de tal cosa desde Irache. Rosa, desde que empezó el Camino. La habitación estaba huérfana de lujos, pero se veía limpia; olía a limpio.

-Pueden ocupar estas tres camas. Al que duerme en la otra ya le conocen. Acaba de saludarles en el pasillo.

Las mozas se miraron buscando consensuar una respuesta de escape. Fue Lavinia quien se expresó.

-¡Vaya por Dios!

-¿Pasa algo? -preguntó la hospitalera-.

-No; nada. ¿Qué va pasar? -terció Rosa-.

-Si es por el joven que va a compartir cuarto con ustedes, no se preocupen -aclaró la monja-. Quizás su aspecto no sea de los que inspiran confianza de primeras. Pero no tienen nada que temer. Aunque no lo parezca, es un cura. Se llama Agustín. Viene de Madrid y es muy estudiado.

Los tres se miraron con un claro gesto de "quién-lo-diría".

También Carrión andaba en fiestas por aquellos días. No les resultó fácil encontrar mesa para tres en las terrazas de la plaza del Ayuntamiento, donde la banda de música daba concierto de mucha zarzuela con un algo de Villa-Lobos. Unas bachianas que enseguida Rosa reconoció por su RH brasileiro; por aquellos aires de canción en los que Villa-Lobos mezclaba el espíritu folklórico de Bach con el alma danzante de su tierra.

Comieron en un mesón, casi frente por frente de la casa en la que seiscientos años atrás había nacido uno de los más ilustres hijos de Carrión, Íñigo López de Mendoza, Marqués de Santillana, tal como reza una marmórea inscripción, clavada en la pared de lo que ahora son unas prosaicas oficinas bancarias metidas en la vivienda de quién fue tan grande poeta.

-¿Conoces -le preguntó Andrés a Lavinia- los versos de la Vaqueira de la Finojosa?

-No.

-Pues posiblemente se trate de la pastoral más hermosa de las lenguas hispanas. La escribió el hombre que nació en esa casa.

"Moça tan fermosa
Non vi en la frontera,

Como una vaquera
De la Finojosa".

-Cuenta la historia -continuó- de un encuentro que el marqués-poeta, haciendo la vía del Calatraveño, tuvo con una moza hermosa y donosa que cuidaba de un rebaño junto con otros pastores. Y habla de cómo el poeta quedó prendado de ella, y de cómo ella le dio a entender que no andaba deseosa de amores. Es una historia hermosa y triste, como la vida misma.

Mientras comían, Andrés les recitó el poema completo. Lavinia lo miraba cautivada y orgullosa de sus saberes. Rosa escuchaba con los ojos cerrados para no perder palabra y también para no delatarse. Los tres estaban poseídos por las mismas ansias, las mismas palpitaciones, los mismos sentimientos. Ninguno lo quería admitir ni manifestar, pero por veces el grupo parecía tomar trazas de triángulo.

Para la cena compraron pasta y tomate y fruta y vino y pan. Lavinia estaba dispuesta a ensayar unos macarrones en la cocina del convento. Invitaron a Agustín, su compañero de cuarto, aquel cura que no parecía cura. Lo encontraron en el patio de las clarisas metido en lecturas.

Durante la cena, Agustín les contó que aquél pasaba por ser el primer convento que las clarisas habían fundado en España; que lo habían levantado dos discípulas de Clara de Asís y que en él se alojó el propio Francisco de Asís, camino de Compostela.

Tenía un hablar pausado, seguro, concreto, bien construido y convincente. Sin duda había sacado provecho de las clases de retórica y oratoria del seminario. Cuando Agustín hablaba no necesitaba reclamar la atención del auditorio; la atención prendía rápido en él. Antes de recibir el presbiterado había ampliado estudios en Roma, y una vez ordenado cursó en la Escuela Bíblica y Arqueológica de Jerusalén. ¡Cualquiera lo diría! A pesar de su especialización bíblica, no era un cura tradicional.

Estaba más cerca de las experiencias del episcopado brasileiro que de la corrección vaticana; más del lado de la teología de la liberación que de la ortodoxia; más con los pobres de la tierra que con los otros. Mantenía diferencias con su ordinario de Madrid, y aunque éste apreciaba sus inquietudes intelectuales, en alguna ocasión tuvo que recordarle que la Iglesia no era un campo de experimentación. Y también que ningún campo de experimentación había durado dos milenios.

Hubo palabras de elogio para la cocinera que no disimulaba su contento. Los macarrones con tomate, su comida preferida, estaban en el punto, y el clarete con que acompañaron animaba la sobremesa. Andrés, que en algún momento intentó relevar en la palabra a Agustín, pronto cayó en la cuenta de que no merecía la pena; de que sería una porfía dialéctica desigual. De modo que optó por escuchar... y preguntar.

-Mañana pasaremos por Terradillos de los Templarios. Tengo curiosidad por saber más de estos hombres. El Camino está lleno de sus pegadas. ¿Tenían realmente tanta importancia como cabe deducir de los testimonios que fueron dejando atrás? Lo vimos en Eunate y en Torres del Río. También vimos sus "taus" en San Bol y en Itero, en la ermita-albergue de San Nicolás. Hoy mismo Villasirga nos habló de templarios; mañana, si Dios quiere, lo hará Terradillos. Por todas partes, ellos.

-He ahí uno de los tantos misterios de la Iglesia -retomó la palabra Agustín-; otro de los misterios de Occidente; otro de los misterios del Camino. Pero hablar de esto bien merece otro clarete.

Presta, llenó Rosa los vasos. Agustín sacó un paquete de tabaco e invitó. Ninguna de las chicas fumaba; Andrés tampoco, pero en aquella ocasión hizo un extraordinario. El cura mozo que no parecía cura, concentró todas las miradas; todas las atenciones. "Conticuere omnes". Andrés apoyaba la espalda en la pared. Sentadas en el mismo banco, una a cada lado, Rosa y Lavinia colocaron los codos sobre la mesa y la cara entre las manos. Frente a ellos, apostado de perfil, empezó Agustín su lección de historia, de mito, de sabiduría y de sencillez. Poseía el don de la claridad; aquello que Ortega llamaba la cortesía de los filósofos.

-Los templarios nacieron en el siglo XII a la sombra de las Cruzadas. Nueve guerreros franceses que participaban en estas expediciones a Tierra Santa, fundaron la orden que algún tiempo más tarde recibiría la bendición del papado en el concilio de Troyes. El concilio lo promovió San Bernardo de Claraval, uno de los pilares del Císter y que era pariente de alguno de los fundadores del Temple. Esto explica los evidentes paralelismos entre la Regla del Temple y la dura Regla del Císter con sus votos de pobreza, castidad y obediencia. A estos tres, los templarios le añadieron el cuarto voto de los cruzados: el de contribuir a la conquista y conservación de Tierra Santa; de ser preciso, con sus propias vidas. He aquí la esencia de los templarios: mitad monjes, mitad soldados. Ellos se veían a sí mismos como caballeros de Cristo avanzando sin temor. El pecho cubierto por la cota de malla, y el alma equipada de fe; dos protecciones que los ponían a salvo de hombres y de demonios. En los comienzos su función se limitaba a la de policías de los caminos; a la de protectores de peregrinos, sobre todo de aquellos que hacían el peligroso trayecto que lleva del puerto de Haifa a Jerusalén. Su primera sede fue la mezquita blanca de Al-Aqsa que aún hoy se puede admirar en la Explanada de las Mezquitas de Jerusalén. Era creencia, por aquella época, que esta mezquita estaba emplazada en el exacto lugar que había ocupado el Templo de Salomón. De ahí el nombre de templarios que recibieron aquellos nueve primeros monje-soldados, y con el que cargaron sus sucesores a los largo de los siglos que pervivió la Orden. Durante los nueve primeros años no admitieron a nadie más con ellos, lo cual dio origen a la primera de las leyendas que fueron deformando y conformando la historia de los templarios. Dícese que no admitieron a nadie más porque andaban atareados en secretas excavaciones a la busca del Arca de la Alianza, bajo el suelo de la mezquita.

-Con el paso de los años -prosiguió después de encender otro pitillo- fueron acaparando un enorme poder militar, estratégico y económico. Pero con la caída del último reducto cristiano en Tierra Santa, con la caída de San Juan de Acre, los templarios tomaron el camino de vuelta para instalarse en Francia; también lo hicieron a lo largo del Camino de Santiago, que en aquellos años vivía una época de esplendor. Así pudieron seguir protegiendo peregrinos. Había por entonces, al menos, dos Caminos superpuestos; dos formas de entender el Camino. Por un lado estaba el vial abierto por los de Cluny; un camino clerical, tradicional, pícaro, divertido. Por otro lado, el Camino de los soñadores de estrellas, de los druidas, de los celtas; el Camino de las interiorizaciones, de los alquimistas, de los canteros, de las leyendas. Este era el Camino mágico que le interesaba al Temple; no aquel otro cluniacense, más prosaico. A lo largo de él, como decía Andrés, fueron dejando sus huellas, siempre en alianza con los canteros, la masonería de entonces que, por decirlo de una forma entendible, era el sindicato de la construcción de la época.

-En buena parte -continuó luego de remojar el paladar con el clarete-, la historia de los templarios es mito y leyenda. A ellos se les atribuye el descubrimiento de la piedra filosofal y, en román paladino, también la cría de la gallina de los huevos de oro. Hay quien defiende que esta gallina está enterrada precisamente en Terradillos de los Templarios, donde tenían Encomienda. La orden sería prohibida en el siglo XIV por el papa francés Clemente V, a instancias del rey, también francés, Felipe IV, quien ambicionaba las riquezas del Temple... y de paso sacar de en medio a quienes habían llegado a ser más poderosos que él. Para conseguir sus propósitos, el rey Felipe no tuvo inconveniente alguno en propalar falsas acusaciones, como la de que al entrar en la orden los templarios tenían que renegar de Dios mediante un ritual que consistía en pisotear y escupir una Cruz; o la de que entre ellos practicaban la sodomía; o la de que intencionadamente omitían las palabras de la consagración durante la misa. Bajo estas acusaciones pasaron por la hoguera los últimos templarios franceses, mientras sus riquezas iban parar a las arcas del ambicioso monarca. En España, su legado, sus bienes e incluso su blasón, pasaron a manos de los de Calatrava y de los Caballeros de Santiago, unas órdenes a modo de esquejes salidos del tronco del Temple.

La cara que se le quedó a Lavinia era para ver. Ella fue la primera en sacar conclusiones de aquella lección.

-¿Sabes, Agustín? Yo comencé el Camino de Cluny y ahora estoy metida de lleno en el de los templarios.

-Eso es muy habitual entre los peregrinos. Muchos salen a la aventura y, sin quererlo, terminan transformados por la magia de este viático, que es algo más que un camino de peregrinación. A fin de cuentas nadie puede certificar que al final se encuentre el cuerpo del Apóstol. Diría más. Seguro que no está allí. Pero eso es lo de menos. El caso es que uno crea; el caso es fijarse metas y perseguirlas, porque en ese discurrir la vida nos va transformando. Y si la meta, como en este caso, tiene algo de espiritual, lo normal es que esa transformación resulte positiva.

-Yo vine aquí -intervino Rosa- estimulada por la lectura del libro de Paulo Coelho, que también habla de magias.

-¡Oh! -cortó rápido Agustín-. Eso da para otra historia, y hoy ya es un poco tarde.

-Sí. Será mejor ir a dormir que mañana nos espera una dura etapa -concluyó Andrés al tiempo que se levantaba-.

Antes de retirarse, entre los cuatro lavaron los cacharros y asearon la cocina. El cuarto no era muy amplio. En cada esquina, una cama y, en medio, un espacio en forma de "tau" templaria. Apagadas las luces, Rosa se desnudó por completo bajo las sábanas. Quería gozar plenamente del roce del lino limpio en su piel.

Pronto los respirares tomaron los ritmos del sueño. Quien más tardó en dormir fue Andrés. Se sentía tan a gusto con Lavinia y con Rosa y con el nuevo compañero Agustín, que quería alargar aquel gozo consciente.

La capilla del convento de las clarisas estaba vacía. Andrés sentó en un banco del fondo. Rezaba y meditaba en conversación consigo mismo y con Dios, y trataba de visualizar cuál iba a ser su futuro. Estaba metido de lleno en un estadio de ánimo en el que ni hace frío ni calor; en el que ni siquiera sientes al ser que siempre va contigo acompañándote toda la vida. Estaba metido en saudades. Estaba metido en las músicas tristes de la muiñeira de Pontesampaio, que cada vez que las escuchaba lo enredaban en melancolías sin remedio. A sus espaldas, una amplia celosía separaba las bancadas de los fieles del oratorio de las religiosas. También éste estaba vacío, Andrés seguía rezando, meditando e imaginando su vida al lado de Lavinia. "¡No podía ser malo!". Lo malo era que ni su mujer ni sus hijos lo iban entender así. Y eso le intranquilizaba.

La monja hospitalera que los había atendido cuando llegaron al convento, lo sacó del trance.

-Éstas no son horas de estar aquí. Dentro de muy poco entrarán las novicias para los rezos. Mañana profesan a primera hora, y esta noche la pasarán en vela, vigilando y rezando como Cristo en el Huerto de los Olivos antes de la Pasión.

-¿Y no puedo quedar discretamente en una esquina?

-Pero sin hacer ruido, ¿eh?

La monja desapareció tan sigilosamente como se había presentado. Al poco, unos pasos menudos, casi inaudibles, sonaron en el oratorio. Andrés no pudo resistir la curiosidad y miró atrás. Palideció; se puso tenso; su corazón entró en taquicardia. No podía ser. ¡Aquello, no! ¡Así, no! Frotó los ojos. Se arrodilló. Volvió a frotar los ojos y volvió a mirar atrás. ¡Era ella! No cabía duda. Y ella ni siquiera se había fijado en él; ni había reparado en su presencia. Y de haber reparado ¿lo habría reconocido?... No podía soportar esa duda que le atormentaba. Se levantó; se acercó a la celosía; se agarró a ella con fuerza; la sacudió, y gritó.

-¡Lavinia! ¡Lavinia! ¡Mírame!

Ella ni se inmutó. Arrodillada en su reclinatorio, recogida, la cabeza baja, parecía ausente. ¡Qué hermosa estaba envuelta en sus ropas de novicia! Ropas blancas con toca oscura.

-¡Lavinia, por Dios, mírame!

Nada. Nadie reparaba en él ni en su escándalo. Como si no existiese.

-¡Lavinia! ¡Lavinia!

Cada vez levantaba más la voz. Lavinia dirigía el rezo.

-Virgo clemens; virgo fidelis; mater amantísima...

Andrés salió corriendo de la capilla; llegó al patio; subió al pedestal que sustenta el crucero y empezó a gritar a todo pulmón.

-¡No! ¡No! ¡Esto no! ¡Dios, no me la puedes robar! ¡Mejor róbame a mí la vida; pero no me dejes sin ella! ¡Laviniaaaa...!

Lavinia salió al patio. Seguía de blanco, pero ya sin toca. Andrés bajó del crucero. Los dos corrieron a encontrarse. Despacio, muy despacio. Los pies no tocaban losas. La distancia era corta; pero nunca llegaban. Con los brazos abiertos trataban de abrazarse; pero nunca llegaban. Se miraban sonriendo, buscándose, deseándose; pero no llegaban. Las manos casi se tocaban; faltaba nada. Los cuerpos inclinados hacia delante, los corazones hacia delante, la vida por delante; pero no llegaban. Sonó una alarma. El reloj de Andrés avisaba de que era hora de levantarse. Agustín ya no estaba. Despertó a Lavinia; despertó a Rosa, y los tres se prepararon para partir.

Era muy temprano y muy de noche. El pueblo aún dormía. Hacia las afueras, por el río Carrión y por el monasterio de San Zoilo, algunos mozos y mozas alargaban la verbena por su cuenta. Una pareja aún agitada salía de un prado. Al cruzar con los tres peregrinos la moza se turbó. Otra pareja, arrimada a los muros del monasterio, se besaba con pasión, quizás como prólogo o tal vez como guinda. Andrés, Lavinia y Rosa comentaban aquellas alegrías festivas mientras la villa condal iba quedando atrás. Por delante, hasta Sahagún, algo más de 32 quilómetros por tierras ásperas y horneadas; tierras sin horizontes, sin alegrías, sin músicas.

La alborada les saludó llegando a las ruinas de la abadía de Benevívere, el último y refrescante reducto de verdor que iban a ver en toda la jornada. Cuando iniciaban las soledades de aquellos campos de horizontes planos, de horizontes falsos, a lo lejos vieron a alguien en cuclillas fumando un cigarrillo. El sombrero calado y la cabeza baja le disimulaban la cara. Vestía pantalón muy corto y un poncho andino. Rosa empezaba a cojear. Llevaba un pie quejoso. Al acercarse, el que estaba en cuclillas levantó la cabeza. Al ver a Rosa cojear, le dijo.

-Tengo un remedio para ti. Es infalible.

El agachado era Agustín. Sacó de la mochila dos onzas de chocolate y se las dio a la moza. Ésta echó a reír y sentó a su lado. Lavinia y Andrés también se detuvieron.

-Si queréis seguir, seguid -les dijo Agustín-. Quedo yo con Rosa. Cuidaré de ella.

-Sí. Seguid -recalcó Rosa-. Espero que esta tarde nos veamos en Sahagún.

Agustín le desató la bota; le estiró el pie; se lo giró suavemente. Rosa no daba muestras de dolor.

-Nada -sentenció Agustín-. Algún músculo perezoso que tarda en despertar. ¡Seguid! ¡No os preocupéis!

Se despidieron. De nuevo, Lavinia y Andrés solos en medio de aquella inmensa soledad. El camino era recto, monótono, plano; de los de andar de prisa, sudar mucho y hablar poco. Pronto el sol empezó a incomodar, y alrededor de los peregrinos todo era nada. Los paisajes se perdían en la curvatura terrestre, y hasta los pájaros huían del cielo. A lo lejos, muy a lo lejos, una mancha oscura; una sombra que parecía árbol.

-Debe ser la encina de la que hablan los libros -dijo Lavinia-. Así que no te hagas ilusiones que aún habremos de andar una hora hasta llegar a ella. Dicen que éste es el tramo de las ilusiones; de las falsas esperanzas. ¡Ojalá no sea una premonición!

-¡Quita, quita! Ya me llegó con el sueño que tuve esta noche.

-¿Qué soñaste?

Lavinia se colocó a la par de Andrés y le cogió la mano. Él le contó el sueño con detalle.

-Así que es cierto que me quieres mucho…

La moza echó el sombrero hacia atrás y le besó bajo la oreja. Volvió a colocar el sombrero y siguieron andando. Al fin llegaron a la encina, la única sombra en muchos quilómetros y ni siquiera estaba al lado del camino. Pasaron de largo. Los campos segados humeaban aire caliente. El sol era cada vez más cruel.

-Nos acercamos -comentó ella después de dejar atrás Calzadilla- al punto que las guías marcan como equidistante entre Roncesvalles y Compostela. A partir de ahí tendremos que empezar a restar quilómetros… y días… y sueños.

-Esperemos que no; esperemos que esa resta nos conduzca a nuestra estrella. No desalientes, bonita, que las restas no siempre son negativas.

Efectivamente, el punto medio del camino de Roncesvalles está a las puertas de Ledigos. Desde allí a Terradillos, poco más de un quilómetro interminable. Terradillos de los Templarios puede en verdad presumir más de nombre que de pueblo. Es un lugar seco, viejo, triste; del color del barro, de la ceniza y del descuido. A la hora en que L.A. alcanzaban las primeras casas, el cielo ardía, el aire hervía, y la tierra quemaba. Silencio; todo silencio. Las gentes… ¿había gentes?... debían estar al fresco en aquellas toperas de basto adobe marrón. No eran horas para que cristiano alguno anduviese a descubierto. Andrés, de piel más morena, no tanto; pero Lavinia tenía las mejillas tan encarnadas que de un momento a otro podían romper en llamas. Así que, tan pronto vieron clavada en un poste una fina y sagitada tabla indicando la proximidad de un albergue, tomaron esa dirección dejando a un lado el camino que lleva a Sahagún. Primero, la vida; luego, las metas.

A la entrada del albergue, una gran "tau" sobre una pared encalada recordaba a los caminantes que estaban pisando tierra de templarios. El albergue era una casa particular que atendía a peregrinos a precios razonables, y también entretenía los ocios de los lugareños. La verja de acceso daba paso a una zona ajardinada, con cuidado césped, frutales, mesas sombreadas, pozo con pilón para la colada y tendedero. Un matrimonio joven atendía el establecimiento. Ella, graciosa de cara y de cuerpo, llevaba el peso de la cocina, de los dormitorios y de los clientes. Tenía una sonrisa cautivadora que sabía poner al servicio de sus menesteres. De este modo recibió a los peregrinos.

-¡Buenos días! Dejad la mochila y refrescaros en el pozo, que estáis a punto de encender.

-Gracias; muchas gracias.

Andrés llenó una tina de agua. Los dos se remojaron hasta quedar pingando, pero más a gusto que dos mirlos jugueteando en el borde de un estanque.

-Esto sólo se podría mejorar con una cerveza bien fría -dijo Andrés expresando más un deseo perentorio que un propósito-.

-¿Cerveza para los dos? -preguntó la mesonera-.

-Yo prefiero una botella de agua fría -respondió Lavinia-.

Al momento estaban servidos. Tumbados a la sombra de un almendro, gozaron de los sencillos placeres del descanso, de la sombra, del olor a hierba regada y de la bebida fresca.

-¿Estás pensando lo mismo que yo? -le preguntó Andrés a su compañera pasado poco tiempo-.

Él seguía tumbado. Sentada a su lado, ella le pasó la mano por la cara; luego, en un gesto muy suyo, humedeció los labios con la lengua y apuntando una media sonrisa le dijo.

-¿Quieres que quedemos?

-Decide tú.

-Entonces quedamos. ¿Por qué ir sufriendo por ahí si aquí se está tan bien, tan a gusto?

Complacido, Andrés le devolvió la sonrisa, la caricia, y se fue a buscar otra cerveza y otra agua.

Dentro del local, en el espacio que hacía de comedor, de bar y de parlamento, una cara conocida. Lucio… ¿quién si no?... recibió a Andrés con la expresión del que espera la llegada de una visita anunciada.

-¡Hola! ¡Buenos días, Andrés! Estaba seguro de que caeríais por aquí. ¿Cómo os va? ¿Hacéis progresos?

-¡Hola! Nos va bien.

-Ya sabes que estoy aquí para ayudar en lo que pueda.

-Gracias; pero se me da que habíamos de pagarlo caro.

-Insisto. Siempre a vuestra disposición.

Al servirle las bebidas, la mesonera le preguntó a Andrés si pensaban quedar a comer y a dormir.

-Quedamos, que los de hoy no son calores para humanos.

-Entonces descansad. Dentro de unos minutos os acompaño al dormitorio y podréis ducharos. El cuerpo os lo agradecerá.

Les dio a escoger entre un dormitorio de diez literas en la panta baja y una habitación con dos camas en el piso de arriba. Escogieron la habitación.

Tanto calor le ablandó los pies a Lavinia. Después de la ducha Andrés le pidió que se tumbase en la cama; una cama con sábanas. La segunda noche consecutiva que iban a dormir entre sábanas. Lavinia retiró la colcha para sentir el contacto del lienzo limpio, y se tumbó como le había pedido Andrés. Vestía sólo un pantaloncito corto. Allí acostada, fresca, espléndida, alegre, luminosa, modelo incopiable de belleza, ralentizó el tiempo de su compañero que tuvo que tirar de templanza para no caer con ella en el lecho y entregarle la vida a golpe de caricias, de pieles y de besos. "¡Templanza, Andrés, templanza!", pensaba él. "¡Ánimo, mi bien, ánimo!", pensaba ella. Y los pensamientos iban y volvían de una a otro y de otro a una libres de cadenas. Él soñaba otro marco; otro momento en el que se oyese la magia y les envolviesen músicas nunca tocadas. Ella estaba preparada y deseosa e impaciente por fundirse en un amor pleno con su amado. Y estos pensamientos bailaban entre los dos, arropados con los más tiernos mirares.

Le sanó los pies. Se levantaron, se abrazaron, pararon a vida, y en silencio, quietos, imaginaron paraísos. Lavinia vistió una camiseta. Cogidos de la mano bajaron al jardín.

Allí estaban ya Rosa y Agustín, y María y Pablo y Claire. Primero habían llegado el cura y la brasileira, y al poco los otros tres que aquella noche, en Carrión, habían dormido en una acampada para peregrinos al lado del río, cerca de San Zoilo. Bueno, dormir habían dormido poco; lo que les dejaron los mozos y mozas del lugar, que acabada la verbena bajaron hasta las riberas del Carrión para prolongar fiestas y enredadas furtivas.

Todos llegaron echando mano de la reserva de fuerzas que les quedaba, envueltos en sudor y en ganas de huir de tanto sol. Ninguno había pensado en quedar a dormir allí. Si acaso, parar a comer, dejar pasar el calor más fuerte y acercarse a Sahagún por la tarde. Trece quilómetros a buena marcha se pueden cumplir en dos horas y media. Pero al ver allí a Andrés y a Lavinia, ya limpios, descansados, recién duchados y frescos, Rosa se animó a quedar con ellos; también Agustín. Pablo se mantuvo firme en la idea de ir a dormir a Sahagún. Quiso convencer a Claire, pero la francesa no se dejó. Aquel jardín, aquel frescal, el reencuentro con Andrés y Lavinia y Rosa, eran tentación muy grande como para no caer. Le costó su trabajo, pero al fin Pablo consiguió que María se prestase a acompañarlo. De todos modos, quedaban a comer.

Quien había vuelto a hacer mutis era Lucio; cada vez más aparición, más misterio, más enigma. L.A. llegaron a pensar que era el mismo demonio, o su representante en la tierra. Esta cábala no concordaba con la razón. Pero ¿de qué otra forma interpretar aquellas huidizas apariciones; aquel brillar de ojos; aquellas insinuaciones? ¿Cuándo lo volverían a ver? Seguro que muy pronto; a la vuelta de cualquier descuido.

Comieron los siete en una mesa redonda. Todos se podían ver las caras. Pablo era un buen animador; ligero en los hablares. María, también graciosa en el decir, acompañaba bien. Agustín era la mesura. Según rolase la conversación, uno u otro, Pablo o Agustín, tomaban el timón. Andrés procuraba hacer de puente. Claire se empeñaba en la causticidad, en especial cuando se dirigía a Pablo. Era fácil advertir que, desde San Bol, la relación Pablo-Claire había sufrido algún deterioro. Las más calladas eran Lavinia y Rosa, quizás porque las dos eran despiertas; porque las dos estaban deseosas de aprender; porque las dos eran como esponjas de la vida. La conversación fluía con naturalidad, amena, sin silencios, sin pausas. Iba del cuento a la anécdota; de la gracia al apunte; del chiste a la ilustración. Todos estaban tan a gusto que la sobremesa se prolongó en cafés hasta bien entrada la tarde. El estado de concordia era tal que Pablo, después de asumir su propio trasacuerdo, tuvo que reconvencer a María de que lo mejor era pasar allí la noche. Su empeño en llegar a Sahagún aquella misma jornada era porque en dos días más quería plantarse en León. Andrés le razonó que eso también era posible durmiendo aquella noche en Terradillos. Él mismo tenía previsto llegar a León en dos etapas. Lo malo era que aquellas horas ya sólo quedaba una cama. El problema se resolvió colocando un jergón en el suelo del cuarto de Lavinia y Andrés. Rosa dormiría con ellos.

La tarde fue desgranándose entre siestas en el jardín, lecturas y tertulia. Antes de la cena los siete salieron a pasear el lugar y a ver la puesta de sol desde un alto. "Una puesta en estos llanos de Castilla alegra los sentidos", les había sugerido la mesonera.

Aquel sol tan cruel durante el día, llegado al ocaso transmutaba en sinfonías cromáticas, impresionistas; en cascadas acústicas, barrocas. En su agonizar les señalaba a los peregrinos el camino a seguir; el Camino de la vida, de la belleza y del fin. Mirando todos hacia la línea de poniente, el grupo figuraba un cuadro de Gauguin: caras rojas; sosiego idílico, pastoral, de Tahití. Al desaparecer el sol, el horizonte quedó teñido en oro.

-Esto debe ser cosa de la gallina que por aquí enterraron los templarios -apuntó oportunamente Lavinia-. Sólo que los huevos de oro ya no están al alcance de los humanos. Ahora son cosa de los dioses que a las atardecidas los baten en el horizonte.

-No lo digas dos veces -le advirtió Agustín- porque esa sugestiva observación que haces bien podría pasar a agrandar la leyenda. Al fin y al cabo una leyenda no es más que un modo de tapar nuestra ignorancia con imaginación.

Pablo, Claire y María se interesaron por la historia de la gallina. Agustín se la resumió mientras retornaban al albergue.

La cosa se prestó a chanza durante la cena cuando la mesonera les sirvió gallina asada.

-Si la gallina está encima de la mesa, habría que rebuscar los huevos de oro por debajo -apuntó Pablo-.

-Algún huevo encontraríamos -continuó María con chacota-, ¡pero de oro...! No sé, no sé.

-¿No pensarás que tú eres el depositario del tesoro? -le dijo Claire a Pablo dirigiéndole una mirada entre pícara y mordaz-.

Durante la cena hablaron, sobre todo Pablo, María y Claire, de intrascendencias del Camino. Agustín observaba sin implicarse en aquella corriente de superficialidades. Al llegar a los cafés se produjo un silencio de transición. Las miradas de la mesa fueron haciendo de Agustín el centro. Aquel curita instruido, generoso; descuidado en las apariencias, pero atractivo, reunía las cualidades intangibles de los líderes. Era observador, analítico; contundente en sus observaciones; nada desdeñoso con los demás, pero implacable con la torpeza presuntuosa. En el modo de decir tenía la calma sedosa y brillante de los buenos predicadores, pero con la virtud de un argumentario convincente.

-¡Hay que ver los pocos que somos y sin embargo, qué grupo tan heterogéneo! -dijo Agustín aceptando el reto de la palabra-. ¡Qué circunstancias más extrañas propicia la vida! Hace un mes ninguno de nosotros nos conocíamos, y ahora aquí estamos compartiendo y en confianza. Entre algunos incluso se han tejido lazos importantes de afecto. Pues, compañeros, esto es la vida: un continuo e imparable discurrir cara a una meta, en ocasiones sin demasiado tino. En ese discurrir, un montón de acasos van conformando nuestro vivir. Y si en lugar de la vida hablásemos de peregrinaje sería lo mismo; un continuo discurrir cara a una meta. En esencia, desde que nacemos hasta el momento mismo de abandonar este camino que es el existir, la vida no es más que un peregrinaje; un peregrinaje en busca de una meta, que no para todos es la misma. Esto es fácil de cotejar. Si nos confesamos; si nos sinceramos, veremos que cada uno de nosotros llegó al Camino buscando algo distinto a lo de los demás. Todos podemos dar una explicación de por qué estamos aquí; pero de seguro que serán explicaciones bien diferentes; motivaciones distintas.

-Estoy de acuerdo con lo que propone Agustín -apostilló Andrés-. Sería un bonito ejercicio confesar que fue lo que nos trajo hasta aquí.

Todos asintieron. María, en un gesto muy propio, muy teatral, se levantó y pidió abrir el turno de intervenciones. Aquella menuda y bonita zamorana sabía adornar muy bien su gracioso decir con pícara mirada y con composturas que combatían indiferencias. Un hombro más alto que el otro; las caderas scherzando sugestiones, y los labios y los ojos dibujando una media sonrisa y destilando ansias de vida y de gozos. Podía parecer una serpiente imantando a su presa o... una complaciente odalisca. Pero todo esto no era más que fachada; detrás se ocultaba mucha inseguridad.

-Yo vine para olvidarme de lo que fue una hermosa aventura sentimental; una aventura con un final precipitado y amargo. Pensé que andando y sufriendo, y conociendo nuevas tierras y nuevas gentes cada día, se me iría yendo esta amargura.

-¿Y lo lograste? -le preguntó Rosa-.

-Pienso que estoy en el buen camino.

Con un gesto, Agustín invitó a Pablo a exponer sus motivos. Este valenciano, amante de los fogones, se empeñaba en mostrar una imagen mucho más superficial de la que le correspondía; tal vez para cubrir con aderezos las muchas soledades que amenazaban con agostarlo.

-Si me eché al Camino fue por hacer algo; por hacer algo distinto. La alternativa era quedarme en Alcira todo el verano. Esta primavera mi compañera abrió una tienda de ropa con una socia, y no era cosa de irnos de vacaciones el primer año. De modo que negociamos, y aquí estoy.

-¿Y cuál es tu caso, Rosa? -continuó Agustín repartiendo juego-.

Cuando la brasileira hablaba, todos atendían. Además de su belleza esplendorosa, sabía cómo ganarse enseguida el respeto de las personas. Sabía querer; se hacía querer, y se dejaba querer. Pero sobre todo era una maestra en el arte de combinar lo serio y lo lúdico. Y también en el de marcar distancias cuando era menester.

-A mí, lo mismo que a muchos compatriotas míos, me trajo al Camino el reclamo exotérico que nos dio a leer nuestro paisano Paulo Coelho. Luego llegas aquí y caes en la cuenta de que aquello era un cuento; de que el Camino es otra cosa;

de que llena por su propia variedad de paisajes y de gentes, por su carga histórica y de arte y también por la trascendencia espiritual, que a medida que vas avanzando va tomando más y más cuerpo. En fin, el caso es que estoy aquí, y cada vez más a gusto conmigo misma.

Le llegó el turno a la francesa Claire, que cojeaba del mismo pie que Pablo. Aparentaba más ligera de lo que realmente era. Quizás el hecho de moverse entre tanto "glamour" por el frívolo mundo de la moda, le había conformado esa forma de ser.

-Yo procedo de un ambiente en el que reina la fantasía, la ilusión, el oropel, el artificio, el disfraz, la mentira. Si vine aquí fue en busca de la autenticidad que le falta a mi vida; pero enseguida me di cuenta de que también en el Camino hay mucho de fantasía, de artificio y de mentira. Enseguida comprendí que si una quiere encontrar esa autenticidad, tendrá que hacerlo en otro camino; en un camino hacia el interior de una misma.

Pronunciando aún estas últimas palabras, Claire se levantó y fue hasta la cocina a pedir un vaso de agua. Todos la siguieron con la vista y la admiraron en su caminar de pasarela: cabeza levantada, hombros hacia atrás, caderas danzantes, belleza en movimiento. Hasta Agustín hizo una pausa escénica antes de darle la palabra a Andrés.

-Parece claro -empezó el gallego- que yo no persigo la meta física tras la que van los peregrinos: la tumba o la supuesta tumba del Apóstol. Yo vengo de allí. Hago el Camino atendiendo a una llamada; a una llamada de la tierra. Si estoy aquí es para cumplir un desafío de la infancia; para sentir las misma emociones que tengo visto en las caras de los peregrinos cuando pisan la Quintana y se encuentran con la Berenguela y con la Puerta Santa; o cuando contemplan Platerías o se plantan embobados en el medio del Obradoiro. Si estoy aquí es también para tratar de reencontrar el amor perdido; ese amor que un día sentí, pero que se fue marchitando a golpe de golpes de silencios y de rutinas. Y si estoy aquí es también para tratar de recuperar los hilos de la esperanza y de la fe, que son con los que creo que mejor se mueve el mundo.

Antes de tomar la palabra, Lavinia le cogió la mano a Andrés y se la apretó muy fuerte. Con este gesto quería darle mil gracias y mil abrazos. Había entendido que en las palabras de su compañero no sólo cabía esperanza; también futuro.

-¿Qué por qué vine yo al Camino? Primero, para vivir una nueva experiencia; luego, para recorrer una ruta artística de primerísima categoría; pero sobre todo porque necesitaba poner en orden un montón de conocimientos, de experiencias y de sentimientos acumulados a lo largo de mi existencia. Sentía como si hubiese vivido muy a prisa y dentro de mí prevaleciese el caos. Ahora mismo, al cabo de dos semanas de Camino, puedo decir que mi vida cambió; que cambiaron mis horizontes, mis valores. No sé qué será de mí dentro de un mes; lo que sí sé es que nunca volveré ser la de hace un mes.

Lavinia calló; volvió apretar la mano de Andrés. Agustín encendió un pitillo; también Pablo. Durante unos segundos nadie dijo nada.

-¡Bien! -habló al fin el cura-. Ya pudimos comprobar cómo las motivaciones de cada quien son distintas a las de los demás. María vino para olvidar; Pablo para hacer algo distinto; Rosa atraída por el exoterismo que supuestamente se da en el Camino; Claire a la procura de autenticidad; Andrés buscando el amor perdido, la esperanza y la fe, y Lavinia a poner orden en su vida. Todas las respuestas son distintas; pero si las analizamos por lo menudo nos daremos cuenta de que algo en ellas hay en común. Todos vosotros buscáis algo, y aunque nadie habló de motivaciones religiosas, sí se habló de espiritualidad, creo que fue Rosa, y también Andrés lo insinuó. De modo que volvemos al principio. Todos vamos por este Camino, por esta vida, en peregrinaje, buscando una meta. Una meta trascendente que va más allá de la anécdota y de lo material.

Todos, en definitiva, buscamos a Dios, aunque le llamemos de formas muy diferentes; aunque lo neguemos. ¿No le queremos llamar Dios? Pues llamémosle esperanza; llamémosle orden; llamémosle autenticidad. También yo estoy aquí buscándome a mí mismo y buscando a Dios. Como cura que soy, creo en la Eucaristía y en que Dios está presente en la hostia y en el vino. Pero sobre todo creo en el Dios omnipresente; en el que está en los hombres, en las cosas, en la naturaleza, en la vida. Y si por alguna sinrazón algún día dejase de creer en el Dios de la Eucaristía, pienso que seguiría creyendo en ese Dios que está siempre con nosotros; que está a nuestro alrededor.

Pablo aún paró en el jardín antes de retirarse a dormir. Lió un porro. Agustín quedó con él. Los dos compartieron sentires y fumaron a la luz de la luna.

VII. De Terradillos a León

(Allegro enérgico e passionato)

Cantaban los gallos al día cuando Rosa, Lavinia y Andrés dejaban Terradillos en una quietud absoluta. Aun los grillos andaban en fiestas, y las ranas croaban en un estanque que hay a las afueras del pueblo, al pie de una fuente. Linterna, paciencia y buenas dosis de intuición, necesitaron los tres peregrinos para dar con el camino y no entrar en desvíos que llevan a ninguna parte. De noche no se aprecia el amarillo de las flechas ni se cuenta con la ayuda del sol. Ya cuando rompe el día, las sombras que siempre caminan por delante son las que guían, las que arrastran, las que tiran del peregrino.

Por Moratinos, donde empezó a clarear, todo era aún silencio. Silencio y sueños. Hasta los grillos habían dejado de cantar. A la salida del poblado sentaron en una loma para gozar del diario milagro del amanecer; del diario espectáculo de la alborada; de la sinfonía de jilgueros y verderoles aprovechando la fresca para procurar el grano y el gusano con los que alimentarse. En las soledades de los anchos de Palencia ya rozando con León, la confluencia de la luz de la alborada y de los pájaros cantores semejaba amparar aquella mañana de agosto un concierto de cuerda de Vivaldi; un concierto en el que Andrés bien podría ser el cello grave, triste y lastimoso,

Rosa la viola indecisa y Lavinia el dulce violín. Cada día, cada hora que pasaba, cello, viola y violín mejor armonizaban.

-¿Me permitís que os diga algo? -preguntó Rosa-.

-¿Qué?

La blanca luz, filtrada en brumas, coloreaba la escena de los tres peregrinos. Un cuadro, en parte de isla mediterránea y en parte de monte capitolino, en el que sólo el bienestar, la felicidad, la bonanza, estaban permitidos.

-En este Camino y a vuestro lado estoy viviendo los días más hermosos de mi vida -confesó la moza brasileira- ¡Qué fácil es en estas circunstancias caer en la cuenta de que la felicidad poco o nada tiene que ver con la abundancia de bienes! Basta con sentirse libres; con gozar de la naturaleza y de las buenas gentes; con reducir a mínimos las necesidades. Basta con querer ser feliz y dejarse atrapar por la felicidad.

Se levantaron. Se cogieron de las manos y echaron a andar.

-Me siento contenta como una alondra enamorada gorjeando en su rama –prosiguió Rosa-. Por mí iría así hasta Santiago; pero no temáis. Sé muy bien que precisáis intimidad, y no seré yo un estorbo. Eso sí. No olvidéis esto que os digo: ¡Os quiero! ¡Os quiero mucho!

Con la ligereza y la gracia de un arlequín, cruzó delante de ellos y les dio un beso a cada uno.

-También yo te quiero mucho -le contestó Andrés-.

-Y yo -añadió Lavinia-.

Se volvieron coger de las manos y así caminaron un trecho. Lavinia siempre entre los dos. Pronto se estiraron en fila, a distancias variables. Se impuso el silencio. Era hora de caminar, de pensar. La brasileira por delante, ágil, danzante, con andares felices. Detrás Lavinia, gozosa, luminosa, esbelta. Y cerrando, Andrés, que rebosaba de tanta ventura caída sobre él.

Cavilaba Rosa en la suerte de haber dado con el libro de Coelho, y en el acierto de haberse animado a hacer el Camino después de leerlo. También en la suerte de pertenecer a una familia acomodada, lo que le permitió comprar un pasaje para Europa. Fue su padre quien la animó: "Ya que vas atravesar el Atlántico, aprovecha para conocer otros países". Una vez que llegase a Santiago pensaba viajar a Londres, Praga, Viena, Grecia e Italia. Luego, a Lisboa, y de aquí regresar a Río. En Madrid se había detenido a su llegada, antes de emprender el Camino. Eligió Somport como punto de partida porque el Camino era más largo, y porque quería pasar por Jaca, por Leyre y por Sangüesa, por ser lugares éstos con más misterio que los de la ruta de Roncesvalles. Sabía todas estas cosas porque, a raíz del libro de Paulo Coelho, en Brasil se podía asistir a cursillos sobre los diversos aspectos del Camino de Santiago. Ni que decir hay que el capítulo exotérico gozaba de atención preferente en estas preparatorias. No es de extrañar, por eso, que Rosa llegase en la creencia de que había de tropezar poco menos que con el diablo, o con santos, o con insidiosos peligros y tentaciones, tanto para su físico como para su fe. Sin embargo se encontró con gentes corrientes; con gentes que, como ella, antes de salir habían dejado en casa, a buen recaudo, egoísmos y mezquindades. Eran gentes alegres y serviciales, de las que no se encuentran en la vida de a diario. Rosa tenía conciencia de su espiritualidad; era muy de interiorizaciones. Para ella el Camino era un procurar; una busca de Dios y de sí misma bajo una senda de estrellas. Con estas premisas hizo la primera parte de su andadura, hasta que dio con Lavinia y con Andrés y cayó en la cuenta de que el Camino también era amor; pero un amor humano, que no por humano dejaba de ser trascendente, poético, platónico. Un amor humano que no era más que una derivación del amor divino. Pensaba Rosa acerca de cómo en este viaje de nuevo había aprendido a amar; pero al igual que en su última experiencia, también en este caso el ser amado pertenecía a otra mujer; con el inconveniente de que ahora esa mujer era su amiga. Giró la cabeza; miró a Lavinia y a Andrés, y pensó en lo injusta que a veces es la vida que a unos les da tanto y a otros tanto les niega. En la primera ocasión que se le presentase se alejaría de ellos; no para siempre; pero sí por unas horas, por unos quilómetros, o incluso por alguna jornada. Tenía que salir de aquella espiral que la estaba conduciendo irremediablemente hacia un centro que no le correspondía. Desde el encuentro en Montes de Oca le había tomado mucho aprecio a Lavinia, y por ninguna razón de este mundo la querría incomodar.

Por detrás de Rosa, también Lavinia iba metida en conversaciones consigo misma. La cabeza agachada, mirando al suelo. Es curioso como cuando se va caminando y meditando siempre se tiende a mirar al suelo. Pensaba Lavinia en las razones que la habían llevado a hacer el Camino; una decisión tomada sin excesivo entusiasmo, y que ahora le estaba cambiando la vida. Llevaba tres años fuera de casa, en Barcelona; los dos últimos conviviendo en buena armonía con su compañero, al que, por cierto, no había vuelto a llamar desde que llegó a Roncesvalles; desde el día en que conoció a Andrés. Ni le había vuelto a llamar, ni le pensaba llamar hasta tener claro por dónde iba a derivar su actual relación. Tirase por donde tirase, lo que Lavinia sabía era que su convivencia con el compañero de Barcelona estaba seca de futuro. No era una relación de muchos compromisos; ni siquiera se podía considerar una relación de pareja, aunque viviesen en pareja. Pero los dos años compartidos habían tejido unos lazos que al menos era preciso desatar con galanura. Y Lavinia era, sobre todo, una rapaza elegante; elegante en el ser, en el parecer y en el decir. No podía llamarle y anunciar: "¡Escolta, noi! Lo nuestro terminó. En el Camino conocí a otra persona y me voy a quedar con ella". No se lo podía decir porque… siendo cierto que lo suyo había terminado y que en el Camino había conocido a otra persona… aún no sabía si iba a quedar o no con ella. ¿Qué sería de su vida una vez finalizado el viaje? Estaba segura de que Andrés la quería; pero el hombre era tan indeciso… Ella entendía que la situación de Andrés era complicada. Por medio estaban su mujer, dos hijos y un status nada fácil de romper. No era como en su caso, que todo lo más consistía en pasar página. Hay momentos en la vida en los que las personas tienen que tomar decisiones traumáticas para alcanzar lo que buscan o lo que desean; pero Andrés no era de esos que cambian el rumbo con facilidad. Antes tiene que calcular todas las variantes; contemplar todas las posibilidades; buscar la manera de resolver el problema, y sólo después de ver una salida clara, pensar en echarse al monte. Pero… ¿en qué fase estaba Andrés? Esto no lo sabía Lavinia ni posiblemente lo supiese el propio Andrés. Y faltaba tan poco… A lo más, al ritmo que llevaban, dos semanas hasta Santiago. Y después ¿qué? Andrés le decía que no pensase en eso; que todo se arreglaría. Pero ella, que era una persona práctica, prefería un algo más de seguridad. ¿Y cómo explicar lo de su relación sexual? Mejor dicho, ¿lo de su no relación sexual? Y no era porque ella pusiera obstáculos; al contrario. En el hotel de Irache se lo había propuesto con claridad. Luego es cierto que la noche que salieron de San Bol él quiso retomar la propuesta de Irache; pero quizás en aquella ocasión mandasen las circunstancias, y no era cosa de abrir caminos en falso, que luego nunca se sabe a dónde pueden conducir. ¡Pobre Lavinia! ¡Pobrecita! A veces ella misma se daba pena; pero pronto recuperaba. Se sabía una mujer fuerte, luchadora… y aquella batalla había que ganarla. El caso era ¿cómo? Andrés le ayudaba tan poco en esta lucha… ¿Y si le presentase un ultimátum? Seguro que saldría de dudas. El caso era si al acorralarlo no echaría todo a perder. Ella sabía que Andrés la quería sinceramente, que la quería mucho. Pero… ¿hasta dónde llegaba ese amor? ¿Dónde estaban sus límites? ¿Quizás en la ruptura familiar? Esta cáustica duda le estaba amargando los días más felices de su vida. Lavinia vivía un si es no es, en el que dicha y pena estaban fermentando un pan que nunca había comido; un pan que la infeliz no sabía a qué sabía. Miró hacia atrás y vio que también Andrés iba metido en pensares. ¿A qué andaría?

Andaba también a sus cosas; a aquello que por entonces más le preocupaba. Y lo que más le preocupaba era lo mismo que preocupaba a Lavinia. ¿Qué iba a ser de ellos en dos semanas? ¡Y pensar que cuando tomó la decisión de hacer el Camino, va ya para un año, lo único que perseguía era rebuscar en sí mismo!... Él tenía un fondo religioso un tanto descuidado. Se podía decir que sus creencias estaban marchitas por falta de riego. Creía o creía creer; pero con poco compromiso y con demasiada inconsecuencia. Practicaba de vez en cuando y se desentendía a conveniencia. Se comportaba como uno de tantos, como uno de esos que se confiesan creyentes y viven como si no lo fuesen. Éste era uno de los motivos, de los principales motivos que lo habían impulsado a ir a Roncesvalles y echarse a la ruta por la que tanta fe y tanta esperanza habían circulado en el discurrir de los tiempos. Un mes caminando da para muchas horas de meditaciones, de recapitulaciones, de recomposiciones y de propósitos de enmienda... Y también estaba la cosa de sus relaciones humanas y de familia, que hacía aguas por algunas junturas. Su matrimonio había entrado en fase de monotonía y poco a poco se les iba deteriorando; se les iba derramando. Tanto a él como a su mujer el amor se les había perdido por el camino, y la idea de él era aprovechar este viaje para verificar en qué lugar, o en qué silencios, o en qué desatinos se les había extraviado. Pero todos estos propósitos con los que salió de Santiago empezaron a desvanecerse en el mismo instante en que posó su mirada en Lavinia. Y otra vez el azar, el acaso o la ventura que rigen las vidas humanas, entraron en juego. Azar fue que él y Lavinia coincidiesen en el mismo lugar y en el mismo día para empezar el mismo Camino; acaso, que los dos se encontrasen, primero en las mismas bancadas de la colegiata, y luego en el mismo cuarto del albergue; ventura, que Lavinia decidiese salir con él a la mañana siguiente. Y por último, el destino, los hados, la suerte de que entre ellos prendiese el amor de aquella manera que prendió, como si viniese envuelto en lino. ¿Y ahora qué? De momento, adiós recapitulaciones, adiós recomposiciones, adiós propósitos. Pero… ¿y qué más? Aquella mocita que caminaba veinte metros por delante de él había entrado en su vida como quien se pone a coces con un rompecabezas y descoloca todas las piezas. ¿Cómo recomponer ahora la figura? Pues dejándose, dejándose llevar sin interponer defensa alguna; dejándose llevar por la juventud, la frescura, la naturalidad, la ternura, la belleza, la piel, el mirar, el sentir y el decir de Lavinia. Y aún así… ¿qué? Él, que tantas veces se sintió atraído por alumnas suyas, nunca pensó que terminaría enredado con una chica tan joven. Más de veinte años era una diferencia de edad suficiente como para pensarlo con calma; como para recapacitar. Pero por otro lado, si era Lavinia quien no quería considerar este extremo ¿de qué tenía él que preocuparse? No. Esto no representaba dificultad alguna. La dificultad estaba en cómo desprenderse de su pasado; en cómo encajar esta nueva situación en su presente; en cómo compatibilizar su trabajo con los estudios de Lavinia, y en cómo armonizar todo esto con sus principios que, mucho más de lo que él pensaba, eran principios conservadores; principios de los que siempre se llevaron. Lo que decía Lavinia era cierto. Cada vez faltaba menos; la clepsidra se iba secando; la arena del reloj, sumiéndose. Y él sin definirse. ¿Qué pasaría si en una de éstas la moza lo pone ante un ultimátum? ¿Tendría respuesta para salir indemne? De lo que estaba seguro era de que la vida sin Lavinia no tendría sentido para él. Entonces ¿por qué no resolverlo ya? ¿Qué se lo impedía? Levantó la vista, y al ver caminar a Lavinia, hermosa, luminosa como una diosa que condujese el carro de su vida, enseguida supo qué cosa se lo impedía. ¡El miedo! El miedo a decepcionarla; el miedo a no hacerla todo lo feliz que merecía ser; el miedo a que algún día ella se hartase; el miedo a cortarle las alas y la frescura y la naturalidad que tan bien le sentaban; el miedo a afrontar una situación totalmente nueva para él; el miedo a romper con el pasado; el miedo a ser feliz como nunca lo había sido. Lo cierto es que aún no tenía respuesta para un requerimiento serio, y mucho se temía que pronto tendría que encarar este problema. Lavinia había demostrado con él más paciencia de la que cabía esperar de su edad; pero todo tiene un límite. Viéndola caminar como un ángel, bonita como un sol, Andrés no soportaba el solo pensamiento de poder hacerla sufrir… ¡Qué Camino tan distinto al que había imaginado! Pero… ¡qué Camino tan deleitoso, tan espléndido, tan perfecto!

En éstas andaban los tres. Ya entrados en Sahagún se juntaron de nuevo. Al mirarse ensayaron muecas de sonrisa maliciosa. Tanto tiempo caminando en silencio… Era lógico que cada cual sospechase acerca de lo que las otras mentes, cual Penélopes, habían ido tejiendo y destejiendo en el enredo de sus relaciones. Bajo las arcadas de la Plaza Mayor las terrazas estaban dispuestas. Allí sentaba Agustín reponiendo fuerzas. Lavinia, Rosa y Andrés se le unieron. Los tres pidieron lo mismo que el cura: bocata de tortilla. No hay mejor publicidad para cualquier manjar que sus aromas. Agustín había madrugado mucho. A su llegada a Sahagún encontró abierta la iglesia de San Lorenzo y obtuvo licencia del párroco para decir misa. Llevaba, pues, los deberes hechos.

-Quiero aprovechar este paso por Sahagún -comentó- para visitar con calma algunas de sus iglesias.

-Nosotros nos detendremos en la de San Tirso, a la salida, y en las ruinas del monasterio de San Benito que caen al lado -dijo Andrés-. Luego seguiremos hasta Burgo Ranero. Si no queremos que nos pillen las horas de calor hay que andar ligeros.

-¿Te importa que quede contigo? -terció Rosa dirigiéndose a Agustín-.

La rapaza venía con la idea de aprovechar la primera ocasión para dejar sola a la pareja, y esta oportunidad se la brindaba Agustín.

-No sólo no me importa; es que te lo agradezco. Estos caminos tan yermos suavizan mucho en compañía.

El camino sale de Sahagún por el puente de Canto que salva el Cea. Es un puente estrecho que porfían peregrinos y automóviles. A la derecha, bordeando las aguas del río, una amplia chopera verdea los ocres leoneses. Entrados en el puente, y para salvar el peligro de un autobús que venía de frente, L.A. se refugiaron en uno de los huecos que a modo de hornacinas descubiertas abren en las pétreas barandas. El sitio era tan estrecho que para no estorbarse con las mochilas tuvieron de pegarse cara con cara. A Andrés el tiempo se le detuvo. Le pasaba cada vez que sentía la cercanía de pieles de Lavinia. Se le detuvieron el tiempo y la lógica de las cosas.

-¿Ves tú, Lavinia, lo mismo que yo estoy viendo?

-Sí. Pienso que sí.

Por la amplia chopera, que ya no era chopera, vivaqueaban miles de soldados francos. Al otro lado del puente, el campamento con las insignias y pendones del rey Aigolando, que después de la retirada de Carlomagno a Aquisgrán, tras lo de Roncesvalles, había entrado a saco en las tierras conquistadas por el emperador de los cristianos. Enterado éste de tal devastación, volvió a España en busca del rey moro al que encontró en esta Tierra de Campos, en las riberas del río Cea. Y allí estaban parlamentando, cabe del puente, el emperador Carlos y el rey Aigolando. Cada uno de ellos protegido por sesenta de sus más valientes guerreros.

-Tú, Aigolando, me arrebataste alevosamente mis tierras; unas tierras que con la ayuda de Dios conquisté para España y para Gascuña, sometiéndolas a las leyes cristianas. Pero aprovechando mi ausencia, tú mataste a los seguidores de Dios; arrasaste mis ciudades y castillos, y regaste con sangre y fuego mis dominios. De esto me quejo.

-¿Y por qué tú -respondió Aigolando- le arrebataste a mi pueblo una tierra que no te corresponde; una tierra que ni tu padre, ni tu abuelo, ni tu bisabuelo, ni tu tatarabuelo poseyeron antes?

-Por mandato de Nuestro Señor Jesús Cristo, creador del cielo y de la tierra, quien determinó que los cristianos dominasen sobre todos los pueblos del mundo.

Ni Carlos hablaba ni comprendía las lenguas sarracenas, ni Aigolando hablaba ni comprendía los lenguajes cristianos; pero allí, a la orilla del Cea, todo el mundo se entendía.

-Siendo nuestra religión mejor que la vuestra -dijo Aigolando-, resulta indigno que mi pueblo esté sometido al tuyo.

-Yerras en lo que dices -le contestó Carlos- Después de la muerte, nuestras almas van al Paraíso; entran en la vida eterna. Las vuestras marchan al infierno. He ahí por qué nuestra religión es mejor que la vuestra. Por todo esto, recibid tú y tu pueblo el bautismo y vivid. Y si no, venid a luchar contra mí y tendréis una muerte ignominiosa.

-Antes de renegar de Alá y del Profeta, pelearemos. Pelearemos con el empeño de que venza aquél que esté en la religión verdadera. Y que la vergüenza sea para los vencidos y la gloria para los vencedores. Y si mi pueblo sale derrotado y yo con vida, tened la palabra de que recibiré vuestro bautismo.

Así lo acordaron. Emperador y rey se retiran a sus campamentos y enseguida entran en el campo veinte caballeros cristianos contra veinte sarracenos. Lucharon con valentía, pero enseguida murieron los veinte moros. Sucedió lo mismo a continuación, en la lid de cuarenta contra cuarenta, y en otra de cien contra cien. Luego fueron doscientos contra doscientos, y siempre con el mismo balance: la muerte de los infieles. El campo teñía de rojo. Retiran los cadáveres. Mandan entonces Aigolando y Carlos a dos mil contra dos mil. Hay sangre por los dos bandos. Nadie cede en coraje. Desde los dos campamentos gritan ánimos para los suyos. La barahúnda ensordece la planicie. Vuelven perder la vida la mayoría de los moros; y los que no, huyen. Viendo este desastre, el rey africano desafía al emperador a una batalla campal y completa para el día siguiente. Todos contra todos. Acepta Carlos el reto.

Metidos entre los dos bandos, los cuerpos pegados en el hueco de la baranda, Andrés y Lavinia seguían parados en el tiempo; seguían inmóviles; seguían queriéndose.

Delante de ellos los francos de Carlomagno preparaban y limpiaban con todo cuidado las armas de combate para el día siguiente. Por entre las tiendas, el arzobispo Turpin iba confesando; el duque Milón, que en Roncesvalles había perdido a su hijo Roldán, arengaba a unas tropas que pocos ánimos precisaban. Para esto habían venido desde la Galia, buscando con ansiedad el momento de expulsar a los infieles de los caminos que conducían a la tumba del hijo del Zebedeo.

-Cada cristiano vale por cien; ¡qué digo!, vale por mil infieles -les hablaba el duque para entusiasmarlos y disponerlos a la lucha-. Tened fe en Dios Nuestro Señor; confiad en nuestro emperador que es su brazo en la tierra, y ningún infiel os sobrepasará. Limpiad bien vuestras armas y luego rezad y descansad. Mañana a estas horas nadie os discutirá que las tierras que pisáis no sean cristianas.

Carlos, el emperador de los romanos, de los franceses, de los teutones y de los demás pueblos, contemplaba complacido desde la puerta de su tienda aquel fervor de combate que como río desbordado inundaba a los suyos.

Al atardecer, antes de sentarse alrededor de las hogueras para la cena, clavaron los soldados galos sus lanzas, limpias y derechas, en la pradería que mediaba entre la ribera del Cea y las tiendas levantadas más adentro.

Al otro lado del río, la soldadesca sarracena despedía el día arrodillada de espaldas al sol para los rezos del final de la jornada. También ellos confían en que su Dios les ha de ayudar en la victoria. Los dos pueblos son pueblos de fe, y a ella remitían sus esperanzas y su destino. "¡Que venza aquél que esté en la religión verdadera!", era el lema originario y el fin de esta batalla.

Al amanecer, el asombro en el campamento cristiano fue grande. Nadie daba crédito a lo que sus ojos veían. El arzobispo Turpin mandaba rezar por aquel milagro de Dios; un milagro premonitorio de victorias aunque de momento dejaba a los soldados francos desarmados. Todas las lanzas clavadas en el prado de la ribera habían echado corteza y hojas. Desde el puente y desde el campamento de los moros, las tiendas cristianas quedaban ocultas por detrás de aquel bosque florido. El milagro les iba a suponer a los cristianos gran provecho para sus almas y un enorme perjuicio para sus cuerpos. Tronzaron las lanzas floridas y con ellas se dirigieron al campo de batalla. Mucho era el valor y la fe y el empeño que por los dos bandos se ponía en la lucha. "¡Por Alá!" "¡Por Santiago!". Las invocaciones eran continuas; la sangre de los moros y cristianos teñía de rojo las aguas del Cea, y su ácido olor llegaba hasta el puente y remontaba a las estrellas que la luz del sol ocultaba. Limpiamente segadas por espadas y alfanjes empuñados con destreza, las cabezas rodaban por el prado. El barullo de la refriega se extendía por el llano, desde San Nicolás a Bercianos, y dicen que hasta León lo llevaba el viento. El alboroto era tal que no dejaba oír ni a penas ver las glorias y las miserias guerreras. Aquel día murieron cuarenta mil cristianos. Y Milón, uno de los más valientes caballeros de los ejércitos de Carlomagno, alcanzó el martirio. Fruto de los amores de Milón y de una hermana del emperador había nacido el héroe Roldán, gloria de las gestas francesas. También el caballo de Carlomagno murió en la batalla. En aquel trance, pie en tierra y seguido por dos mil infantes, el emperador desenvainó su fiel Joyosa y penetrando como un rayo por las filas sarracenas segó cientos de vidas. A muchos infieles los tronzó por la mitad. Con todo, la victoria seguía sin tomar partido hasta que Dios, compadecido de los ejércitos cristianos, mandó en su auxilio a cuatro marqueses de las tierras italianas, cada uno con mil guerreros. Se rindió Aigolando, y allí mismo, en las aguas del

Cea, dando cumplimiento a su palabra, recibió bautismo el rey moro y con él muchos de los suyos. Otros renunciaron.

De las raíces de las lanzas verdecidas y cortadas para la batalla, brotó el bosque florido que de nuevo contemplaban Lavinia y Andrés, aún pegados en la hornacina que la baranda del puente dibuja para refugio de caminantes. Cargado de ruidosa mocedad que regresaba de una colonia de verano, pasó el autobús rozando a los peregrinos. Ya con el puente expedito, L.A. siguieron camino. Por entre la chopera que quedaba a su derecha, la suave brisa de la mañana arpaba dulces sones en las hojas; hojas brillantes de cara y opacas de envés. A Lavinia se le antojó que aquellos sones acompañaban el llanto de alguna mujer mora o cristiana llorando su viudez.

Durante un trecho caminaron cogidos de la mano sin decirse nada. Hacían esto cada vez que sus almas, o sus entendimientos, o lo que fuese, viajaban fuera de sus cuerpos. A fuerza de repetirse, aquellos sueños, aquellas experiencias metafísicas, iban integrando sus vidas e implicando sus sentires. Por lo demás estaban felices de andar de nuevo solos. En Calzada del Coto, a cinco quilómetros de Sahagún, el camino se aparta de la carretera y entra en soledades. Un largo andadero de algo más de treinta quilómetros cruza la llanura leonesa por entre campos arados que arden al sol de agosto. A la izquierda del caminante, cada nueve trancos, un arbusto destinado a aliviar al peregrino. Lástima que apenas sombreasen. Pero es lo único que alegra aquel paisaje modelo de monotonía. Bueno, lo único, no. Andrés también gozaba de ver a Lavinia, cada vez más hermosa a sus ojos de enamorado. Aquellas piernas tan bien hechas; aquellas caderas diseñadas para los sueños; el torso de modelo de Degàs; la cara... la cara simplemente de Lavinia, porque no tenía modelo; los labios húmedos y deseables; los ojos frescos y rientes; aquella pinta en la ojera; los encajes de azucena que el sol y el sombrero le dibujaban en el rostro... Llevaban juntos dieciséis días y Andrés seguía dándose pellizcos para caer en la cuenta de que Lavinia no era una aparición como la de Fuente Reniega, o la de Clavijo, o la de Santo Domingo, o esta misma del bosque florido, o la del propio Lucio. No. Lavinia era real; ni tan siquiera una diosa griega, que estas sí se prodigaban en otros tiempos entre los humanos, y no siempre desinteresadamente. Lo que aún a Andrés no le cuadraba del todo era que aquella preciosidad llevase dieciséis días a su lado, y al parecer también enamorada. ¿Puede llegar a vivirse el cielo en la tierra? A la vista de los visto, la respuesta de Andrés era "¡SÍ!".

Las pocas cosas que hay que ver en este trayecto favorecían las interiorizaciones y los silencios, y tanto ella como él sabían gozar en estos recogimientos. El de Andrés hacia Lavinia era un amor maduro, pleno, historiado, con raíces hondas; el de Lavinia hacia Andrés era fresco, intenso, repentino y delicado. Eran amores de época; los dos sinceros; pero cada uno según su añada. Paciencia contra impaciencia; reflexión contra ímpetu; cautela contra descaro. Hasta el momento Andrés iba imponiendo sus pautas; pero o soltaba cuerda cuanto antes, o de tanto tensarla aventuraba el riesgo de romperla. Mientras los dos iban cavilando, los arbustos pasaban como pasan los postes del tendido por delante de la ventanilla de un tren.

Ya el sol había entrado en inclemencias por las proximidades de Bercianos. Bercianos, que viene de Bierzo, comarca de la que procedían los primeros pobladores de este real sitio. Poco antes de alcanzar el lugar, el camino bordea una hermosa ermita dedicada a la Virgen de Perales, a quien los paisanos cariñosamente apodan "la Perala".

-Lavinia. ¡Mira quien está allí!

-¡Vaya con el viejo! ¡Menuda marcha lleva!

Sentado en el suelo; la espalda contra la pared de la ermita procurando la escasa sombra que a aquellas horas del mediodía proyectaba el alto sol, el viejo peregrino de las luengas bar-

bas, el de los ojos verdes como agua de mar, parecía dormitar.
Hasta él se acercó Lavinia por si precisaba socorro.

-Buenos días, mi romero. ¿Estáis bien?

El romero la miró. Más que mirarla la envolvió con la vista,
de pies a cabeza. Al cruzarse las miradas, la frialdad, la ausencia que hasta entonces habían marcado los mirares del viejo
romero, se hicieron ternura, y la sequedad de sus ojos, brillos.
Se levantó con una ligereza impropia de sus años y de su mal-
trecho estado, y cogió a Lavinia de la mano.

-No temas. Acompáñame -le dijo con dulzura-.

Lavinia miró a Andrés con gesto de ingenuidad responsable, haciéndole entender con el mirar que no había de qué
preocuparse. Siguió al misterioso anciano. Las puertas de la
ermita estaban cerradas; pero ellos las traspasaron como si se
tratase de una cortina de aire. Andrés intentó seguirles; pero
enseguida se dio cuenta de que para él las puertas eran de dura
madera intraspasable. Preso de coraje y de celos, golpeó con
fuerza las puertas pidiendo a gritos que le abriesen. Nadie respondía desde dentro. Pensó en escalar hasta las ventanas; pero
más que ventanas eran troneras imposibles de practicar. ¿Y si
lo intentara por el tejado? Andrés se sorprendió a sí mismo
en aquel estado de desasosiego que no recordaba haber vivido
nunca antes. Una mano en el hombro lo sacó del trance.

-¿Tú otra vez? ¿Hasta cuándo nos vas a seguir?

-Siempre que me necesitéis me tendréis a vuestro lado -le
contestó Lucio justificando así su presencia-.

-¿Y quién te dijo que te necesitamos?

-Tú y tus miedos, y tu impaciencia, y tus celos, y tus dudas,
y tu falta de resolución.

-Pero yo en ningún momento invoqué tu ayuda.

-Quizás no expresamente -respondió Lucio sabiéndose do-
minador de la situación-; pero sí que la precisas y la deseas.
Por lo de Lavinia y el viejo no te preocupes. Tus problemas
no están ahí dentro. Tu gran problema es cómo resolver este

enredo en el que llevas dos semanas. Sólo te quedan otras dos para procurar una salida del laberinto y no sabes por dónde empezar. En esto sí que te puedo ayudar.

-¿Cómo? -preguntó Andrés, por primera vez interesado en el auxilio que este extraño personaje que se hacía llamar Lucio le pudiese prestar-.

-Puedo hacer que el tiempo de estas dos semanas que os faltan se prolongue indefinidamente. Puedo hacer que tu mujer te facilite el trabajo apartándose de ti. Puedo procurarle un accidente. También te lo puedo solucionar con un golpe de fortuna, que siempre con dinero es más fácil llegar a acuerdos. Puedo, en fin, allanarte el camino.

-Supongo que nada de eso saldrá de balde.

-No. No será gratis; pero a cambio no pido mucho. Sólo que tanto tú como Lavinia dejéis el Camino; que no vayáis a Compostela como peregrinos; que no entréis en la catedral como borregos. Sólo os pido esto. Ya ves que no es mucho pago a cambio de resolver vuestra felicidad.

-¿Y qué interés se te da en pedirnos esto?

-Es un capricho como otro cualquiera. ¿Acaso tú no te has empeñado alguna vez en caminar por la línea que forman las juntas de las baldosas como su fueses un funámbulo? ¡Y mira que es tonto el empeño! ¿De qué sirve? Pero cuando te pones a él parece que la vida te fuese en el intento, y perseveras...

Fue en el momento de pronunciar la palabra "perseveras" cuando Andrés volvió adivinar un centelleo en los ojos de Lucio, en esta ocasión un centelleo rojo; unas chispitas que lejos de invocar alegrías, advertían pesares. "Aquel no era trigo limpio", pensó Andrés. El ofrecimiento de Lucio era tentador; pero algo le decía que, de aceptarlo, con el tiempo lo habría de lamentar. Bien sabía él que en este mundo nada o casi nada se da a cambio de nada.

-Atiende bien -dijo Andrés, tratando de poner fin a aquella plática-. Nadie desde fuera le puede regalar la felicidad a nadie;

ni a una persona ni a una pareja. La felicidad hay que ganarla, y si es la felicidad de dos entre los dos la tienen que ganar. Además, el precio que marcas, aunque parezca menudo, es un precio muy alto. Nada hay que pueda pagar la renuncia a unos principios cuando estos principios conforman tu ética y forman parte de tu diario proceder. Con esto quiero decirte que puedes ir con tus ayudas a otra parte. No las necesitamos.

Apenas la moza y el viejo atravesaron la puerta, el pequeño y oscuro espacio dentro de la ermita se transmutó en un campo luminoso, amplio de horizontes. En medio, un alcázar moro. En una de sus torres se vio Lavinia presa, acosada de amores no queridos y dolida de ausencias. Allí llevaba años llorando mañana, tarde y noche sus desgracias, desde que un infortunado día el rey moro de Sansueña la arrancó de casa de su señor y marido, un noble francés que ante aquella gran pérdida dio en lamentos en lugar de tomar las armas e ir en su rescate. Ya habían pasado dos primaveras y el noble esposo seguía lamentándose. Y cuando no, entreteniendo el tiempo en el juego de la petanca. Fue el propio emperador de Francia, con quien el caballero estaba emparentado, quien le reconvino y forzó a salir al rescate de la bella Lavinia, presa, acosada y dolorida dentro de la aljafería de Sansueña. Se armó al fin el caballero, y sin ayuda de nadie partió a la busca de su hermosa, virtuosa y sufriente dona. Diez días a caballo tardó en hacer el camino entre París y Sansueña, salvando distancias, inclemencias y peligros de todo género. Una mañana de abril oteaba Lavinia el horizonte cuando vio que un armado caballero se acercaba sigiloso al alcázar, que por dos años venía siendo su prisión. Pensando que se trataba de un simple viajero, desde lo alto de la torre le dirigió estas palabras.

-Caballero, si a Francia vais por mi señor preguntad.

El caballero se descubrió ante de la bella Lavinia que al instante lo reconoció. Era su amado esposo; era el viejo romero, por aquel entonces aún mozo. Lavinia se descolgó de la torre.

Quiso la desgracia que una punta de sus ropas quedase enganchada en un hierro del balcón; pero el caballero, sin reparar en que el vestido pudiese rasgar, tiró de ella; la acomodó a las grupas de su caballo y prestos partieron cara a Francia; tan felices que hasta los relinchos de la cabalgadura daban fe de la dicha.

-Quien de los dos sobreviva -le dijo la venturosa rescatada a su amado- irá a Compostela a agradecerle al Apóstol este milagroso desenlace.

-Por mí no ha de quedar rota la promesa -contestó el caballero-.

El campo luminoso de amplios horizontes y el alcázar moro se desvanecieron. De nuevo, Lavinia y el viejo romero dentro de la pequeña y oscura ermita.

-Y aquí estoy yo cumpliendo esa promesa —dijo el peregrino de luengas y blancas barbas y ojos de dulce mirar-.

Fuera, el sol mordía cada vez más fuerte. Al viejo romero, pegado a la pared de la ermita, apenas le alcanzaban las sombras. No reaccionó al primer requerimiento de Lavinia. Ésta insistió.

-Buenos días, mi romero. ¿Estáis bien?

Tampoco en este intento tuvo respuesta.

-Será mejor que salgamos cuanto antes si queremos que los calores no nos ahoguen -terció Andrés ante la falta de reacción del viejo-. Déjalo a su aire que, por lo visto, sabe cuidarse solo.

Al bochorno, al cansancio, a la monotonía del paisaje, se añadían ahora el desasosiego que había prendido en Andrés, fruto de sus propias indecisiones, y la ansiedad de Lavinia, incapaz de hacerse una idea de cuál podría ser el final de aquella historia que a los había enredado; una historia con un buen principio, con un feliz desenvolvimiento, pero aún sin desenlace previsible. Cada día que pasaba, a la moza le parecía más arriesgado confiarlo todo, jugárselo todo a la promesa de su compañero de que ya las cosas se arreglarían, aunque ella poco más podía hacer que confiar. Estos estados de ánimo, el desasosiego de él y la ansiedad de ella, son más llevaderos por la fresca que cuando el calor agosta las líneas de razonamiento. Quizás por esto se interpuso el silencio en la pareja y apenas hablaron en las casi dos horas que les consumió la andadura entre la ermita y El Burgo Ranero. Lavinia, siempre por delante, marcaba el ritmo con paso invariable; Andrés se acompasaba a ella. Los dos miraban más a la tierra quemada que al cielo cegador. Desde lejos, el silo de El Burgo les señalaba el término de una etapa a la que la inclemente soleada le daba trazas de eterna. Tanto tiempo con el sol a las espaldas, a Lavinia se le fue dorando y luego quemando la piel de las pantorrillas. Se dio cuenta al ducharse. El agua caliente le escocía la chamusquina. Salieron a comer. Seguían en silencio.

Nunca. Nunca desde que se conocieron en la basílica de Roncesvalles aquella tarde que ya parecía perdida en los tiempos... nunca habían vivido un trance tan incómodo como aquél en el que las palabras parecían perdidas. Y tanto una como otro dieron en cismar en qué es lo que pudo pasar para haber abocado a semejante situación de silencio cartujano. Los dos llegaron a considerar que quizás fuese que el otro se hubiese cansado ya de aquella relación, y anduviese a la procura de un pretexto para ponerle fin. Comiendo frente a frente, jugaban a espiarse, a sorprenderse en cualquier gesto que les pudiese allegar algún cabo al que asirse y así escapar al fin de aquel doloroso caos. Más racional Andrés, o más frío, trataba de dar con una fórmula para salir indemne de tamaño despropósito. Ella, más sensible, menos vapuleada por la vida, luchaba para no romper en lloros; pero el brillo de las humedades en sus ojos presagiaba la inminencia de las lágrimas. Aquella imagen de Lavinia con carita de cordero degollado, acabó con las inconsistencias y con las estrategias de Andrés.

-¿Qué nos está pasando, Lavinia?

-No sé qué te estará pasando a ti. Yo lo estoy pasando muy mal -respondió ella sin poder contener las primeras lágrimas-.

-¡Qué estúpido soy! ¡Perdóname!

Su voz sonó quebrada. Andrés no recordaba haber hecho esfuerzo parecido en su vida para no terminar llorando también él. No le importaba emocionarse con una película o con un reportaje en la tele; pero en aquella situación no quería dar la imagen de ser de lágrima fácil. Tomó una mano de Lavinia, y tratando de superar la debilidad que le producía el sufrir de la moza, le dijo con toda la ternura que fue capaz de extraer de sus adentros.

-¿Cómo pude dejar que la situación llegase a este punto? Te prometo que es la última vez que derramas una lágrima si yo lo puedo impedir. Pero no me llores más. Me estás destrozando.

Lavinia enjugó los ojos con el mantel. Luego trató de componer una media sonrisa de desdramatización, y dijo con voz muy queda.

-Perdóname tú. No sé que me pasó. Soy una sentimental; pero no una llorona. Tú sabes qué es lo que me preocupa. Pues esa preocupación se me vino encima como una losa en el último tramo de la etapa. El hecho de que entre nosotros se interpusiera ese terrible silencio, no es culpa tuya; también lo es mía. Quizás sea el resultado de esta vivencia tan intensa. Piensa que son ya dieciséis días sin despegarnos el uno del otro. Yo nunca había vivido una experiencia así. Con el rapaz con el que estuve compartiendo estos dos años, me conducía con mucha independencia. Una prueba es que vine sola a hacer el Camino. Pero esta relación sin tregua que llevamos tú y yo, fue creando en mí tal presión que hoy terminé por explotar. Son las leyes de la física. Cuando el aire, el agua o los sentimientos se acumulan en un recinto cerrado, por algún lado buscan el modo de liberarse.

-Te vuelvo a repetir que no tienes motivos para preocuparte. Aleja de ti cualquier duda. Te aseguro que te quiero más que a mi propia vida. Es normal que sientas dudas, desasosiego, presión. También yo los siento. No olvides que amor e inseguridad, amor y duda, amor y celos, suelen ir de la mano.

Deshecho el enredo, los ojos de Lavinia recobraron alegrías, vida y juventud, que belleza nunca habían perdido. Andrés recobró iniciativa.

-A ver qué te parece esta propuesta. Pienso que los dos necesitamos un pequeño paréntesis; precisamos hacer algo que rompa con la traza rectilínea que llevamos; algo distinto a lo de todos los días...

Luego de una breve pausa dramática, prosiguió.

-¿Piensas que sería buena idea que mañana, en León, en lugar de ir al albergue fuésemos a un hotel?

Repentinamente, como tocada por un rayo o por un soplo de contento inesperado, Lavinia se levantó y conminó a Andrés a que hiciese lo mismo.

-¡Levanta!

De un salto, la moza se puso a su lado; dibujó una hermosa risa; le dio una palmada en las nalgas y, concisamente, añadió.

-Te quiero.

En el albergue se habían hecho con dos literas en un cuarto de cuatro, y contraviniendo la norma peregrina reservaron las dos sobrantes por si Rosa y Agustín venían, y también para preservar la intimidad que en aquel momento los dos precisaban. Durante un tiempo estuvieron callados; pero en esta ocasión el silencio no era tormento; en esta ocasión el silencio les permitía la contemplación serena de paraísos prometidos.

La dura jornada que les había llevado de Terradillos a El Burgo Ranero estaba demandando una siesta reparadora; pero los cuerpos y las mentes de la pareja pedían calor a gritos. Se acostaron juntos en la litera alta que ella ocupaba. Gastaron los labios en besos... pero al fin el cansancio pudo con el fuego; extinguió la llama, y terminó trocando los sueños en sueño y los ímpetus en relajación. Al despertar, Lavinia se quejó del fastidio que le producían las quemaduras en las piernas. Las pantorrillas habían tomado un color morado, violáceo, feo.

-Queda ahí -dijo Andrés-. Bajo a la farmacia a comprar algo que te alivie. No te muevas que enseguida vuelvo.

En vista de que la insolación no había derivado en fiebres, la boticaria le recomendó una crema hidratante y precaución para los siguientes días.

-Tumba boca abajo -le pidió Andrés ya de vuelta-. Te voy aplicar esta crema.

-Hazlo con cuidado, por favor. Ahora mismo las piernas me arden.

Arrodillado a los pies de la litera, Andrés contemplaba el cuerpo inerte pero vivo de Lavinia mientras se disponía a aplicarle la crema. La cara ladeada hacia la derecha; los ojos cerrados; la marquita de la ojera a modo de estrella en un cielo prometedor, y en la sien un pequeño y gracioso bulto, apenas perceptible, contrapunteando la lisura de una piel perfecta. Vestía camiseta blanca y "short" oscuro. La camiseta, descuidadamente subida, dejaba al aire el centro de una espalda que parecía sacada del estudio de un escultor. Andrés tuvo que hacer abasto de fuerzas para no dejarse caer sobre ella. No era el momento. El momento tenía que ser único, singular; de los de recordar toda una vida; de los de enmarcar. Se puso, pues, a lo que tenía que ponerse. Suavemente, empezó a extenderle la crema reparadora en las piernas. Su modo de aplicarle el afeite más semejaba un ejercicio de caricias que una terapia. Al llegar al tobillo donde la muchacha lucía una pequeña flor tatuada, Andrés no pudo evitar un beso. Fue un acto reflejo de cariño que Lavinia le devolvió, tal como estaba acostada boca abajo, rodeándole el cuello con los pies.

Agustín y Rosa llegaron al atardecer. Habían demorado un tiempo en Bercianos, donde Agustín se detuvo a saludar a un antiguo compañero de seminario. Y como suele suceder cuando dos amigos se encuentran al cabo de los años, después de los saludos vinieron la comida y las pláticas y las recordaciones. Y así se les fue yendo el tiempo. Al verlos llegar, Lavinia reparó en que algo había cambiado entre los dos desde aquella mañana en Sahagún. Lo advirtió en un mirar descuidado que Rosa le dirigió a Agustín. Fue una de esas percepciones sólo al alcance de algunas mujeres dotadas de un muy desenvuelto sentido de la observación, o tal vez de una gran intuición. El de Rosa había sido un mirar de pardilla enjaulada que denunciaba sentimientos. Pero el cura peregrino, o no se había percatado o es que se dejaba querer, que hasta ese punto no alcanzaba la perspicacia de Lavinia.

Al día siguiente L.A. madrugaron más que nunca. Poco después de las cinco atravesaban la puerta del albergue. La etapa era larga, casi cuarenta quilómetros, y había que evitar que el sol volviese castigar las piernas de la moza. Enseguida encontraron el andadero a la salida de El Burgo. No tenían pérdida. La contraluna dibujaba en negro los arbustos del camino. Las primeras dos horas, yendo como iban por la fresca y por el contento, fueron de mucho provecho; casi se pusieron en Reliegos, trece quilómetros después de El Burgo. Cogidos de la mano, avanzaron a paso de marcha; por veces casi a paso ligero. No necesitaban linterna; el camino era inequívoco. Sólo había que seguir el andadero; seguir los arbustos. Se detuvieron unos minutos para admirar la alborada. El sol naciente de aquella mañana a los dos se les antojó especialmente esplendido, hermoso, acogedor.

-¡Mira, Lavinia! Semeja un mensajero de Afrodita, la diosa griega del amor.

De un salto, ella se colgó de Andrés. Los brazos alrededor del cuello y las piernas envolviéndole las caderas. Bajito para que no la oyese el viento, le dijo al oído.

-A lo mejor es un mensajero de Afrodita.

Le mordisqueó la punta del lóbulo, y en el mismo tono de confidencia añadió.

-Hoy puede ser el día.

Pegó su mejilla a la de él y prosiguió.

-Te quiero tanto que tengo miedo de que pueda pasarme algo antes de recibir el mensaje de la diosa.

A ritmo algo más contenido, pero sin pausas, fueron ganando todos los arbolillos que aún quedaban hasta Mansilla. Atravesaron cañadas e incluso un rebaño de ovejas que se les cruzó en el andadero. Iban los animales a la busca de pastos, y quizás también de antiguas memorias de trashumancias y de mestas que por allí habían sido.

Las cuentas les salieron como habían previsto. Antes de la una atravesaban el río Torío por Puente Castro. Estaban en León. De allí a la catedral aún tuvo tiempo Andrés de echar a correr hacia una máquina que relucía roja a las puertas de un bar. Cogió una cerveza y una coca-cola, y con la fría carga volvió junto a la moza que le pagó con un verde y fresco mirar de rosal florecido.

Buscaron un hotel céntrico para tener la ciudad a mano. Lo encontraron en la calle Ancha, a pocos metros de la catedral. Un tres estrellas de reciente restauración; un hotel moderno dentro de unas paredes antiguas. Al acercarse al mostrador, Andrés advirtió como el recepcionista le miraba; primero a él y luego, con mucho detenimiento, a Lavinia.

-¿Tienen habitación para que esta noche reposen dos cansados peregrinos? -preguntó Andrés interponiéndose en la línea de observación del hospedero-.

-¿Doble o de matrimonio? -inquirió el mozo con un no disimilado tono irónico-.

-De matrimonio -le contestó Lavinia antes de que Andrés pudiese abrir la boca-.

También ella se había percatado de la impertinencia del recepcionista.

-¿Observaste qué imbécil? -comentó la muchacha ya en el pasillo, camino de la habitación-.

La habitación 120 que les correspondió da a una zona de interior. La ventana, a un patio de luces que más que de luces es de penumbras. El patio es amplio, pero la habitación está en un primero y la luz llega muy cansada de tanto rebotar en las paredes. Buscando el lado bueno que en todo hay cuando se procura, L.A. coincidieron en que con la ventana cerrada y las luces indirectas encendidas, el espacio ganaba en intimidad; una intimidad remarcada por el hilo musical en el que sonaban viejos temas de jazz de Billie Holiday, Sarah Vaughan, Ella Fitzgeral, Charlie Parker, Dina Washington...

Descargadas las mochilas, Lavinia se dejó caer en cama. También Andrés se quiso echar; pero rauda, ella se levantó de un salto. Se le acercó; le besó con un beso breve; le cogió las manos, y mirándole a los ojos le dijo.

-Gracias.

Él le devolvió el beso y le respondió.

-Gracias a ti. Gracias por existir.

-¡Anda! Ve a ducharte mientras yo preparo la ropa para vestirnos.

Tras la jornada cumplida, la ducha es sin duda uno de los momentos gozosos del peregrino, y más si la etapa es larga y de sol como había sido aquella. A veces, en los albergues se oyen gemidos que más parecen fruto de juegos amorosos que de aguas. Andrés andaba en ese trance. Lavinia se acercó a la puerta del baño y dio en reír.

-Andrés, por Dios ¡compórtate!

-¡No puedo! A este placer no renuncio. Es un gozo supremo.

-Digo yo que los habrá mejores.

-Esos son otra cosa. Tú me hablas de placeres compartidos, y yo estoy aquí solo. ¿Qué quieres que haga?

Superada la fase de los gemidos, y ya con naturalidad, Andrés seguía disfrutando del agua, del frescor, y de saber que allí estaba Lavinia. Disfrutaba y discurría sobre las diversas alternativas que aquel día, 22 de agosto, podrían darse. Desde que la víspera acordaron ir a un hotel, los dos cavilaban en igual dirección, cada uno para sí. Era como si hablarlo abiertamente les pudiese restar intensidad y regusto. Los dos pensaban; los dos pretendían; los dos anhelaban lo mismo. Y los dos querían gozar de la espontaneidad, de la improvisación, incluso de la ingenuidad en que suelen dar la timidez y las inquietudes propias de estas circunstancias; propias de los estrenos. ¿Quién daría el primer paso? ¿Y de qué forma? Andrés consideraba que por edad debía ser él; por edad y por compensar la iniciativa que Lavinia había tomado en el hotel de Irache. ¡Qué lejos quedaba aquella noche de hotel a los pies de Montejurra! Y sin embargo sólo habían transcurrido trece días.

De las dudas, de las indecisiones, a veces se sale progresivamente, a modo; y a veces, de golpe. En esta ocasión Andrés salió de golpe; apenas en un segundo. Primero fue un rápido descorrer de cortinas; luego una aparición. La aparición más deseada y esperada por Andrés. Lavinia… desnuda… estaba allí… delante de él. Las sensaciones se agolparon y crearon tal caos en la mente del maestro, que no fue quien de decir ni ¡hola! De los instantes de aturdimiento que siguieron guardaría memoria en azul y verde, los colores de los azulejos de aquel baño. También guardaría memoria del "Dedicated To You" que la Fitzgeral desgranaba por el hijo musical, y del triángulo que en el cuerpo de la niña acotaban las caderas y su primoroso vientre; un triángulo imperfecto, y por eso más hermoso. Conocía poro a poro toda la piel de Lavinia excepto aquella parte que ahora contemplaba en su integridad. El espejo al fondo le permitía a Andrés una visión completa, absoluta, de aquel cuerpo que se le ofrecía generoso, espléndido, áurico, hospitalario. Y también en el espejo podía ver el contrapunto de su propia figura, desnuda de aliños y de sosiegos; una figura con el doble de andadura y de desgaste que la de Lavinia, pero que aún resistía.

Repuesto al fin del pasmo, Andrés le tendió la mano y le ayudó a entrar. Corrió las cortinas; le hizo sitio debajo del chorro; retrocedió dos pasos y sentó al fondo, en la repisa de mármol que prolonga la bañera. Lavinia, de espaldas y envuelta en aguas; la piel brillante, espejada, amorosa, fresca, dulce, ebúrnea, cálida, hermosa, viva. Andrés, con pose de Pensador de Rodin, era todo ojos; ojos y sensaciones. Sensaciones de señor del edén; de dicha; de vida y de muerte; de alfa y omega; de plenitud.

Un brazo sobre la cabeza levemente ladeada; las rodillas ligeramente flexionadas; la mirada serena vagando perdida por el alma de su compañero... Al dar la vuelta hacia él, Lavinia era un calco de la angelical modelo de la Fuente de Ingres. La lisura de su vientre, un vientre nacarado por el efecto de los focos sobre la piel mojada, actuaba sobre él a modo de imán intransigente. Arrodillado, la besó en cada palmo de aquella lisura templada. Lavinia enredó una mano en el cabello de Andrés y con la otra le acariciaba la cara, los hombros, la espalda. Él la besó en el ángulo que conforman las ingles. Ella estremeció. El agua no era ajena a tan tierna epifanía de caricias. Por el hilo musical, Ben Harper les animaba a ir más lejos, "Walk Away". Cogiéndole la cara entre las palmas, ella le invitó a levantarse. Piel con piel, gastaron todos los besos que llevaban perdidos. Andrés cerró la ducha; con una toalla envolvió los dos cuerpos, y cada uno tirando por un extremo apretaron todo lo que de sí daban las leyes físicas.

Él salió de la bañera y la cogió en brazos. Ella le mordisqueó suavemente la oreja y le dijo bajito.

-Estoy loca por ti. Te quiero con delirio y... te quiero ahora

Dulcemente la depositó en la cama. Un brazo estirado hacia atrás y embrollado en el pelo; el otro sobre la frente inclinada; los pechos no muy grandes, pero tersos, justos, elegantes, bonitos; un escorzo armonioso con eje en la cintura dejaba vientre y piernas encaradas a Andrés. Éste, de pie, al lado de la cama, tremolando, sabiéndose indigno de ella a la vez que el más feliz de los hombres por tenerla allí, pensó que aquella deliciosa y delicada mujercita, recostada en blando descuido, quizás sólo fuese una ilusión; "una hechura de mazapán moreno, rosa y blanco, y no un ser de carne y hueso". Recordaba Andrés la descripción que Emile Zola había hecho del cuadro del Nacimiento de Venus, de Cabanel. Pero Lavinia no era una ilusión. Era la belleza misma en reposo; una belleza viva, despierta, plena de sensualidad y desbordante de placeres. Toda ella era hermosa. Así como estaba, enteramente desnuda, no se podría decir cuál era el punto más atractivo de su cuerpo. Ni siquiera en aquellas circunstancias en las que el instinto suele prevalecer sobre los sentidos.

Mientras él la contemplaba, la admiraba, Lavinia no dejó de mirarle a los ojos y de sonreírle. Pero Andrés estaba embobado, como ausente. Fue de nuevo ella quien cerró la pausa de indecisión tendiéndole los brazos y llevándolo junto a sí. El reloj del mundo se detuvo; los planetas, quietos; el universo entero, en sagrado silencio. No quedó rincón en aquellos cuerpos por explorar, ni recurso que no practicaran. Ya se podían esforzar Harper y la Fitzgeral y Sarah Vaughan, que ellos sólo atendían a los ritmos acompasados de sus corazones y de sus respirares, y a los violines que un coro de alados amores tocaba, sobrevolando el lecho en el que la vida se estaba abriendo a todos los placeres. Era gloria, era adagio, era paraíso, era azul mediterráneo, era Olimpo, era aire y luz de Provenza, era suspiros, era un cello lejano, era verde atlántico, cielos de Castilla, olor a tierra mojada, sudores, gemidos, ternura, rocío de la mañana, sabor a piel, ojos entreabiertos, Casta Diva de la Callas, dulzura, primavera, blancas nieves, canto de jilgueros al amanecer, ocaso en Fisterra, estremecimientos, labios mordidos, locura, conjunción de caminos, fruta madura, estrellas, nirvana... Los alados amores arrancaban aleluyas de los violines. Lavinia y Andrés siguieron besándose para que el reloj del mundo no echase a andar todavía; para que los planetas no retomasen órbita; para que el universo entero no invadiese ruidoso su firmamento. Abrazados, cuerpo con cuerpo, esperaban el fin del mundo sin decirse nada. ¿Acaso es preciso hablar cuando los sentidos están en plenitud? ¿Es necesario decir "te quiero" cuando la palabra va escrita en las miradas, en las manos, en los labios, en las pieles, en las almas, en las paredes, en el aire; cuando el sentimiento que encierra esa proclama, atruena?

Acostado a sus pies, en posición fetal, Andrés apoyaba la cabeza en el vientre tibio, liso, vivo, maternal, palpitante, hermoso de Lavinia; con los brazos le envolvía el talle. Otras veces, después de euforias intensas solía caer en desánimos; pero en esta ocasión, no. En esta ocasión se sentía feliz, pleno, prendido a aquella criatura que le había abierto las puertas de un edén nunca antes por él explorado. Lavinia le acarició el pelo y la cara, y le pasaba el índice por los labios mientras se hacía el firme propósito de no permitir que aquel amor muriese, se desmoronase; ni tan siquiera ablandase, se acomodase.

Eran cerca de las cinco de la tarde. El reloj que marca el tiempo de las vidas seguía detenido en la una y media. Pero entonces cayeron en la cuenta de que aún no habían comido. Una cosa es que el espíritu vuele entre nubes y gozos, y otra que el estómago no se pueda quejar. A aquellas horas se conformaron con unos bocadillos en la propia cafetería del hotel. El resto de la tarde lo dedicaron a visitar la catedral y San Isidoro, y a pasear la zona húmeda leonesa.

Los ojos de Lavinia tenían aquella tarde un brillo especial que rivalizaba con el cromatismo de las vidrieras góticas de la catedral, únicas en el mundo, quizás sólo comparables a las de Chartres o a las de la Sainte Chapelle parisina. Tal es su ligereza, su estrechez, su grandiosidad, que se diría que el techo del templo colgase del cielo. Lavinia entró en estado de gozo ante aquella contemplación. Y el caso es que aguantó la sobreexcitación de los sentidos, la segunda en una misma tarde, sin perder compostura ni templanza, e incluso ganando en atractivo, en encanto, en gracia y en brillo.

Después de un día tan intenso, de un día único, del día más singular de sus vidas, Andrés y Lavinia cenaron temprano y temprano se retiraron al hotel. Había que descansar de fatigas y sentimientos para volver al Camino al día siguiente.

Pero antes de dormir volvieron sonar adagios; volvieron abrirse paraísos; volvieron los azules mediterráneos y los verdes atlánticos, los aires y las luces de Provenza, el aroma a tierra húmeda, los sudores, los gemidos, la ternura, el rocío de la mañana, cellos lejanos, primaveras, jilgueros, ocasos, estremecimientos, locuras, estrellas, nirvanas… y sueños.

VIII. De León a Rabanal

(Andante cantábile con moto)

Se levantaron a horas peregrinas; se levantaron temprano; se levantaron contentos como si despertasen de un sueño de blancos, amarillos y transparencias; de música de violines, gaitas y tenoras. El cuarto, con las paredes en colores pastel, alternando los más suaves de la cabecera y de los pies con los más fuertes de los laterales; el techo, blanco; el piso, de madera barnizada en oscuro; el televisor, al fondo; el amplio lecho, nido de amores puros, limpios y sublimes; las luces, indirectas, justas; la ventana que da al patio, discreta; el escritorio, breve... Andrés y Lavinia trataban de fijar en su memoria eterna aquel marco; aquel lugar en el que habían nacido a la vida. Y en el centro del cuadro, ellos dos disponiéndose a retomar el Camino; a retomar las caricias, y los besos, y las ansias de seguir juntos.

Se ducharon bajo la misma agua. La piel de Lavinia parecía aquella mañana como pasada por un tibio baño de oro. Brillaba, relucía, tentaba, apetecía. El pelo recogido dejaba libre una frente redonda, lisa de preocupaciones y de urgencias; la boca y los ojos, en aberturas de sonrisa permanente; el cuello perfecto, los pechos perfectos, el vientre perfecto, misterioso, mágico, sorprendente, dulce; un vientre rebosante de hidromieles, de fantasías, de placeres. Andrés se sintió rebosante de contento; enamorado como nunca se había sentido antes; como nunca se podría sentir aunque viviese mil primaveras, mil Caminos más; se sintió prendido a aquella chiquilla que tenía entre los brazos. A Lavinia, el contento, la felicidad, le salían a chorro por los poros, por los ojos, en cada movimiento, en cada guiño. Al cerrar la habitación besaron la puerta. Al salir del hotel tocaron las paredes como quien toca el manto del santo en las procesiones. "¡Adiós León, Edén, Paraíso, Tálamo de amores hermosos, vivificadores!".

-Siempre guardaré memoria viva y gozosa de León -dijo Lavinia-. De León, y de la habitación 120 del hotel París. Cuando me envuelvan las tristezas siempre me podré refugiar en la memoria de esa habitación; en la memoria de la buenaventura que hallé en ese cuarto.

Aún la plateresca fachada de San Marcos lucía iluminación nocturna y las escasas aguas del Benesga reflejaban los focos de las farolas, cuando L.A. dejaban atrás León. Por la acera de la ruidosa sirga que cruza Trobajo, un peregrino caminaba por delante de ellos. Por el poncho le identificaron. Era Agustín. Iba solo. Apuraron el paso para darle alcance, y cuanto más apuraban más sonaba el golpear de sus bordones en las losas. Agustín en ningún momento giró la cabeza. Cuando estaban a tres pasos por detrás de él, les saludó.

-¡Hola, pareja! Vosotros aprovechando siempre la fresca.

-¡Buenos días! ¿Cómo sabías que éramos nosotros? -curioseó Lavinia-.

-La cadencia de vuestro andar es inconfundible. ¿Dónde dormisteis esta noche? No os vi por el albergue. Rosa, Pablo, Claire y María anduvieron buscándoos.

-Esta noche nos dimos un agasajo -contestó Andrés-. Lo merecíamos. Dormimos en un hotel.

-¿Tan fuerte os dio? ¿No iréis muy aprisa?

Aquel tono levemente moralizante del cura Agustín avivó el rescoldo de los enojos en Lavinia; pero dado que el clima

242

de confianza era evidente, la muchacha apremió al peregrino Agustín, al compañero Agustín, a que le aclarase lo que ella creía tener claro, aunque… quizás no tanto.

-Respóndeme como persona, como cura, o como persona que también es cura. ¿Piensas que es ir muy aprisa que queriéndonos como nos queremos; queriéndonos como Dios manda, y disculpa la expresión; queriéndonos con desprendimiento, con entrega, sin egoísmos…? ¿Piensas que es ir muy aprisa que queriéndonos así, y después de dos largas semanas de convivencia sin tregua, también quisiéramos querernos físicamente? ¿Es esto malo? ¿Puede ser esto malo?

-Querer nunca es malo. Piensa que fue el mismo Dios quien a la hora de compendiar sus mandamientos los redujo al doble imperativo de querer, de amar; primero a Dios, y luego a los semejantes. El querer nunca puede ser malo. No puede ser malo en ninguna de sus formas de concretarse. Pero el universo está regido por el tiempo, y todo en esta vida tiene sus tiempos; unos tiempos que cada uno de nosotros tiene que buscar para sí y tiene que medir.

-¿Y por qué preguntaban por nosotros Pablo, Rosa, Claire y María? -terció Andrés tratando de derivar el tema de la conversación-.

-Es que ayer hubo jarana. Pablo y Claire abandonan hoy También ellos se quieren, aunque sospecho que no como vosotros. Antes de separarse se van unos días a tu tierra, Lavinia: van a Lloret. Al parecer alquilaron un apartamento para una semana. De modo que ayer era su despedida y anduvimos de vinos y de adioses por la Zona Húmeda.

-También nosotros anduvimos por allí; pero nos retiramos temprano.

-Yo los dejé a las diez. Ellos llegaron al albergue pasada la media noche. Pablo tuvo que escalar una ventana para abrir la puerta desde dentro. Esta mañana desperté a Rosa. Me dijo que estaba baldada. Ella y María saldrán más tarde. Quedamos en vernos en Hospital de Órbigo. Dice la brasileña que no quiere perderos el rastro. Parece que os tiene en gran estima.

-A mi me da que es una chica necesitada de cariño -replicó Andrés-; necesitada de cariño, pero muy generosa a la hora de dar el suyo. Enseguida se abre a los afectos, y eso no es bueno. A lo que esa actitud a menudo conduce, es a terrenos de desencanto y de pesar.

Metidos en estas chácharas, pronto se les consumió el trecho que media hasta alcanzar la población de Virgen del Camino. Aquí, Agustín tenía previsto parar y desayunar. No gustaba de caminar mucho tiempo en la misma compañía para así evitar que prendiesen lazos de afectos o de complicidades. Donde más a gusto se sentía era en soledad. Siempre había vivido muy de cara adentro. De chiquillo pasaba los días en conversaciones con un amigo imaginario al que llamaba por su nombre. Tenía muy preocupados a sus padres con estas andróminas de andar siempre hablando solo. Más tarde, en el seminario, encontró el marco ideal para cultivar y fortalecer ese carácter introspectivo que lo llevaría, primero a entregarse a sus estudios, y luego a viajar a Roma y a Jerusalén para ampliarlos. En estas estancias entró en círculos eclesiásticos comprometidos con el mundo actual, y empezó a coquetear y a enredarse en las corrientes teológicas de la liberación. Ahora, el cardenal de Madrid le tenía atado en corto. Apreciaba sus conocimientos, su formación humanística, patrística y teológica; pero desconfiaba de la aplicación que a menudo hacía de aquellas doctrinas. Las desconfianzas del prelado derivaban del hecho de que al joven sacerdote le gustase proyectar aquellas doctrinas sobre los problemas reales del mundo; sobre la pobreza, la explotación de los pueblos y de los individuos, la injusticia, las prioridades de la Iglesia... o la propia figura de Jesús, a quien consideraba el Dios cósmico, principio y fin, alfa y omega del devenir de la humanidad. Había estudiado, sin duda, a Teilhard de Chardin. Aunque de apariencia tímida, afable y serena, por dentro Agustín era un volcán de contradicciones, contradicciones entre el ser y el deber ser; entre lo que le pedían sus superiores y lo que le pedían su cabeza y su corazón. Por eso solía hablar lo justo y con las palabras justas.

Juntos visitaron el modernista santuario de la Virgen del Camino. Lavinia pasmó ante la fachada de la iglesia. No esperaba aquello. No contaba con una filigrana tan sutil, ni con el elegante y precicsista brocado de la pared. Pero sobre todo pasmó con aquel hierático apostolado que ocupaba el frontal del templo, con la Virgen al medio. Las trece figuras, tan esbeltas, tan sublimadas, tan no de este mudo... Al advertir el encantamiento contemplativo en el que había entrado la rapaza, Agustín le preguntó si conocía los orígenes de aquel santuario, y si conocía al arquitecto y al escultor que en él habían trabajado.

-No. No tengo noticia de este templo; pero se deba a quien se deba, es una pasada de bonito.

-Pues el autor de las esculturas, Josep María Subirach, es paisano tuyo -le dijo Agustín-. En esta obra alcanzó una perfecta conjunción, una mezcla simbiótica de lo que es la figuración y la abstracción. Lo que desde luego no consiguió fue unanimidad de juicios. Desde el principio, la controversia acompañó a este conjunto escultórico.

-¿Y quién fue el arquitecto?

-Un fraile portugués apellidado Coelho. Lamento no tener más noticia de él.

Lavinia no apartaba la mirada de aquella composición escultórica, de aquel cuadro de filigrana. Al cabo de un tiempo retomó la palabra para resumir sus impresiones.

-Pues sabéis que os digo... que sin ánimo de comparar, porque no son comparables, esta fachada me impresionó casi tanto como la catedral de León que vimos ayer. En los dos casos el artista nos está llevando de la mano a mirar al cielo; en León, abducidos por la sublimación de las vidrieras, y aquí, por la fuerza sugestiva de las esculturas. ¡Qué sorpresa! ¡Qué agradable sensación!

-Piensa que a fin de cuentas -concluyó Agustín- el arte no es más que una manifestación de Dios para hacerse comprensible a los hombres. Lo mismo que la naturaleza; lo mismo que el amor.

Dentro del templo; un templo austero, elegante, amplio, recogido, el cura peregrino sentó en un banco; sacó un libro de la mochila, y se metió en lecturas y meditaciones. L.A. volvieron al camino. A la salida del poblado tropezaron con el dilema de tener que optar entre la ruta clásica, la que por Villadangos transcurre ahogada en asfaltos, o tomar el sendero alternativo que lleva por Villar de Mazarife, un trazado más largo, pero libre de camiones, de ruidos y de alquitranes. Se decidieron por esta segunda opción. Aquí, el páramo leonés se manifiesta limpio, virgen y en toda su dureza. Sólo a tramos, algunos cultivos o las choperas que ensombrecen los rápidos regatos que caen desde las sierras cantábricas, suavizan aquellos yermos de pobre y baja vegetación. Eso sí. Huele a tomillo, a albahaca y a la hierba fresca, y no a humos de carretera.

Las memorias de las músicas, y de los perfumes, y de las armonías de colores, y de las dulzuras, y de las suavidades de aquellas últimas horas, iban jugueteando por los mundos internos de Lavinia y de Andrés. Jugueteando y transportándolos a los más hermosos paisajes; a las cimas de los montes más altos y más verdes, donde señorea el cóndor; al pié de los rápidos más espumosos; a la islas de playas más blancas, de aguas más azules y transparentes, y de soledades más compartibles. Si ya las miradas que de continuo Lavinia le regalaba a Andrés iban cargadas de mensajes, las de aquella mañana desbordaban. En todo el caminar la moza no se desprendió de aquella medio sonrisa suya; una medio sonrisa cabalística como la de una "monna-lisa"; pero una medio sonrisa aguda, donosa y belida. "¡Y qué bien le sienta a la condenada!", pensaba Andrés, sin cansarse de mirarla. Aquella mañana Lavinia estaba radiante, gozosa, brillante. Era contento; era aura; era plenitud, y era verbo.

-¡Andrés! Tengo que admitir que cuando se descubre el paraíso ya no hay salida; no hay forma de abandonarlo adrede. Ayer descubrí ese paraíso; un paraíso mucho más amplio y más rico que el del simple goce sexual. Es el paraíso del amor, el de la entrega desinteresada, el de la generosidad, el de la recreación y la complacencia, el de la plenitud, el de la transparencia; es el paraíso de las ternuras compartidas; el paraíso de los éxtasis. No estoy dispuesta a perderlo. Y como pienso que tú tampoco, pues por eso me siento tan feliz. Nunca antes me había pasado esto, y no voy a permitir que ahora se me estropee.

-Tampoco yo había sentido nada igual en mi vida, que es un algo más larga que la tuya. Acabas de dar en el clavo. Nuestra relación es así de hermosa porque esta huérfana de egoísmos, de intereses, de estrategias de dominio. Somos como dos pajaritos que se conociesen en un campo de girasoles y empezasen un cortejo primaveral. Para ellos lo único importante es amarse; amarse en plenitud, es decir, entregándose, compartiendo, recreándose a su manera en la naturaleza y en la ternura. Tienes razón, Lavinia. Tampoco yo estoy dispuesto a dejar que esto se nos derrame.

Metidos en regoces, iban L.A. como dos adolescentes en trance de descubrir las dulzuras del primer beso mientras desnudos se bañan en el río. Ni el resol en las gándaras, ni las piedras del camino, ni las distancias, ni los sudores, les restaban una miga de contento a aquellos dos pajarillos en su campo de girasoles. Y así, poco a poco, habiendo dejado atrás Oncinas, Chozas, Villar de Mazarife y Villavante, terminaron abocando a la misma carretera general que habían evitado a la salida de Virgen del Camino. Viendo el asfalto humeante de las dos de la tarde, celebraron el acierto de haber elegido aquella ruta; una ruta que, aunque no muy generosa, les había regalado regatos, chopos, álamos, prados, alguna sombra, y mucho espacio para la intimidad.

La entrada en Hospital de Órbigo es como un ensayo de entrada en el Paraíso. Después de tantos quilómetros de páramos agostados, un quebrado, singular, largo y hermoso puente románico sobrevuela un río de aguas frescas, de aguas musicales, de aguas que dan vida y verde a las amplias praderías y a las acogedoras arboledas que las encauzan.

Mientras pisaban las desgastadas piedras del puente, Andrés le hizo a Lavinia una concisa relación de las gentes que durante siglos habían andado la misma vía que ellos ahora transitaban.

-Estos aires, estos soles, estas piedras, antes que a nosotros pertenecieron a reyes, reinas y emperadores; a obispos, clérigos y monjas; a ricos, a humildes y a pobres de pedir; a santos, a pecadores y a gentes corrientes; a guerreros, a hombres de paz y a pícaros. Por aquí pasó Almanzor, haciéndoles cargar a los cristianos las campanas de Compostela con el propósito de fundirlas en candelabros que iluminasen la mezquita de Córdoba. Y por aquí pasaron, camino de vuelta, gentes moras cargando las mismas campanas. Por aquí paseaban, con la Cruz de Malta al pecho, los caballeros de la Orden de San Juan de Jerusalén que tenían hospital a la orilla del Órbigo. Y aquí tuvo lugar, hace más de quince siglos, una batalla decisiva entre visigodos y suevos. Pero nada de esto, comparable a la fama que a este puente le propició don Suero de Quiñones, quien a causa del amor no correspondido de una dama se impuso la obligación de retar, durante un mes, a todo caballero que pretendiese cruzar el paso. Para poder hacerlo honrosamente, antes tendría el caballero que romper lanzas con él. Éste era el reto.

-Me tienes que contar la historia.

La cara de Lavinia relucía como un encaje de luces y sombras bajo el sombrero de paja.

-Es una bonita historia de caballería que aconteció en el Ano Santo de 1434 por los días de la festividad del Apóstol.

A poco del final, el puente se abre a la derecha a unas escaleras que llevan a la explanada que orilla el río. Allí, un restaurante estratégicamente emplazado aguarda a los caminantes. Bajaron buscando frescor y sustento. Antes de sentar a comer lavaron sudores y vistieron ropa limpia.

Mientras comían, Andrés le fue desgranando a su compañera las hazañas del tal don Suero.

"Cuentan las crónicas que cuando corría el primer día del año 1434, don Suero, un joven y aguerrido caballero leonés de la estirpe de los Quiñones, acompañado de nueve caballeros amigos, se presentó ante el rey castellano Juan II para solicitarle un gran favor. Por aquellas fechas el monarca residía en las afueras de Medina del Campo, ciudad de grandes ferias a las que acudían mercaderes y cambistas de toda Europa. Desde allí, desde el castillo de la Mota, gobernaba Juan II en compañía de su esposa la reina María de Aragón y de su hijo Enrique. A su alrededor, alféreces, obispos, cortesanos, y su valido el condestable Álvaro de Luna.

"Andaba el soberano ocupado en la reconstrucción del castillo, dotándolo de fosos, de caminos de ronda, de almenas y cañoneras, cuando se le presentó el joven don Suero que con sólo con 24 años ya había alcanzado gran fama en el manejo de las armas. Dos años antes, a las órdenes del condestable Álvaro de Luna, había participado en la batalla de Higueruela. Allí se enfrentó a las tropas del rey moro de Granada entre las que hizo gran carnicería.

"El propósito de don Suero era que el rey le otorgase licencia para poder organizar unas justas con las que liberarse de la penitencia a la que le había llevado el amor no correspondido de una hermosa dama leonesa: doña Leonor de Tobar.

-Mi señor. Humildemente solicito de vuestra majestad me otorguéis licencia para organizar unas justas; un paso de armas con el que poder lavar mi honra, y desprenderme del compromiso de tener que llevar todos los jueves un fierro al cuello, a causa de los esquivos amores de una dama que mi condición de caballero me impide llamar por su nombre.

-¿Cómo, cuándo y quiénes tomarían parte en esas justas? -preguntó el condestable Álvaro de Luna, que desde Higueruela, donde don Suero le había restado fama, no disimulaba su enemistad contra el joven caballero-.

-Es mi propósito, majestad; es mi intención, condestable, establecer un paso de armas en el puente que cruza el Órbigo, y allí retar a cuanto caballero castellano o extranjero quiera cruzar tres lanzas conmigo o con cualquiera de mis nueve amigos. Sólo así podrán salvar el paso honrosamente. Pienso obligar a batirse a todos los caballeros que lleguen acompañados de dama. Quien se niegue tendrá que dejar un guante en prenda como testimonio de su cobardía. Y ya que aquel es el camino obligado para los peregrinos que vienen de Francia, quiero empezar las justas quince días antes de la festividad del Apóstol Santiago, y darlas por concluidas quince días después. Al terminar los desafíos, es mi propósito viajar a Compostela en compañía de mis amigos y de aquellos caballeros que hubieren aceptado el lance, para colocar las armas de combate y el fierro de la ignominia a los pies de nuestro señor Santiago.

-Noble propósito, caballero don Suero, digno del linaje de los Quiñones -dijo el rey-. Difúndanse por toda Europa las reglas para unas justas en el paso del Órbigo. Levántense tiendas y palenques, y que sea un mes de fiestas y de glorias para la caballería de Castilla.

-Mi señor -replicó el condestable-, quizás no haya justificación suficiente para organizar tan magnas justas como las que el caballero don Suero propone a su majestad.

-Debe saber el condestable de Castila que manda mi milicia, que no hay mayor justificación para unas justas que aquella que invoca la honra. Un caballero tiene siempre que estar dispuesto a vivir y a morir por ella.

"Con esta real respuesta salió don Suero de Quiñones del castillo. En la ciudad de Medina aprovechó la concurrencia de los comerciantes y de los cambistas de Amberes, de Hamburgo, de Viena, de Venecia, de París y de Londres, para hacer correr por toda Europa la noticia del desafío; la nueva de un paso de armas a las orillas del Órbigo.

Lavinia comía distraídamente, sin ritmo; pendiente de cada palabra, de cada gesto, de cada inflexión de voz, de cada mirada de Andrés. No perdía el hilo del relato. Su escucha era casi reverencial.

"Desde que don Suero -prosiguió Andrés- salió de Medina con el permiso regio para organizar las justas, las riberas del Órbigo se convirtieron en un campo de adiestramiento, donde el noble caballero leonés y sus amigos se mantenían en forma en tanto aguardaban la fecha del gran acontecimiento de armas que les habría de dar renombre a ellos, a la villa y a la caballería castellana. También hasta el lugar se allegaron gentes de León, de Castilla, de Aragón, de Galicia, de Francia, de Flandes y de otros muchos lugares, dispuestos a aceptar el reto de don Suero. Querían conocer a sus rivales y el campo de contienda. La noticia se extendió por todo el mundo cristiano, siguiendo los caminos de los mercaderes y de los muchos peregrinos que por aquella época viajaban a Compostela.

"Desde un mes antes de la data fijada para el comienzo de las justas, casi ya cumplida la primavera, el poblado de Órbigo entró en preparativos. Hasta aquí llegaron carpinteros, herreros, forjadores, plateros, tenderos, músicos, hidalgos, galopines, cocineros, contorsionistas, escupe-fuegos, cómicos, adivinadores, sanadores y curiosos. Era un gran acontecimiento el que se preparaba; un acontecimiento no vivido por estas tierras desde los esponsales reales, y nadie se lo quería perder. Se levantaron tiendas y palenques, y se dispuso un gran comedor y una gran cocina para atender cada día, con toda prodigalidad, tanto a los retadores como a los retados.

"Llegó por fin el diez del mes de Santiago; el día señalado. Don Suero y los nueve caballeros leoneses que le acompañaban en la empresa de mantener el paso honroso sobre el Órbigo, asistieron a misa, confesaron y comulgaron, tal como harían cada día antes de cada encuentro de armas. Después de la eucaristía y del almuerzo, cuando ya rayaban las luces del alba, salieron a la entrada del puente dispuestos a suscitar los primeros desafíos.

"La liza estaba dispuesta al pie del paso, en un prado que daba al río. A uno de los lados del palenque, las bancadas acogían aquella mañana a más de doscientos curiosos. Enfrente, el cerco de madera se abría a las aguas para que los combatientes se pudiesen lavar después de cada desafío. Montaban don Suero y los suyos caballos bien aparejados; vestían armadura con casco e iban provistos de adarga y lanza. Quiso la fortuna que al poco llegasen diez caballeros franceses, que aquella noche habían levantado tiendas a la entrada del pueblo para ser los primeros en tomar parte en las justas. Uno a uno fueron contendiendo los diez franceses con los nueve amigos de don Suero y con el propio don Suero, que cerró la jornada cruzando lanzas con un conde de Aquitania que antes de darse por vencido lo desarmó dos veces. En los otros combates sólo de uno salió victorioso el caballero francés. Hacia el anochecer dio comienzo el gran banquete en el que abundaron las perdices, los perniles de jabalí, el cordero, y vino; mucho vino traído de Zamora y de las tierras de Galicia que templa el Avia. Con la hartura curaron los golpes y las heridas, sobre todo las heridas del alma que son las que más duelen a un caballero vencido en justas o en amores.

"Era don Suero un hombre de gratuita valentía, que cuando no andaba en guerras gustaba de demostrar su destreza con la lanza y con la espada. Todos los días reservaba para sus combates las horas del atardecer, por ser las más concurridas de público. Admirador y emulador de las hazañas y del espíritu de los caballeros andantes; lector voraz del naciente género de la novela de caballería, era también generoso con sus contrincantes, a los que invitaba a permanecer con él hasta el fin de las justas para luego ir juntos a Compostela a rendirle honras y armas al Apóstol. Él mismo le haría donación de la argolla que se había comprometido a llevar al cuello todos los jueves, como prueba del amor no correspondido que profesaba por doña Leonor de Tobar. Y como no pasaba día en el que no se cruzasen al menos diez lanzas, hacia el final de las justas más de cien caballeros sentaban en el banquete. No había lugar en aquellos festines para quienes hubiesen rechazado el combate. Sólo el guante de su reconocida cobardía podía verse a las orillas del Órbigo.

"Y también fue mucha, en aquellos treinta días, la nobleza que desde todos los reinos de la península se acercó a presenciar las justas y a disfrutar de los fastos y de los convites que don Suero disponía cada jornada. No faltaron miembros de las casas reales de Castilla y de Aragón, ni de familias insignes como la de los Velasco, los Manrique, los Mendoza, los Castro, ni de tantos y tantos linajes distinguidos, lo mismo en el arte de las armas que en el de las letras.

"Quiso la fortuna que, en medio de tanta violencia como la que a diario se daba gratuitamente en aquel palenque a las orillas del Órbigo, sólo hubiese un muerto. Fue un caballero catalán al que una lanza mal dirigida le atravesó la celada y le abrió la cabeza. Y eso que en estas justas las lanzas no llevaban el hierro normal sino roquete, que si bien podía desarzonar al jinete, no le hería. Mala suerte la del caballero catalán, única víctima mortal de aquellas justas, que ni siquiera pudo hallar descanso en sagrado. La Iglesia le negó sepultura por considerar pecado grave el hecho de entrar en duelos; la misma Iglesia que cada mañana confesaba y celebraba solemne eucaristía para los combatientes; el mismo clero que al anochecer participaba de las fiestas y sentaba en los convites de hartura que obsequiaba don Suero.

"En total fueron más de trescientas las lanzas rotas en las lizas del puente que cruza el Órbigo. Cumplido el mes, partió hacia Compostela el caballero don Suero, primogénito de la ilustre familia leonesa de los Quiñones, dejándoles larga fama a este puente y a la estirpe de la caballería castellana. Con él partieron sus amigos que le habían auxiliado en los desafíos y en las alegrías; también los caballeros con los que había combatido hasta redimir la afrenta que cada jueves debía lucir al cuello en descargo de un amor atravesado.

Los codos apoyados en la mesa; los antebrazos erguidos con las manos unidas en arco; la cara sobre las manos… Lavinia miraba a Andrés, cautivada y presa de sus saberes. Lo miraba desde abajo.

-¡Qué bonita historia! -exclamó-. ¿Harías por mí lo que don Suero hizo por doña Leonor?

-Si ahora mismo me pasara contigo lo que a don Suero con doña Leonor, pienso que caería en penas y no tendría arrestos para montar justa alguna. Quizás es que don Suero actuó más por orgullo que por amor, y por eso hizo lo que hizo.

-Si quieres que te sea franca -replicó la moza componiendo una maliciosa mirada- prefiero lances como el que tú y yo librábamos ayer a estas horas. ¿Recuerdas? Por un lado parece que aún lo estuviese viviendo; pero por otro semeja como si sólo de un sueño se tratase.

Luego de una breve pausa, y después de cambiar la luz de su cara color ironía por una luz color desasosiego, concluyó.

-¡Dime que fue cierto! ¡Dime que se repetirá!

-Pues claro que fue cierto. Pero no me cambies los papeles, querida Lavinia. Quien podría pensar que sólo fue un sueño soy yo; no tú. Para mí, vivir contigo, compartir, pensar, amar contigo, es casi una ilusión. Tú, sin embargo, con esa carita, con esas tus capacidades de enamorar, no habías de tener problema alguno en dar con quién quisieras.

-Pues mira lo que son las cosas. Ya di con quien quería y no quiero dar con nadie más.

Mientras así decía, Lavinia llevó las manos a las mejillas, inclinó la cabeza a un lado y a otro, y dibujó un gesto como de sentenciar: "Esto es lo que hay". Andrés le rió la compostura y los dos se levantaron para encaminarse al albergue parroquial. A aquellas horas ya debería estar abierto.

Con lo que no contaban era con encontrarse a las puertas del restaurante con el caballero don Suero de Quiñones. Caballo blanco bien enjaezado; brillante armadura; celada rematada en penacho con los colores de la familia de los Quiñones; adarga leonada; lanza en ristre.

-No quieran el señor Santiago ni la honra de mi dama doña Leonor -les dijo el caballero- que nadie llegue al cabo de este puente sin haber ganado el derecho de paso en noble lid.

-Nada tenemos contra vos, ni contra vuestra honra, ni contra vuestra dama. Por lo que respecta al señor Santiago, hacia su casa vamos a implorarle nos conceda la gran perdonanza -replicó Andrés-. Dejadnos, pues, paso libre, que nada tenemos que ver con vuestras pendencias.

-A fe que no pasareis sin que antes crucemos lanzas, a no ser que para vuestra vergüenza prefiráis dejar aquí el guante de la cobardía.

-Sabéis que no es cobardía, sino templanza; que no es desprecio, sino sentido común. Os lo pido por segunda vez. ¡Apartad!

-No sería cumplidor de mi promesa si eso hiciese. Y no cumplir una promesa es caer en deshonra. Disponeos, pues, a cruzar lanzas conmigo o a arrojar el guante de vuestra vergüenza a mis pies.

-Sea pues como queréis.

-Quien primero sea desarzonado dos veces se dará por vencido -dijo don Suero-. Si soy yo, habréis ganado un paso honroso; si sois vos, yo os lo concederé.

Entraron don Suero y Andrés en el cerrado que formaban los palenques. Lavinia, acomodada en el palco central, besó su pañuelo y lo ató a la lanza que Andrés le ofrecía. Los dos contendientes se alejaron; cada uno a un fondo y a su correspondiente lado de la divisoria de la liza. Bajaron la visera de la celada. Piafó la cabalgadura baya de Andrés. Se encomendó éste a Santiago, y al trote arrancaron los caballos con sus jinetes lanza en ristre. En el primer encuentro las adargas hicieron que los golpes resbalasen, aunque Andrés a punto estuvo de perder el equilibrio. Llegados a los fondos, jinetes y monturas giran. Una nube de polvo cubre el palenque. Un certero golpe al pecho da por tierra con Andrés. Lavinia se levanta del asiento; tapa los ojos con las manos dejando hueco entre los dedos. Alza Andrés del suelo; recoge su lanza; vuelve a montar el bayo y se dirige a su fondo. Lavinia se tranquiliza. Vuelve el caballo de Andrés a piafar, y tanto levanta las manos del suelo que a punto está de derribar al jinete. Nuevo galope y nuevo encuentro en el centro de la liza. En esta ocasión los dos caballeros esquivan a tiempo el golpe contrario. De vuelta, apretando estribos, Andrés agarra con fuerza la lanza y se va enrabietado contra don Suero. A caer o a vencer. Sorprendido, el caballero leonés da en tierra. Cae en mala postura y lastima un hombro. Andrés descabalga; ayuda a don Suero a levantarse. Los dos pactan el final del desafío sin mengua de honra para ninguno.

Desde la cima del puente, Rosa, María y Agustín saludan a Andrés y a Lavinia. Habían tomado la variante de Villadangos y venían ya comidos. L.A. llevaban sin ver a María desde la cena de Terradillos. Ella venía con Pablo y con Claire, y ahora que el valenciano y la francesa habían abandonado se unió a la brasileira para no quedar descolgada. A Rosa, que lo que le gustaba era ir paciendo de prado en prado, no le complacía verse convertida en la referencia de alguien. No le agradaba interferir en las relaciones de los demás, ni le agradaba que interfiriesen en las suyas. Mayormente, en estos días en los que andaba tratando de acercarse a Agustín, y lo que necesitaba era que los demás le diesen algo de distancia.

Guarda el albergue parroquial de Hospital de Órbigo trazas de antigua casa romana, con un patio a modo de "impluvium" cubierto a tres lados. Atendía a los peregrinos un hospitalero un tanto meapilas; de esos a los que las teologías y las devociones se les van por la boca. De entrada tuvo un detalle que los cinco peregrinos agradecieron. Después de que bajasen las mochilas les invitó a sentar bajo el cubierto; les pidió que descalzasen, y a cada uno le sirvió una palangana dispuesta con agua, sal y vinagre. Al cabo de una larga andadura, no hay nada que más agradezcan los pies de un peregrino que una palangana con agua, sal y vinagre. Mientras los cinco caminantes se reponían de cansancios y aliviaban los pies, el hospitalero aprovechó para sugerirles que si querían podían asistir a misa de ocho en la iglesia parroquial. Hasta aquí todo fue yendo; pero la buena impresión que de entrada les había causado, empezó a perder consistencia cuando aquel hospitalero con trazas de meapilas, queriendo dárselas de listo metió el zueco de la manera más innecesaria. En su descargo hay que decir que Agustín, que vestía bañador y poncho y gastaba abundante barba, no ofrecía aspecto de lo que era. De eso ya venían escarmentados Lavinia, Rosa y Andrés después del encuentro en Carrión. El caso es que, tras recomendarles la misa, el hospitalero fue a reparar en Agustín; precisamente en Agustín.

–Bueno. Supongo que esto de la misa a ti no te interesará. Apostaría a que no te pierdes mucho por las iglesias.

Todos callaron y miraron a Agustín, a la espera de ver por dónde saldría… Ni se inmutó. Simplemente le respondió.

–Soy cura.

–Ya. Y yo el obispo de Roma.

La actitud y las sonrisas de los otros peregrinos pronto sacaron al hospitalero de su error.

-Bueno. Pues perdone. Pero no me dirá que el aspecto que lleva es precisamente el de un sacerdote.

Por si alguna duda le quedaba al hospitalero, Agustín coofició la misa. Era la primera vez que sus compañeros de Camino lo veían revestido de ceremonial. A Andrés le llamó la atención su modo de abrir la lectura del Evangelio: "Lectura de la Buena Nueva según san Lucas". Lo de la Buena Nueva le llamó la atención a Andrés… y también al viejo cura de la parroquia, que miró a Agustín como quien mira para una peste que viniese de más allá de las fronteras postconciliares, que ya de por sí le parecían atrevidas de más.

Cenaron todos en el albergue. De preparar la comida se ocuparon Agustín y María. El cura hizo un pisto consistente; la moza se encargó de freír un par de huevos por comensal. Rosa, Lavinia y Andrés pusieron la mesa; luego les tocó la fregada de cacharros. Durante la cena, María hizo un relato bastante completo y cargado de chismes sobre la extraña relación de Pablo y Claire desde que en San Bol habían intimado al abrigo de la luna. Era ocurrente y graciosa la rapaza. Los comensales, a los que se habían unido dos ciclistas de los de última hora, reían la historia. Más que hacer un relato, María hacía una novela; una novela en la que Claire era el capricho, era el dominio, era el desprecio… y en la que el pobre Pablo era el ansia, era la sumisión, era la admiración. De cuando en cuando, componiendo cara fingida, la relatora reafirmaba: "No riais, que todo lo que digo es cierto". Según se desprendía de estas historias, mientras Pablo bebía los vientos por los quereres de la francesa, ésta lo utilizaba a modo de mascota; lo utilizaba para tareas, divertimentos y placeres varios.

Antes de acostarse, Lavinia llevó a Andrés hasta el puente del Paso Honroso. Desde allí quería contemplar su estrella, Tocata, y juntos recordar las mieles del día anterior. Abrazada a él le dijo.

-¿Recuerdas la conversación de Irache? Pues luego de lo de ayer, ahora no sé si estamos más cerca de Tocata o de la cueva de Platón; o si una cosa es el reflejo de la otra. Si quieres que te diga la verdad, dentro de la cueva se estaba bien. Contigo aprendí allí a extraer provecho y deleite de la imaginación; pero cuando ayer abandonamos la cueva, fue una pasada. Es curioso. Yo siempre creí que el acto del amor era sólo una cascada de sensaciones físicas; pero no. Es una gran cascada de sensaciones físicas, y mucho más. Es música celestial; es campo florido; es viento marino; es un volar libre hacia las estrellas; es éxtasis. Quiero volver a experimentarlo.

-Podemos hacerlo cuando queramos; pero mejor sin planificaciones. El amor a la carta no sabe igual. En lo tocante a la cueva de Platón, yo no la quiero abandonar del todo, y tú tampoco deberías hacerlo. ¡Fíjate! Ahora mismo, viéndote así a la luz de la luna, verde de piel, verde de ojos, verde que te quiero verde como decía el poeta, me imagino a los dos bajo este puente, sobre la verde hierba, gozando plenamente en verdes paraísos. ¿Y por qué habríamos de renunciar a este placer?

De regreso al albergue, cogidos de la cintura, el respirar de Lavinia era más intenso que de ordinario; también el de Andrés.

Al día siguiente salieron todos juntos. Faltaba poco para rayar el sol. También a la salida de Hospital había que elegir entre dos alternativas: o por la carretera o por el monte. Enseguida decidieron. "¡Por el monte!".

Era la primera vez que caminaban los cinco. Lavinia y Andrés nunca habían coincidido con María. Hasta Santibáñez fueron en grupo. Luego, los diferentes ritmos marcaron distancias. Al principio se formaron dos conjuntos: los hombres por delante; ellas por detrás. Y si así se hizo fue porque Agustín, que quería el consejo y la ayuda de Andrés, procuró que el corte fuese aquel y no otro.

-Estoy preocupado, Andrés. Ando metido en un apuro y no sé cómo librarme.

-¿Qué te preocupa?

-Pues me preocupa pisar terrenos para mí desconocidos. Nunca me había sucedido nada igual, y no sé cómo tomarlo. Quizás tú me puedas ayudar.

-Por supuesto. Si está en mis manos, cuenta con ello.

-Se trata de Rosa. No sé cómo explicártelo; pero o mucho me equivoco o la rapaza se está enamorando de mí. Y el caso es que también yo siento algo por ella. Comprenderás que esto me inquiete.

-Pues claro que lo comprendo. Con todo, lo que pienso es que cualquier relación afectiva entre un hombre y una mujer no es problema. Al contrario. Cuando ese afecto es mutuo, más que un problema es una bendición. Pero en tu caso, siendo cura como eres, la cosa se complica. Y cuando una cosa resulta compleja, lo mejor es analizarla por partes. Veamos. Por un lado dices que Rosa pueda que se esté enamorando de ti; por otro dices que tú también sientes algo por ella. Si por un momento eres capaz de abstraerte de tu condición religiosa, dime: ¿dónde está el problema?

-Pues el problema está, precisamente, en que no me puedo abstraer de esa condición mía, y en que, por lo tanto, hoy por hoy ese amor sería imposible. Y sería imposible porque no puedo ni quiero dejar que me arrastre. Lo que ocurre, y por eso te ruego que me ayudes, es que no sé cómo encarar la situación con Rosa. Si no sintiese nada por ella sería más fácil; pero así, tal como están las cosas, quizás lo mejor sería dejar esto en las manos de un intermediario, de un comisionado.

-Perdona, Agustín; pero a eso yo le llamo cobardía. Además se me da que Rosa no iba aceptar razones que tú no le dieses. Si realmente sientes algo por ella, ten la seguridad de que ya se habrá dado cuenta. Para estas cosas las mujeres disponen de un sentido más que nosotros.

-Pero es que no sé cómo decírselo sin herirla, y sin que a mí se me note ese punto obligado de insinceridad.

-Pues díselo con total franqueza. Preséntaselo como me lo presentaste a mí. Podrías admitir que algo sientes por ella; luego tendrías que razonarle con argumentos sólidos que la relación es imposible. De todas formas, cuenta con que ella no se va a dar por vencida así como así. ¡Joder! ¡El tuyo no es un caso fácil! ¡Te compadezco!

La conversación terminó cuando las mozas se acercaron a Andrés y a Agustín. Al poco, una nueva disgregación llevó a María, a Andrés y a Lavinia por delante, mientras la brasileira y el cura quedaban un tanto rezagados. El andadero serpeaba por los altos de la Colomba y del Teleno, entre brezo, robles, rebollos y pinos. Volvieron agruparse al pie del crucero de Santo Toribio, desde donde se ve la episcopal ciudad de Astorga con su catedral dominando el caserío. Por las apariencias, Agustín y Rosa aún no habían abordado el tema.

Desde el crucero hasta Astorga, María se ocupó de animar la caminata. Amén de voluble era una rapaza ocurrente. De su quebrada aventura con el mozo alemán, que la había llevado de Casablanca a París, y luego de París al Camino con la alforja llena de penas, ya sólo quedaba un vago recuerdo del que incluso se permitía hacer chanza.

Agustín y Rosa decidieron prolongar la parada en Astorga y continuar por la tarde a Rabanal. Los demás demoraron sólo un poco. Lavinia tenía interés en conocer la obra de Antonio Gaudí: un palacio episcopal diseñado para substituir al que un incendio había destruido algo más de cien años atrás.

-Cuando sea mayor -comentó Lavinia- me gustaría disponer de la mitad del ingenio de mi paisano Gaudí. Ya veis esto; pero también hay que ver la filigrana en piedra de la Sagrada Familia apuntando al cielo y a las bondades y sensibilidades humanas. Y el parque Güell, y la casa Batiló, y la Pedrera. ¡Fue un genio!

Después de Astorga, la Maragatería. En dos días el paisaje les había cambiado por completo. De las llanuras ocres, secas, llameantes de Tierra de Campos, pasaron casi sin transición a las ondulaciones de brezo y genista de las tierras maragatas, en las que el roble, la encina y el abedul se espacian para no incomodar al aire. La presencia del abedul trajo a la memoria de Andrés un canto de su tierra que les recitó y les tradujo a sus compañeras de viaje.

"Meu Santo San Fins de Castro,
¿Qué lles das ós teus romeiros?
Auga da túa fontiña,
Sombra dos teus bidueiros.

Más allá, los montes de León marcando la mayor altura del Camino entre Roncesvalles y Compostela.

Siempre por delante, saltando por el andadero de lado a lado, María se detenía cada poco para hacer alguna observación o para preguntar algo.

-¿De dónde vendrá el nombre de Maragatería? Es muy bonito; muy sonoro.

-¿Lo sabes tú, Andrés? -preguntó Lavinia-.

-Tengo entendido que procede de Galicia. Hasta hace no mucho, el comercio entre estas tierras leonesas y Galicia corría a cargo de los llamados arrieros. Yo aún tengo memoria de ellos de cuando era pequeño; de cuando iban por la aldea de mis abuelos con las monturas cargadas de paño. Como también tengo memoria de un mendigo maragato, que siendo yo muy niño conocí en las escaleras que dan a una de las puertas de la catedral de Santiago. Por su culpa estoy ahora en el Camino… pero esa es otra historia. Los arrieros eran hombres de por aquí, de esta comarca que estamos atravesando y que antes se conocía como Las Somozas. Su trabajo consistía en llevar paños a Galicia, y de vuelta cargar otros productos, sobre todo salazón. Entre el pescado seco que traían abundaba la maragota. Pues de ahí, con alguna distorsión, dicen que viene lo de maragatos, gentilicio que terminó imponiéndose para todos los habitantes de la comarca.

-Perdona, Andrés -habló María-. ¿Esto lo traes preparado, o eres así de listo?

-Perdona tú, María -retranqueó Lavinia-. Andrés es así de listo. ¿A que sí?

-Vosotras sabréis. No seré yo quien medie en esa porfía.

Atravesando Santa Catalina, el calor era tanto y tan polvoriento que al pasar por delante de un chalé donde un joven regaba el césped, Andrés arrió la mochila; se acercó a la verja del portal, y le pidió al regante que, por favor, le diese a él un manguerazo. Aquella salida inesperada hizo reír a las muchachas y al joven regante. Al final también ellas probaron el frescor del remojo. Con las camisetas empapadas, María y Lavinia daban testimonio de su enemistad con los sujetadores.

De nuevo metidos en el páramo, Andrés miraba a María con algo más que curiosidad. La moza era linda, y aunque durante la noche loca de San Bol ya la había visto desnuda de medio cuerpo, lo cierto es que así, con la camiseta mojada transparentándole pechos y vientre, se le hacía más sugerente. Menuda, esbelta, de aires graciosos y curvas esculpidas a cincel, para ella era un hábito sentirse mirada por los hombres. Y como lo sabía, jugaba a hacerse y a dejarse querer. Lo que sí, era una inconstante en sus afectos, y le incomodaba no ser el centro de admiración, que era precisamente lo que en estas andaduras del Camino le estaba sucediendo. Pablo, porque se había encaprichado de Claire; Agustín porque era cura, y además de ser cura ya Rosa se encargaba de aislarlo, y Andrés, pues porque estaba absolutamente acaparado por Lavinia… la cosa era que no le quedaba mucho campo para exhibirse. Bueno, para exhibirse, sí; pero no para dominar como a ella le gustaba. Por eso iba con unos y con otros, a veces sintiéndose de más cuando a lo que ella estaba acostumbrada era a que la echasen de menos. Aún así, a Andrés se le iba la vista y a

Lavinia se le iba la paciencia; pero entre ellos había un código tal de entendimiento que no hacía falta palabra alguna. Bastó con una mirada reprendedora de la moza para que Andrés enseguida recogiese cabos y mirares.

Se detuvieron a descansar y a beber algo fresco en el mesón de El Ganso. Apenas quince minutos. Los tres sabían muy bien que las paradas largas conllevan después penosas vueltas al camino. Al retomar el vial, el cielo aparecía medio entoldado. El aire, algo más fresco y con perfumes de hierbas aromáticas, pintaba tormenta de verano; los pájaros buscaban sus nidos y las sombras se diluían. Pero la lluvia aguantó; aguantó todo lo que a Andrés, a Lavinia y a María les restaba de camino hasta Rabanal, y aún un poco más. Aguantó a que aseasen, comiesen, volviesen al albergue, e incluso a que descansasen un rato. Entre el hostal en el que comieron y el coqueto albergue Gaucelmo que cuidan los cofrades ingleses de Saint James, sólo media la iglesia de Santa María; una iglesia de hechuras románicas, bien conservada por fuera y algo estropeada por dentro.

Acababa de llegar al albergue un nutrido grupo de peregrinos alemanes. Pertenecían a una asociación católica de Maguncia y viajaban acompañados de dos sacerdotes. Acampaban en una era que limita con el albergue, y por allí pululaban con energía. Edad tenían para eso. María, Andrés y Lavinia trataban de descargar cansancio mediante siesta. La etapa había sido larga. De hecho llevaban varias etapas largas por tierras ásperas, ahogados en calores. Y el cansancio acumulado es lo que tiene… siempre termina por pasar factura. L.A. acomodaban en dos literas altas y pegadas. María se colocó debajo de la de Lavinia. Quedaron transpuestos durante un tiempo… hasta que el alboroto de los alemanes les despertó.

Las agujas de los relojes dibujaban el palo de las seis. Desde el corredor exterior que da a los dormitorios, María observó como Beth, la hospitalera inglesa, servía el té en el patio. Avisó a sus compañeros.

Ya el samovar estaba en las últimas, pero aún llegaron a tiempo de honrar esta buena tradición británica. Beth, que andaba en relaciones con el medio siglo, era aún una mujer hermosa; con esa hermosura de las mujeres rubias y esbeltas que tanto se prodiga al norte de los Pirineos. El pelo, entre rubio y cano, cuidado; el cuerpo, espléndido y con todas las formas que marcan los cánones de la belleza; la piel, lisa; los ojos, claros, limpios, y con un modo de mirar que embrujaban. Servía el té con exquisita ceremonia.

-Es una pena que llegaseis tarde. Ya no quedan pastas. Lo siento.

-No, mujer. No te preocupes -le dijo Andrés-. A quien no madruga, ya se sabe...

Los tres peregrinos disfrutaron del té y de la conversación con la cautivadora Beth. A Andrés no se les escapó el detalle de sus ojos claros, transparentes como aguas del Egeo bajo el sol y el cielo azul mediterráneo. En plano corto se hacían visibles las pegadas del tiempo en su piel británica; pero eran pegadas suaves, que cuando se llevan como ella las llevaba añaden gracia en lugar de desgracia. Además parecía como si la función de aquellos graciosos surcos trazados en su rostro, no fuese otra que la de enmarcar, distinguir y resaltar la singularidad de sus ojos y de todas las capacidades que detrás de ellos reposaban. Por supuesto que a Andrés estas contingencias no se le pasaban; ni a Lavinia se le pasaba el hecho de que Andrés tuviese la vista tan fija en la hospitalera, y el discurrir tan entontecido. María observaba aquella escena de deseos, celos e intriga, y novelaba el lance a su manera. Beth le ayudaba, le alimentaba aquel enredo no disimulando su interés por Andrés. Parecía como si para Beth los demás no existiesen; como si sólo ellos dos, ella y Andrés, habitasen el corral del albergue Gaucelmo de Rabanal.

El cielo de la estival tarde maragata había ennegrecido. Se había levantado un aire fresco amenazante. Los pájaros renunciaban a los vuelos de la atardecida y se refugiaban en las ramas de los frutales.

-Va a llover -dijo Lavinia como quien pronuncia una fórmula contra hechizos-.

La naturaleza se puso de su parte. Nada más augurar lluvia, unas gotas gordas como grano de maíz interrumpieron la puesta en escena de aquel drama de sensaciones indefinidas y de desencuentros sin destino.

Entre los cuatro recogieron la mesa con prontitud. Beth quedó en la cocina lavando la loza. No aceptó la ayuda que los peregrinos le ofrecieron para este menester.

Fuera, sólo lluvia, negruras y truenos. Tardar, tardó en romper; pero aquella tormenta era de las que venían pidiendo respeto. Lavinia, Andrés y María optaron por buscar refugio en el hostal, al otro lado de la iglesia de Santa María. Al bordear el templo, un cantar venido de dentro despertó sus curiosidades.

Atraídos por el canto y empujados por la lluvia, entraron en la iglesia. Cada gota que caía del cielo era un cántaro de agua. Curiosearon desde la puerta. Canto, iluminación, escenografía… aquello más parecía una representación wagneriana en Bayreuth que una misa peregrina en Rabanal del Camino.

Todo era austero. Las paredes, descolchadas, se mostraban prácticamente desnudas; el alto techo recreaba el espacio escénico. Aislado en medio del amplio presbiterio, el altar parecía perdido. Dos curas oficiaban la eucaristía; en los bancos, unos veinte peregrinos conformaban la parte coral. Eran los alemanes de Maguncia. Sus cantos tenían algo de épico, de operístico. Pero si en algún lugar de la iglesia la sobriedad sobresalía, era en la parte semicircular que envolvía el altar. En aquel ábside, sólo un Crucificado de antigua talla llenando plenamente el espacio. Y llenándolo, no sólo por el tamaño de la Cruz, sino porque a alguien con sentido escénico se le ocurrió centrar en el Cristo uno de los tres únicos focos que iluminaban el interior del templo. Los otros dos dirigían la luz

hacia el altar. En el resto de la iglesia, sólo penumbra; penumbra interrumpida de vez en cuando por la huidiza luz de los
relámpagos que estallaban fuera. Bonita escenografía para un
tercer acto de Tannhäuser. Y así fue. Al final de la misa... el
coro de peregrinos...

"Beglückt darf nun dich, o Heimat, ich schauen,
und grüBen froh deine lieblichen Auen;
nun lass'ich ruhn den Wannderstab,
Weil Gott getreu ich gepilgert hab'..."

Las lágrimas asomaron a las ojos de Andrés; rodaron por las
mejillas de Lavinia, y apenas las pudieron contener los trému-
los párpados de María.

-Algunos momentos del cielo, por fuerza tienen que ser así
-dijo Lavinia muy bajito mientras enjugaba los lloros-.

-¡Joder con estos alemanes! -remarcó María, que seguía haciendo esfuerzos para domar la emoción-.

Fuera había dejado de llover; las nubes pasaban de largo;
volvía la luz y volvía más limpia, más pura, más alegre. Se
levantó Andrés; se levantó Lavinia. María siguió un rato sentada. Cuando se quedó sola, entonces sí soltó las lágrimas
retenidas.

En el hostal se encontraron con Rosa y Agustín. Andrés se
sorprendió al ver a la rapaza brasileira tan alegre. "¿Le habría
arrancado, aunque sólo fuese, una leve esperanza?". También
Agustín parecía contento. Intenté interrogarlo con la mirada,
pero el cura no se dio por aludido. Acababan de llegar. Andaban ocupados en un plato de cecina y en unos vinos. Andrés
pidió más cecina y una botella de mencía. Al poco entró María
y comentó el espectáculo que acababan de presenciar.

-Fue una pena no saberlo —lamentó Rosa-.

-Al pasar al lado de la iglesia vi que la puerta estaba abierta
-añadió Agustín- y que dentro había gente; pero no imaginé
que estuvieseis allí ni lo que allí se desarrollaba.

-Pues fue toda una experiencia -remarcó María-.

Lavinia, que apenas había abierto la boca desde que salieron de la iglesia, se acercó a Andrés y le dijo bajito.

-Quiero marchar.

-¿A dónde?

-A Manjarín. ¿No dice todo el mundo que pasar una noche allí es una experiencia única? Pues si salimos ahora podemos llegar antes de que cierre en noche.

-Pero… ¿estás segura?

-Sí.

María, siempre al quite, escuchó la última parte de la conversación y pronto tiró comentario.

-Éstos -dijo en alto y teatralmente- me parece que buscan soledades.

Lavinia, que no andaba en aquellos momentos con el sentido del humor muy afinado, enseguida cortó la deriva del comentario.

-Te equivocas, María. Lo único que procuro es darme tiempo, distancia y espacio para digerir la experiencia que viví dentro de la iglesia. No sólo fueron sensaciones físicas. Algo se removió dentro de mí y necesito reposarlo. Quiero andar, subir esos montes y acercarme al cielo, si es que el cielo está ahí para mí.

-Ya que entras en mis terrenos -dijo Agustín tratando de encalmar aguas- te diré que el cielo está ahí y aquí y en todas partes para quien quiera acercarse a él. Sólo es preciso un poco de esfuerzo y un mucho de voluntad.

-Pues por mí podéis venir todos, si queréis -concluyó Lavinia, un punto incomodada-.

Agustín y Rosa rechazaron el ofrecimiento. María, simplemente no quiso entremeterse más.

IX. De Rabanal a Villafranca

(Tempo de menuetto)

Pasada la tormenta, el sol volvió señorear los montes leoneses. Olía a jengibre, a genista, a hierba peregrina y a tierra mojada. L.A. dejaron atrás la sirga que alinea Rabanal; que pone el caserío en fila de a uno. Enseguida estuvieron fuera del poblado. Por delante, sólo ascensión; sólo soledades; sólo un caminar ligero que los iba acercando al cielo. Por delante, diez quilómetros que, a buena marcha, no tenían por qué ocuparles más allá de dos horas de caminata.

Beth, la hospitalera, había tratado de persuadirlos de que salir a aquellas horas no era una buena apuesta. El camino se hacía duro; era largo; era solitario, y no libre de peligros. Por aquellos montes, por aquellas cimas, hacían vida el lobo, el raposo, el jabalí y el tejón. "Mirad que más de un peregrino que se echó por esos caminos contra la noche, tiene llevado buenos sustos; que el monte pueda que sea hermoso y sublime, pero una vez metido el sol empieza a liberar peligros."

Estos razonamientos de Beth reforzaron los deseos de irse de Lavinia. Cada vez llevaba peor que otras mujeres se fijasen en Andrés, y Beth se había fijado. Además estaba pasando por un trance, mezcla de desasosiego, de misticismo, de falta de asiento e incluso de identidad. ¿Qué era lo que estaba viviendo? ¿Qué le esperaba al final del Camino? ¿Qué iba a ser de su vida quince días, tres meses, un año más adelante? ¿Cuál era su sentido de la trascendencia? ¿Por dónde caería el mundo de las ideas, de las fantasías, para poder ir a refugiarse en él? ¿Estaba confiando en las personas que realmente merecían confianza? ¿Era aquel Camino un tránsito o una meta? Y lo que peor llevaba era que aquellas experiencias, aquellas ansiedades, aquellas dudas, aquellos interrogantes tuviesen vida propia; escapasen a su control; le alborotasen por dentro sin que ella pudiese poner ni tan siquiera un poco de orden en tamaña confusión. Hasta aquella tarde en la iglesia de Rabanal, más o menos iba controlando sus sensaciones, sus deseos. Pero esto de ahora… ¿sería algo pasajero?; ¿sería el principio de una paranoia?... Y Andrés, que en aquel momento era su único asidero; que era el principio y el fin de sus problemas; causa y efecto de afectos y desafectos… pues Andrés allí iba caminando en silencio; mirando al suelo y a veces a las cumbres, pero siempre en silencio, ausente, como si nada de lo que a ella le atormentaba tuviese que ver con él. Como si nada les quedase en común después de tantos días de compartirlo todo: Camino, sufrimientos, alegrías, quereres, futuros, gozos y vidas. ¿Sería esto así o sólo sería un síntoma más de la paranoia en la que estaba entrando? ¿Quién le mandaría a ella enamorarse como se enamoró de una persona que quizás no era la más indicada, la que más le convenía? Y aquella persona iba allí, tres pasos por delante de ella, ausente, en silencio desde que habían salido de Rabanal; sin siquiera interesarse por las razones de por qué le había pedido salir a aquellas horas hacia Manjarín. ¿Estaría ya cansado de ella? Ahora que tan poco faltaba para llegar a Galicia ¿no andaría reconsiderando aquella relación como si sólo se tratase de un amorío de verano? ¿No sería que lo que pasó en León, en lugar de acercarlos más, tal vez fue como el principio del fin? ¿No sería que al haberse deshecho la magia de la cueva de Platón, el idealismo de Andrés anduviese entrando en deterioro, y con ese idealismo también la relación que los unía? Pero ¿qué le importaba esto a él, que caminaba allí, por delante, sin siquiera mirar una vez hacia ella; sin pararse a ver si le seguía o no; sin interesarse por si iba contenta o triste? ¿Qué le importaba a él? Nunca se le había ocurrido pensar que el silencio, que aquella clase de silencio pudiese ser tan duro, tan hiriente. Aunque... bien pensado... este sentimiento de angustia que le empezaba a pesar mucho más que la mochila, mucho más que la dureza de la ascensión... ¿sería consecuencia del silencio de Andrés, o tal vez producto de su propia paranoia? No. No podía seguir en aquel rumiar. Si no quería volverse loca, debería dejar de escarbar en el asunto.

Pero Andrés, esta tarde siempre dos o tres pasos por delante de Lavinia, ni iba sólo ni en silencio. Desde que abocaron al camino asfaltado que conduce a la cima de los montes de León, Andrés llevaba compañía, y con ella iba metido en dialécticas que no diferían mucho de las que Lavinia interiorizaba para sí.

-¿Qué? ¿Ya pensaste en cómo vas a romper con tu pasado? ¿Cómo le vas exponer a tu familia lo de Lavinia? Los días van cayendo muy aprisa. En poco más de una semana llegaréis a Santiago. Y una vez allí ¿qué? Podrías decir: "Aquí os presento a Lavinia con la que voy a compartir mi vida desde ahora". O también: "Te quiero mucho; pero más le quiero a esta rapaza. Se acabó. Muchas gracias por todo. Hasta siempre". Pienso que ninguna de estas opciones le iba agradar mucho a tu mujer. Claro que también le podrías mandar al abogado directamente, sin dar la cara. Desde luego, modos y maneras para salir del trance sí hay; pero para salir del trance sin tener que pasar por uno de esos apuros que tanto de acobardan, no creas que abundan. Aunque... para eso me tienes aquí. Sabes que puedes disponer de mí en lo que quieras.

Naturalmente que quien hablaba era Lucio. Esta vez Andrés le daba más cuerda que en otras ocasiones. Quizás porque también él era consciente de aquel imparable correr de los días y, por lo tanto, de la cada vez mayor proximidad del final.

-Pues no. Aún no di con la fórmula que me permita salir de ésta con bien. Bueno, con bien va a ser difícil; me conformaría con salir lo menos dañado posible. Sé que esta falta de resolución mía está poniendo un punto de amargura en nuestra relación, y me duele que Lavinia lo esté padeciendo. También yo lo sufro; pero es que ella es más vulnerable, más frágil; está menos acostumbrada a los sufrimientos que destrozan por dentro. Yo tendría que estar brincando de contento, porque conocerla fue como si me tocase el gran premio de mi vida. Y sin embargo, aquí estoy con esta jodida indecisión que ojalá no me traiga ninguna consecuencia irreparable. Si ahora mismo pierdo a Lavinia, creo que también yo me perdería.

Sorprendido Lucio por aquella entrada de Andrés en diálogo, por aquella entrada al trapo, pensó que era momento de poner en práctica sus sempiternas técnicas de seducción: ojos chispeantes; sonrisa de confianza; tono sedoso, musical; maneras de complicidad; pero, sobre todo, generosidad en el elogio.

-Tú no tienes por qué perderte. Aún te resta mucho por dar en este mundo. Ahí están tus hijos, que aunque termines yéndote con esta muchacha seguirán siendo tus hijos. Piensa también en tus alumnos y en el influjo que sobre ellos llevas ejercido. Muchos encaminaron su vida y hoy triunfan, gracias a que un día se cruzaron contigo y atendieron tus consejos. Pero, sobre todo, ahí tienes a Lavinia que te necesita más que nadie. Ahora anda un poco desasosegada porque tiene miedo de que le falles... y también porque en Rabanal le entró un cierto escalofrío místico. Yo en tu lugar procuraría evitarle escenas como la de esta tarde en la iglesia. No vaya a ser que la pierdas por ese lado, y entonces sí que también tú te podrías perder.

Lucio sabía muy bien que en aquel momento Andrés era una esponja necesitada de consejo, de ayuda. Un desnortado que lo escuchaba todo; que lo absorbía todo, y que precisaba que alguien le ayudase a dar con la solución a sus inquietudes: cómo decírselo a su mujer; cómo apechar con la previsible reacción de ésta…

-¡Escúchame bien! -volvió Lucio a la carga -. Confía en mí. Nada te voy a pedir a cambio. Si me das tu confianza, te aseguro que cuando lleguéis a Santiago, tendréis el problema resuelto.

-¿Y cómo?

-Eso déjalo de mi mano.

-Pero ¿cómo me pides que deje en tus manos así, sin más, algo que para mí es tan importante? Eso sería una irresponsabilidad y una gran cobardía por mi parte. Si además de indeciso resulta que también soy un tarambana y un dejado ¿qué me espera? ¿Qué le podría ofrecer a Lavinia? ¿Acaso una vida llena de incongruencias, de dudas y de miedos, además de dos años míos por cada uno de los suyos? No. Tendría que verme muy desesperado para aceptar ese ofrecimiento tuyo tan generoso. Ya daré con una solución que me resulte más barata que ese "no-pedir-nada-a-cambio" tuyo.

Lavinia seguía dos o tres pasos por detrás. En esta ocasión sin poder reparar en Lucio, que no quiso mostrarse a la rapaza.

El sonido metálico del timbre de una bicicleta rompió el silencio y la magia de aquellos alborotos interiores. Era uno de los ciclistas que había cenado con ellos en Hospital de Órbigo. Al llegar junto a Lavinia puso pie en tierra. Andrés paró para unirse a su compañera.

-¿Cómo es que andáis a estas horas por aquí? -preguntó el ciclista-. ¿No estaréis haciendo camino de más?

-Bueno. Lo llevamos bastante bien -le respondió Lavinia-. Después de dieciocho días de caminadas, que hoy hagamos 46 o 47 quilómetros no nos matará.

-Supongo que pararéis en Manjarín.

-Sí. Allí haremos noche -terció Andrés-.

-Bueno. Pues nada. Os espero en el refugio. Ya avisaré de vuestra llegada por si hay que guardar cena. ¡Buen camino!

Arrancó. Apenas había dado cinco pedaladas, bajó un pie a tierra; se volvió y le dijo a Lavinia.

-Al menos deja que te lleve la mochila. Las dos iban a ser mucho sobrepeso para la bicicleta y para esta cuesta; pero la tuya que parece más ligera bien la puedo cargar.

-Si ella quiere -dijo Andrés- llévala. Por mí no te preocupes. Además no te la dejaría. Hice propósito de llegar a Compostela sin desprenderme de la mochila y sin utilizar ninguna clase de transporte.

Lavinia no lo dudó ni un instante. Enseguida se desprendió de la carga.

-Acepto tu ofrecimiento. Así al menos me libero de parte de la carga que hoy arrastro, aunque sólo sea de la carga física.

El ciclista colocó la mochila a la espalda y se despidió de nuevo.

-¡Nos vemos en Manjarín!

-¡Hasta luego! -le respondieron L.A. casi al unísono-.

Aún caminaron en silencio hasta que el ciclista se perdió a lo lejos en la revuelta de una curva. Entonces Andrés cogió a Lavinia de la mano; se la apretó con ternura, y le preguntó a qué se refería cuando aludió a las cargas no físicas que arrastraba consigo.

-Ya sabes. Es lo de siempre. No te quiero incomodar volviendo a esto; pero es que, a veces, la ansiedad es más fuerte que la voluntad, y no logro remediar que las tristezas me desborden.

-Tú no tienes de qué preocuparte, mi bien. Te lo pido una vez más y cuantas veces haga falta. Deja que sea yo quien lleve esa carga, que para algo tengo las espaldas más acostumbradas.

Andaban aquella tarde las sensibilidades de la pareja demasiado al sereno; expuestas de más a cualquier agresión externa, por insignificante que fuese. Sobre todo las sensibilidades de Lavinia, que desde lo de León se habían vuelto más vulnerables. Más agradecidas, pero también más susceptibles. De ahí que al entrar en la calle Real, la sirga que atraviesa el fantasmal caserío de Fuencebadón, él ablandase en saudades mientras a los ojos de ella dos lágrimas asomaban a las busca de verdores. De Fuencebadón, en otra época punto importante en el itinerario jacobeo, con hospitales, hospederías, iglesias, abadía e incluso un concilio, no quedaba sino el espectro; una sombra. Era la imagen de la deserción. No faltaban construcciones a los lados de la larga sirga; no faltaban casas. Pero faltaba vida; faltaba quien habitase esas casas; muchas en estado ruinoso, cuando no inservibles. Y al término del poblado, en lo alto, una hermosa espadaña dando testimonio de que un día hubo allí quien se sintió tan cerca del cielo... que quiso hablar a Dios sin más mediadores que el silencio y la belleza de la montaña.

A través de aquel campanario, el sol, camino ya de su lecho atlántico, se les ofrecía a L.A. envuelto en arco de piedra musgada. El cuadro era verdaderamente impresionista: el rojo solar de tormenta pasada; las laderas de los montes al contraluz; el silencio tronante; los rezos de los antiguos eremitas de Gaucelmo tronzando hierbas frescas, y la pasión y los pesares de Andrés y de Lavinia pintando en teja y amarillo. El caso es que después de parar allí y de empaparse en la belleza del atardecer, el resto de la ascensión hasta alcanzar la cumbre, la Cruz de Hierro, se les hizo más liviana, más llevadera. En Fuencebadón, donde habita el vacío, donde los silencios procesionan y los ocasos alborean, recuperaron parte del sosiego perdido.

Por las tierras de Nájera, y por Mostelares, y por los Montes de Oca habían visto muchos milladoiros, muchos mogotes de piedras, pero ninguno como aquel que sostenía la Cruz de Hierro; una cruz atada a la punta de un poste de cinco metros. El sol cantaba ya despedidas; las nubes de poniente eran una hermosa paleta de colores calientes. Habían entrado de lleno en la fresca.

Andrés depositó la mochila al pie del camino, y se puso a buscar una piedra para poder cumplir con la tradición peregrina de alimentar aquel secular mogote. No le resultó fácil. En cien metros alrededor de la cruz, ni un mal pedrusco. Cientos de años de peregrinos, y aún antes de gentes que iban al encuentro de los dioses de Fisterra, habían dejado el lugar yermo de piedras. Tuvo que tirar monte abajo para hacerse con el tributo. Lavinia, más previsora, había recogido su portazgo en Fuencebadón. Hicieron la ofrenda a un tiempo. Al caer en la cuenta de que les faltaba la foto, tomaron dos piedras del montón para remediar el olvido. La sesión fotográfica conllevó también una subida al montículo de la cruz, y un estudiado contraluz de Lavinia con el sol ensangrentado y agónico al fondo.

-Colócate más a tu izquierda -le pidió Andrés-, a ver si soy capaz de lograr que el sol te corone. Me gustaría hacerte una foto como si fueses una diosa presa de soles. Estoy seguro de que la mejorarías en belleza. En esa carita tuya hay más luz de la que pudieran desprender todos los astros juntos.

Llena de contento por aquellas bonitas palabras, y sabiendo lo mucho que a Andrés le gustaban sus gracias y los graciosos movimientos de su cuerpo, Lavinia se fue acercando a él muy despacio, teatralmente, bamboleando de cintura para arriba, trenzando abrazos en el aire, cruzando pasos como si caminase por una pasarela de boleros. Caminaba con la cabeza baja, mirando por encima, y mientras caminaba iba humedeciendo los labios con la punta de la lengua, en aquel ademán tan suyo. Ya junto a él le abrazó; se apretó contra su cuerpo; resbaló la yema de su índice derecho por los labios del compañero; le acarició el pelo y las mejillas, y se besaron hasta que el sol se fue yendo por los montes de Galicia. Más cerca de los cielos que nunca, L.A. bebieron allí los néctares olímpicos del beso más prolongado y dulce que jamás habían bebido.

Aislados como estaban dentro de su mundo; necesitados de una estrella para ellos dos; deseosos de conquistar e instalarse para siempre en Tocata, su particular lucero, no advirtieron que, sentado bajo una de las viseras laterales que prolongan el tejado de la capilla de Santiago y sumido en el silencio de aquellas telénicas cimas que marcan frontera entre maragatos y bercianos, el viejo romero de las luengas y blancas barbas descansaba fatigas.

-Buenos días, mi romero -le dijo Lavinia acercándose a donde sentaba-.

Al viejo de los ojos garzos le volvió brillar la mirada al ver a la muchacha. Hizo ademán de levantarse para saludarla, pero continuó sentado. Le sonrió dulcemente, no con la cara sino con aquellos sus ojos verdes como agua de mar.

Cuando Lavinia estaba a un paso de él, el viejo romero agachó la cabeza, y muy bajito, tanto que Andrés que había quedado un poco atrás no lo pudo oír, musitó: "quitte, quitte", al tiempo que levantaba el brazo derecho con la palma de la mano extendida. Lavinia sintió ganas de abrazarlo; pero se contuvo. Le había cogido afecto a pesar de su esquiveza; un afecto como el que se puede tener por un abuelo quejoso. Así y todo, se contuvo. Dio la vuelta; tomó a Andrés de la mano recogieron la mochila, y encararon la ruta de Manjarín.

El sol ya se había ocultado hacía un tiempo, y el frescor refrescaba de más por aquellas cimas desprotegidas. Como la muchacha no llevaba consigo nada para abrigarse, se agarró muy fuerte a Andrés tratando de hacerse con algo de su calor.

-Me gusta que me abraces así; pero con todo vas a ponerte la chaqueta de mi chándal para espantar el frío.

-¿Qué piensas tú de ese viejecito? -preguntó Lavinia mientras vestía la prenda-.

-Para mí que tiene algún problema de cabeza -le dijo llevándose el índice derecho a la sien-. A todo esto si es que se trata de un ser real y no de un fantasma. Porque… normal, normal… ¡ya me dirás! Lo que se dice muy normal no representa.

-Pues a mí me parece un viejecito muy tierno. Quizás precisado de cariño, y quizás también un poco temeroso de las gentes. No sé. Me cae bien.

Luces y sombras libraban la última batalla del día con el desarrollo ya consabido. Las lides de Lavinia y Andrés, a saber en qué concluirían. A punto estaba el maestro peregrino de echar mano de la linterna, cuando al coronar una pequeña cima vislumbraron las luces de Manjarín. Luces inciertas, indecisas. Faros de referencia y vértices de seguridad para el caminante.

La jornada había sido larga, muy larga. Casi 47 quilómetros desde que aquella mañana habían salido de Hospital de Órbigo; cuarenta y siete quilómetros que de seguro Lavinia no los había andado en un solo día en toda su vida. Y Andrés en muy pocas ocasiones. Por eso, al verse casi al final de la jornada; al verse fuera de las sombras y de los miedos de la noche y de los montes, la muchacha respiró aliviada, apretó la mano de su compañero, se plantó delante de él y le abrazó. No dijo nada. Apoyó la cabeza en el hombro de Andrés y suavemente le besó en el cuello.

Una esquila a modo de guía para caminantes, sonaba de poco en poco. Su tañer se multiplicaba en ecos y en sosiegos. Las luces eran inciertas porque eran pobres. Eran luz de carburo y luz de gas. Pero daban para ver la gran "Tau" templaria que presidía aquel oasis de vida en medio de la soledad y del silencio de la montaña. También para leer el gran panel de tablas sagitadas señalando la dirección y las distancias de otros mundos, como si aquel punto de los montes leoneses fuese el ombligo del universo; el quilómetro cero de la humanidad: "Galiza, 70 km. Trondheim, 5.000 km. Machu Pichu, 9.453 km. Roma, 2.475 km. Finisterre, 295 km. Jerusalem, 5.000 km."

-Y Tocata, nuestra estrella, nuestro paraíso, ¿a cuánto quedará? -preguntó Lavinia-.

-¿Me preguntas que a cuánta distancia estaremos de nuestra estrella?, ¿de nuestro paraíso? Nuestra estrella nos acompaña, mi reina; nuestro paraíso va con nosotros.

El ladrar de los perros anunciando que alguien se acercaba al refugio, alertó al ciclista.

-Menos mal que llegasteis -les dijo desde la puerta-. Ya empezaba a preocuparme vuestra tardanza.

-Es que nos entretuvimos en la Cruz de Hierro gozando del ocaso y de la paz que allí se respira -le respondió Andrés mientras descargaba la mochila-.

-Pasad aprisa y arrimaros a la chimenea. Debéis venir medio ateridos. ¡Bienvenidos a Manjarín!

Quien esto les habló era Tomás que también había salido a la puerta a recibirlos. La camiseta blanca que vestía, con una gran "Tau" roja al pecho, era la tarjeta de presentación de aquel caballero de la Templaria Orden de Ponferrada, que un día pensó que donde los peregrinos verdaderamente necesitaban ayuda no era ni en las ciudades, ni en las villas, ni en los pueblos pequeños, donde cualquiera les podía acoger y auxiliar, sino en lugares inhóspitos y apartados de toda señal de civilización. Lugares como éste, en el que sólo habitan el lobo, el vacío, el tejón, la falta de norte, el jabalí, las ánimas, el lobishome, el desasosiego. Y allí se estableció en soledad; en aquel lugar que otrora había sido pueblo con hospital de peregrinos; hospital del que hoy en día sólo resta una fuente y algunas piedras sobre las que Tomás levantó su pobre, sucio, ruin y mísero refugio; pero refugio acogedor, caliente, con alma, lleno de vida. Nadie sale de él sin recibir atención, un asiento al lado de la lumbre y un café. También comida y dormida, si es que pasa la noche, y el regalo de las increíbles historias que Tomás relata al calor del hogar. Y esto, tanto en primavera cuando la genista y el tojo florecen; como en verano cuando la luz mocea con el calor; en otoño cuando soplan los vientos, o en invierno cuando las nieves borran caminos y el lobo vaga hambriento.

En la cocina, al lado de la chimenea, entre potas y sartenes, bullía una rapaza a la que a primera vista se le notaba el arranque de una preñez. Era la compañera de Tomas; una rapaza francesa, bastante joven; mucho más joven que él. Un día, haciendo el Camino, dio con aquel lugar y con aquel hospitalero. Ambos, lugar y hospitalero, le parecieron tan singulares que al regreso de Compostela allí arrió mochila para dedicarse al cultivo de su espíritu, de sus sueños y de los quereres de aquel caballero templario.

El albergue entero era una sola pieza en la que se mezclaban lar, cocina, refectorio, estudio, biblioteca, dormitorio, capilla, salón noble, sala de armas, almenas, miradores, bodegas y despensa. Y todo esto perfectamente desordenado en poco más de veinte metros cuadrados. Allí sólo imperaba el orden de Tomás, que era el orden propio de una factoría de fantasías, de anacronías y de solidaridades. Por lo demás, un montón de estandartes templarios con la "Tau" bien a la vista; imágenes antiguas; un cáliz y una réplica de la espada de Jaime I componiendo un sucedáneo de altar; libros cubiertos de polvo por cualquier esquina, se mirase a donde se mirase; catres a los que sólo la licencia, la benevolencia peregrina les podía dar el tolerable en higiene; una guitarra descuidada, y una cruz; una simple cruz de madera al centro de la estancia, sobre una mesa también de madera; una mesa de múltiples utilidades y usos.

Si no llegaba nadie más aquella noche, que no llegaría, además de Tomás, de su compañera, del ciclista, de Lavinia y de Andrés, estaban allí dos mozas vascas y dos hermanas muy jóvenes, de Peñaranda, que venían con un amigo de Peñafiel y con un rapaz murciano que se les había unido en Astorga. La compañera de Tomás atendía a la cocina; los demás hacían lo que se les encomendaba: pelar patatas y cebollas; batir huevos, lavar, cortar y aliñar una ensalada de lechuga, cebolla y tomate; poner la mesa; traer agua de la fuente que quedaba fuera del refugio, al otro lado de la carretera; atender a la lumbre… Y como tarea no había para todos, Lavinia quedó dispensada.

Cogió la guitarra, la afinó en lo que pudo y empezó a tirar música de sus viejas cuerdas.

-Si esa guitarra hablase ¡cuántas historias no podría contar!- le dijo Tomás a Lavinia-. Esa guitarra es como la del mesón de Machado, que un día suena a jota y otro a bulería, o a tango... según quien llegue y taña.

Lavinia, que llevaba una jornada de tantas y tantas sensibilidades a flor de piel, puso a cantar la guitarra por donde ella más lo sentía.

"...querer como te quiero
no va a caber en ningún bolero,
te me desbordas dentro del pecho,
me robas tantas horas de sueño,
me miento tanto que me lo creo..."

Llevada por la dulzura del canto que Lavinia decía desde el corazón, la moza francesa se acercó a Tomás; le hizo unos cariños; le dio un beso, y volvió a la sartén en la que las patatas y la cebolla empezaban a abrir apetitos. Andrés, que sabía muy bien que aquel bolero era una expresa declaración de los sentimientos que Lavinia le profesaba, la miró, le sonrió y gozó por dentro el contento que le producía el amor confeso de aquella mocita a la que adoraba.

"...querer como te quiero,
no tiene nombre ni documentos,
no tiene madre, no tiene precio;
soy hoja seca que arrastra el tiempo,
medio feliz en medio del cielo."

Todos alabaron la bonita voz de Lavinia, un punto rota y una pizca nasal, y el buen uso que de ella hacía. El rapaz murciano le preguntó si no le gustaría dedicarse a la canción.

-No creas que no lo tengo pensado. De hecho, cuando siento necesidad voy a un local de Barcelona en el que me dejan cantar, y de paso también saco unos extras para complementar la renta que me proporciona la familia. En el futuro no sé si será una opción; pero de momento lo que quiero es centrarme en los estudios.

Después de la cena, bien abastecidos de cafés, contó Tomás como en el anterior invierno se había quedado él solo allí, en Manjarín, durante quince días, sin ver más ser vivo que sus perros, sus gatos, sus gallinas y una pareja de lobos que no dejaba de rondar el lugar en busca de sustento. La nieve era tanta y tan espesa que ni el destacamento militar, que cerca de aquel refugio atiende una base de telecomunicaciones, pudo acudir en su auxilio.

-No ocurrió nada, porque al igual que el santo de Asís que por aquí pasó hace siglos camino de Compostela, los templarios también sabemos de lenguajes secretos. Mi especialidad es el habla de los animales.

Un asomo de risa se dibujó en la cara de una de las mozas vascas y en las de los peregrinos de Peñafiel y Murcia; pero la seriedad y la contundencia que Tomás ponía en el relato, enseguida espantaron aquellos atisbos de incredulidad.

-Llegué a un pacto con los lobos -prosiguió Tomás-. Ellos no se acercarían a menos de veinte metros de la casa; no me molestarían ni a mí ni a mis animales, y yo les daría media gallina cada tres días. Era fácil percatarse de que no estaban muy de acuerdo con la partija; pero los convencí de que las extremas circunstancias de la invernada nos imponían a todos, a ellos y a mí, sacrificios y economías de despensa. Si el aislamiento llega a durar más, no estoy muy seguro de que los lobos no terminasen por romper el pacto. Aquellas dos semanas se llevaron cinco gallinas y algunos parlamentos con las fieras y conmigo mismo. No sabéis bien lo que es estar aquí sólo, en esas condiciones, y no dar en la tentación de abandonarlo todo y regresar al mundo. Nada tiene que ver con lo de esta noche. Ahora mismo el contento corre entre nosotros; estamos bien. Ya veis: cenados, bebiendo café al calor del hogar, y en armonía con nosotros mismos y con la espléndida naturaleza; una naturaleza que en lugares como éste concentra un montón de energías que tan bien le sientan a nuestro cuerpo y a nuestro espíritu.

-Supongo que esas energías dependerán más de las personas; más de la actitud de cada uno hacia la naturaleza -apostilló el mozo murciano que, por los mirares y por los gestos, semejaba el más incrédulo de la velada-.

-¡Te equivocas! -le explicó Tomás con toda su fuerza de convicción-. Las energías telúricas existen y se pueden absorber en unos lugares y no en otros. Si los que estamos aquí estuviésemos, ¡qué sé yo!, en León, en Samos, en Sahagún o en Cacabelos, y estuviésemos en una estancia igual a ésta después de cenar lo mismo que acabamos de cenar... Si esto fuese así, ten la seguridad de que ni tú ni yo, ni nadie de nosotros nos sentiríamos igual que nos sentimos ahora mismo. Las energías de la tierra no son las mismas en unos sitios que en otros ¡Convéncete!

La noche fue avanzando en otras historias que Tomás relataba con el estilo de los buenos contadores. Historias de templarios, y de ánimas, y de peregrinos perdidos por aquellos montes de León. Historias contadas en torno al lar, sin más luz que la de la lumbre dibujando extrañas y vacilantes sombras en las paredes del refugio; sombras de las que Tomás se ayudaba para remarcar los pasajes de tensión, de misterio y de miedo. De las manos de Tomás a las de Andrés, y de las de Andrés a las de Tomás, pasaba ligera una botella de licor de moras que el propio hospitalero templario había aderezado. Los demás también la probaron, aunque sólo el mozo murciano y el ciclista repitieron en una ocasión. El licor requería de paladares acostumbrados.

No era el caso de Andrés, ni el de Tomás, ni el de la compañera de éste que ya llevaba con él algún tiempo; ni tampoco era el caso del ciclista ni del mozo de Peñafiel que sabían de acampadas; pero para Lavinia, para las muchachas vascas y las de

Peñaranda y para el rapaz murciano, la lumbre libre en medio del lar dibujando caprichosas filigranas y arabescos, creando y recreando efímeras figuras que cada uno interpretaba según le apetecía; aquella lumbre era para ellos como un imán del que quedaron prendidos; como un meterse en un gran salón blanco, vacío y cerrado, en el que cualquier ruido, cualquier efectista modulación de voz del narrador les sobresaltaba. Entre las llamas se podían ver y se veían monjes-soldado jugando al escondite con la muerte en procura del Santo Grial; se podían ver y se veían los espíritus de todos los peregrinos que algún día habían ido a la busca de la gran perdonanza y aún ahora andaban tratando de dar con las salidas del purgatorio. Y Tomás era un maestro en esto de aprovechar los efectos y los caprichos de las llamas. Por las noches, en Manjarín, resulta difícil acotar dónde y cuándo terminan los relatos, y dónde y cuándo empiezan los sueños. Como norma, se podría decir que casi nunca antes de la medianoche.

A las seis y media sonó la alarma en el reloj de Andrés. Lavinia, que compartía catre con él, dio media vuelta y le rogó que durmiese un poco más. Andrés se lo agradeció. A aquellas horas aún el licor de moras andaba a golpes en su cabeza. Se levantaron a las ocho. Los demás dormían. Bajaron hasta la fuente para asearse lo que se puede asear uno en una fuente. Al volver para recoger las mochilas ya estaba Tomás calentando leche. Se la sirvió con el café sobrante de la noche y con unas galletas.

-¿A qué viene tanta prisa? -les preguntó-. ¿No vais esperar al rito del círculo de piedras?

-No, Tomás -le contestó Andrés-. Ya que ayer adelantamos camino, la etapa de aquí a Ponferrada la queremos hacer despacio, muy a modo, para gozar de la majestad y de la belleza de estos montes. Tenían razón los romanos cuando aquí les colocaban altares a sus dioses. Y tenía razón Gaucelmo trayendo hasta aquí a sus anacoretas. Si desde algún lugar se le puede hablar a Dios en confianza, es desde sitios como éste.

-Y nosotros lo queremos intentar -añadió Lavinia-.

-Me agradó mucho conoceros. Os invitaría a que pasaseis aquí más tiempo; pero ya veo que andáis haciendo vuestro Camino, y ese Camino se hace al andar. No sé por qué, pero me gustáis. Intuyo que os conocisteis en esta aventura y que no tenéis mucha intención de separaros. También intuyo que os aguardan dificultades y obstáculos. ¡Hacedme caso! En esto tengo alguna experiencia. El Camino es una catarsis. ¡Aprovechadlo!

Después de despedirse con el mutuo deseo de buena ventura, volvieron Lavinia y Andrés a las soledades de los montes, de las esperanzas y de las alboradas. El día pintaba del color del optimismo. La última recomendación de Tomás en la despedida les infundió los alientos que precisaban para poder contemplar el mundo desde la baranda del contento.

Los cielos llevaban escritas promesas de calores. Menos mal que al poco de salir, el camino tornaba en descensos. Mientras el andadero fue carretera, la pendiente les iba más que bien; pero cuando derivó por veredas y aguadas había que ir con tino; había que ir apoyando los pies con cuidado para no torcer un tobillo. Eso sí, la dureza del descenso se vio ampliamente compensada por la singularidad y la belleza del trazado. Bajo los pies, la ladera descendente de los Montes de León, del Irago; en frente, el valle del Bierzo, y a lo lejos, aún muy lejos, las paredes del Caurel y de los Ancares, frontera de Galicia. Cuando Andrés las señaló, Lavinia se abrió en lágrimas. Fue un llorar sin sollozos, un llorar silencioso, un llorar por dentro, un llorar riendo; fue el llorar de quien por primera vez avista la tierra prometida, aún sin saber lo que en ella le aguardaba.

Pararon a recomponer ánimos y a aliviar calores al cobijo de un castaño centenario que señorea una explanada de alargada pendiente. Y siguieron hablando y hablando de la inolvidable noche de Manjarin.

-Fue un acierto -comentó Andrés- que ayer por la tarde te empeñases en salir de Rabanal. En verdad que merecía la pena una noche como ésta. ¡Qué gran tipo ese Tomás! Por un momento estuve a punto de pedirle que me invistiese caballero. Dicen que cualquier templario le puede transmitir esa condición a otra persona. Me faltó un casi nada para rogárselo. Pienso que porque era tarde, porque el sueño atacaba y porque el licor de moras ablandaba propósitos, no se lo pedí. Habría sido una vivencia singular.

-¡Qué quieres que te diga! No te veo a ti de caballero templario. Piensa que eran mitad monjes y mitad soldados. Imagínate que la mitad monje te toca de cintura para abajo. Sería una desgracia para ti y para mí.

Los dos rieron la ocurrencia, y bajo la sombra del centenario castaño confirmaron que efectivamente sería una desgracia.

Marcaban los relojes la una cuando L.A. pisaban Molinaseca por delante de la capilla de la Virgen de las Angustias, y aunque la liviandad de las bajadas suele ser menos dada a los sudores, los dos llegaron a remojo. El sol pegaba con fuerza, aún sin haber alcanzado sus mejores horas. Por la izquierda, las escasas aguas del Meruelo tejían cantares de siempre, cantares de siglos, cantares frescos. Lavinia echó el sombrero hacia atrás. Tenía el pelo como si acabase de salir de la ducha; la piel de la cara, colorada, encendida, en sazón, como una manzana madura pidiendo ser comida. Algunas higueras, custodiando el paso, sugerían sensuales placeres. De súbito, un hermoso puente romano salvando las aguas. Sólo entrados en él pudieron ver lo que en aquellos momentos más se acercaba a la idea que podamos tener del Paraíso. Bajo el puente, una represa a modo de piscina fluvial. Varios muchachos se zambullían desde un muro que ampara una zona de césped sombreada de olmos. Más allá del césped, una terraza con mesas, sillas y sombrillas prolongaba el espacio de un restaurante-cafetería. Los dos peregrinos se miraron; sus caras eran el espejo de la dicha; se besaron.

-No andarás con la idea de seguir adelante -dijo Lavinia con determinación-, porque si andas, mejor será que te vayas deshaciendo de ella. ¡Qué gozada! Dan ganas de tirarse al agua desde aquí arriba, con mochila y todo.

-Vete con cuidado, guapiña, que por el color que llevan se me da que a una mediterránea como tú estas aguas le van a producir escalofríos.

-¡Mejor! Es lo que ahora mismo necesito. Frescura; mucha frescura.

En el restaurante encargaron una paella para las dos y media. Allí pudieron vestirse los bañadores y guardar las mochilas. Lavinia salió corriendo a la busca del baño soñado. No se paró a pensarlo. Desde el mismo muro donde los muchachos trataban de componer figuras de salto, Lavinia se lanzó al río. Andrés esperó arriba. Pronto la moza sacó la cabeza del agua con una mueca entre de placer y desespero.

-¡Collóns! Esto es peor de lo que imaginaba. Menos mal que lo que es refrescar, refresca.

Andrés rió lleno de razón; los otros bañistas sonrieron; también él se lanzó a la represa. Metidos en las aguas juguetearon un rato hasta que ella se cansó de tanta frescura, que fue pronto.

-Bueno. No conviene abusar de estas impresiones. Mejor degustarlas poco a poco.

-No lo puedes negar. Eres una nena del Mediterráneo.

Lavinia le respondió con un barrido de mano en las aguas para remojarlo bien, y salió nadando hacia la orilla. No les hizo falta razonar mucho para confirmar que la etapa del día remataba allí, en Molinaseca.

Sentados ya en la terraza para comer, desde la cima del puente les saludó el ciclista que habían conocido en Hospital; el que en la subida a la Cruz de Hierro había aliviado a Lavinia de la carga de la mochila. Rechazó tomar con ellos una cerveza. Quería llegar cuanto antes a Villafranca, y allí descansar.

-Aún te quedan treinta quilómetros -le recordó Andrés-.

-Por estas llanuras bercianas, si me empeño, puede ser cosa de una hora.

-¡Buen Camino, entonces!

-¡Gracias! -les contestó desde el puente agitando la mano derecha e enviándole un beso gestual y volador a Lavinia-.

Mientras regozaban de la paella, bien regada en vino mencía, fueron llegando, primero las dos rapazas de Peñaranda y su amigo de Peñafiel; luego, Agustín, Rosa y María. Las dos peregrinas vascas y el mozo murciano habían decidido prolongar su paso por Manjarín una noche más. El cura, la brasileira y María llegaron a la de Tomás cuando el ritual del círculo de piedras acababa de rematar. Pararon allí a tomar un café, y a espantar los fríos de la niebla que les vino acompañando hasta la Cruz de Hierro. Y aunque de día el refugio no es ni la sombra de las noches, los tres salieron con una buena impresión de aquel lugar sucio, cálido, desordenado, acogedor.

-A ti te habrían de gustar -le dijo Lavinia a Agustín- las historias de Tomás. Cuando hablaba de templarios recordé lo que tú nos contaste la noche de Carrión. ¿Sabes que Tomás es uno de ellos?

-Sí. Eso viene en todas las guías. Lo que sí te digo es que si otra vez hago el Camino, tendré en cuenta esa parada. Una cosa es que a estas alturas de los tiempos lo de los templarios sea una carallada, y otra distinta, el ambiente de ese refugio y la personalidad de Tomás, que sí pienso que merecen la pena.

La tarde se les fue yendo por aquel rincón del rio. Las aguas habían tornado más llevaderas y los baños menos doloridos. Antes de salir hacia el albergue, que cae bastante a las afueras del pueblo, en dirección a Ponferrada, Agustín, Rosa, María, Andrés y Lavinia hicieron merienda-cena en un mesón que asoma a la sirga que cruza la villa. Las otras dos rapazas y el mozo prefirieron comprar pan y viandas para hacerse bocadillos.

El albergue bien merece parada y visita por sí mismo. Antiguamente había sido ermita en la que se rendía culto a San Roque. Una cuidada restauración la habilitó para descanso de peregrinos, que allí encuentran acogida, acomodo y hasta comodidad. El bajo está centrado por un foso rodeado de gradas que levantan hasta la altura de la puerta. En medio del foso, una amplia mesa. A un lado de la puerta de acceso, la cocina. Al fondo, dos escaleras que ascendiendo en V conducen a una planta donde se alinean dos filas de doble litera. Y centrando el arranque de las escaleras, un estrecho pasillo da acceso a las duchas y aseos de hombres y mujeres. El albergue es coqueto y confortable; pero sobre todo, en él se respira ese clima apacible e inquietante de los lugares en los que en algún tiempo se practicó culto. Antes de descargar la mochila, Agustín se detuvo en el alto de las gradas buscando algún indicio que trascendiese las apariencias. Pero no; la piedra era piedra, y de lo que había sido ermita apenas quedaba algo más que sus formas externas. A lo que sí convidaba aquel espacio era a una amena velada.

-Fíjate, Agustín, qué curioso -le dijo Andrés-. Ayer nosotros durmiendo en un albergue templario, y hoy en una antigua capilla. Parece como si el destino o la propia disposición del Camino nos condujesen inexorablemente, fatalmente, por viales que llevan más allá de lo que nuestros sentidos pueden advertir. ¿Te imaginas a Tomás oficiando de Maestre en un lugar como éste? Resultaría el marco perfecto para una ceremonia de iniciación.

-Evidentemente, siempre un lugar consagrado se presta mejor a cualquier ritual hermético. Sí. Estoy de acuerdo contigo. Éste sería un lugar perfecto para Tomás.

Mientras Andrés y Agustín hablaban de estas cosas en los bajos del refugio, arriba, en la zona de dormitorios, Lavinia Rosa y María ocupaban cinco literas al fondo de la estancia. Otras trece o quince estaban ya ocupadas. Eran de los peregrinos que sentaban fuera, a la fresca.

Las puertas se cerraron. En el exterior, bajo los amplios tejadillos laterales de la capilla, sólo Andrés y Lavinia permanecían, uno a cada lado; los dos en actitud a medio camino entre la meditación y la oración. Vestían túnicas albas e iban tocados de un semivelo también blanco. Nada más llevaban encima. La cara de Andrés mostraba serenidad y también un punto de ansiedad; de esa ansiedad, propia de quien está a poco de lograr lo que tanto deseó. La contraluna hacía del cuerpo de Lavinia un prodigio de transparencias. Paseando bajo la verde luz de la noche, sus formas se ofrecían espléndidas, gozosas, plenas, inalcanzables. Y tan hermosas eran las formas que se intuían, que se transparentaban bajo la blanca túnica, como los espacios que aquel tejer y destejer de sus piernas iba dibujando; espacios que brindaban huecos de verde luna y de saya blanca; huecos para soñar.

Poco antes de la hora de maitines se abrieron las puertas de la capilla. Dos caballeros salieron en busca de Andrés, y dos caballeras, también llamadas Damas, con mayúscula, en busca de Lavinia. Dentro les preguntaron por el nombre y por las intenciones que les habían llevado a solicitar la orden de la caballería. Satisfechas estas demandas, les advirtieron acerca de los trabajos que les esperaban como miembros del Temple; unos trabajos que les costarían sacrificios, renuncias e, incluso, tal vez, la propia vida.

Los caballeros y Damas que les habían introducido y les habían interrogado desde el medio del foso que centra la capilla, subieron a las gradas. Ellos a la izquierda, según se ve desde la puerta, y ellas a la derecha. Por las escaleras del fondo, otros diez caballeros y otras diez Damas descendían lentamente, ritualmente. Ellos vestían túnica y capa templaria; una gran "Tau" al pecho y otras dos más pequeñas a los lados; amplio cinturón de cuero, y bonete de lana. Ellas, amplio vestido muy plisado y ajustado a la cintura por un cordón de siete nudos; la bocamanga caída en cascada hasta los pies, y el pelo suelto coronado en guirnalda. Los procesionales fueron ocupando las gradas. A la izquierda, ellos; a la derecha, ellas. Cerrando el desfile, Tomás y la rapaza francesa, los hospitaleros de Manjarín, revestidos de más solemnidad como corresponde a los maestros de ceremonia. Los dos bajaron hasta el centro del foso. Detrás de ellos, subido a un escaño, quedó Agustín. Vestía una mezcla de ropa eclesiástica y templaria. En su caso, lo de ser mitad monje y mitad soldado no era del todo exacto. Tal vez tres cuartos de monje y un cuartillo de soldado fuese más conforme.

Las teas flameando en las paredes le daban a la estancia aire de aires y luces trementes. Nada parecía firme ni asentado; más bien una fantasía, un ensueño. Pero era. Y era lo que era aunque resultase inasible a los sentidos y a los entendimientos. Y también allí, en el foso, de pie, casi desnudos de ropas y de sí mismos, Andrés y Lavinia estaban listos para hacer el juramento, adquirir compromisos y recibir el espaldarazo.

-Hermanos -solemnizó Tomás-, no ingresaréis en la Orden con el deseo de conseguir riquezas ni honores. Tampoco vais estar más altos ni rodeados de comodidades. Se os exigirán tres cosas: dejar atrás los pecados del mundo; poneros al servicio de Nuestro Señor, y ser los más pobres de los mortales, siempre sometidos a penitencia por la salvación de vuestras almas. Sólo por esto debéis solicitar vuestro ingreso.

Los asistentes, todos ellos miembros del Tribunal, se pusieron en pie.

-¿Estáis dispuestos –prosiguió Tomás luego de una breve pausa- a convertiros en servidores y esclavos de la Orden durante todos los días de vuestra vida? ¿Estáis dispuestos a renunciar para siempre a vuestra voluntad, obedeciendo lo que vuestro comandante disponga en todo momento?

-Sí, señor -respondieron L.A.-. Si Dios nos lo permite.

Otra vez fueron conducidos al exterior de la capilla. Iban en silencio; la cabeza baja. Iban con la felicidad, o con la falta de conciencia que sólo el nirvana les otorga a aquellos que son capaces de renunciar a todo en favor de lograr un gran afán.

Dentro, Agustín, las manos sobre los Evangelios, conmina a todos los presentes a que, de conocer algún impedimento contra la aceptación de los dos neófitos en la Orden, hablen en aquel momento o callen para siempre.

Llevados de nuevo al interior por los dos caballeros y las dos Damas que les acompañaban en todas estas entradas y salidas, el Maestre Tomás les solicita una renuncia pública a su vida anterior. Luego les obliga a hacer los votos.

-¡Hermanos! Oíd con atención lo que os vamos a decir. ¿Prometéis a Dios y a Nuestra Señora que desde hoy mismo y hasta el fin de vuestros días cumpliréis las órdenes del Maestre del Temple y de los comandantes que sean vuestros superiores? ¿Que viviréis sin que nada os pertenezca? ¿Que os encontraréis en condiciones de seguir y respetar las buenas maneras y costumbres de nuestra casa? ¿Prometéis que siempre, de una forma absoluta y sin ninguna concesión, mantendréis permanentemente vuestra castidad?

En ese punto, a Lavinia se le fueron los ojos al vientre de la oficianta francesa, compañera de Tomás, que ya dejaba ver a las claras su incipiente preñez. La figura esbelta y frágil de la rubia moza francesa sosteniendo la espada de la ceremonia por delante de aquel vientre que no sabía de castidades, provocó en Lavinia una reacción de asombro que terminó reventando en risas; más que en risas, en carcajadas. Andrés, a su lado, le sacudió el hombro hasta despertarla.

-¿Qué pasa? ¿Qué pasa? -inquirió la rapaza sobresaltada-.

-No pasa nada. Estarías soñando y diste en una carcajada que debió despertar a medio albergue. Pero no pasa nada. Vuelve a dormir, bonita.

Esto se lo decía Andrés muy bajito; los labios rozándole la oreja.

-¡Anda! Vuelve a dormir.

-¡Qué vergüenza! -musitó ella mientras se arrimaba a Andrés; la cabeza metida dentro del saco de dormir como para esconderse de su propio rubor-.

Poco después fue Lavinia quien sacudió a Andrés que ya había retomado el sueño.

-¿Qué hora es? -le preguntó-.

-Las cinco y media.

-¿Por qué no nos marchamos? Yo ya no puedo dormir. ¡Anda, vamos!

Se levantaron sigilosamente; recogieron saco, mochila y botas, y de puntillas, para no despertar de nuevo a los otros peregrinos, bajaron las escaleras. Al salir de los aseos se encontraron con que Agustín, Rosa y María también habían bajado.

Los cinco salieron del albergue aún de noche cerrada. Cuando empezó a clarear, Ponferrada estaba a la vista. La conversación de aquella amanecida en buena parte giró en torno a las risas nocturnas de Lavinia.

-¿Sabéis? -se explicó la rapaza-. Estaba soñando que a Andrés y a mí nos iniciaban en la Orden del Temple. El escenario era el bajo del refugio donde dormimos esta noche. Oficiaban Tomás, el de Manjarín, y su compañera francesa, auxiliados por Agustín.

-¿Ah sí? ¿De modo que estuve en tus sueños?

-Estuviste tú y todos vosotros también, porque todos estabais allí. El caso es que durante la ceremonia, cuando Tomás nos pedía que llevásemos una vida de completa castidad, vi como la barriga de su compañera empezaba a medrar y a medrar como si fuese un globo. Debió ser entonces cuando me eché a reír y me despertó Andrés, porque ya no recuerdo más.

-¿Sabes que también yo soñé esa ceremonia de iniciación? -le dijo Andrés pasado un tiempo, después de asimilar y superar aquella coincidencia como si fuese una obra más del puro azar-.

-Va a resultar que en vuestro afán de compartirlo todo, hasta compartís las veleidades de los subconscientes —intervino María tratando de buscarle la aristas chocantes a aquella historia de sueños entrecruzados-.

La placidez, la armonía y el contento de ir caminado los cinco juntos a aquellas horas de la fresca matinal, se torcieron en un mal paso que llevó a María al suelo. La moza dio primero en quejarse con fuerza y luego en llorar en silencio. Al pisar una piedra, un pie se le fue de lado. Mancó el tobillo. Todos sacaron de sus archivos memorias de remedios para un mal paso como aquél. Andrés le aplicó una pomada antiinflamatoria y le vendó la parte lastimada con avíos que llevaba en su botiquín. Aunque faltaba poco para entrar en Ponferrada, era evidente que la moza no podía seguir caminando. Rosa paró al primer coche que pasó. Había que llevarla al hospital. Con María subieron Agustín y la propia Rosa. Andrés y Lavinia se despidieron de la rapaza zamorana, que de seguro tendría que abandonar el Camino. Con el cura y con la brasileira quedaron de verse aquella misma tarde en Villafranca.

Lavinia, que seguía encadenada a las sensibilidades, volvió a vestir aquella cara de perrito acorralado que a Andrés tanto le complacía y tanto le inquietaba. En aquellos momentos, lo que a él le gustaría era dejarlo todo, cogerla en brazos y juntos volar al país donde no caben los desasosiegos ni las tristezas.

-¿Qué te pasa, Lavinia?

-Nada. Es que me dejó muy mal cuerpo la lesión de María. Imagínate que en lugar de pasarle a ella me hubiese pasado a mí. ¡Ya está! ¡Fin del Camino! ¿Y entonces, qué?

Un largo silencio en el que los segundos eran minutos; los minutos, horas, y las horas, eternidades, les acompañó hasta la entrada en Ponferrada.

Pasaron de prisa por la capital berciana. Ya junto a la capilla de la Virgen de la Encina, Andrés retomó por fin la pregunta que su compañera le había dejado zumbando en la cabeza: "¿Y entonces, qué?".

-Me gustaría decirte que todo está arreglado; que ya podemos hacer proyectos para cuando concluyamos el Camino. Pero la verdad es que no te lo puedo decir. Me intranquiliza, me angustia pensar en plantearles esta situación a mi mujer y a mis hijos. Como también me intranquiliza pensar en cómo van a tomar tus padres nuestra relación. No lo puedo remediar. Nunca fui un echado hacia adelante en estas cosas.

-Pues yo pienso que cuando algo se presenta con esta pinta y sabemos que nos va a suponer un mal trago, lo mejor es resolverlo cuanto antes; quitárnoslo rápidamente de en medio para que no se nos pudra entre las manos.

Una pequeña pausa para apañar moras en las zarzas que crecían a los lados del camino, y continuó.

-Por mis padres no te preocupes. En un principio seguro que lo tomarán mal; pero a eso ya estoy acostumbrada. Luego, pasado un tiempo, terminarán por aceptar lo que pienso plantearles como irremediable. Siempre me pasa lo mismo. Cuando les anuncié que iba a compartir piso con un compañero, primero me amenazaron y me advirtieron que de ninguna manera; pero ante los hechos consumados, acabaron aceptándolo e incluso llegaron a invitarle a casa.

-También yo pienso que estos problemas hay que resolverlos cuanto antes. Pero una cosa es pensarlo y otra hacerlo. ¡Qué quieres que te diga! Siempre fui así y bien que me fastidia. Yo vivía una vida monótona, quizás aburrida, pero tranquila, ordenada, sin grandes alteraciones. Llegaste tú y lo pusiste todo manga por hombro, todo patas arriba. Me alegra que haya sido así; pero tengo que hacerme a la nueva situación. Necesito algo de tiempo.

-Entonces ¿cuándo piensas decírselo?

-¡Yo que sé! Ahora mismo no lo sé. En un principio, este Camino iba a ser sólo un paréntesis en mi vida llena de monotonías. Desde que salí de casa no volví a comunicarme con ninguno de los míos. Ese fue el acuerdo al que llegamos para que nada me distrajese de lo que yo pretendía. Y lo que yo pretendía era hacer un viaje al interior de mí mismo. Solamente eso... Quedé en llamar uno o dos días antes de la llegada. Hasta ese momento pienso que no voy hacer nada.

-Pues deberías ir previéndolo. Sólo te restan cinco o seis días.

-Por eso mismo. Si aún nos faltan cinco o seis días, ¿por qué tengo que empezar a preocuparme ahora? Dejemos que el tiempo haga su labor. ¡Atiende! Por mi formación, por mis estudios, por mi trabajo, siempre procuro ser racionalista; buscar deducciones mediante la lógica. Pero el caso es que también tengo un punto determinista. Y a veces pienso que no viene mal. Hay cosas que pasan porque tienen que pasar, sin sujetarse ni a reglas ni a silogismos. Por ejemplo. ¿Cuánto tiempo hace que tú y yo nos conocemos?

-Hoy hace exactamente veinte días que empezamos a andar juntos, y ayer hizo veinte días que nos vimos por primera vez.

-Pues ¡fíjate! Hace veintidós días que ni tú sospechabas de mi existencia ni yo de la tuya. El azar, el simple y determinante azar hizo que coincidiéramos el mismo día en el mismo lugar para hacer el mismo Camino. Y ese mismo azar fue el que hizo que te sentases en un banco por delante del mío en la iglesia de Roncesvalles, y que por allí suelta anduviese una flecha que nos atravesó en el momento en que nuestras miradas se cruzaron, y más tarde que también coincidiéramos en el mismo cuarto en literas próximas. Así, pues, nuestra bendita relación no es más que un producto del azar. Y de aquí a concluir que todo es puro determinismo no hay más que un paso.

-No me enredes, Andrés. Tú y yo sabemos que problemas como éste sólo se resuelven como hay que resolverlos: cogiéndolos por los cuernos; hablando con quien haya que hablar y cuando haya que hablar.

-Tienes toda la razón, y no seré yo quien te la niegue; pero mientras no llega la hora, deja que viva libre de angustias. Lo que tenga que pasar, ya pasará.

-Bueno -dijo ella resignada-. ¿Qué quieres que te diga? Ahora mismo no tengo muchas ganas de cantar. Aún así, si tuviese a mano una guitarra te dedicaría una canción de John Lennon, que de alguna forma dibuja algo parecido al mundo en que tú vives; un mundo para soñadores que... ¡quién sabe!...

hasta puede que no sea tan mal mundo. Si tuviese a mano una guitarra te diría:

"Imagine all the people
living for today..."
Y también:
"You may say I'm a dreamer,
but I'm not the only one.
I hope someday you'll join us
and the world will be as one".

Metidos en estas deliberaciones, en estas filosofías, fueron quemando etapa. A los lados del camino iban dejando espadañas coronadas de grandes nidos, en los que la cigüeña, inmóvil, apoyada en una sola pata, más parecía el ornamento de una veleta que el correo de las estaciones. Iban dejando también arquitecturas bercianas; campos regados y bien trabajados; frutales ofreciendo manjares prohibidos; viñas casi listas para la vendimia; hayales, llanuras y oteros; zarzas con moras maduras; soles y miradas cargadas de quereres. Metidos en estos razonamientos, en estos discurrires, casi les dio la hora de la comida cuando entraban en Villafranca, tierra de vides, de aguas, de iglesias y de músicos; verde y acogedora antesala de Galicia.

-¡Ahí los tienes! -dijo Andrés señalándole a Lavinia los montes que ante ellos levantaban imponentes-. Esos montes son el último obstáculo que nos separa de mi tierra; unos montes que durante siglos nos protegieron, y también nos privaron de las influencias del exterior; unos montes que, en todo caso, nos ayudaron a conformar lo que se dio en llamar sentimiento de galleguidad. Un sentimiento que, de cara a fuera, quizás no vaya mucho más allá de lo que es la tópica mestura de desconfianza, de retranca, de morriña, de saudade, de muiñeira y de gaitas; pero un sentimiento que realmente es mucho más. Me gustaría que llegases a entenderlo y a vivirlo. A poco que uno sea un punto sentimental, no resulta una mala vibración.

-Quiero entenderlo y quiero vivirlo contigo. Ya lo sabes.

Rosa y Agustín llegaron a media tarde. A María tuvieron que escayolarle el pie y el tobillo. Estuvieron con ella en Ponferrada hasta que salió el autobús que la llevaría a Zamora.

El albergue cae en el alto, a la entrada de la villa, justo al pie de la sencilla y austera iglesia de Santiago en la que, por antiguo privilegio papal, los peregrinos enfermos o impedidos pueden obtener la misma indulgencia y favores que si llegasen a Compostela. A Lavinia le llamaron la atención las formas románicas del templo. Son de un románico lombardo que no se prodiga mucho en España.

Antes de bajar a pasear el pueblo entraron a visitar la iglesia. Igual que por fuera, por dentro es de una sencillez casi luterana. Sentaron en los bancos del medio para contemplar mejor. Después de algunas observaciones de Agustín sobre los usos respecto de la decoración de los templos en las distintas épocas, se hizo el silencio. Y cuando éste era más puro, más interior, en un murmullo casi inaudible arrancó Lavinia con el "Ave María" de Gounod. Poco a poco fue avanzando en un "crescendo" suave, lento, devoto y sentido; en un "crescendo" en tiempo de blues. Las pieles de Rosa, Agustín y Andrés encogieron; en las gargantas, un nudo; en los ojos, lágrimas; en los corazones, deseos de buscar el cielo, y también de besar a aquella criatura, que al entonar el "benedicta tu in mulieribus", no pudiendo retener ya por más tiempo las emociones, los sentimientos, los afectos, las angustias y los miedos, rompió a llorar.

Por unos instantes todos quedaron como estatuas de mármol, sin mover un músculo, sin poder hablar, sin poderla consolar. Fue la propia Lavinia quien los sacó del trance.

-No os preocupéis. No es nada. Sólo un desahogo. Llevaba días acumulando tanta presión de tantas intensidades y de tantos colores, que hoy aquí saltó la espita. ¡Buf! ¡Qué liberación!

-Gracias, Lavinia -le dijo Agustín-. Nunca un canto en una iglesia me puso la piel tan de gallina como éste tuyo de hoy.

Para mí que le robaste la garganta a algún ángel. Entre los humanos no se canta de ese modo.

-No exageres -le respondió ella, pasándole agradecida la mano por el pelo-.

Estaban fuera del templo y Andrés aún no había recuperado el habla. De hecho no la recuperó hasta abrir la segunda botella de vino, sentados ya bajo los acogedores soportales de la plaza de la villa.

X. De Villafranca a Samos

(Molto vivace)

El golpear de los bordones en las piedras descendentes que llevan del alto de la iglesia de Santiago hasta los bajos de la calle del Agua, le ponía músicas a la fresca mañana berciana. Una ligera neblina subía desde el Burbia y el Valcárcel hasta los torreones del castillo de los marqueses, en el que con frecuencia el maestro Halffter se refugiaba para dibujar poemas en pentagrama. Los peregrinos pensaron si detrás de la ventana iluminada, la única del castillo con luz a aquellas horas tan tempranas, no estaría don Cristóbal inventando sinfonías, o tal vez alguna nocturna serenata. Por lo demás, Villafranca aún dormía. Dormían sus gentes y sus fantasmas; los fantasmas de los Torquemada, de los Álvarez de Toledo, de fray Martín Sarmiento y de Gil y Carrasco.

A lo largo de la angosta calle del Agua que lleva hasta el puente que cruza el Burbia, antiguos blasones despedían a los cuatro peregrinos con el ademán propio de quien está al cabo de todas las aventuras y de todos los caminos. Lavinia, Andrés, Rosa y Agustín andaban los últimos espacios que les habían de llevar a Galicia; pero antes tenían que resolver los veinte quilómetros que conducen a las primeras rampas de O Cebreiro, y aún luego pelear las duras paredes de la montaña. Veinte quilómetros orillando la Nacional VI; veinte quilómetros pesados, monótonos, ruidosos, peligrosos. Sólo el eterno, gastado y fresco estribillo del Valcárcel cantando su señorío sobre las tierras de aquel valle, ponía el contrapunto de la esperanza; de la esperanza de que había de llegar el momento en el que el camino se alejase de la carretera para arrimarse, para enamorarse, para confundirse en las corredoiras que llevan a Galicia; una Galicia que vienen persiguiendo desde hace más de veinte días y que ya tienen ahí, a un tiro de ojo. Para Andrés es volver a su cuna; para las chicas y para el cura es como pisar por primera vez la tierra prometida. Y en el caso de Lavinia, es también como entrar en un nuevo mundo abierto a todas las ansias.

Dado que el camino es largo y la disciplina de la carretera los había puesto en fila de a uno, haciendo imposibles las conversaciones de grupo, Lavinia y Rosa por delante y ellos más atrás, fueron dejando espacio por medio; espacio suficiente para que lo que unos hablaban no lo escuchasen los otros. Y eso que lo que es hablar, hablar… hablaban las mismas andróminas.

Agustín le explicaba a Andrés los pormenores de su relación con Rosa, y de cómo yendo camino de Rabanal decidió hablarle claro, tal como el propio Andrés le había recomendado.

-Y lo entendió -decía Agustín componiendo gesto de complacencia-. De lo que no estoy muy seguro es de si fue mejor que lo entendiese, o no. Ahora ella se comporta atendiendo a lo que le dije: que mi condición de cura me limitaba en algunos aspectos de lo que puede ser una relación afectiva; que esta condición y estas limitaciones las había elegido yo con plena conciencia, y que tenía la intención de mantenerme en ellas. Primero puso cara de contrariedad; luego, con tono resignado y con mucha ironía, me dijo que le cumplía pararse a pensar muy seriamente en si no sería mejor para ella meterse en un convento, a la vista de que en el campo de los amores iba de fracaso en fracaso. En todos los casos que vivió, o llegaba tarde o simplemente no llegaba. Recuerdo que íbamos por el andadero que hay a la salida de El Ganso mientras hablábamos de esto. De pronto, se plantó ante mí; movió la cabeza a uno y otro lado; me guiñó un ojo; compuso la sonrisa más triste y más hermosa que nunca le había visto, y dijo: "Deja que te de un beso de despedida; de despedida de mis esperanzas, porque caminar espero que sigamos caminando juntos". Dicho esto, sin esperar razón alguna de mi parte, se acercó, me cogió las manos y me besó. Debí quedar tan atolondrado, tan pasmado, que enseguida me previno: "No te preocupes. No se volverá a repetir". Aún no habían transcurrido cinco segundos cuando añadió: "Bueno, eso si es que tú no dispones otra cosa".

-¡Ay, Agustín, Agustín! ¡Que me da que esta rapaza te está enredando más de lo que tú piensas! Creo que te está llevando a su terreno; mansamente, pero te está llevando.

-¿De veras lo piensas?

-Tiene todas las trazas. Y te aseguro que no hay nada más difícil de combatir que el empeño de una mujer enamorada y decidida. Si de verdad Rosa se propuso hacer de ti una conquista, lo vas a tener crudo. ¿Alguna vez viviste una situación parecida?

-Tan clara, no. Pero ten en cuenta que en Madrid me muevo entre gente joven, lo mismo que te pasa a ti. Y ya sabes de ese atractivo especial que maestros y curas proyectamos sobre la juventud. Sé que se trata más de una reacción de admiración que de afecto, aunque a esas edades los dos sentimientos suelen confundirse. Bueno, el caso es que, más a menudo de lo que me gustaría, sí que me tengo visto como objeto de acoso adolescente; pero también es cierto que hasta ahora nunca una chica se me había plantado delante y me había besado. Además, el caso de Rosa es distinto. No se trata de una adolescente. Tiene pocos años menos que yo y experiencias en este terreno; experiencias salidas del fracaso, que son más vivas. Y a mayor abundamiento, no voy a ser yo quien niegue que se trata de una mujer muy atractiva, y no sólo en su componente físico, que salta a la vista.

-¿Qué sentiste cuando te besó?

-Si te soy sincero, no lo sé; pero desde luego no fue algo desagradable. Pasaron tres días desde entonces, y el recuerdo del momento no deja de atormentarme. Me quedó como una sensación de vacío, o tal vez la sensación de haber dejado una obra a medio hacer. Rosa no volvió acercarse a mí de aquella manera, ni siquiera ayer que caminamos los dos solos desde Ponferrada. Mientras andábamos por entre aquellos campos de frutales, por entre aquellas huertas y por entre aquellas viñas, sin más testigos que los mirlos, los gorriones y los jilgueros, y sin más impedimentos que los de mi relajada conciencia, ya con todas las armas rendidas... mientras andábamos por esos caminos, lo que deseaba era que Rosa retomase la iniciativa. Pero... bueno, quizás haya sido mejor así.

-Rectifico lo que te dije antes, Agustín. No es que la rapaza te esté enredando; es que estás completamente enredado.

-Es posible. Pero al menos me queda el consuelo de que, tal como Rosa me dijo, el siguiente paso lo tendría que dar yo. De modo que de mí depende lo que haya de acontecer.

-No te fíes. Una mujer enamorada dispone de muchos recursos para inducirte y obligarte a dar ese paso. Deja de discurrir y de buscar argumentos y contraargumentos; al final todo se reduce a algo mucho más sencillo; todo se reduce a un dilema. Y eres tú quien tiene que resolver ese dilema: o la quieres o no la quieres. Y en el caso de quererla, o estás dispuesto a jugar fuerte, u optas por retirarte. De modo que, querido Agustín, piénsalo; pero piénsalo rápido, que el tiempo, como sabes, no se detiene ni por nada ni por nadie. "*Tempus fugit*".

Al cabo de unos momentos de reflexión en los que las músicas del Valcárcel decoraban el silencio, retomó Andrés la palabra.

-¡Qué curioso! Yo dándote a ti consejos, cuando no soy capaz de resolver mi propio dilema que vengo arrastrando desde hace veinte días. Pero en fin… Dicen que los curas soléis aconsejar a los fieles que hagan lo que vosotros decís y no lo que vosotros hacéis. Pues mira por donde… Hoy te aconsejo yo a ti lo mismo.

La sonrisa que Agustín le dedicó iba llena de gratitud. Aunque lo intentó, Andrés no pudo sacar conclusión alguna acerca de las intenciones de aquel cura confuso y desorientado, pero siempre con la defensa de su racionalidad a punto. El caso es que ahora andaba perdido por unos terrenos en los que esa racionalidad no resulta la mejor de las defensas, si es que era necesaria una estrategia defensiva.

Aquella Vega del Valcárcel por la que el camino discurría ahogado entre los cantares de las aguas del río y los ruidos de la carretera que eran otro cantar, daba para muchos hablares. Eran veinte quilómetros que de alguna forma había que ir matando. Y en eso era en lo que también iban Lavinia y Rosa, siempre por delante.

Contempladas desde atrás, desde las perspectivas de Andrés y de Agustín, las dos mozas eran como dos alegrías; dos invitaciones a vivir la vida de los dichosos. Físicamente eran bien distintas, por más que las dos fuesen bien hermosas. Más esbelta Lavinia; más encarnada Rosa. Se podría decir que Lavinia era el gótico y Rosa el románico; que Lavinia era Mozart y que Rosa tenía más de Beethoven. Pero se mirase por donde se mirase, las dos eran una preciosidad, muy hermosas, llenas de ganas de vivir; de unas ganas de vivir que tanto servían para ellas como para regalárselas a los demás. Desde la distancia, Andrés y Agustín las veían gesticular y reír, a veces brincar, y también mirarse con mirares de complicidad femenina; ese recurso del que las mujeres disponen para bien gobernarse en terrenos en los que los hombres suelen fracasar por exceso de confianza en unas fuerzas que a menudo sobreestiman.

Y también entre ellas hablaban de sentimientos y de amores. Le hablaba Rosa a Lavinia de su empeño en ablandar, en doblegar las resistencias de Agustín.

-Parece que me vio el demonio. ¿No podría yo marcarme retos normales en lugar de meterme siempre en las empresas más difíciles? Así llevo los golpes que llevo. Y lo peor es que no escarmiento. Sé que lo de Agustín es casi un imposible. También sé que le gusto; pero al final va a prevalecer la lógica, y la lógica apunta a que su racionalidad terminará por rechazarme. Lo hará con buenos modos, incluso con cariño; pero dejando las cosas en su sitio, que es el sitio en el que estaban antes de conocernos en Carrión. Claro que ya no será lo mismo. Yo quedaré con una marca más en la columna de mis fracasos.

Un breve gesto de resignación, de autocompasión; una mirada a las aguas del río que bajaban cantando penas; una mirada hacia atrás… y prosiguió.

-Pero mira para él. ¿No es un hombre adorable? Con esa aparente fragilidad; con esa fuerza interior y ese carácter tan sereno, tan equilibrado, tan reflexivo; con ese aire entre golfo y de ilustrado descuido. ¿No es una monada?

-Sí que lo es. Es de esos hombres que enseguida se hacen querer. Yo diría que guarda bastante parecido con Andrés en lo que es su carácter, su forma de ser. Fuertes por dentro y blandos por fuera; que sabes que están ahí para protegerte y que al tiempo los tienes para poderlos acariciar. Son como ositos.

-Pues en esas ando yo, con un hombre así; con ese hombre que sé que me quiere, pero que sospecho que no va a renunciar a su vida por estos quereres.

-Desde luego, Rosa, escogiste un objetivo bien difícil. Nunca debiste meterte en un terreno en el que las probabilidades de victoria son mínimas. Pienso que yo nunca lo haría.

Una mirada entre de asombro y "de-qué-vas" que Rosa le dirigió en aquel momento, enseguida hizo recapacitar a Lavinia.

-Llevas razón. Estoy hablando por hablar. ¿Quién soy yo para darte consejo alguno? ¿Quién me diría a mí hace un mes que hoy iba a estar tan atada a un hombre casado y que me dobla en edad?

-Y no sólo eso -interrumpió Rosa-. Es que da la impresión de que estás convencida de que Andrés lo va a dejar todo por ti. Yo en tu lugar no estaría tan segura. Y sé de qué hablo. Llevo en mi alforja dos sonoros fracasos y estoy yendo derecha hacia un tercero. Así que… alguna autoridad debo tener en esta materia.

-¿Y cómo te recuperaste de esos golpes?

-El primero fue un amor de adolescencia que es de los que más se goza y en los que se sufre más descarnadamente. Era un compañero de estudios. Con él descubrí el amor, el calor de la arena de las playas de Río, la sexualidad y el sexo; también el desasosiego, los celos y las noches en vela; las alegrías sin límite y los lloros de rabia. Llevábamos tres años en este vivir sin vivir, en este gozar ilimitado, cuando de golpe, sin aviso previo, me anuncia que estaba enamorado de otra chica; de una amiga mía. Yo misma se la había presentado. Sufrí como una condenada. Quería morir. Lloré océanos. Me encerré en mí misma. El mundo perdió todos los encantos que hasta entonces me parecían infinitos. En dos años no quise saber nada de hombre alguno. Hasta que un día, un amigo de mi padre, de los que iban por casa con frecuencia y al que yo conocía desde niña, me miró de una forma tan transparente, tan desprotegida, tan amorosa… Recuerdo que me puso la mano en la cabeza y me repeinó el pelo. En aquel momento sentí un estremecimiento y perdí lo miedos. Le froté la espalda suave y brevemente con la mano; dejé caer el brazo hasta su cintura, y así permanecí unos segundos hasta que él me volvió a mirar haciéndome un gesto de que aquello no era conveniente; de que alguien nos podía observar. Pasaron algunos días sin tener noticia suya. Le llamé por teléfono. Empezamos a vernos a escondidas. Las primeras veces, algún paseo; luego caricias y besos… Un día me citó en un cinco estrellas de Copacabana. Había reservado una "suite". Fue como entrar de lleno en un cuento de hadas. De la varita mágica empezaron a salir las más dulces ternuras, las palabras más musicales, los besos más sabrosos, las más dulces bachianas, las más cálidas caricias y los goces más exquisitos. A este encuentro le siguieron otros y otros en un apartamento que había alquilado para los dos en un hotel más discreto. De aquel rincón hicimos nuestro simulado hogar. Nos veíamos casi todos los días, y al menos una noche a la semana la pasábamos allí. Pero siempre a escondidas; siempre teniendo que inventar historias para contarles a las familias. Me prometió que hablaría con su mujer para quedarse definitivamente conmigo; pero siempre en futuro; siempre huyendo de los presentes. Cansada de tanta promesa y de tanto aplazamiento, le fui acorralando hasta que un día se lo dije claramente: "Esto no puede seguir así. O estás conmigo o sin mí. Tú eliges". Y eligió. ¡Vaya si eligió!

Con esfuerzo retenía Lavinia las lágrimas en las verdes fronteras de sus ojos verdes.

-Rosa. ¿Me estás contando esto para fastidiarme?

-No. Sabes que no. Sabes que te quiero un montón. Por eso mismo me dolería mucho que tuvieses que pasar por las que yo pasé después de aquella ruptura. Él siguió viniendo a casa, y cada vez que nos cruzábamos, dentro de mí quemaban los infiernos. No sé si de resentimiento o simplemente de amargura. De ahí, tratando de escapar de ese sufrimiento, surgió la idea de venir a Europa; de venir a hacer este Camino. ¡Y mira para qué me sirvió! Para volver a las andadas; para volver a tropezar en la misma piedra. Pero si soy así, ¡qué le voy hacer! ¡Ojalá tú tengas más suerte con Andrés! Desde luego hay algo en lo que me aventajas; algo que diferencia mi relación de la tuya. Y ese algo es que Andrés está muy enamorado. ¡Atiende! O yo entiendo muy poco de hombres… y estoy empezando a creer que así es… o lo que sucede es que Andrés está a beber los vientos por ti. Para él eres mucho más que un capricho, que una aventura. Sinceramente, Lavinia, te deseo toda la suerte que yo no tuve.

-No desesperes. ¡Quién sabe si tu suerte no es precisamente la que camina detrás de nosotras!

-No lo sé. Lo que sí te puedo asegurar es que por mí no va a quedar. Lo seguiré intentando aunque tenga que luchar contra el tiempo y contra las adversas circunstancias, tanto de este mundo como del otro. Si algo caracteriza al amor que yo siento es que no se detiene en miramientos; que no gusta de perder el tiempo en cortejos.

Pararon a desayunar en Vega de Valcárcel. Allí se separaron por parejas. Lavinia le había dicho a Rosa que quería entrar en Galicia a solas con Andrés. La moza brasileira buscó una excusa para retener a Agustín media hora más en Vega, y así también, de paso, poder caminar a solas con él.

-¡Nos vemos en mi tierra! -les dijo Andrés al despedirse-.

Cogidos de la mano, L.A. retomaron el camino. El golpeo del hierro en las viejas forjas les marcaba ritmos a la aguas del Valcárcel que aún les acompañarían hasta el pie de la ascensión. Entre el maestro y la estudiante, pocas palabras y muchos mirares; mirares llenos de complicidad, de deseos en común, de historias futuras aún por escribir, por vivir. Lavinia vestía aquella mañana de azul y blanco. No era una casualidad. Había escogido la ropa para agradar a Andrés en el día en que entraban en Galicia. Camiseta azul, pantalón blanco: los colores de la bandera gallega; de la bandera de Andrés que ella quería hacer suya. Además, la combinación le sentaba como guante de seda. La camiseta amplia; los pantalones cortos, pero amplios de pernera; el contento amplio; amplias también las ganas de, por fin, poner los pies en Galicia… ¿quizás su fututo hogar?...

El monte estaba a la vista, y cuanto más se acercaban a él, más les imponía. Es un coloso; una pared; un desafío. Pero también una puerta; una puerta abierta a Galicia y a los mil mundos que Galicia encierra; tantos como ríos la riegan.

Mientras no da con la pendiente, el camino va jugando con los peregrinos a la gallina ciega. A la salida de Herrerías apunta hacia arriba. Las aguas del Valcárcel se van perdiendo; van ensordeciendo al fondo del valle. El caminante se hace la vana ilusión de que debe andar ya a mitad de ascensión del temible Cebreiro... y de que no es para tanto. De pronto, el camino abandona la carretera por la izquierda; entra en corredoiras, y en menos de lo que dura un silbido, otra vez el peregrino a la altura de las aguas. Lavinia se incomodó; luego dio en ironías.

-Camino, monte y río quieren jugar con nosotros; pero no saben bien con quien dieron. *"Subir, subir, y luego caer"*. Pues no. Yo no me dejo caer aunque el camino tire hacia abajo. Y menos ahora que estamos a poco de tocar el cielo; de ver de cerca lo tocado, o Tocata, o nuestra estrella, o lo que sea. Ahora no me voy a dejar caer.

La temida ascensión les sorprendió a la vuelta de un recodo, después de puentear el Valcárcel por última vez. Allí abajo olía a junco, a prado, a yerbabuena, a perejil, a trucha nadadora. Por arriba olía a castaña, a leche fresca, a chorizo curado en la lareira y a esperanza.

Desde que arranca, O Cebreiro no miente; no engaña a nadie. Es una amplia vereda dispuesta en escalera. Es un continuo subir peldaños de piedra gastada por el paso de los años y por los pasos peregrinos. Un continuo subir de raíces eternas; de ahogos; de rodillas cansadas; de difíciles respirares; de andares lentos pero sin pausa; de curvas y más curvas que van serpeando la pendiente para hacerla más llevadera; de horizontes pequeños que no dejan vislumbrar cuánto falta para La Faba. De cuando en cuando, la música de un cencerro lleva la vista del peregrino hacia los prados que orillan la corredoira por uno de sus flancos; prados en los que pace el ganado en difíciles equilibrios, por pendientes casi abarrancadas. Y acompañando al camino y al caminante, siempre en centinela, siempre vigilantes, siempre protegiendo de soles, de lluvias y de vientos, los centenarios robles y los eternos castaños. Aquello aún no es Galicia, pero... ¡se le parece tanto!

Lavinia lleva todos los sentidos en alerta; muy despiertos. No quiere perderse nada. Ni los paisajes, ni los sonidos, ni los olores, ni los sabores del aire, ni las texturas de la tierra. Quiere empaparse en aquellas sensaciones, por ser las sensaciones en las que Andrés aprendió a vivir.

Costar les costó; pero al fin llegaron a La Faba. En medio del lugar, una fuente les regala a vecinos y peregrinos el canto continuo del batir de sus aguas en el pilón. Aguas abundantes; aguas frescas. L.A. arrían mochilas y meten cabeza, cuello, brazos y piernas bajo el chorro.

Por más que la vereda subía a la sombra de robles y castaños, el aire llegaba caliente de soles, y la piel de los peregrinos se había empapado en los sudores del esfuerzo. Aquella fuente era una bendición de los cielos al servicio de quien la necesitase; una posta en el camino que lleva a esos cielos. Metidos en remojos, Lavinia y Andrés se reencontraron al borde del caño. Cuando después de refrescarse iban a beber, sus labios se rozaron mojados en aguas, en vidas y en frescuras; se rozaron, se besaron y bebieron la misma agua, la misma vida, la misma frescura.

Volvieron a levantar mochilas. Aún quedaban cinco quilómetros. Cuanto antes llegasen a la cima, mejor. Lavinia le pidió el gorro a Andrés; a cambio le ofreció su sombrero. Quería entrar en Galicia con una prenda intercambiada, para sellar, aunque fuese de forma simbólica, su mutua pertenencia; el compromiso de entrega total del uno al otro.

Frescos de agua y renovadas las promesas de quereres, los dos peregrinos arrancan a la busca del próximo objetivo: Laguna; el último lugar habitado de León, donde aún no se deja ver el poblado de O Cebreiro, pero se intuye. La dureza de la ascensión amainó; amainaron los sofocos, pero no la ansiedad de celebrar juntos la entrada en la vieja Suevia. Suavemente, en una transición casi imperceptible, la frondosidad de la carballeira se fue diluyendo en el mal de alturas. A la vista, oteros verdes alisados por el tiempo, e infinidad de sierras tapándose las unas a las otras hasta perderse envueltas en distancias y en brumas calidoscópicas. Y sobre ellas, siempre tutelando y vigilando, el águila y el buitre.

También Laguna ofrece fuente de frescas y abundantes aguas batiendo de continuo en el abrevadero. Para acercarse al caño es necesario ir salvando la bostera; ir apartando las botas de la majada vacuna.

Mientras se refrescaba, vio Andrés reflejada en las aguas del abrevadero la cabeza de una vaca, y también la de una aldeana envuelta en ropas negras y con un negro pañuelo atado a la cabeza. La aldeana era joven, muy joven. Y hermosa, muy hermosa. Las mejillas coloradas de los aires y los fríos de la montaña, la frente lisa y llena de brillos apagados y los labios generosos y encarnados, enmarcaban unos ojos verdes como los prados de aquellos montes; unos ojos de los que brotaban tristezas, renuncias, entregas, amor, mucho amor, y esperanzas. Tenía un mirar entre orgulloso y sumiso, pero sobre todo muy decidor; un mirar que hablaba en todas las lenguas; un mirar capaz de mostrarse cargado de invocaciones y de rechazos a un tiempo. Y aquel mirar caído sobre Andrés tuvo el efecto de un destello. El peregrino sacó la cabeza del agua y se enderezó. Allí, en la fuente, sólo estaban él, ella, la vaca y el monótono sonar del agua. A su alrededor, blancura, sólo blancura. Pocos paisajes ejercen la sublimación con tanto oficio como unas montañas nevadas. Y aquellas montañas de O Cebreiro estaban nevadas.

Bien abrigado, metido en ropas labriegas y calzando rústicos zuecos, Andrés saludó a la aldeana con un beso.

-¿Por qué no te vas a casa? -le dijo-. Aún vas a pillar un mal aire. ¡Anda! ¡Vuelve y haz un buen fuego! Deja que yo lleve la vaca al establo y le dé el forraje. Tú prepara la lumbre para espantar el frío. Total, con esta nevada, ¿qué otra cosa podemos hacer?

-Tenemos que ir a misa a O Cebreiro.

-¿Con este tiempo? Estás loca, mi bien.

-Hoy es fiesta de guardar y tenemos que ir a misa.

-Tú sabes que soy cumplidor de los preceptos; pero con esta nieve ¿a dónde vamos a ir? No se puede ir a ninguna parte. Dios Nuestro Señor nos lo perdonará.

-Si no quieres venir conmigo, iré sola. Por una nevada de nada no voy a perder la misa.

Andrés, que quería a aquella moza; que quería a su mujer, Lavinia, más que a sí mismo, no persistió en disuadirla. Juntos volvieron a casa. Él atendió al ganado; ella dispuso las ropas de domingo y limpió los zuecos. Con tiempo por delante, salieron hacia O Cebreiro.

La pizarra de los tejados de la aldea humeaba calores grises; calores de lares en los que cura el chorizo, y calores de caldos hirviendo en los potes que cuelgan sobre el fuego.

Bien dispuestos para el frío, con la mejor toquilla ella y con una cálida pelliza él, tomaron el camino que lleva al santuario. La capa de nieve iba engordando más y más, y un viento frío, cortante, rolante, movía los copos en todas direcciones. Volaba la nevisca en riadas, en remolinos y en quebradas. A Lavinia y a Andrés se les metía por todas las dobleces de la ropa, y se les pegaba a la pelliza, a la toquilla, a las caras y a las almas. Resultaba penoso avanzar bajo aquella ventisca. Más de una vez resbalaron y cayeron en el blando, frío y blanco suelo. El camino era difícil y los peligros acechaban. Ladera arriba, a paso paralelo al de ellos, una pareja de lobos hambrientos vigilaba cualquier señal de debilidad de los caminantes para hacer su banquete, que por algo el Santo de Asís, a su paso por estas cimas, les había dicho que también ellos eran criaturas de Dios.

Salvados todos los obstáculos, cansados y como sambenitos, llegaron por fin a la iglesia. En vista de que ningún parroquiano se había atrevido con aquel temporal de nieve, y calculando que posiblemente ninguno se atreviese, el cura había empezado el oficio antes de tiempo. Hombre de conocimientos justos y de escasa fe, Agustín, que así se llamaba el cura, misaba más por rutina que por devoción. Y como estaba sólo, no se privaba de tener un pitillo encendido en una esquina del altar. Entre plegaria y plegaria iba apurando el cigarrillo. En esos momentos hacía pausa, saboreaba el tabaco, levantaba la cabeza y expelía el humo hacia el Cristo que colgaba de la pared. Al ver entrar a los dos feligreses no pudo disimular un gesto de contrariedad. Tiró el pitillo al suelo; lo apagó con el pié, y se dispuso a recitar las palabras que centran el ritual de la eucaristía; las palabras de la consagración. Pero antes, mirando a los devotos aldeanos que acababan de entrar en la iglesia y que de rodillas daban gracias a Dios, murmuró entre dientes.

-¡A qué demonios vendrán éstos, con el infierno que hace ahí fuera! ¿Para ver un trozo de pan y un poco de vino que voy a levantar? ¡No están bien de la cabeza!

En medio de la iglesia, Andrés y Lavinia permanecían en actitud de recogimiento; las manos juntas; los ojos bajos. Con monotonía y con solemne desgana, el cura empezó a recitar las palabras de la consagración: *"In qua nocte tradebatur accepit panem, et gratias agens, benedixit ac fregit, deditque discipulis suis, dicens"*. Los dos parroquianos no entendían el latín de Agustín, ni ningún otro latín; pero sabían que con aquellas palabras se estaba produciendo un gran milagro en el que el pan iba a dejar de ser pan y el vino, vino. Con tonillo de letanía vieja, Agustín continuó: *"Accipete et manducate ex hoc omnes. Hoc est enim Corpus meum, quod pro vobis tradetur. Quotiescumque manducaveritis, hoc facite in meam conmemorationem"*. Depositó la hostia sobre el altar. Hizo media genuflexión. Con el pié apartó a un lado la colilla pisoteada. Volvió a mirar hacia los devotos feligreses con cara de pensar "pobre gente", y prosiguió: *"Simili modo, postquam cenatum est, accipiens calicem, item tibi gratias agens, benedixit, deditque discipulis suis dicens"*.

Carraspeó para aclarar la voz. Ya que estaban allí, al menos que le oyeran. Lavinia y Andrés ni se inmutaron. Recogidos en sí mismos, agradecían a Dios las bondades de poder vivir; de amarse; de tener para comer y para trabajar, y le pedían que pronto les bendijese con una criatura. Y Agustín, como si nada, pensando sólo en terminar cuanto antes para ir a tomar un chocolate caliente a la posada que hay al lado de la iglesia, continuó: *"Accipite et bibete ex eo omnes. Hic est enim calix Sanguinis mei novi et aeterni Testamenti, qui pro vobis et pro multis effundetur in remissionem peccatorum. Quotiescumque biberitis, hoc facite in meam conmemorationem"*. Depositó el cáliz en el altar. Volvió a genuflexar a medias, y al levantar no daba crédito a lo que sus ojos estaban viendo. La hostia era carne, y el vino, sangre; carne y sangre auténticas. Para aquel cura descreído esto no tenía explicación; debía ser cosa del diablo. Pero pronto cayó en la cuenta de que no; de que aquello sólo podía ser un aviso; un milagro; una recompensa al sacrificio y a la fe de los dos parroquianos, que desafiando tormentas y peligros habían venido de tan lejos a oír misa. Nunca más a aquel cura se le ocurrió volver hacer burla de ningún creyente. La fama del milagro de O Cebreiro alcanzó a todas las aldeas de la comarca, y muy pronto se extendió por el mundo entero llevada de la mano por los peregrinos. Andrés y Lavinia, frescos y saciados de aguas de la fuente de Laguna, volvieron a colgar la mochila a la espalda para atacar el último tramo de subida.

Pasaba del mediodía. El sol pegaba con crueldad. Por aquellas cimas no había ni robles ni castaños ni sombra alguna que los amparase. Había, sin embargo, un espléndido paisaje de verdes colinas, de ecos libres, de infinitudes, de eternidades, que L.A. saboreaban como se saborea un exquisito aperitivo mientras se aguarda al gran banquete.

Y ¡por fin!, Galicia. Un hito bien vistoso marca los límites que la separan de León. Grabados en él: el cáliz de O Cebreiro, escudo de Galicia, y los dígitos 152,5 advirtiendo acerca de los quilómetros que faltan para dar con el punto y final; para dar con la tumba apostólica. Al ver esta estela, Lavinia se emocionó de piel hacia dentro y de piel hacia fuera, y Andrés se emocionó al verla a ella emocionada.

Antes de atravesar aquella línea imaginaria, que tanto puede unir como separar tierras, pueblos, culturas, gentes, costumbres, hablas y sentimientos, Lavinia bajó la mochila al suelo y se sentó en un altillo a la orilla del camino. Andrés atravesó la raya; bajó también la mochila; se arrodilló, y besó la tierra. Lavinia le miraba con los ojos húmedos y la boca seca; le miraba como una niña amedrentada mira a su padre esperando que la libre de un peligro; le miraba y pensaba: "él ya está en su casa y yo quedé fuera". Andrés se levantó; ella seguía discurriendo: "y el caso es que a su casa sólo puedo entrar si él me invita; si él me lleva".

-¿Qué haces ahí sentada?

Lavinia no respondió. Con un palo garabateaba en la tierra rayas sin ningún significado.

-¿Qué haces ahí? ¿Qué tienes? -insistió él-.

Ella, la cabeza baja, levantó hacia él sus ojos brillantes de emociones; le miró extrañada de su aparente frialdad, y se limitó a encoger los hombros. En un arrebato de lucidez, Andrés la tomó en brazos.

-No consentiré que quedes fuera de mi tierra… ni de mi vida.

Y así, con ella en brazos, traspasó la frontera de las promesas. Mientras cruzaban aquella puerta abierta a las esperanzas, la moza le abrazó y le besó prolongadamente; le abrazó con el corazón contento, y le besó con los ojos cerrados para vivir aquel gozo sólo hacia dentro. Al fin él había captado su mensaje de súplica; había interpretado certeramente sus deseos y, sobre todo, había dicho algo que Lavinia soñaba con oír. "No consentiré que quedes fuera de mi vida". Al pisar por primera vez tierra de Galicia, la rapaza se arrodilló como había hecho Andrés, y besó el suelo; pero antes le apartó un pie para besar el suelo que él pisaba. En el solemne momento de entrar en su tierra quería demostrarle a aquel hombre hasta donde llegaba su amor.

-No vuelvas atrás -le dijo Andrés-. No regreses al pasado. Yo te traigo la mochila.

Los ojos de la moza seguían húmedos; pero eran ya otras humedades. No eran humedades de desasosiegos; eran humedades verdes, de verde esperanza.

Sin tiempo apenas para reponerse, la estampa anacrónica del poblado de O Cebreiro les golpeó en la vista. Ante aquellas construcciones antiguas, aquellas pallozas, aquella distribución de espacios, la estudiante de arquitectura creyó entrar en otro mundo; en un mundo distinto; en un mundo nuevo de tan viejo que era. ¿En cuántos mundos nuevos, distintos, había estado desde que salió de Roncesvalles? Con los ojos como platos, Lavinia no perdía detalle: los techos de paja, las paredes de adobe mezclado con piedra, las formas irregulares de las construcciones, los andares y las hablas de las gentes… hablas atipladas que retumbaban en cada falda de cada colina hasta multiplicarse y extenderse por todo aquel abierto espacio que antecede a las puertas del cielo…

Instintivamente, lo primero que hicieron fue ir a la iglesia del milagro; un prodigio de arquitectura rural con trazas pre-rrománicas, que aún logró sacar emociones de quienes tantas emociones llevaban gastadas. Su pórtico, su torre desproporcionadamente grande, sus paredes de losa y de piedra irregular, su grandiosa sencillez, dejaron a Lavinia encandilada algunos instantes. Dentro, los dos oraron en silencio; oraron para agradecer el haber llegado hasta allí… el seguir juntos. Oraron para que aquella magia que los unía nunca desapareciese. Delante del cáliz del milagro, Andrés habló de cómo Wagner había tomado prestada la leyenda para recrear su Parsifal. Habló del gran poder de comunicación del Camino; de cómo por aquella vía, en un sentido y en otro, habían transitado leyendas, lenguas, músicas, arquitecturas, economías, cepas, gastronomías, costumbres y creencias. Y de cómo aquel poder de comunicación fue el que hizo posible que uno de los grandes genios de la ópera de todos los tiempos recogiese una leyenda originada allí, en aquel lugar que parecía perdido; que semejaba fuera del mundo y de la historia de la humanidad.

Por la tarde subieron a la cima de la colina en la que recuesta la aldea para gozar juntos su primer crepúsculo gallego. Buscaron acomodo en la poca grama que medra entre el tojo; poca, pero suficiente para tumbarse los dos. Una puesta de sol desde estas alturas es siempre más amplia, más colorista, más impresionista… tal vez sólo comparable a una puesta de sol frente al océano, donde los horizontes se alargan y las sensaciones de infinitud y de eternidad se extienden. Una ligera bruma descomponía los últimos rayos solares en mil tonos diferentes, bosquejando cuadros de belleza inimprimible. Envueltos en aquella caliente policromía; en aquellos blandos colores; en las fragancias del tojo, de la genista, del brezo y de la flor de los enamorados, L.A. se acurrucaron y dejaron que sus fantasías volasen hasta Tocata. Allí, en su estrella, se perdieron en mil ternuras; tantas como matices de luz les regalaba aquel ocaso en la cima de O Cebreiro.

Cenaron en el hostal de San Giraldo de Aurillac. Lleva este establecimiento el nombre de la abadía francesa de la que provenían los monjes que atendieron el hospital allí levantado cuando los peregrinos empezaban a poblar la ruta de las estrellas. Cenaron con Rosa, con Agustín, con las rapazas de Peñaranda y con el mozo de Peñafiel. A la hora del café, Andrés les invitó a degustar el aguardiente de hierbas. Al principio, las cuatro mozas acusaron la dureza del licor; pero su dulzura desplazó esa primera impresión. Los ánimos y las alegrías empezaron a aflorar, y enseguida medraron. Y más medrarían aún cuando Pilar, la dueña del hostal, les animó a hacer una queimada al pié de la lareira que esquina el comedor. La carga del ceremonial recayó en Andrés, que por algo era de la tierra.

Una vez que la mesonera puso encima de la mesa el azúcar, las mondaduras de limón, los granos de café, el cucharón y la cazuela con el aguardiente, Andrés se levantó. Ceremoniosamente y guardando las justas proporciones, fue vertiendo el azúcar en el aguardiente. Le agregó las mondaduras de limón y los granos de café; recogió un poco del líquido con el cazo; echó en él más azúcar, y le prendió fuego. Acercó el cazo al recipiente, muy despacio, amorosamente; lo inclinó lo justo para que el aguardiente que contenía comunicase con el aguardiente de la cazuela, y el fuego se extendió por todo el cacharro de barro. Atenta al ritual, la mesonera apagó las luces de aquella esquina. Andrés, con el contrapicado azul de las llamas iluminando su cara, más semejaba un brujo de tribu o un druida, que un peregrino casi al cabo de su Camino. Levantando lentamente el cazo lleno de aguardiente y derramándola desde lo alto, hacía que la llama agrandase y llenase de misterios, de ansias y de azules achispados el cuadro de los asombrados peregrinos. Pero aquella sinfonía de magias, de luz y de color, tornó tenebrista cuando Andrés, con voz impostada para la ocasión, lentamente empezó a recitar el conjuro:

"Mouchos, curuxas, sapos e bruxas.
Demos, trasnos e diaños, espritos das nevoadas
veigas.
Corvos, pintigas e meigas..."

Todos callaron y todos le miraban sin pestañear. La cara de Lavinia era un poema; era una canción de cuna. Sus ojos verdes, capaces de sonreír dentro del gesto más triste, le sonreían a aquella ceremonia tan ancestral como O Cebreiro mismo; mágica como sus quereres con Andrés; azul como el cielo que aguardaba al final de Camino.

"...Oubeo do can, pregón de morte, fouciño de sátiro
e pé de coello.
Pecadora lingua de mala muller casada con home
velllo..."

El rostro de Lavinia tornó más adusto sin que sus ojos dejasen de sonreír. Un matrimonio peregrino alemán, de la Selva Negra, se acercó despacito a aquella ara del ceremonial y sentó.

"…Barriga inútil de muller solteira, falar dos
gatos que andan á xaneira,
guedella porra de cabra mal parida.
Con este fol levantarei as chamas deste lume
que asemella ó do inferno,
e fuxirán as bruxas acabalo das súas escobas…"

Cuando las quebradizas llamas eran ya de un azul imposible, Andrés invitó a todos a apagar el fuego de un soplo. Se encendieron las luces, y bebieron, saborearon y agradecieron aquel temperado néctar de dioses. Ya bien puestos, bien entonados, entraron en aires regionales. Casi nadie eludió su turno de cante. Por aquello de ser de la tierra, abrió Andrés con la historia de una niña que una noche fue a llorar los desdenes de un ingrato galán a la era del trigo. De seguido tomó el cante el alemán de la Selva Negra, al que se le dio por gorjeos tiroleses. Si no lo paran, les llena la velada. Una de las mozas de Peñaranda libró mejor que bien cantando las penas de una gitana bonita llamada María de la O, que teniéndolo todo no podía evitar ser desgraciada. Rosa sustituyó cante por baile. Subida a una mesa y coreada y festejada por los presentes, se marcó una sugerente samba, que más que samba parecía una danza iniciática; una danza de amores, sin duda dedicada a Agustín. Aún acusando los efectos de aquella exhibición de Rosa, Agustín salió del trance echando mano del repertorio zarzuelístico; echando mano de Doña Francisquita, y advirtiéndoles a los presentes que por el humo se sabe dónde está el fuego. Pero el broche de lujo lo puso Lavinia al entonar *"L'estaca"*, acompañándose de rítmicos golpes de las manos en la mesa.

"L'avi Siset em parlava
de bon mati al portal
mentre el sol esperàvem
i els carros vèiem passar."

Los ojos cerrados; la cara alta; los sentires a flor de piel; las emociones brincándole en la garganta… Lavinia iba contando, cantando aquella historia del viejo Siset que tanto había representado para las generaciones de los 70; para la generación de Andrés.

"Siset, que no veus l'estaca
on estem tots lligats?
Si no podem desfer-nos-en,
mai no podrem caminar!"

Al llegar al estribillo, Andrés entró a coro con Lavinia; también Agustín. Los demás tocaban palmas, y todos se movían a un lado y a otro a ritmo de vals.

"Si estirem tots, ella caurá
i molt de temps no pot durar!
Segur que tomba, tomba, tomba;
ben corcada deu ser ja.
Si jo l'estiro fort per aquí
i tu l'estiras fort per allá,
segur que tomba, tomba, tomba;
i ens podrem alliberar."

Al terminar la canción, muchos de los allí presentes, incluso sin entender la letra, dieron en lágrimas. Claro que al asomo de lágrimas ayudó lo suyo el efecto de las hierbas y de la queimada.

La procesión hasta el albergue, que cae al otro extremo del lugar, fue para ser vista. Las dos rapazas de Peñaranda, Rosa y Lavinia acusaban en sus andares, y también en sus decires, los efectos del licor; unos efectos que a las puertas del albergue dejaron huella de ácida peste.

Pero como no hay exceso que un buen sueño no repare, a la mañana siguiente Agustín, Rosa, Lavinia y Andrés salieron muy temprano. Una espesa niebla les llevó tan envueltos hasta el Alto del Poio, que más que peregrinos parecían fantasmas de la montaña. L.A. caminaban por delante cogidos de la mano. Al mirar atrás para prevenirles de un regatillo que atravesaba el sendero, Andrés advirtió que también Rosa y Agustín iban cogidos de la mano.

-No os hagáis idea de lo que no es -dijo Agustín tratando de cortar de raíz cualquier especulación-. Nos cogemos de la mano para ir más seguros, que con esta oscuridad y con esta niebla casi no se ve. Pero también os digo -añadió con diplomática gracia- que ir cogido de la mano de Rosa es un placer.

Rosa le agradeció el cumplido besándole la mejilla y acariciándole la barba.

El caminar por aquella Galicia de las cimas de O Cebreiro, con aldeas llenas de vacas y asfaltadas de bosta; con los perros anunciando ruidosamente el paso de los peregrinos; con olor a leche fresca y a hornadas de pan de centeno; con castaños centenarios, que a saber cuántas historias y cuántos caminantes habían visto pasar; con topónimos tan sonoros como Liñares, Fonfría, Biduedo, Filloval o As Pasantes… aquel caminar contento de los cuatro peregrinos, les llevó ligeros cuesta abajo hasta las honduras de Triacastela; una villa anclada en tierras que periódicamente tiemblan, quizás hartas de tanto ninguneo.

A aquellas horas que precedían al mediodía, aún el albergue que se ofrece al peregrino a la entrada del pueblo estaba cerrado. Corre por detrás del refugio un regato, que a los cuatro les pareció pintiparado para aliviar los fatigados pies después de tan largo descenso.

-¡La puta que la parió! -exclamó Rosa en cuanto metió los pies en el agua-.

Más que agua parecía hielo líquido. Cortaba la piel y los alientos; pero también espantaba de golpe los dolores del caminar. Quien más aguantó fue Andrés, y aún así, poco. Lo de Lavinia fue un entrar y salir como quien huye del demonio.

Después de visitar la iglesia de Santiago, convinieron en completar la etapa por separado. Lavinia y Andrés querían comer algo ligero y continuar a Samos; Rosa y Agustín preferían esperar a horas más propias de la comida, y ya por la tarde retomar la marcha con calma. En el fondo, lo que todos buscaban era el amparo de las soledades en pareja.

A medio recorrido entre Triacastela y Samos, cuando el camino deja asfaltos y se interna entre aldeas y corredoiras y prados y carballeiras, L.A. entraron en ensueños. Él en ensueños de viajes por los lugares más hermosos: los fiordos noruegos, Praga, Viena, Roma, París, Atenas, Río, los ríos sagrados de Asia, las cataratas del Iguazú, las sabanas africanas, el Gran Cañón… Ella, lo mismo, pero siempre en compañía de Andrés. No se puede decir que el amor de Lavinia hacia Andrés fuese más grande que el de él hacia ella; pero sí más posesivo, quizás por ser más joven. Piensa Lavinia que su vida sin Andrés sería una vida sin sentido. Aquel su primer gran amor poseía todas las características de todos los primeros grandes amores: perpetuo asombro, celos, levitación, por veces languidez, profusión de sentimientos y mucho afán de pertenencia. Viajar, viajar; huir de las ataduras de la vida. Pero siempre con Andrés.

Soñando y soñando, en silencio; a veces cogidos de la mano, a veces distanciados, pero siempre en silencio, atravesaron Real que es como una minúscula Venecia; un lugar asentado en aguas; las aguas del Ouribio que allí se detienen en presas y se pasean por entre casas… pero que no se paran. ¿Cómo se van a parar y abandonar a su suerte al peregrino, que sin transición alguna se ve metido en una vieja carballeira guardadora de misterios, de miedos y de sugestiones?… ¡Cuántos relatos de lobos y de aparecidos no habrán inspirado! ¡Cuántas noches de brujas! ¡Cuántos amores furtivos! ¡Cuántas leyendas de locos y de huidos! Pero a la izquierda del bosque, siempre la parsimonia del Ouribio cantando entre prados verdes y regalando confianzas; así hasta que la corredoira abandona el robledal para dirigirse a la otra orilla del río. Y al cabo de esta breve travesía, una sorpresa en forma de molino aguarda al caminante. Es un viejo molino. Por las trazas, pudiera ser que atesorase memorias de más de cien años, de muchos más. ¡Cuántas historias se podrían oír si sus piedras y sus rincones hablasen! Historias de moliendas, de molineras... de muiñadas, de muiñeiras... de enredos, de sayas nuevas y refajos ligeros. Historias, en definitiva, de amor y vida; amor y vida que en la Galicia ancestral siempre buscaron complicidad y amparo entre molinos, pajares, eras, montes y fuentes.

Descargaron las mochilas bajo el cubierto, delante de la aceña, a donde mozos y mozas acudían en los atardeceres a contar historias y a practicar cortejos mientras esperaban la molienda. Desde allí se podía oír el golpear de las aguas en el rodezno, y el "ra-ra" de la piedra del molino abriendo el grano; una pieza de música monótona, con bajo continuo y olor a harina fresca. L.A. saltaron el muro que da a un prado por detrás del cubierto y por donde encaña el agua que hace mover la muela. Era un prado verde, muy verde; era un prado fresco, mullido y bien guardado. Lavinia se desnudó y se acostó en la yerba. Andrés, en pie, la contemplaba. Era la divina Venus... pero en hermoso. Las miradas hablaban lo que las palabras nunca podrían decir, porque hablaban de pasión, de ternuras, de cielos, de agonías. No se sabe el tiempo que así estuvieron. Quizás segundos; quizás siglos. Ella mirándole hechiceramente; él admirando aquella piel morena sobre fondo verde, que bien podría ser la que un día soñó Modigliani para su *Nu dormant, les bras ouverts*". Luego... abundancia de fragancias; de aromas a hierba aplastada, a amapola y a harina triga; de besos que arrancan almas hasta acercarlas a las bocas; de aguas que llegan, ven, pasan y vuelven. Y los jilgueros, y los ruiseñores, y el pardal, y el poco aire moviendo las hojas del olmo y del roble, y las aguas corriendo, y las imaginaciones volando, tocaban la mejor de las pastorales nunca interpretada. Hasta Beethoven sentiría celos de aquella música. Piel contra piel; mirada contra mirada; labios contra labios; pasión contra pasión;

amor contra amor, Lavinia y Andrés oyeron cellos, traveseras, violines, y el dulce son de la gaita. De mano de la fantasía viajaron a los mundos de las hadas, de la belleza, de la luz, de la alegría, del gozo, de la hermandad, de los placeres; viajaron a los mundos donde no se conoce el dolor, ni la tristeza, ni el rencor, ni la envidia; donde no caben ni las ausencias ni el desamor. Querer contra querer, aplastaron hierba, pasiones y ansias, y bebieron los más dulces licores de las fuentes del placer y de la vida hasta emborracharse de eternidades y de delirios. Las piernas y los pensamientos entrelazados sobre la hierba; los respirares calmados, y los dos mirándose como si nunca antes se hubieran visto, gastaron aún algún tiempo en descansar de placeres y fatigas. Él le besaba los ojos, la marquita de su ojera derecha, y los párpados suaves, lisos, transparentes como el cristal; le acariciaba el vientre aún caliente, aún palpitante; un vientre lleno de vidas y de tesoros que Andrés apenas había empezado a descubrir. Lavinia se dejaba querer, que cuando ella quería lo hacía a más no dar. Las músicas de los jilgueros, de los ruiseñores y del pardal; las músicas del viento entre las hojas y de las aguas al correr, siguieron sonando algún tiempo más... hasta ensordecer y desaparecer. Entonces, Lavinia se acomodó sobre el cuerpo de Andrés y fue ella quien le besó. En un intento imposible de retener la magia de las músicas, de impedir que esta magia desapareciese, le besó desde la punta del pelo hasta la punta de los pies. No quería que todo aquello se le fuese así... que todo aquello se le escurriese de las manos de modo tan ligero... como le había sucedido en León... como le había sucedido en el cuarto de un hotel de León... hacía ya siglos.

El trecho que restaba hasta Samos fue un pasear dichoso, luminoso; un pasear en silencio. Y es que, como siempre, cuando los sentimientos gritan, sobran las palabras.

Es bonita la estampa que ofrece el monasterio desde la baranda del muro que desciende al pueblo. Un monasterio grande, sobrio, mayestático, desproporcionado para el lugar, hermoso… Aunque por antigüedad debería ser a la inversa, llevan razón quienes dieron en considerarlo el Escorial gallego. A Lavinia y a Andrés les restaba mucho día para recorrer, estudiar y disfrutar aquella maravilla. La tarde les estaba quedando plenamente gozosa.

XI. De Samos a Palas

(Andantino in modo de canzone)

Aquella noche la pasó Andrés paseando los altos corredores del claustro grande del monasterio benedictino. Y la pasó paseando de la mano del mejor de los guías que podía tener para aquel espacio entre clásico y barroco; la pasó paseando de la mano de fray Benito Jerónimo Feijoo. El encuentro resultó casual. Nocturneaba Andrés por los jardines claustrales entre mirtos y camelios. Llegado al centro, se paró a contemplar la estatua de fray Benito, que vista desde abajo resulta alta, majestuosa, doctoral.

-¿Qué haces solo por aquí a estas horas? -le preguntó el fraile desde el alto pedestal-.

-Paseo y pienso.

-Pensar es la más digna de las facultades que posee el hombre. Pensar, analizar, razonar. No deberían existir dogmas ni mitos que la razón no admitiese.

Mientras esto decía, la estatua se fue encarnando. Bajó fray Benito del pedestal, y por unas amplias escaleras de piedra condujo a Andrés hasta el alto corredor que rodea el claustro; un corredor al abrigo de intemperies, gracias a unas vidrieras que tapan los ventanales graciosamente geminados por columnas jónicas.

-Aquí estaremos mejor; estaremos a cubierto de las nieblas y de los fríos que nos envía el Ouribio. Para aguantar el rocío y las lluvias y las nieves y los vientos, me abundan las eternas noches de inmobilidad en ese claustro ajardinado.

Llegados a la celda, entraron en calor merced a los beneficios de un aguardiente quemada que el propio fraile preparó en una cazuela. Antes de prenderle fuego, le agregó azúcar, trozos de manzana, una castaña dura y sarmiento de uva seca.

-¿Sabes? -le dijo el monje-. Cada vez que subo aquí, que es muy de tarde en tarde, a veces pasan lustros, con este brebaje procuro quitarme los fríos de años enteros enclaustrado a la intemperie. Estas son tierras de muchas aguas, de umbrías y de frescuras.

La celda estaba repleta de libros. Las paredes, forradas de estanterías. Había estanterías incluso caminando por encima de la puerta y alrededor de la ventana que miraba al río. Libros y libros por todas partes; libros por la mesa, por el suelo y por encima de la cama, que bien se advertía que andaba falta de uso. Libros y más libros de matemáticas, de medicina, de agricultura, de historia, de filosofía, de literatura. Libros de Erasmo, y de Luis Vives, y de Bacon, y de Newton. Libros, libros, libros que apenas dejaban espacio para que Andrés y el fraile se desenvolviesen allí dentro. Por la ventana de la celda se podía ver la gótica torre de la catedral de Oviedo. También la fachada de la Universidad en la que fray Benito Jerónimo Feijoo impartía conocimientos y regalaba sabidurías; enseñaba a razonar, y cuestionaba todo lo que a la razón atañe.

Después de calentar el cuerpo, salieron a los corredores del claustro y dieron en dar vueltas como si estuviesen moviendo la noria de los tiempos. Rodríguez Cortés, Navarro y Parés pintaban frescos; recreaban leyendas y vidas; manejaban perspectivas en las que las figuras, las miradas de los retratos, se movían al paso de los paseantes. Los artistas dibujaban frailes, mecenas, gentes del pueblo e incluso del cine; las dibujaban a capricho, que en el arte todo cabe, todo es posible.

-Atiende, Andrés. Bien sé que muchos me criticaron por tratar de abrirle puertas a la razón; por hacerles dudar acerca de aquellas cosas que nunca habían puesto en cuestión. Pero éste es el mal de todos los tiempos. Siempre, en todas las épocas, hubo, hay y habrá gentes que se creen poseedoras de la verdad absoluta; dueños de la razón. No son peligrosas, a no ser que alcancen poder o influencia sobre los que tienen ese poder. Todos los tiempos, todas las épocas tienen que cuidarse de estos soberbios, que igual conducen a los pueblos a conflictos que los pueblos no quieren, que tratan de convencerte de que el equivocado eres tú por no pensar lo mismo que ellos. El mundo debería procurar antídoto contra estas pestes que son más peligrosas y causan más víctimas que la peste negra. Yo estoy convencido de que el mejor antídoto es la razón. Lo malo es que de los que hablo, con frecuencia son alérgicos a ella y la desprecian; sólo atienden a sus propias sinrazones, y al final acuerdan que o estás con ellos o en contra de ellos. Y como además tienen la sartén por el mango; como tienen poder sobre ti... Si hasta la Iglesia, Andrés. ¡Hasta la Iglesia! ¿Cómo es posible que durante años condenase por endemoniadas a personas que el único mal que hicieron fue el padecer accesos de histeria o epilepsia? Pues no solo era posible sino que además las sometían a atroces torturas, cuando lo que esas personas precisaban era de un médico, de un sanador de mentes. Y luego está también el afán de los poderosos por mantener a los demás en la ignorancia o, como mucho, por darles la formación que a ellos, a los poderosos, más les conviene: una formación uniforme, sometida... Pues esto pasa y seguirá pasando. Y aún peor es si lo que hablamos de las personas lo trasladamos a los pueblos, y establecemos una clara línea divisoria entre pueblos que mandan y pueblos que son mandados. También esto sucedió, Andrés, y seguirá sucediendo. Muchas veces con el silencio cómplice de las iglesias, que es lo que a mí más me duele; lo que más me hace chirriar dentro de mi efigie, ahí abajo, entre los mirtos. Y todo por no utilizar la razón tal como la razón debe ser utilizada.

Todo aquello que fray Benito decía; todo aquello que un erudito del siglo XVIII razonaba, a Andrés le parecía de total vigencia, y no entendía cómo el paso de los años no dejó algún poso más en la humanidad; cómo las actuales generaciones declinaron aprender de los errores de las que les precedieron.

Y mientras Andrés pasaba la noche paseando los altos corredores del claustro grande del monasterio benedictino de Samos, Lavinia se entretenía en el pequeño claustro gótico en conversaciones con las nereidas. A veces caminando entre camelios y cipreses; a veces sentando en los bancos de agua y de aire que circundaban la soberbia palmera, Lavinia iba requiriendo de las nietas del Océano respuestas a sus desasosiegos. Las aguas hacían fuentes, y las divinidades marinas les ofrecían sus pechos. Lavinia, sus ansiedades. Si ellas… si Calipso, Erato, Eunice, Mélite; si Nao, Pánope, Talía, Tetis y todas las demás hijas de Nereo le habían señalado a Hércules el camino hacia la tierra de las Hespérides, hacia la tierra de la belleza, de las riquezas y de las fuentes del placer, ¿por qué no le podían señalar a ella el camino hacia su felicidad; el camino de las estrellas que guardan las Hespérides, las hijas del Ocaso, justo al borde del Océano?

En medio del grupo de divinidades, la belleza de Lavinia no desmerecía de la belleza de las nereidas que viven en el fondo del mar, en el palacio de su padre, dedicadas a hilar, a tejer y a cantar. Por las tardes, cuando el sol rasea las aguas marinas y las pinta de oros y platas, ellas, las hijas de Nereo y de Dóride, suben a la superficie para arrullarse en las olas. Nadan desnudas entre tritones y delfines. Sus largas, lisas y brillantes cabelleras, al viento. Sus pechos, a modo de mascarones de proa, endulzando los océanos con ambrosías de eróticos soñares. Pero la belleza de Lavinia no era una belleza vanidosa como la de Casiopea, que antes de transmutarse en constelación quiso rivalizar con las propias nereidas, e incluso con la más grande de todas las diosas olímpicas, con Hera, hija de Crono y de Rea, hermana de Zeus. En aquellos tiempos, las nereidas le habían solicitado a Poseidón que vengase la vanidad de quien a ellas se quiso comparar. Poseidón mandó un monstruo marino a arrasar el país de Casiopea. De no haber llegado Perseo a tiempo de liberarla y llevarla consigo, el monstruo marino habría acabado con la vida de Andrómeda, hija de Casiopea. Pero Lavinia, no. La belleza de Lavinia era una belleza que armonizaba con su alma, con las estrellas y con los camelios que entornan la Fuente de las Nereidas del claustro pequeño; del claustro gótico de Samos.

-¿Cómo dar con el Camino que nos puede llevar a mí y a mi amado a nuestra estrella?

-¿Y cuál es vuestra estrella? -le preguntó Erato-.

-Le llamamos Tocata. Hace días la elegimos. Es sólo nuestra; nuestro refugio; nuestra esperanza.

-Mostrar el camino de las estrellas les corresponde a los dioses -respondió Tetis, madre de Aquiles-. Y entre los dioses, el más propio es Apolo, hijo de Leto a quien Zeus fecundó. Este dios, Apolo, que vive más allá de la patria del viento Norte bajo un cielo siempre puro, guía un carro tirado por sagrados cisnes. A donde vosotros os dirigís, el fin de la Tierra, es el lugar por el que cada día Apolo conduce al sol hasta el Ocaso. Pregúntale a Apolo por dónde pasa el camino de las estrellas, y quizás de ese modo lo hallareis.

Mientras Tetis inspiraba a Lavinia, sus hermanas Talía, Pánope, Nao, Mélite, Eunice, Erato, Calipso y todas las otras hijas de Nereo, brincaban alrededor de la palmera y de la fuente de los camelios transparentando sus divinas carnes en aquella noche de los tiempos; en aquella noche de los sueños... hasta que la alarma del reloj de Andrés les despertó. Aún no eran las seis.

Todo el albergue del monasterio dormía cuando L.A. arrancaron una nueva etapa que les había de acercar un poco más a su meta, a Santiago, o… ¿por qué no?... ¡a Tocata! Lavinia sabía muy bien que después de ésta jornada sólo otras cuatro restaban hasta Compostela; pero el sueño de aquella noche y el recuerdo de la tarde anterior en el molino, le habían traído paz a su espíritu, no pocas veces atormentado en dudas. Ahora se había propuesto no sufrir; se había propuesto gozar en plenitud del presente al lado de Andrés, en la tierra de Andrés, y en la confianza de que aquella historia acabaría como las historias de sus cuentos infantiles. En ocasiones se sentía un poco meiga, un poco bruja, capaz de anticiparse al futuro. Y el futuro al que aquella mañana se había anticipado era un futuro en el que no cabían ni el desamor ni el desasosiego; era un futuro venturoso, lleno de ternuras, de entregas, de efervescencias, de delirios; un futuro de cuentos al lado del fuego para cuando los aires vengan dados del revés.

Los dos caminaban abrigados bajo el amparo de las estrellas. El Ouribio había levantado en nieblas, y las altas carballeiras que encajonan el río las retenían para con ellas envolver a los caminantes.

Cuando las flechas amarillas llevan al peregrino fuera de la carretera principal, el vial se encuesta; un vial que al final de la subida deja asfaltos para entrar en corredoiras. Aquí empezó para L.A. lo que iba a ser una sinfonía de verdes, de soles, de sones y de aguas; una sinfonía de fuentes y de puentes; una sinfonía de prados; una sinfonía de montes, en los que el roble juega con los seres que vivieron con nosotros las infancias y los miedos. Retozan el conejo y la perdiz entre la hojarasca, y una pareja de petirrojos busca besos y uniones en una rama que vuela sobre la vereda. Fue Lavinia quien vio a los pájaros jugando al amor.

-Mira, Andrés. ¡Qué sabia es la naturaleza! Siempre enseñándonos cosas.

Él miró a los pájaros en la rama; la miró a ella; le pasó el revés de la mano por la mejilla, y le dijo.

-... ¡Miña ruliña!

El sol naciente iba bajando desde la cima de los robles hasta la vega, como si quisiera beber las aguas de los regatos. En sentido contrario se movían las brumas nacidas de los rocíos. Subían y subían, hasta ensanchar tanto... que morían. Y los verderoles por los aires, y la liebre por los prados, y la ardilla por los árboles, celebraban el nuevo día. Y Andrés y Lavinia seguían deleitándose; gozando de aquellos prodigios de la naturaleza. Sobre todo Lavinia, que no sabía de las frondosidades ni de las infinitas gamas de verdes, de sonidos y de fragancias que una ajustada mezcla de fraga y prado puede ofrecer por esta esquina de la vieja Europa.

-¿Entiendes ahora -dijo Andrés interrumpiendo aquella hartura de los sentidos- por qué los gallegos somos tan dados a la fantasía y a las ensoñaciones? En un lugar como éste es tan fácil imaginar trasnos, diablillos, espíritus malignos de los aires, gnomos, enanos, hadas, ángeles, dioses, aparecidos de los que vienen por bien y de los que vienen por mal, incluso aquelarres... ¡Es tan fácil!...

Poco antes de entrar en Sarria se aliviaron de ropas. Cuando Lavinia estiró los brazos para quitarse el jersey, Andrés pensó que estaba para amarla eternamente. "¿Por qué esta mañana la veo más hermosa, más deseable de cómo la veo a diario?". Después de guardar el jersey, la moza volvió colocarse la gorra que ya había tomado por suya desde la subida a O Cebreiro. "¡Le cae tan bien...!". Andaba el hombre blando de sentimientos aquella mañana. Bueno, la verdad es que andaba blando de sentimientos, sin más, sin límites temporales. Estaba preso a aquella rapaza como nunca había imaginado que alguien pusiese prenderse a otra persona. "¡Es tan bonita!..."

Ya más frescos, más ligeros, bajaron hacia la villa de Sarria. Bajaron, la cruzaron y luego la subieron hasta donde una fortaleza la corona. Las trazas de la parte alta interesaron a Lavinia, en especial aquellos restos de castillo del que sólo se conserva una de las cuatro torres que en otros tiempos lo adornaban y protegían.

-Esto es lo único que los irmandiños dejaron en pie -le señaló Andrés-.

-¿Qué es eso de los irmandiños?

En una tienda de la calle Mayor habían comprado unos racimos de uva moscatel.

-Saltemos ese muro que da al campo de la feria -sugirió Andrés- y mientras comemos las uvas te cuento la historia de los irmandiños.

Ante todo, comodidad. Lavinia sacó toallas y las estiró dibujando una escuadra. Andrés acostó en una; en la otra, Lavinia. La rapaza apoyó la cabeza en las piernas de él, invitándole a que iniciase el relato.

-Lo de los irmandiños fue un levantamiento popular contra la tiranía feudal que se dio aquí, en Galicia, a mediados del siglo XV. Fue un movimiento semejante al de otras luchas campesinas que por aquella época acontecieron en Alemania o en Francia, pero anticipándolas en medio siglo. Imagínate a los por entonces señores de Lemos, a los señores de aquí, de Sarria, o a los de Chantada, y también a los de Soutomaior, Mondoñedo, Betanzos, Pontedeume. En fin, a los dueños de los señoríos en los que Galicia se dividía; todos ellos viviendo espléndidamente en sus castillos y fortalezas, mientras la mayoría de los gallegos a lo único que podían aspirar era a trabajar la tierra de los señores, y con lo poco que le dejaban a cambio, pagarles mil gabelas para ganar el derecho a trabajar, a tener hijos, a casar, a heredar; para poder vender sus escasos bienes, e incluso para dejar las tierras. Sus únicos derechos, cuando se lo permitían, eran trabajar y ofrecer a sus señores los frutos del trabajo... Tendrás oído hablar del derecho de pernada... Pues aquí se ejercía. Era una gabela más que le había que rendir al señor, a no ser que el vasallo consintiese en dejar que el señor disfrutase a la desposada la noche de bodas. Además, algunos de los señores feudales les daban cobijo en sus castillos a bandas de criminales, que periódicamente salían a diezmar a los campesinos de la escasez que les quedaba para la subsistencia. Sobre esto aún se guarda memoria del señor de la comarca de A Coruña-Betanzos, un tal Gómez Pérez de las Mariñas, el más temido de la época... Hasta que al fin, hartos de tanta tropelía, y después de un intento baldío tramado pocos años antes, todos los campesinos de Galicia se levantan en armas contra las injusticias de aquellos señores de horca y cuchillo.

-¡Bien hecho! -remarcó Lavinia que había acomodado las manos a modo de almohada, y que miraba a Andrés de la misma suerte que la reina Dido miraba a Eneas cuando éste relataba las desgracias de Troya-.

-En un principio, es cierto, lo hicieron bien, y no sólo derrotaron a los señores feudales y se apropiaron de sus castillos, sino que vencieron también a los obispos de Galicia, entre los que, por su poderío, destacaba el arzobispo compostelano Alonso de Fonseca. Nobleza e Iglesia estaban por entonces, como en otros muchos tiempos, en sintonía. Enseguida los irmandiños se hicieron con toda Galicia. Expulsaron a los señores; pero en lugar de suprimirlos para así cortar el mal de raíz, se dedicaron a suprimir los símbolos de su poderío: castillos y fortalezas, entre ellas esta de aquí, la de Sarria. El final de la historia es fácil de adivinar. Repuestos, los vencidos que habían huido a tierras de Castilla y Portugal volvieron. Volvieron y derrotaron fácilmente a los acomodados y poco preparados vencedores; a aquella gente loca. Volvieron y redoblaron los antiguos métodos de vasallaje... hasta que un buen día los Reyes Católicos acabaron con aquel injusto dominio feudal.

-Lástima que esta hermosa historia no tenga detrás una épica. Porque dar, da para eso... ¿o no?

-Tal vez. Pero si no la tiene quizás sea porque los gallegos no somos un pueblo épico.

Antes de levantarse, Lavinia hundió su cara entre los muslos de Andrés, y desde allí le habló en la lengua de las mariposas.

Cada vez necesitaban más tiempo para disfrutar; para paladear cada instante, cada vivencia. Por eso volvieron al camino en silencio, simplemente cogidos de la mano, que en aquellas circunstancias era como ir cogidos de la vida. Así bajaron la cuesta del cementerio; así cruzaron el puente Áspero, y así anduvieron la amplia y sombreada vereda que lleva a la ascensión de una robleda y coloca a los peregrinos a tiro de Barbadelo. Los dos iban metidos de lleno en otras dimensiones. Sólo algún ciclista, al pasar, los devolvía a este mundo. Andrés se preguntaba y Lavinia se preguntaba a qué se debería aquel estado de levitación que vivían; aquel estado de vivir-sin-vivir. ¿Sería por los sueños de la noche? ¿Sería por lo que la víspera había pasado en el molino? ¿Sería porque estaba próximo un final infeliz, y toda la felicidad posible se concentraba en esta mañana? Fuese por lo que fuese, bajo ningún concepto convenía estropear aquel momento. Sabían que lo importante era gozar el presente, ya que en esto del amor nunca se sabe lo que nos espera a la vuelta de cualquier esquina del tiempo.

A los ojos de Andrés, Lavinia estaba especialmente bonita. A los ojos de Dios, también. Era especialmente bonita, y más desde que echó piel, color, mirares y gestos de enamorada. Le sentaba bien su relación con Andrés; a ella que nunca creyó que se podría enamorar de un hombre así. ¿Qué dirían su padre y su madre cuando lo supieran? ¡Menudo disgusto! Ellos, tan clásicos, tan de Suria. ¿Por qué no tendrían la mentalidad abierta de Andrés, si al fin y al cabo andaban por los mismos años? Claro que, a lo peor, el problema era suyo, porque tampoco es normal que una rapaza de veinte años se enamore de un hombre de la edad de su padre. "¡Qué complicado es todo esto!", pensaba Lavinia. "Mejor será no discurrir más y dejarse llevar. ¿No dicen que el amor es ciego? ¿Entonces?".

Andrés, que llevaba más de veinte días metido en un sueño que nunca había imaginado, se limitaba a estar despierto. No quería perder ningún momento de la dicha que los cielos le regalaban, a aquellas edades en las que el torrente de la vida da en ir en busca del gran río.

Metidos en estas cavilaciones llegaron a Barbadelo, un lugar al que en otros tiempos se desplazaban los hospederos de Santiago a la busca de clientes entre los peregrinos; clientes a los que, una vez en Compostela, engañaban vendiéndoles velas de a cuatro por hasta ocho o diez monedas. Aquí Lavinia quería detenerse a ver la iglesia de Santiago, un ejemplar único del románico gallego, según había leído en las guías. No la decepcionó.

-En verdad que es una joya -dijo-. Tan austera, tan seria, tan firme, tan sencilla, tan celeste. Me encantan esa torre y ese arco de la puerta, y ese tímpano. Y todo esto aquí, en medio de la nada; sin apenas vecinos a los que bautizar, a los que casar, a los que enterrar. Es como una obra de arte colocada en un museo, sin más finalidad que la de ser vista. Lástima que no esté un poco más cuidada.

Andaba Galicia por aquellos días metida en calores, y los calores del verano gallego, cuando vienen mal dados, son difíciles de llevar. Centra las escasas casas de Barbadelo una generosa fuente de frescas aguas que van dar a un lavadero. Allí los esperaba Lucio, sentado, reposando y fumando caro.

-¡Buenos días!, pareja. Creí que no llegabais. ¡Hola!, Lavinia. Estás muy guapa. A ti, Andrés, se te ve de lejos que te cae la baba. Definitivamente sois la pareja del Camino. Lástima que os quede ya tan poco. En cuatro días llegaréis a Santiago. ¿Y luego qué? Si me hicierais caso, ahora mismo andaríais despreocupados; sólo pendientes de vosotros mismos, y no de tener que resolver lo que a ti tanto te cuesta, Andrés.

-Escúchame atentamente -interrumpió Andrés en un tono que evidenciaba un claro mal humor; en un tono que desprendía enojo-. ¡Se acabó! No queremos saber más de ti. Desde muy lejos, desde la subida al Alto del Perdón lo vienes intentando. Pues si hasta ahora no lo conseguiste, ya no lo vas a conseguir. *"Lasciate ogni speranza"*, como dicen que reza a la puerta de tu casa. Si nuestro amor tiene alguna virtud... -en ese momento Andrés le echó un brazo por los hombros a Lavinia y la acercó a sí cuanto pudo-... si nuestro amor, repito, tiene alguna virtud, es la de ser un amor limpio, un amor total; no un amor sucio ni comprado.

Con su cara pegada al pecho de Andrés, sin querer interferir, Lavinia reafirmó las palabras de su compañero levantando ligeramente la cabeza y besándole en el cuello.

-Ya ves -prosiguió Andrés-. Nuestro amor no precisa de pacto alguno contigo.

-Como queráis -replicó Lucio-. Pero sabed que si la virtud de vuestro amor es la limpieza, la virtud de mi eternidad es la paciencia.

Desapareció de repente. Se difuminó sin escándalos. No lo tragó la tierra ni dejó nubes de azufre tras suya. Pero sí un vacío visible, como si con aquella huída quisiese demostrarles que aún no había desaparecido; que aún había un espacio por llenar, un grave problema por resolver, y que para eso estaba él. Lavinia y Andrés se miraron buscando apoyos que sabían seguros. Bebieron y repusieron el agua de la cantimplora. Cuando se disponían a retomar la andadura, una mujer enlutada les llamó desde el umbral de una casa cercana a la fuente. Debía andar por el medio siglo, y aunque ya un poco mustia, aún conservaba trazas de quien otrora debió ser una mujer plena, deseable, delicada, envolvente, hechicera.

-Perdonad si os molesto; pero es que os vi hablar con ese... No le hagáis caso. No es buena gente. Hace no mucho se me murió un hijo en la flor de la vida. Cayó de una obra. No hará falta que os diga el dolor que para mí supuso; un dolor más doloroso que la muerte que, al fin y al cabo, para quien muere es una forma de volver a vivir… Pues el caso es que ese diablo, o ese loco, o lo que sea, quiso entonces comprarme el alma a cambio de devolverle la vida a mi hijo. Yo, en la locura del momento y sin pensar en más, acepté el trato. Al final quedé sin hijo, y a punto estuve también de quedar sin alma. No le hagáis caso. Cuido que vuestro problema, vuestro mal, es un mal de amores. Pero ¿qué mal puede haber en el amor de un hombre tan guapo, tan cariñoso como se ve, y el de una rapaciña tan linda que parece una muñeca, o mejor aún, una virgen? ¿Es que acaso hay impedimentos por el medio? Si os queréis como parece que os queréis, habréis de arreglarlo. Nada hay en este mundo que pueda contra un amor de verdad. ¡Cuánto os envidio! También yo hace años, ya casada, tuve un amor por fuera. De él nació el hijo que veinte años más tarde me robaron del modo más trágico. Si la muerte de mi hijo me dolió tanto, no sólo fue por el hecho de la propia muerte, sino porque con él se me fueron mi juventud y mis más hermosos recuerdos.

Espontáneamente, Andrés se acercó a ella, le acarició la cara y la besó en la frente. También Lavinia la besó en la mejilla. La mujer sonrió y les invitó a entrar.

-Pasad un momento. Aunque es muy temprano, si queréis os hago de comer. Me gustaría que aceptaseis.

-Muchas gracias, señora -habló Lavinia-. Se lo agradecemos; pero es que hoy aún tenemos mucho que andar y nos cumple el tiempo. Por lo del loco ese, o lo que sea, no se preocupe. No nos va a pillar.

-Esperad un momentito.

La mujer entró en casa. Al poco salió con un buen trozo de pan de centeno y con cuatro chorizos. Todo envuelto en papel de estraza.

-Guardad esto. Ya lo comeréis cuando os apetezca. Ni el pan ni los chorizos que van dentro se estropean así como así. El pan puede aguantar una semana y los chorizos más de un año. ¡Id con Dios! ¡Buena suerte y buen Camino!

Ahora fue ella quien les besó. El paquete fue parar a la mochila de Andrés. Mientras se alejaban, los dos se volvieron tres veces para saludar con la mano antes de perderse en una revuelta.

-Esta mujer ¿no será de esas que aquí llamáis meigas? -inquirió Lavinia-. Aún no salgo del asombro de lo bien que dio con lo nuestro. Ni el diagnóstico podía ser más preciso, ni el tratamiento más ajustado. Y el caso es que ese "ya se arreglará" es lo mismo que tú me vienes diciendo cada vez que hablamos de la cuestión. ¿Estoy en Galicia o en el país del "todo es posible"? ¿No serás tú también un meigo? Has de saber que a mí me tienes totalmente enmeigada; que me enmeigaste ya en Roncesvalles, a primera vista.

Mientras esto decía, la rapaza compuso una cara medio de sorpresa interrogante, medio de chacota; en esa actitud tan suya de decir sin querer decir, pero diciendo todo lo que quería decir.

-También tú, mi bien, has de saber que al contrario de lo que pasa con las brujas, no todas las meigas tiene por oficio ocasionar el mal. Esto les está reservado a las que echan o producen el meigallo. Pero esa es otra historia. El caso es que las meigas, las buenas meigas, lo que hacen es cubrir necesidades, no todas ellas confesables, de los hombres y mujeres que vivimos en estas tierras. Si tú no tienes medios o remedios para mantener hacienda, salud o quereres, terminas por acudir a quien te los ofrece. Y ahí aparecen las meigas. Las hay veidoras que te adelantan el porvenir; baralleiras que te echan as cartas; feiticeiras dedicadas a la preparación de bebedizos y pociones, y también menciñeiras o curandeiras que aún hoy en muchos lugares de Galicia suplantan a los médicos… o llegan allí donde éstos no alcanzan. Curar, a lo peor no curan; pero quien visita a una menciñeira al menos sale curado de espíritu, que es donde nacen y asientan muchos de los males. De ser como tú dices una meiga, esta mujer de Barbadelo seguramente sería una meiga veidora, que son meigas buenas. Y de estar tú enmeigada, como dices, yo habría de ser un meigo feiticeiro que te di a beber alguna poción; un meigo feiticeiro que, al igual que pasa con las veidoras, también somos buena gente.

-Eso de las meigas ¿se estudia por correspondencia, o cómo es? -preguntó Lavinia sin descomponer aquella cara, medio de interpelación, medio de chacota-, porque también a mí me gustaría darte a beber un filtro que te enmeigase.

-¿Y quién te dijo que no estoy ya enmeigado? Tú llevas el bebedizo en los ojos; lo llevas en la piel, en los labios, en los senos, en tus andares. Tú eres la feiticeira y el bebedizo al mismo tiempo. ¡Y mira que no habré bebido ya de esos tus ojitos verdes; de esa piel morena; de esos sabrosos labios; de ese tu cálido seno, y de esos tus preciosos andares! ¡Que no hago otra cosa, Lavinia, más que beber y beber! ¡Estoy completamente ebrio de ti!

Al llegar al hito que marca 100 quilómetros a Santiago, pasadas ya las casas de Brea, se detuvieron pasa sacar una foto los dos juntos. Antes hubieron de buscar reposo apropiado para colocar la cámara en automático.

-¿Qué será de Rosa y Agustín?

-Buena pregunta -respondió Andrés-. Desde que nos separamos en Triacastela no volví a pensar en ellos. Ni siquiera les eché en falta en el albergue de Samos. Bueno, miento. Sí me acordé al salir del monasterio esta mañana. Pero fue un ligero pensamiento que cruzó mi mente y enseguida desapareció.

-¿Quedarían en Triacastela? De ser así va a ser difícil que nos volvamos a encontrar por el camino. Sería una pena. Yo ya me había hecho a su compañía.

-No creo que quedasen en Triacastela. Quizás se hayan decidido por el camino de San Xil en lugar de venir por Samos. Cuando lleguemos a Portomarín saldremos de dudas.

Entre conversaciones y miradas vivas; atravesando regatos por pontezuelos de grandes y antiguas piedras; subiendo cuestas entremuradas por las que bajan las aguas de los riegos y de las lluvias; sudando fuerte a pesar de la robleda y de los viejos castaños que festonan las veredas y las corredoiras, fueron Lavinia y Andrés aproximándose a Ferreiros. Llegaron cuando ya daban las horas del yantar. Al cabo del lugar, frente al albergue aún cerrado, una carballeira. En ella, un rudimentario palco de tabla de pino, algunos toldos aún sin recoger, cables eléctricos que iban de árbol a árbol con las bombillas colgando... y mucho plástico, mucho bote de bebida y mucha envoltura tirada por el suelo, dando noticia de que aquella noche allí hubo diversión, romería, fiesta. De que aquella noche allí hubo gaita y pandero; galanteos y enamoramientos; desahogos y ternuras; música y alegría.

-¿Cómo son aquí las fiestas? -preguntó Lavinia-.

-Hasta no hace mucho, en estos lugares a los que no llegaban ni la televisión ni los asfaltos, las fiestas eran fechas que marcaban los años, al igual que los marcaban la Navidad, el Carnaval que por aquí se llama Entroido, o el San Juan; al igual que los marcaban las cosechas. Eran las fechas en las que las gentes estrenaban la ropa que habían de vestir todo el año, y en las que los mozos y las mozas aprovechaban para entrar en relaciones de noviazgo... o de las prohibidas, que de estas últimas saben mucho los prados, las eras y los pajares que rodean los campos de las fiestas. En las fiestas de estas aldeas había y hay, sobre todo, alegría y vida.

-¿Alguna vez terminaste tú en un pajar?

-¿Ir yo a un pajar? No. Siempre fui un cuitado para esas cosas. Y aunque con el tiempo algo mejoré, sabes muy bien que no soy lo que se dice un impulsivo. De todas formas, la primera vez que me enamoré, o lo que fuese, ocurrió en una de estas fiestas, en una aldea de los montes de Avión. Me enamoré de una chiquilla que pasaba allí el verano, lo mismo que yo. El resto del año ella vivía en Pontevedra y yo en Santiago. Para mí, en aquellos momentos, era la muchacha más bonita que nunca había visto. Me costó sudores y temblores acercarme a ella y sacarla a bailar. Antes pedí consejo y preparé algunos chistes para mantener conversación, porque temía quedarme mudo. Tan nervioso estaba que fue un desastre. Fue mi primer "waterloo" amoroso. El caso es que después supe que también yo le gustaba a ella. Pero aquella patética escena no dio pié a segundos intentos.

-Afortunadamente has mejorado. Con todo, yo diría que en los momentos importantes, en los momentos decisivos, aún conservas un punto de aquel muchacho de la fiesta de la aldea. Y que conste que a mí ese puntito de timidez me parece un encanto.

A las afueras de Ferreiros, pasado el campo de la fiesta y al cabo de una bajada en asfalto, una pequeña iglesia románica les llamó la atención. En cada esquina, en cada revuelta, en cada rincón, una muestra del gusto de los gallegos por la piedra labrada, ya sea en una iglesia, en un puente, en un pazo, en un molino o en un crucero. Y justo antes de la iglesia, el reclamo de un restaurante que a aquellas horas era como un canto de sirena. El local resultaba sombrío. Las contraventanas estaban entornadas para que el fiero sol que abrasaba fuera no calentase el aire de dentro. L.A. llegaron con las camisetas y los pantalones mojados, y con las bocas secas. A la izquierda de la puerta, varios parroquianos arrimaban a un mostrador en el que se manejaba una mujer muy habladora, un punto entrada en quilos y en fatigas. Tres obreros con mono azul y un paisano vestido de domingo comían en una de las once mesas del local; las otras diez aguardaban clientes.

-¡Buenos días! -saludó Andrés-. Por favor, dos cervezas muy frías. ¿Dónde podemos asearnos un poco antes de sentar a comer?

-¡Pero si vienen mojados como dos "sambenitos"! Miren. Si salen por la puerta de atrás darán a un cercado con pozo, pilón y tendales. Pegada a la pared verán una ducha. Les voy abrir el agua caliente. ¡Dúchense! Si quieren lavar la ropa, lávenla y tiéndanla, que mientras comen les ha de secar.

-Muchas gracias, señora; pero no es necesario -respondió Lavinia a tan generosa oferta-. Con lavarnos un poco y cambiar la camiseta nos llega.

-De eso nada -le interrumpió la señora-. ¡Venga! ¡A duchar! Ya me lo agradecerán.

-Pues vayan las gracias por adelantado -terció Andrés-. Aceptamos, pero a condición de que se olvide de ponernos el agua caliente. Con los calores que llevamos en el cuerpo lo único que apetece es agua fría.

-Si quieren, les meto la ropa en la lavadora.

-No, por favor. Es usted muy amable. Nos basta con un poco de agua para quitarle los sudores más gordos. Muchas gracias -remató Lavinia ya camino de la ducha-.

Con las premuras de la llegada no habían caído en la cuenta; pero al regresar al comedor, ya limpios y frescos, L.A. sentaron, escucharon... y sólo con miradas y gestos, sin decirse nada, se comunicaron su asombro. En el local había un televisor; pero estaba apagado. Lo que sonaba tampoco era la radio; pero había música. El asombro de L.A. no era porque hubiese música, sino por la música que había. Sonaba la "Creación" de Haydn. Para el gusto de Andrés, el más hermoso oratorio nunca compuesto, superior a los de Bach y Haendel. Terminada esa pieza, la "Séptima" de Beethoven; otra joya musical que el maestro peregrino, amante de todas las artes, estimaba especialmente.

Fue Lavinia quien interrumpió aquel mutuo asombro.

-No debe ser muy corriente que en un local como éste, en un lugar como éste, con público como éste, sólo se escuche música clásica. Parece más un local para los cuarenta principales o para aires de la región... ¿verdad?

-Son cosas de mi marido -les dijo la señora, que al acercarse a la mesa oyó las últimas palabras de Lavinia-. Antes de montar este negocio estuvimos trabajando en Alemania. Allí se aficionó a esta música. A mí tanto me da y a los clientes no les molesta. Yo preferiría que mi marido, además de ocuparse en estos detalles, me echase una mano en el trabajo. Pero ¡ca! Eso no. Que trabaje yo que él vino muy cansado de Alemania. ¡Con lo que hay que hacer aquí! ¿Dónde piensan que está ahora mismo? Pues en la cama, dice que descansando. ¡Será por lo que lleva trabajado todo el día!

Esto decía la buena mujer mientras les servía la comida, sin perder la sonrisa de resignación; la sonrisa de quien está acostumbrada a la vida de servir a su señor. Todo el enojo y rebeldía se le iban por la boca.

Mientras hablaban de músicas, de trabajos y de maridos, entró más gente. Algunos parroquianos venían a tomar café; otros a echar la partida. La señora cocinaba y servía; atendía a todos. Mucha tarea para sólo dos manos. Aún así seguía sin perder la sonrisa; le hablaba a cada uno y se disculpaba por no dar más de sí.

Los largos ocho quilómetros que les separaban de Portomarín se les hicieron interminables, y eso que los paisajes son bien hermosos, y los lugares que van atravesando, bien acogedores, bien curiosos. Pero el sol, un sol de justicia, a aquellas horas quemaba tierras, vistas y paciencias. Por eso pasaron de largo por el monasterio de Loio; pero mientras pasaban Andrés le contó a Lavinia como en aquel lugar, más de novecientos años atrás, doce caballeros se habían juramentado para defender y proteger a los peregrinos de la gente mora. Nacía así la Orden de los Caballeros de Santiago que, con el tiempo, tanto habría de significar y tanta importancia habría de tener, no sólo para el Camino sino también para las artes plásticas, para la vida y para las literaturas de la península.

Las aguas del Miño, vistas desde el puente nuevo que las atraviesa, corrían bajas. A la derecha dejaban al descubierto el puente antiguo; a la izquierda, los restos esqueléticos del viejo

Portomarín, ahogado en el embalse de Belesar a finales de los cincuenta.

Se les hizo larga; pero al cabo remataron aquella dura y hermosa etapa. Y la remataron al frescor de las aguas y en la alegría de los grandes ríos, que son como pequeños mares cruzando las tierras. Consigo llevan más historias, más vivencias, más conversaciones, más amoríos y romances que los que pueden contar los océanos, casi siempre solos y abandonados en sus inmensidades. En cambio, los ríos nacen donde nacen las gentes; medran y viven y hablan con ellas. Les dan de beber y de comer; les riegan las cosechas; les muelen el cereal; les sirven de camino y de guía; les remojan y les lavan; les dan arena para las casas y limo para los campos; les templan los fríos del invierno y los calores del verano, y les enseñan a morir con dignidad. Los ríos son las venas de la tierra. Y los grandes ríos, sus arterias. En Galicia no falta de esto; en esto es rica. Por algo la llaman el país de los mil ríos.

Lo primero que hicieron al entrar en el albergue fue buscar a Rosa y a Agustín por si ya habían llegado. No ocupaban litera ni figuraban en el registro. Por la cara de Lavinia cruzó un velo de tristeza.

Después del aseo, después de la ducha vivificadora, se acercaron a visitar la iglesia-fortaleza de San Nicolás. Centra este soberbio templo el nuevo poblado de la loma, a donde fueron reasentar las gentes de Portomarín cuando aún lloraban por sus casas del río, y por sus lares, y por sus memorias anegadas. Aquella iglesia-fortaleza fue de lo poco que se salvó del viejo asentamiento. Piedra a piedra la llevaron hasta el alto y allí la pusieron en pie. Igual que ocho siglos antes habían hecho los monjes-caballeros de la Orden de San Juan de Jerusalén, cuando la construyeron a las orillas del Miño con el propósito de vigilar desde allí que ningún peregrino padeciese acosos en este último tramo de sus andaduras. A Lavinia le impresionaron su sencillez, su esbeltez, sus formas cúbicas apuntando al cielo.

A la salida de la iglesia buscaron refugio bajo los soportales y los caminaron hasta dar en la capilla de las Nieves. Bajaron las escalinatas y se acercaron al río para desde allí degustar una nueva puesta de sol; una nueva fuga de aquel astro que tantas penas, fatigas y sudores les había regalado en la jornada. La fuga de aquella tarde en Portomarín, delante del pueblo anegado que aún dejaba ver piedras fantasmales, piedras muertas sobresaliendo de las aguas, fue una hermosa fuga. Una fuga al estilo de Bach, con sucesivas exposiciones cromáticas a cargo del sol, de los cielos y de las aguas, y sucesivos contrapuntos en la piel y en los ojos de Lavinia. Y también en los sentimientos de ambos.

Embebidos aún en aquellas fantasías de soles, aguas, luces, colores, ansiedades y afectos, regresaron al pueblo. En esta ocasión, igual que a la llegada, subiendo la carretera que camina paralela al río. Lavinia trajo a conversación las ausencias de Agustín y Rosa.

-Sólo llevamos día y medio sin verles y ya siento como si por dentro me hubiesen cavado un vacío. Estoy alucinada de la facilidad con la que en el Camino se les toma afecto a las personas. En la vida normal, con excepciones, estos encuentros son más lentos y, sobre todo, más trabajados. Pero aquí es fácil engancharse a alguien tan sólo en una velada; en un pequeño trecho de andadura compartida; incluso en un simple saludo al pasar.

-Creo que tiene su explicación. En la vida corriente todos nosotros vamos cargados de instrumentos de defensa. Y cada año que pasa; a cada nueva experiencia, nos cargamos más y más. Comprenderás que, con este lastre, entrar en comunicación afectiva con otras personas lleve su tiempo. Al Camino, en cambio, la mayoría llegamos desprovistos de esas ataduras, de esas tensiones, de esas cargas. Y así es como en nosotros aflora lo mejor de nosotros mismos; sin los temores, las predisposiciones, las envidias, los egoísmos ni las ansias que conforman aquel lastre. Fíjate en nuestro propio caso. ¿Piensas que si nos conociéramos fuera del Camino habría sido igual? Estoy seguro de que no. Son muchas las cosas que nos separan; pero como esas cosas son precisamente las que descargamos y dejamos atrás antes de venir hasta aquí, pues por eso pasó lo que pasó; y por eso entre los peregrinos hay tan buena conexión, y tanta solidaridad, y tanto desprendimiento, y tanto afecto, y tanto amor.

Muy de mañana, como siempre, pero esta vez no tan de noche que la etapa no era de las más exigentes, L.A. cruzan la estrecha pasarela metálica que salva uno de los brazos por los que las aguas del embalse entran a fecundar cultivos. Atrás quedaba el nuevo Portomarín, tierra de aguardientes, que tanto Andrés como Lavinia habían gustado aquella noche, quizás más allá de lo que debían. Por eso despertaron con sequedades en la boca. El sol salió a saludarles por donde el camino se mete en carreteras a costa de perder bucolismo; salió a saludarles por aquellos altos en los que la perdiz canta entre el brezo que pinta violetas; por aquellos altos en los que los andares se hacen ligeros; monótonos, pero ligeros.

Delante del albergue de Gonzar bajaron las mochilas para guardar las ropas de abrigo. La mañana abierta en soles hacía que todo empezase a estorbar. Sobre la pared blanca del refugio, las sombras de los peregrinos se proyectaban vivas, agrandadas, en movimiento. Andrés se alejó para mejor contemplar la silueta de Lavinia. Era un gracioso negro sobre blanco que le hizo recordar la cueva de Platón, sólo que en este caso la realidad superaba a las sombras. Se lo comentó a la muchacha, que tal como estaba de perfil no había reparado en aquellas proyecciones.

-Podemos comprobar -propuso ella- cómo se verían nuestras sombras desde la cueva... nuestras sombras fundidas en un beso.

Se abrazó a Andrés. Los cuerpos pegados. Las almas pegadas. Se besaron. Se besaron pero no pudieron ver las sombras.

Nadie desde la cueva puede ver su propia sombra. Nadie puede ver su alma.

Pasado Ventas de Narón volvieron a detenerse. Pararon al pie de un crucero que levanta junto al camino; pararon no sólo por el crucero que bien merecía la pena, sino porque allí sentado estaba el viejo romero; el romero de los ojos garzos, leonados, verdes como agua de mar, con los pies llenos de sangre que casi no podía andar. Pero andaba, y debía andar de día y de noche, dadas la muy contadas ocasiones que cruzaban con él.

-¿A dónde vais así, mi romero? ¿A dónde queréis llegar? -le pregunto Lavinia.

De esta sí obtuvo respuesta; una sola respuesta.

-Camino de Compostela, en donde tengo mi hogar.

Dicho esto, sin más, el viejo romero echó a andar. Acostumbrados a no comentar estos encuentros, quizás porque con el lenguaje de los hombres no se podrían hablar, Lavinia y Andrés quedaron allí un rato más para gozar de la belleza antigua de aquel crucero; un crucero con la base de apoyo llena de referencias a la muerte; llena de martillos, de clavos, de espinas y de calaveras. Y arriba, en la cruz, además del Cristo, una hermosa Maternidad hablándonos de vida.

A la vista de esta conjunción de opuestos, Lavinia extrajo sus propias conclusiones.

-¡Qué retorcidos sois los gallegos! Aún me cuesta entrar en vuestra psique.

-Somos un pueblo viejo, neniña, y por lo tanto sabio. Por eso juntamos vida y muerte. Las juntamos porque, muy a nuestro pesar, van siempre juntas. La una sucede a la otra de modo irremediable.

Llamó también la atención de Lavinia el viejo roble que levanta orgulloso por detrás del crucero; que desde allí lo protege, y que con él debe rivalizar en edad. Juntos llevan viendo pasar peregrinos desde hace más de tres siglos. Peregrinos con sus manías, con sus esperanzas; todos con los pies cansados.

Crucero, roble y peregrinos conforman una sola pieza, que anclada en aquella revuelta del camino prende en las memorias más entrañables de los romeros que van a Compostela. Quien pasa por allí llevará siempre consigo el recuerdo del Crucificado y de la Maternidad; de los martillos, los clavos, las espinas y las calaveras; del liquen en el pétreo pilar que sostiene la Cruz, y del liquen que envuelve el viejo roble de Lameiros.

Pasar por cerca de Vilar de Donas y no acercarse al lugar, es pecado de condenación eterna. Vilar de Donas, en pequeño, en humilde, muy en gallego, es como una Capilla Sixtina colocada en medio de la arcaica Galicia. En Lestedo, L.A. tomaron el camino que lleva a Vilar de Donas. Y lo tomaron como algo natural; algo natural a las apetencias de Andrés, y también a los deseos de Lavinia que ya iba informada de las significaciones de aquel lugar y de aquella iglesia; de las historias de aquel lugar y de aquella iglesia.

Cuando llegaron, parecía como si por allí no hubiese pasado un alma en siglos. Tal era el silencio del enclave. Diez o quince metros antes del atrio, Lavinia agarró a Andrés de la mano y los dos pararon clavados en el sitio. Lo que veían eran los arcos ojivados, y detrás de ellos una parte del pórtico tricolumnado y un viejo muro guardador de secretos, de confidencias y de cortejos inconfesables. Era el contorno de los divertimentos de donas y caballeros, que en aquel lugar levaban siglos de intrigas, de juegos y de seducciones. Por allí brincaban las donas en ropas blancas, amplias, frescas, transparentes; el pelo bien peinado; los pies descalzos. Recogían margaritas y albahaca, que dicen que en ramo, mezcladas con genista, son buenas para enfeitizar. Bailando alrededor de las pilastras corintias que sostienen los arcos del atrio, las donas eran como un ballet de sílfides carnales. La luz cenital del mediodía no daba lugar a transparencias; pero la imaginación de Andrés suplía esta leve inconveniencia, como también era capaz de distinguir entre las donas a la más hermosa de ellas. Era Lavinia que danzaba belida, suelta y despreocupada entre las margaritas, la albahaca y las arcadas ojivales, tratando de atraer a alguno de los caballeros que de lejos las admiraban; a algún caballero con la Cruz de Santiago al pecho, y el pecho lleno de amores buscando a quien entregárselos. Entre los caballeros, Andrés era el más perseguido por los mirares y las ansias de Lavinia. Pero donas y caballeros formaban dos círculos tan cerrados, que entre ellos era difícil cualquier comunicación. En un momento de la danza pastoral, Lavinia se acercó a la puerta de la iglesia; una puerta de madera vieja con tintes rojos, con aldaba de hierro antiguo y con hechuras ornamentales también de hierro viejo. Allí quieta en medio de las dos hojas de la puerta… los brazos en alto tocando la piedra lateral; el cuerpo insinuante; los ojos en blanco mirando porvenires… Allí quieta, Lavinia enamoró por primera vez a Andrés. Roncesvalles, Zubiri, Irache, Los Arcos, San Bol, León y Samos vendrían siglos después. Tras el baile, donas y caballeros rompieron sus recios círculos y pasaron a los cortejos, y a las miradas, y a los besos, y a las promesas furtivas. El pardal y el jilguero piaban en la piedra de las ojivas y en los tejadillos de la iglesia, y la perdiz cantaba entre el brezo, y los trovadores les regalaban aladas cantigas a las ciervas que brincaban y pacían en los prados. Andrés se acercó a Lavinia y la requirió de amores. Envuelta en toca de delicadas doblas, la bella dona salió bailando y cantando cantigas del trovador Cunqueiro.

"Ei, donas do Vilar!
Erguede os finos rostros e sorride,
Que andan galáns de corte
Con soedades de vós!
Agás que prefirades velos morrer de amor".

Pero el sueño duró lo que duran los sueños; un instante; un nada en medio de la eternidad. Y las donas entraron en la iglesia para meterse en el ábside y desvanecerse en la policromía mural que lo adorna. Ellos, los caballeros, también entraron en el templo; pero quedaron al fondo, donde sobre pétreos animales asientan sarcófagos trabajados, y donde en las paredes hay leyendas que recuerdan por siempre que allí yacen los que en la Reconquista habían muerto tratando de ganarles el Duero a los moros, y también el Tajo y el Guadiana. Fuera del ábside de las donas y de los sepulcros de los caballeros de Santiago, sólo Lavinia y Andrés seguían libres y vivos. Ella, admirando la serenidad de dona Vela que en el tiempo del rey Juan se hizo pintar con sedas y cintas... admirando aquella serenidad y escuchando las historias que Andrés le contaba acerca de las niñas salidas de las mejores estirpes gallegas, que con sólo ocho años profesaban en aquel monasterio para allí quedar rezando de por vida por los héroes muertos. Luego, con los años daban en ser donas y algunas pasaron a decorar el ábside de la iglesia. Un ábside sin cristal en las troneras; un ábside abierto a todas las humedades, a todas las heladas, a todos los granizos, a todos los vientos. Agradecida por aquella regalía de arte y donosura, antes de salir Lavinia se detuvo al lado de una lauda. Allí se giró hacia el altar y entonó la salve. Andrés la acompañó en el cantar. Los dos en pie, a la par, cantaron con el alma más que con la voz. En aquel canto iba plegaria, y acción de gracias, y súplica, y contento... y también pesar. Pesar, porque con la etapa ya cerca de su fin, sólo tres días les quedaban para entrar en Santiago. Y Rosa y Agustín, desaparecidos. Y el futuro de ellos, aún en el aire. Pero éste era un punto que ni Lavinia ni Andrés querían volver a tocar. Lo habían tocado tantas veces... y tantas veces lo mismo... es decir, nada... que para qué.

A Palas llegaron en un suspiro. Y un suspiro hondo dieron también cuando en el albergue se encontraron con Rosa y Agustín mientras buscaban litera donde acomodar. Fue un reencuentro efusivo. Los cuatro se abrazaron y se besaron como si llevasen años sin verse. Unos y otros estaban ya resignados a haberse perdido y, lo que es peor, a no volver a encontrarse.

De ahí la efusión; de ahí el contento. La causa del extravío fue que, en Triacastela, Agustín y Rosa decidieron tirar por San Xil en lugar de hacerlo por Samos, y también que la noche anterior, en lugar de acercarse a Portomarín pararon a dormir en Ferreiros, en el albergue que da al campo de la fiesta, aunque ya sin fiesta. Si llegaron a Palas antes que ellos, viniendo de más lejos, era porque habían madrugado más, y también por no haberse desviado a Vilar de Donas, que esos son quilómetros añadidos a etapas ya de por sí largas, y el peregrino casi nunca está dispuesto a regalarle distancias a sus andaduras… aunque en esta ocasión fuese una pena no haberlo hecho.

XII. De Palas a Santiago

(Tempo giusto, alla breve)

Las cuentas atrás no hacen sino allegarnos a los finales, y en esta vida el final de los finales es la muerte. Quizás por eso; quizás por verse tan cerca del se acabó, tan cerca del no retorno, fue por lo que aquella cuenta atrás les pesaba a los cuatro como una losa. Sobre todo a Lavinia. Pero también a Andrés y a Rosa. Algo menos a Agustín, por mucho que cargase también con su propio pesar. El Camino no daba para más; tres etapas y estarían en Santiago. ¿Y luego qué? Este interrogante era tan hiriente, tan inquietante, que nadie se quería parar a buscarle una respuesta. Andrés, porque sabiendo que lo tenía que hacer; sabiendo que tenía que darle a su vida un giro de 180 grados, aún no se le había ocurrido cómo. Lavinia, porque después de preguntárselo tantas veces a Andrés, temía que insistir en ese acoso pudiese resultar un inconveniente más que un remedio. Sabía que la respuesta a ese interrogante no dependía de ella. Sabía que por su parte todos los obstáculos eran salvables. ¿Y por parte de él? Ella confiaba en Andrés; pero más por instinto ciego y por amor, que por razones y por lógica. Y si nada podía hacer... lo mejor era reservar todas las fuerzas para el caso de que hubiese que librar una última batalla. Rosa llevaba días tan desconcertada que ya no sabía cuál de las soluciones podía ser la mejor: si tratar de retener a Agustín, o no; si procurar apartarlo de su Camino, o no. Y después de lo de San Xil, aún menos. El único de los cuatro que empezaba a ver con una cierta claridad, era Agustín. Sobre todo, después de lo de San Xil.

De Palas salieron tarde, muy tarde para lo que era su hábito de llegar a tiempo de encender las luces del día; a tiempo de despertar a los pájaros y a los girasoles; a tiempo de empaparse de los ensueños que las mujeres sacudían a su paso; ensueños envueltos en sábanas blancas que endulzaban los aires con perfumes de amores nocturnos. Salieron pasadas las ocho. Faltaba tan poco para tocar la meta que ya nos les importaba hacer jornada de mañana y tarde. Pensaban llegar a dormir a Ribadiso, pero parando en Melide a comer el pulpo. Era un capricho de Andrés. Quería agasajar a sus compañeros de viaje y, sobre todo, a su compañera del alma.

Este caminar de los cuatro juntos no era el mismo caminar de la última vez; no era el caminar de cuando bajaron de O Cebreiro a Triacastela. En aquella ocasión el andar era un andar contento en el que los cerebros edificaban sueños al contacto de las pieles. No. El caminar de esta mañana era un caminar más áspero, más tenso. Y todo porque entre Rosa y Agustín se había levantado un velo de ansias contradictorias. Quizás decir contrapuestas sería más acertado. Pero… ¿cuándo?, ¿por qué?, ¿dónde se había dañado la relación? Para bien o para mal, todo partía de la noche que los dos pasaron en San Xil.

Aquel día Rosa y Agustín se entretuvieron de más en Triacastela. De hecho habían pensado en pasar allí la noche. Fue a media tarde, después de sestear en el albergue, cuando la muchacha se empeñó en adelantar camino para que no se les escapasen Andrés y Lavinia. También fue ella quien convenció a Agustín de ir por San Xil en lugar de hacerlo por Samos. Y aunque él tenía ansias de conocer el monasterio benedictino, pudo más el empeño de la moza. El caso es que salieron a destiempo. Y por más que el camino, que culebrea entre robles, castaños, abedules, fuentes y regatos pequeños… por más que el camino sea hermoso y sugerente y vaya cargado de historias imaginadas e imaginables… por más que el camino sea así, lo cierto es que también resulta umbrío y lóbrego. Esto hizo que la noche se les viniese encima con premura. Y caminar con aquellas sombras a ninguno le apetecía; pero menos a Rosa, que desde chiquilla andaba en malquerencias con las oscuridades de la noche.

-Detengámonos en la primera casa que aparezca -le dijo a su compañero- e invoquemos el antiguo privilegio del peregrino a recibir posada.

La ocurrente propuesta de Rosa dio en la diana de los deseos de Agustín, con ganas también de dejar aquellas corredoiras hasta que la luz tornase a espantar misterios. Pronto dieron con un pequeño lugar entre aquellos montes sombríos. Olía a establo, y a caldo hirviendo en la lareira, y a leche recién ordeñada, y a pan centeno; olía a aldea; a aldea antigua; a aldea guardadora de costumbres, de cuentos y de hablas. Llamaron en la primera puerta que les salió al paso. Les abrió una mujer aún aparentemente joven. Por las trazas, por la mirada… y por mucho que las arrugas de la vida pudiesen hacer pensar otra cosa, andaría rondando no mucho más allá de los cuarenta. Primero les abrió la puerta por la media hoja de arriba, que es la única que en estos lugares se le abre al forastero mientras no hay confianza. Cuando Rosa le dijo lo que querían y, sobre todo, cuando supo que Agustín era cura, y por lo tanto de fiar, les abrió también la media hoja de abajo y les invitó a entrar.

-Sólo les puedo ofrecer el pajar para dormir -les dijo contrariada-. Está limpio, bien abrigado, y la paja es blanda. Tienen que comprender que soy viuda; que vivo sola. Mi único hijo está tratando de hacer fortuna en Suiza. Ya pueden suponer lo que dirían los del lugar si llegasen a enterarse de que un hombre durmió en mi casa. ¡Aunque sea cura! Sólo somos tres vecinos, pero entre nosotros no hay buena vecindad. Viene de lejos. Ya no la había entre nuestros padres, ni entre nuestros abuelos; no la hay desde no sé cuándo. ¿Y qué puede hacer una mujer sola en un sitio como éste, sino cuidar de su honra y de su fama? Al fin y al cabo, honra y fama es lo único que le puedo testar a mi hijo, aparte de unas tierras que apenas dan más que alguna patata, alguna haba, y berza para el caldo. Pero no piensen que les estoy llorando. Con esto poco; con dos vacas, el cerdo que siempre hay para la matanza, unas gallinas y lo que mi hijo me manda de Suiza, voy tirando. Bien. Si quieren dormir en el pajar pueden quedar. Comer, comen aquí conmigo de lo que haya. Malo será que no les pueda ofrecer un chorizo, unos huevos y unas patatas, además de un caldo caliente.

Sin darle tiempo a Agustín… no fuese a poner alguna escusa por lo del pajar… Rosa aceptó agradecida el ofrecimiento de la mujer. "¡Una noche a solas con Agustín, entre las pajas!". Como un torrente, a la memoria le vinieron escenas de cine con pajares de por medio, y cuanto pudo se agarró a la esperanza de "aquella-noche-o-nunca". Mirando a Rosa y preguntándose qué pretendería, Agustín recordó lo que Andrés le había dicho por las riberas del Valcárcel: "No es que la rapaza te esté enredando; es que estás completamente enredado". La sonrisa con la que Rosa contestó aquella mirada interrogante no dejaba espacio a muchas dudas; era una sonrisa abierta a todos los imposibles; una sonrisa que advertía de las pocas puertas francas que quedaban para la huída.

-Pues entonces vengan -les dijo la aldeana-; vengan que les enseño el pajar, y ya pueden dejar allí eso que llevan a la espalda. Luego, si quieren lavarse, que han de querer después de tanto andar, hay un pilón con agua de pozo en el corral. Dejen las cosas en el pajar; lávense si quieren, y ya luego cenamos. En el pajar lo que no pueden es fumar, si es que alguno de ustedes fuma.

-No se inquiete que no cometeremos esa imprudencia. No hay que tentar al diablo -le contestó Agustín-.

-Supongo que siendo usted cura el demonio andará lejos.

-Pues supone mal. El Enemigo anda siempre a la que cae, sin reparar en hábitos.

Con lo habladora que era la buena mujer, la cena resultó amena y de buen paladar, aunque para el gusto de Agustín el chorizo estuviese picante de más. Pero esto le daba razones para tirar del vino, y también de la velada al lado de la lareira donde la mujer les preparó un café de puchero.

-Yo no tomo -les dijo mientras atizaba la brasa- que luego no duermo.

Por mucho que Agustín se esforzase en prolongar la conversación, llegó la hora de ir a dormir. Para estirar el saco, él buscó un sitio que no dejase hueco ni lugar alguno al que Rosa pudiese arrimar el suyo. ¡Pero a buenas horas le iba el hombre con aquellas! La rapaza allegó paja; rellenó con ella las esquinas que rodeaban a Agustín, y allí se colocó. Se descalzó; se quitó el pantalón; buscó el interruptor para apagar la floja luz que apenas daba para hacer sombras, y se acostó.

-Buenas noches, Rosa. ¡Que descanses!

Este intento de querer ahogar los ánimos de la moza cayó en vacío. Rosa se había hecho otra idea de lo que tenían que ser unas buenas noches.

-¡Qué bonito es todo lo que nos está pasando! -dijo-. En mi vida pensé que dormiría en un lugar como éste. En alguna película tengo visto escenas de pajares; pero nunca imaginé que algún día yo sería la protagonista.

Tratando de darle más intimidad a la conversación, se giró hacia Agustín y prosiguió.

-¿Verdad que el olor a paja es dulce y penetrante? Yo casi diría que tiene algo de carnal. Dicen que posee propiedades afrodisiacas. ¿Lo sabías?

Despacio, muy despacio, poquito a poco le fue buscando la mano. Cuando dio con ella notó que se ponía tensa; pero enseguida se dejó coger. Agustín libraba una batalla interior de urgencias. Dejarse ir, o resistir. Ese era el dilema. La bandera de la victoria la levantó el "dejarse-ir". Demasiado poderosas eran las armas de esta opción: la fragancia de Rosa; su voz cautivadora, dulce, hechicera; la memoria de su cuerpo hermoso, semejante al de una Virgen de Murillo; aquel marco bucólico, primitivo, salvaje, y... sobre todo, el remolino incontrolado de sentimientos, de deseos y de hormonas que le bullían por dentro. Había perdido la iniciativa y no sabía qué hacer, de modo que se dejó querer. Rosa hizo lo demás.

El beso de la obertura fue eterno; de los que olvidan los respirares. Poco a poco, con suavidad, con delicadeza, sin perder en ningún momento "il tempo", fueron liberándose de ropas hasta quedar completamente desnudos de hábitos y de prejuicios. Ninguna transición resultó brusca. De la obertura pasaron al primer movimiento, un gozoso larghetto con protagonismo de la flauta, del oboe y del violín; a éste le sucedió un adagio de cellos y de metales y de besos sofocados, para rematar en un allegro con fuoco como si se tratase de una nueva sinfonía del Nuevo Mundo; un nuevo mundo abierto a todos los paraísos.

Los cuatro caminaban juntos por la veredas que median entre Palas y Melide; veredas arboladas; veredas que también llevan a prados donde pace el ganado; veredas cortadas y custodiadas por riegos; veredas nervadas por las viejas raíces de los viejos robles. Estas raíces que atraviesan las corredoiras con el lomo al aire, guardan tantas memorias de peregrinos... de peregrinos viejos y nuevos, santos y pecadores, ricos y pobres, ilustrados y de escasos saberes; peregrinos de todo el mundo; peregrinos de Río, de Madrid, de Santiago, de Suria; peregrinos normandos, galos, gascones, vascos, lotaringios, britanos, frisones, de Apulia, rusos, romanos, medos, sajones, del Ponto, cretenses, galileos, húngaros, africanos, egipcios, colosenses, filipenses, elamitas, cirenenses, judíos, y de muchos más lugares del orbe. Y estas raíces, que amparan las tierras de las lluvias de todos los tiempos, a menudo le hablan al caminante de eternidades. Ellas, que conocen las entrañas de la tierra; que si es preciso bajan a los infiernos buscando qué darle al árbol para que bien alimentado pueda a mirar al cielo... Estas raíces le dicen al caminante que infierno y cielo, penas y glorias, sombras y gozos siempre irán con él. Procurar luego el mejor acomodo entre tanto contrario, es labor que ocupa toda la vida.

A las puertas de Furelos, Lavinia y Rosa tuvieron tentaciones de meterse en el río. Sólo las detuvo el oportuno recordatorio de Andrés de que a tan sólo dos quilómetros les esperaban el pulpo, la empanada, el queso y el vino. Antes de cruzar el viejo puente de los cuatro ojos, buscaron retratos. Buscaron verdes reflejos en las aguas brincadas de truchas; en las aguas paseadas por las sombras de tantos y tantos romeros que las habían atravesado. Al otro lado de aquel paso medieval, la iglesia de la parroquia se cruza en el caminar del peregrino. Por una puerta lateral aparece el párroco, ya de alba y cíngulo para la misa de doce.

-¡Peregrinos! ¡Buenos días!

-¡Buenos días! -contestaron los cuatro-.

-Deteneos un momento y entrad, que un descanso os vendrá bien.

Aquel cura presumía de un Cristo germánico que guarda la iglesia.

-Bajad las mochilas y venid a ver; venid a ver. Mirad este Cristo. ¿A que no habéis visto otro igual? Así, con los brazos en aspa, no creo que haya muchos.

Agustín lo sacó de su error. Le explicó que aquel era un estilo de cristos góticos muy abundantes en la zona del Rhin.

-Hay uno muy hermoso en Puente la Reina -remarcó Lavinia-.

Los bancos de la iglesia se iban poblando de fieles que venían a misa con tiempo. Por entre ellos andaban el cura de blanco hasta los pies, y los peregrinos de corto.

Cuando ya se despedían, Agustín le reveló al párroco de Furelos que también él era cura.

-Entonces, quedad y cooficias conmigo. En el Camino no existen las prisas -le dijo a modo de argumento irrecusable-.

Por un instante, Agustín dudó. Desde lo de San Xil no había confesado. Al fin aceptó la propuesta del párroco; pero antes le pidió confesión. También Rosa, Lavinia y Andrés, inmersos en un momento místico, confesaron; pero quisieron hacerlo con Agustín. Se sentían más cómodos contándole sus cosas a alguien que ya sabía de qué pie cojeaba cada uno. A Rosa le puso reparos; pero ante la insistencia de la moza terminó por ceder.

-Soy un alma atormentada y tú eres un sacerdote. Es tu deber.

El párroco dispuso que los cuatro peregrinos tuviesen protagonismo en la misa. Agustín cooficiaba y pronunciaría el sermón; Rosa se encargaría de la primera lectura sacada del Eclesiastés; Andrés, de la epístola, una hermosa carta en la que el apóstol Pablo habla de amor; de un amor que a los ojos de Dios vale más que las otras dos virtudes, la de la esperanza y la de la fe, por mucho que ésta última fuese quien de mover montañas. Lavinia quedó en que a la hora de la comunión cantaría el "Ave María" de Gounod. La misma que había cantando en la iglesia de Villafranca. A Andrés y a Agustín aún se les ponía el vello de punta al recordarlo.

El sermón de Agustín fue hermoso y sentido. También él, siguiendo la línea de San Pablo, habló de amor; del amor de los hombres y del amor de Dios. Dijo que el amor es la mayor y la primera de las virtudes con las que Dios dotó al hombre, y que si no hacemos uso de esta capacidad de amar que nos fue dada, de poco nos valdrá todo los demás que hagamos. Elogió el amor de pareja; pero subrayando que al lado del amor a Dios, el amor a los demás era un amor menor.

Rosa escuchaba atenta; los ojos fijos en Agustín. Sabía que aquel sermón era la confirmación definitiva de la imposibilidad de su amor. ¡Y había escogido el púlpito para decírselo! Esto no era juego limpio; era una cobardía de Agustín que la dejaba indefensa. Si se lo dijese cara a cara, lo entendería; le daría las gracias por lo vivido junto a él, y adiós; pero así, delante de todos, sin que ella pudiese replicar… "¡Así no, Agustín! ¡Así no!".

Esto último, susurrado entre dientes, muy bajito, sólo Lavinia que sentaba a su lado lo pudo oír. Rosa bajó la cabeza y algunas lágrimas llegaron al suelo. Lavinia le cogió la mano, se la apretó y le arrimó la cara. También ella estaba aprendiendo en aquel Camino a padecer de amores, aunque éstos le fuesen propicios.

A la hora de la comunión, con todos los sentires y sensibilidades a flor de piel, entonó Lavinia el "Ave María". Dicen que hasta las piedras de la iglesia lloraron y que el Cristo renano levantó la cabeza para escuchar mejor. Por las bancadas donde sentaban los parroquianos sobrevolaban ángeles recogiendo los sentimientos de gozo de las gentes, y también la exclamación de una mujer que, al terminar el canto, resumió exactamente el estado emocional de aquella asamblea.

-¡Bendita sea la leche que mamaste!

Lavinia se puso encarnada. Andrés por un lado y Rosa por el otro le cogieron las manos. Además de una voz muy bonita y del mucho gusto en el cantar, su mayor virtud es que cuando canta lo hace con el alma. Es de esa clase de personas que si se dan a gusto, se dan por completo.

Durante el banquete del pulpo, de la empanada, del queso de tetilla, del pan y del vino, los cuatro se sintieron como renovados por dentro. Se les veía conformes consigo mismos, aunque al rostro de Rosa asomase un velo de tristeza, o quizás de resignación. Era urgente mantener una tranquila conversación con Agustín. Ella daba ya por muerta cualquier esperanza; pero había que hablarlo. Intentar, lo había intentado; pero no pudo ser. Hubo momentos muy bonitos, como todos los momentos en los que se persigue una esperanza; como todos los períodos de cortejo. Recordaba especialmente el camino hacia Rabanal y, sobre todo, la noche de San Xil. Esta vez no podía autoculparse de haber dejado que la ocasión se le estropease. Pero aquel objetivo era el más difícil que nunca se había propuesto. Luchaba no sólo contra un hombre, que ésa era una lucha más fácil, sino también contra los principios y la ética de un hombre inteligente y acostumbrado a la renuncia. Era una batalla difícil, y la perdió. Habían triunfado los principios y, por más que le doliese, lo entendía. Pero había que hablar. Buscar la ocasión y hablarlo.

Menos mal que la distancia no era mucha y que el camino estaba bien servido de sombras, porque a aquellas horas en las que echaron a andar a la busca de Ribadiso los pajarillos caían fritos del cielo. Sabían que no eran horas de caminar, pero ni lo pensaron. Lo único en lo que pensaban era en llegar cuanto antes al refugio. Sobre todo ellas. ¡Tenían tantas cosas de las que hablar con sus parejas…! Rosa, sobre el fin de su relación; Lavinia, sobre el principio.

Ribadiso se les apareció a media tarde. Ahora que estaban ya tan cerca del Pórtico de la Gloria, la primera vista del lugar se les antojó una maqueta del Paraíso. Ocupando una buena extensión en la ribera derecha del río Iso, el albergue. Posiblemente el mejor albergue de todos los caminos. El que en otra época había sido hospital antoniano de peregrinos, era ahora un conjunto de antiguas edificaciones bien restauradas. Dispone de varios dormitorios; cocina y comedor aparte; un cubierto que da al río y al puente; duchas y lavaderos de nueva construcción, alejados de los dormitorios; tendedero, y hasta un hórreo adornando una esquina del prado que prolonga el recinto; un prado en el que apacentaban algunas ovejas. Para entrar en el albergue hay que salvar el rio por un antiguo y coqueto puente. Sólo le dieron un arco, pero por él caben todas las aguas del Iso. Lavinia y Rosa les largaron las mochilas a sus compañeros, se descalzaron y pasaron a pié por las aguas. El río era estrecho y el caudal apenas llegaba a mojar un palmo de pierna, siempre que se procurase un buen trazado por las piedras. Las rapazas jugaron a mojarse. Desde arriba, desde el puente, ellos sonreían.

Enseguida acomodaron. Aquella tarde cambiaron la ducha por el baño en el río que bajaba fresco. Los calores que caían del cielo apenas daban con las aguas del Iso; aguas custodiadas y cubiertas a lo largo de su carrera por el álamo, el abedul y el roble. Viéndolos brincar, nadie diría que allí había un maestro, un cura, una estudiante de arquitectura, y una acomodada deportista brasileña que había venido a conocer Europa y que terminó prendada y prendida al Camino. Nadie diría que allí había penas. Las aguas más hondas estaban debajo del puente; pero en aquel rincón la sombra permanente multiplicaba las sensaciones de frescura… y no hacía falta tanto. Lavinia se subía encima de Andrés; Rosa también jugaba con Agustín, pero conteniendo las formas mucho más de lo que le gustaría.

-¿Recuerdas, Andrés, cómo empezamos a conocernos? -dijo Lavinia-. Fue también en un río, hace tan sólo veinticinco días… sin embargo parece que fue hace cinco años.

Y dirigiéndose a Rosa y a Agustín, prosiguió.

-Fue en Zubiri, en el río Arga. Nos habíamos visto por primera vez la tarde anterior, en Roncesvalles, en la misa del peregrino. Hubo química, o como quiera que se llame. ¿Verdad, Andrés? Después, la azarosa fortuna hizo que coincidiéramos en el albergue en literas paralelas. Por la mañana me animó a que madrugase; yo quería seguir algo más en cama. Cuando se marchó pensé que debía ir tras él. Lo alcancé a las puertas de Zubiri. Allí paramos a comer en la orilla del río. Nos bañamos, descansamos y hablamos. Empezamos a conocernos. Desde entonces, ni un minuto separados… Bueno… miento. Nos separamos en la subida a los Montes de Oca; pero la experiencia no nos gustó a ninguno. ¿Verdad que no?

En aquel momento Andrés recordó cómo haciendo los Montes de Oca se había entregado en cuerpo y alma a Selene, y le entró amargor de conciencia. Aún no le había dicho nada a Lavinia. Agustín lo sabía porque Andrés acababa de confesar con él. Pero uno por no amargar a su niña con preocupaciones que ya estaban vencidas, y el otro por el sagrado secreto de la confesión, lo cierto es que los dos pusieron cara de póker ante aquel "¿verdad-que-no?" de Lavinia. Después del baño, Agustín y Rosa sentaron en el cubierto que da al río y al puente. Había en aquel rincón algunas sillas de mimbre con brazos, y una mesa a juego. El mobiliario parecía sacado de la solanera de algún antiguo pazo señorial. Era un rincón apacible; un rincón que se prestaba a las confidencia y a los adioses.

-Nunca pensé querer a una mujer como te quiero a ti, Rosa. Desde muy joven, casi desde niño, quería ser lo que soy, y eso me llevó a ver a las mujeres como algo que no era para mí, y a conformar una idea del amor distinta a la de la gran mayoría de los hombres. No puedo decir que no me haya sentido atraído por alguna muchacha, ni que haya carecido de las necesidades y de los apremios de todos los hombres; pero estaba preparado y concienciado para librar esa batalla. No sólo por el compromiso de castidad logré mantenerme en pie en esa dura lid; también tuve que echar mano de distracciones que me ayudaran a esquivar las incómodas urgencias. La mejor de las distracciones fue el concentrarme en los estudios. Con el tiempo te das cuenta de que se puede vivir otra vida al margen del amor de pareja. Requiere esfuerzo; pero sí que se puede vivir. Lo malo es cuando el amor toca más allá de la piel y te alcanza al centro mismo de las entrañas. Eso es lo que me pasó contigo en este Camino, quizás porque al meterme en él me desprendí de muchos prejuicios, de muchas defensas, y también de alguna convicción, de alguna certeza. Por eso me dejé arrastrar hasta quedar completamente a tu merced. Y el caso es que tampoco puedo decir que me arrepienta.

En clara actitud de despedida, el cura Agustín quiso endulzar un poco aquel momento. Acercó la silla; le cogió una mano entre las suyas, y prosiguió.

-Eres un ser maravilloso, Rosa. Te quiero mucho. Sé que serías capaz de hacerme feliz. Fui feliz contigo. Descubrí mundos y placeres para mí desconocidos. Pero ahora también sé que esta vida de pareja no me colmaría. Sé que en poco tiempo, una vez templada la pasión, sentiría el vacío de otras cosas; el vacío de mi compromiso con la humanidad y con Dios. Quiero entregarme por completo a los hombres, a todos los hombres y mujeres, empezando por los más necesitados. Quiero trabajar por la justicia y por el fin de las desigualdades. Quiero seguir el Camino que empecé a andar. Haga lo que haga, va a ser difícil que te olvide. Entre otras cosas, porque amándote a ti caí en la cuenta de que a quien verdaderamente amo es a la humanidad.

Recogida en su silla de mimbre, Rosa apenas cambió el gesto. Esperaba que Agustín le dijese más o menos eso. Sabía que se lo iba a decir. Intuición femenina. Aún así no pudo evitar que los ojos se le humedeciesen. No por esperado era menos doloroso aquel final. Pero entendía las razones de Agustín y no le guardaba rencor. Ella, que tan bien sabía combinar la parte seria de la vida con la parte lúdica, era en aquellos momentos una mujer derrotada; pero también sabía que este sentimiento de derrota pronto desaparecería. Una pareja de peregrinos que llegaba en aquel momento paró en el centro del puente. Se besaron. Para Rosa aquellos besos se habían acabado por un tiempo. Aún entristeció más.

Alejados de allí, sentados en la hierba al lado del hórreo, Lavinia y Andrés también andaban metidos en lerias. Por mucho que no le hiciese falta sacar más seducción al terreno de juego, Lavinia estaba especialmente cariñosa aquella tarde. Y cuando se ponía así, Andrés quedaba desarmado; quedaba al pairo de los caprichos y de la voluntad de la rapaza.

-Faltan sólo dos días para llegar a Santiago, cariño, y aún no hablaste con la familia; aún no hablaste ni con tu mujer ni con tus hijos. ¿Cuándo piensas hacerlo? Creo que bien merecen esta pequeña atención por tu parte. No te estoy pidiendo que les hables de lo nuestro; te estoy diciendo que deberías llamarles. Si no recuerdo mal, pensabas llamarles uno o dos días antes de llegar. Pues ya estamos en tiempo.

-Lo sé, Lavinia. Lo sé…

-Y si los sabes ¿a qué esperas?

-¡Ni que fuese tan sencillo! Estoy en el trance más difícil de mi vida. No porque no tenga claro lo que quiero, que lo tengo muy claro, sino porque no es fácil decirle a alguien con quien compartiste la mitad de tu vida que todo se acabó y que adiós. Sé que lo tengo que hacer; pero comprende que me cueste. Llevo días dándole vueltas y vueltas, y lo único que se me ocurre es seguir ganando tiempo. Soy consciente de que ésta es una forma de alargar el desasosiego; sé que, en parte, también es una confesión de cobardía. Pero mucho me temo que hasta que vea que todos los plazos están cumplidos y agotados, no tendré fuerzas para hacer lo que tengo que hacer.

-¿Qué piensas entonces? ¿Cómo vas a alargar ese plazo?

Ahora era Andrés quien echaba mano de sus dotes de seducción. Arrodillada en la hierba delante de él, Lavinia esperaba respuesta como quien espera la nota de un examen incierto.

-Si te parece bien -dijo por fin Andrés-, en vez de rematar el Camino en Santiago podemos seguir hasta Fisterra. Son tres días más de andadura, y al fin y al cabo no haremos más que completar la ruta de las estrellas; el camino de los viejos druidas; el camino de Apolo que allí tiene ara propia.

Lavinia recordó lo que la ninfa Tetis le había dicho en el claustro pequeño de Samos, en el claustro de las Nereidas: "Pregúntale a Apolo por dónde discurre el Camino de las Estrellas". Recordó ese ensueño, y se alegró en la esperanza de encontrar aquel Camino.

-Bien. Vayamos a Fisterra. Pero ¿cuándo llamarás a tu familia?

-Cuando estemos allí les llamaré para decirles que al día siguiente llegaremos a Santiago. Entonces ya no tendré otra salida, porque... después de Fisterra sólo nos queda el mar: sólo lo desconocido, lo inexplorado.

No había en Ribadiso ni dónde comer ni dónde comprar para comer, de modo que echaron mano de los chorizos y del pan que la feiticeira de Barbadelo les había empaquetado a Lavinia y a Andrés. Tenía razón la mujer. El pan aguantaba bien y los chorizos aún mejor. No necesitaban más. La comida de Melide había sido abundante, y el peregrino es siempre fácil de contentar. Cenaron los cuatro en el cubierto. Un nutrido grupo de italianos que al atardecer habían llegado en bicicleta, alborotaba la cocina y el comedor anexos. Dado que allí no había donde comprar, dos de ellos se acercaron a Arzúa e hicieron abasto para una cena muy italiana: pasta, vino, pan y café. Era gente joven, alegre; gente con espíritu peregrino; con ese espíritu que lleva a compartirlo todo. Uno de los italianos se acercó al cubierto e invitó a cenar a las dos parejas. Los cuatro obviaron la pasta, pero no la bebida. Una muchacha toscana, de la ciudad de la azucena roja, les allegó vino y café. Semejaba una ninfa salida de algún cuadro de los que Botticelli cuelga en los Uffizi. La luna, a medio camino entre la fase llena y la fase nueva, le ponía el punto romántico a aquel anochecer tiñendo de verde pálido el musgo que cubre la piedra del puente y dibujando calidoscopios en las tenebrosas aguas del Iso.

Agustín y Rosa pronto se retiraron a descansar. Lavinia y Andrés prolongaron la imaginaria paseando el prado que se extiende por detrás de los edificios del albergue. Paseaban cogidos de la mano; paseaban como dos colegiales que aireasen por el parque su primer y tierno amor. Con ellos, sólo el murmullo del río cantando su eterna estrofa, y el débil lunar que empezaba a dibujar cunas. Aquella luz pegando en la cara de Lavinia, una cara que parecía hecha para que la luna la acariciase, le devolvió a Andrés memorias de Roncesvalles; memorias de cuando fingiendo dormir en su litera se deleitaba viendo como Lavinia le ofrecía sus pechos a la diosa de los enamorados. Eran memorias del cinco de agosto. Un agosto que aquella misma medianoche fenecía; el más hermoso de los pocos agostos de Lavinia; el más hermoso de los agostos de más de Andrés. Cuando ella le miraba con aquellos ojos que pedían abismos y regalaban paraísos; con aquellos ojos verdes de verde luna, de verde prado, de verde esperanza, Andrés entraba en nirvanas, y su mundo y su cielo eran aquellos ojos. Por eso que para él, pasear con Lavinia bajo la luz de la luna, cogidos de la mano, sin decirse nada que ¿para qué?, era el mejor de los estados en que el hombre puede vivir.

Al pasar por delante del hórreo, Lavinia sugirió que por qué no iban a coger los sacos y dormían allí, debajo del granero, a cubierto del rocío.

-Tú no sabes lo traidoras que son las noches en Galicia, mi bien. Igual te encuentras con la Santa Compaña, que apareces metida en un aquelarre, o te coge el relente y te clava en la piel el frío de la muerte. Como ves, las noches en Galicia son bonitas; pero nunca se te ocurra dormir al sereno, y menos cerca de los ríos por donde navegan los malos aires y las barcas de los aparecidos.

Corta era la etapa que les aguardaba este penúltimo día. Apenas veintiún quilómetros. Para el día siguiente, el último, habían dejado casi otros tantos; la distancia justa para llegar con tiempo a la catedral a misa de doce, a la misa del peregrino. Esta jornada era, por tanto, para tomársela con calma.

Mucho tobogán, mucha fuente, mucho eucalipto; mucho cruzar y descruzar la carretera, como si tierra y asfalto jugasen también a juegos de seducción.

La relación entre Rosa y Agustín había pasado de afectiva a tensa. Ahora no era más que una relación respetuosa; respetuosa pero distante. Una relación de ruptura civilizada. Se les veía dolidos; pero mientras el dolor de Agustín era un dolor sereno, el de Rosa era un dolor de alma, de piel y de ojos. He ahí la diferencia entre quien había elegido y buscado esa ruptura aunque la padeciese, y quien simplemente la padecía sin haberla buscado ni elegido.

Al alto de Santa Irene llegaron a las horas del mediodía. Ya prácticamente a una pedrada del final de etapa, arriaron mochilas en uno de los restaurantes que coronan la cima y decidieron que aquel era lugar propicio para matar el tiempo, la sed y los apetitos del estómago, que los otros eran peores de satisfacer, sobre todo para el cura y para la brasileira que ya lo único que deseaban era llegar cuanto antes a Santiago y pasar página. A medida que avanzaba la jornada, Rosa y Agustín se sentían más incómodos; con esa incomodidad que produce el hecho de que el corazón tire para un lado y la razón para otro. Pero al menos aún les quedaban otras veinticuatro horas de convivencia, y como personas adultas, educadas y civilizadas que eran había que mantener el tipo, aunque el tipo forzase por derrumbarse.

Conscientes de que sus amigos atravesaban un mal momento; de que más que peregrinos parecían almas dolorosas, Lavinia y Andrés llevaban toda la mañana ayudando a destensar en lo que podían. Y aquí funcionó la complicidad de género. Andrés con Agustín y Lavinia con Rosa, hablaron los distintos lenguajes que para estos casos utilizan unos y otras. Ellos quitándole hierro a la cosa, más con la boca que con el corazón, y ellas buscando salidas en el mundo de los sueños. Y mal que bien, algo mejoró el clima, aunque sólo fuese por el mutuo interés de no tener que cargar con un mal recuerdo del Camino el resto de sus vidas.

Pensaron que aquél podía ser un buen sitio para comer. ¿Qué necesidad tenían de llegar tan temprano a Arca? Pero como aún era algo pronto, se entretuvieron bajo las sombrillas, al lado de la carretera, bebiendo cerveza y haciendo balance de las vivencias de aquellos días que llevaban caminando juntos. Lavinia, Andrés y Rosa recordaban cómo se habían conocido en el albergue de Belorado, cuando la brasileira matizaba a un peregrino con hechuras andinas que no paraba de cantar las excelencias de su continente y, por contraste, de poner podre a la vieja Europa. Y las dos rapazas recordaban cómo habían intimado por los Montes de Oca, y también la noche loca de San Bol; una noche de músicas, de paella, de hierba, de Joplin, de bustos desnudos y de relajos. Hicieron memoria igualmente del reencuentro en Población de Campos, recogidos bajo una solanera para ampararse de la tormenta que allí descargó, y de cómo aquel mismo día conocieron a Agustín en Carrión, y de cómo Rosa, en un primer momento, había recelado de su aspecto.

Lavinia puso una mano sobre el hombro de Andrés, y con la cabeza le hizo gestos para que mirase enfrente. Al otro lado de la carretera estaba Lucio; también sentado en una terraza y apurando una cerveza. A Andrés no le hizo ninguna gracia aquel reencuentro. ¿No le había pedido en Barbadelo, la última vez que se vieron, que les dejase en paz? Claro que también Lucio les había advertido que su virtud era la paciencia. Pero Andrés no quería más tratos con él, y si era preciso se lo diría otra vez y otras mil veces.

-Perdonadnos un momento -se disculpó Andrés con Rosa y Agustín-. Vamos saludar a un peregrino que conocemos desde hace tiempo. Acompáñame, Lavinia.

Cruzaron la carretera. Andrés iba dispuesto a pedirle que se olvidase de ellos sin dejarle lugar a dudas; pero Lucio, que en el trato con los humanos llevaba algunos doctorados, se puso la máscara de las derrotas, y haciendo provisión de simpatía les invitó a sentar. Iba a jugar su última baza.

-Desechad cualquier temor. No porfiaré en lo que tanto os he insistido. Sólo quiero despedirme de vosotros.

-No podemos entretenernos -alegó Andrés ya un poco menos irritado-. Estamos con aquellos amigos.

-¡Qué mal lo están pasando! -dijo Lucio-. ¿No es cierto? Con lo fácil que sería solucionar su problema. Lástima que no me hubiese sido encomendado a mí... Pero volviendo a lo nuestro. Ya que este es un adiós, antes de separarnos quiero que veáis algo. Tomadlo como un presente de despedida.

Una nube blanda, firme, gris, les vino a los pies y los elevó por encima de las casas, de los eucaliptos y de los robles; por encima del mundo y de las seguridades que en él encuentra el hombre. A medida que ascendían se les ampliaban los horizontes. Ya veían Santiago; ya veían el mar; ya veían la redondez de la tierra.

-¡Mirad! Sobre todo mira tú, Andrés -les dijo Lucio sabiendo que los dos estaban allí sólo para ver y escuchar-. ¿Ves? Por allí va tu mujer, entre toda aquella gente. ¡Fíjate! ¿Conoces al que va con ella?... Sí. Es tu director; tu amigo y director. Desde hace tiempo se vienen viendo y se vienen queriendo. En estos días que tú llevas fuera decidieron que ya era hora de decírtelo. Esperan a que llegues. Ya ves Andrés. ¡Alégrate! ¡Alégrate tú también, Lavinia! Ya tenéis vía libre. Claro que habréis que empezar de cero. Para ti, Andrés, no va a ser fácil volver a tu puesto de trabajo. Tampoco tienes edad para andar por ahí a la aventura. Pero eso tiene remedio. ¡Mira! Aquel que va por aquella rúa de la vieja Compostela, tan contento que se diría que no pisa el suelo, eres tú. Estás entrando en un banco. ¿Sabes para qué? Para depositar un boleto de la lotería primitiva. ¡Eres rico! Vuestro futuro económico está resuelto. Podéis hacer lo que queráis. Pero atended. ¡Atended! Mirad aquellos dos que suben en burro las cuestas de Santorini. Sois vosotros disfrutando de la isla, de su luz, de sus aguas cálidas, azules y transparentes; disfrutando del Egeo. Sois vosotros gozando vuestro maravilloso amor.

Lucio calló. Lavinia y Andrés seguían callados; callados y mirando lo que Lucio les mostraba; mirándose entre ellos. Al cabo de aquella pausa teatral, concluyó Lucio.

-Pues todo esto podría ser cierto; podría ser vuestro. Aún puede ser cierto; aún puede ser vuestro -esto último lo dijo con mucho énfasis-, si me prometéis que renunciáis a terminar el Camino; que aquí mismo lo dejáis; que pasáis de la catedral, del abrazo al Apóstol, y de la andrómina esa de las indulgencias.

Aún en pie, delante de la mesa en la que sentaba Lucio, Andrés tomó de la mano a Lavinia; pronunció un solemne "hasta siempre", y los dos dieron media vuelta para volver junto a sus amigos.

La tarde en Arca se les hizo muy larga. La pasaron los cuatro juntos. Y la pasaron juntos porque ni Agustín ni Rosa querían quedar a solas; ni a solas el uno con el otro ni, en el caso de la muchacha, a solas consigo misma. La herida era reciente; aún goteaba.

El albergue estaba a reventar. En el suelo del salón se extendían colchonetas para ofrecer descanso a más caminantes. Pero Rosa se sentía sola; con la soledad de los desamparados, que es mucho más penosa que la soledad de la falta de compañía.

Lavinia y Andrés les hablaron a los amigos de su propósito de prolongar el Camino hasta Fisterra.

-Hay que contentar a todos los dioses -ironizó Andrés-. Ya sabéis que, antiguamente, en Fisterra había un "ara solis" a la honra del dios Apolo. Pues eso. Bueno… ahora hablando en serio. La razón es que necesitamos un poco más de tiempo para resolver lo que tenemos que resolver. Sabemos lo que queremos; pero nos falta resolver el importante detalle que ya conocéis.

-Cuando lleguemos a la catedral rezaré por vuestra suerte -les dijo Rosa con expresión sufriente-. Os deseo un futuro muy feliz.

-Dada mi condición de cura, tal vez no esté bien que os lo diga; pero también yo os deseo mucha suerte. Sé que vuestro amor es un amor sano; un amor verdadero; un amor feliz; un amor en el que el espíritu prima sobre los sentidos. Un amor como el vuestro no puede estar mal visto a los ojos de Dios. Si Él permitió que naciese como nació, incluso en una iglesia si no recuerdo mal, por algo debe ser. Si permitió que medrase como medró, algo querrá decir.

Aquella noche, cuando ya todo el albergue dormía, metido en insomnios, desvelado y dándole vueltas a su gran preocupación, Andrés escuchó los sordos sollozos de Rosa. La rapaza casi no pegó ojo. Sabía que aquella iba a ser la última noche cerca de Agustín. Sabía que en pocas horas se separarían, quizás de por vida, y esto se le antojaba una crueldad, sobre todo viendo a Andrés y a Lavinia que tan cerca estaban de su Sangrilá; de su paraíso terrenal. Andrés estuvo tentado de acercarse a la muchacha para consolarla; pero pensó que cuando alguien se siente como Rosa se sentía, lo mejor es dejar que descomprima, que desahogue. Y la dejó.

La salida de Arca fue de mucha linterna, de mucho silencio y de mucha recapitulación. Por veces parecía que caminasen por boca de lobo. La oscuridad era plena, a pesar de que el cielo estuviese estrellado y la media luna brillante. Tal era la densidad del bosque. Pero cuando daban a algún descampado de prados, era como retomar el camino del cielo. La luna espejando el rocío de la hierba; la aureola de luz del aeropuerto encalando el cielo, y los ventanales de las casas despertando en claridades, eran símbolo de vida; símbolo del renacer de un nuevo día; del último día que aquellos cuatro peregrinos, aquellos cuatro amigos, iban a pasar juntos. Dicen que cuando uno está cercano a la muerte, en breves instantes puede ver la proyección íntegra de su vida. Pues algo así les pasa a los romeros en esta última etapa; una etapa para repasar las vivencias del Camino. Quizás esto explica el por qué esta es la etapa más silenciosa; la de más interiorizaciones; la de más sentimiento; la de más sinceridad… la más auténtica.

La última alborada antes de Santiago les pilló subiendo la cuesta del aeropuerto. Fue una alborada de eucalipto, de mirlo, de ardilla y de reservas. Todos proyectaban futuros. Agustín quería hacer el camino de vuelta andando, hasta donde las fuerzas permitiesen; quería experimentar lo que la irrupción de Rosa en su vida le había impedido degustar. Aprovecharía para conocer el monasterio de Samos, esquivando de paso las memorias de San Xil.

Rosa también iría a Fisterra. Lo tenía decidido. Saldría aquella misma tarde, tanto para acabar cuanto antes con aquel ir-sin-ir en compañía de Agustín, como para no enturbiarles la intimidad a Lavinia y a Andrés.

Lavinia dudaba entre quedarse en Galicia con Andrés o animarle a que se fuese con ella a Barcelona. Andrés sólo pensaba en cómo encarar la situación con su mujer y sus hijos.

Iban con tiempo sobrado. En el pueblo de Lavacolla pararon a almorzar. L.A. querían entrar solos en Santiago. Para ellos era un gran paso y lo querían avanzar juntos en soledad. Hay momentos en la vida que no están hechos para compartir. También Agustín y Rosa querían llegar solos; pero solos del todo; solos consigo mismos. Fueron saliendo del bar por turnos. Primero Agustín; más tarde, Rosa, y por último, Lavinia y Andrés.

"¡Mucho medró Lavinia en estos veintiocho días!", pensó Andrés al verla cargar la mochila, colocar la gorra con la visera hacia atrás, y hacerle una indicación con la cabeza como conminándole a que dejase miedos y echase a andar, que no iban al infierno sino al paraíso. Andrés, que en aquellos momentos era un hombre atormentado, un hombre luchando para que el alboroto que llevaba dentro no le traspasase la piel, aceptó la indicación de Lavinia y salió tras ella. Hacía poco menos de un mes, cuando la conoció, apenas si era una niña despertando a la vida. Pero en este tiempo se había convertido en una mujercita capaz de guiarle, como si ahora el niño fuese él.

"¡Mucho medró en estos veintiocho días!". Había crecido regada en amor, en expectativas, y en promesas que él no podía, no quería defraudar.

Metido en las aguas del Lavacolla, desnudo de cintura a pies, lavaba el viejo romero de las blancas barbas sus intimidades. Quería entrar en pureza en la catedral. Lavarse en el Lavacolla ya no se estila; pero antiguamente era rito que ningún peregrino pasaba por alto. ¿Cómo se iba a llegar sucio de carnes y de pensamientos junto al Apóstol? Y de tanto tirar de ritual, aquel hilo de agua se hizo merecedor del nombre de "lava-colla", expresión latina que precisa con claridad el objeto de las limpiezas. De regalo le antepusieron el título de río; dignidad harto generosa, inmerecida.

Lavinia, que no podía ocultar su debilidad por el viejo romero, se detuvo en el paso de piedra que cruza las aguas y se quedó mirándole; quedó viendo cómo se lavaba con lentitud, ceremoniosamente. Sentía por el anciano una mezcla de compasión, ternura, admiración, devoción y pena.

"Aonde irá aquel romeiro,
meu romeiro, aonde irá?
Camiño de Compostela,
non sei se alí chegará.
Os pés leva cheos de sangue,
non pode xa máis andar.
Malpocado, pobre vello,
non sei se alí chegará!"

Andrés y Lavinia subieron la cuesta que lleva a San Marcos cogidos de la mano. Muchos otros peregrinos andaban el mismo camino; pero como siempre, desde que en Zubiri empezaron a caminar juntos, L.A. iban metidos en su burbuja, en su mundo. Los otros romeros poco más eran para ellos que figurantes del Camino, elementos del paisaje.

Cuando Andrés le señaló el monte del Gozo, la cara de Lavinia, ya de por sí llena de luces y de matices, se iluminó plenamente. Se iluminó de sensibilidades, de afectos, de piedades, de ternuras; se iluminó de gozos, de deleites, de alegrías; se iluminó de saudades y de melancolías; se iluminó de júbilo.

Aún mediaba más de medio quilómetro para la cima. Poca distancia para tanta ansia. Lavinia tiró la mochila a los pies de Andrés y echó a correr. Andrés recogió el fardo y siguió a aquel ángel que se le marchaba volando; le siguió a buen paso, pero sin correr. Cuando llegó a la capilla de San Marcos, vio a Lavinia brincando alrededor de la escultura que conmemora la visita de Juan Pablo II, la primera que un Papa hizo a Santiago. Brincaba y le hacía gestos para que subiese corriendo. Andrés depositó las mochilas en el muro de la capilla y fue a su encuentro. Ella seguía brincando y liberando a través de su sonrisa toda la luz que llevaba consigo. Cuando Andrés llegó al alto, Lavinia saltó sobre él. Las piernas alrededor de la cintura, los brazos al cuello y el mirar entrándole hasta las entrañas, así se mantuvo un buen rato, en silencio. Él, feliz de soportar aquella preciosa carga, sólo deseaba una cosa: que el universo se detuviese en ese instante y lo dejase eternamente en aquel estado de ventura. Pero el instante duró lo que duran los instantes. Más prolongado fue el beso con el que sellaron aquel gozo en el Monte del Gozo.

-¿No es emocionante poder ver las torres de la catedral al cabo de tantas jornadas de padeceres? -dijo ella sonriendo-. ¿No es para estar contentos?

-Claro que es.

Pero a las palabras de Andrés les faltaba sinceridad. Él, que tantos motivos de contento debía tener... llegar al final de Camino, llegar a su ciudad, llegar con Lavinia..., él sufría; sufría un punto de tristeza. Siempre le habían inquietado los giros bruscos en el rumbo de su vida. Y el giro que le aguardaba al final de este Camino iba a ser el más brusco de todos. Nunca había querido a alguien como quería a Lavinia, y aún así no podía aquietar aquel desasosiego que le roía por dentro y que tanto daño le estaba haciendo. Querer a Lavinia era lo más bonito que le había pasado y no estaba dispuesto a perderla. Lo que le angustiaba era tener que hacerles daño a su mujer y a sus hijos para poder ser feliz. "Pero si aún faltan tres días para llegar a Fisterra -pensó-. ¿Por qué me tengo que amargar hoy?" Enseguida le devolvió la sonrisa a su compañera.

-Claro que es para estar contentos, cariño. Claro que sí.

Al recoger las mochilas, vieron como el viejo romero tomaba alientos sentado en el muro de la capilla. "Buena falta le harán", pensó Lavinia.

"Ten longas e brancas barbas,
ollos de doce mirar,
ollos garzos, leonados,
verdes como auga de mar".

Entre los dos; entre Lavinia y el viejo romero se estableció un diálogo silencioso, un diálogo de complicidades. Nadie más podía oírles.

-"Aonde ides, meu romeiro?
Aonde queredes chegar?
-Camiño de Compostela,
onde teño o meu fogar.
Compostela é miña terra,
deixeina sete anos hai,
relocinte en sete soles,
brilante como un altar.
-Cóllase a min, meu velliño,
imos os dous camiñar;
eu son troveira de trovas
da Virxe de Bonaval.
-Eu chámome don Gaiferos,
Gaiferos de Mormaltán;
se agora non teño forzas
meu Santiago mas dará".

Por San Lázaro, y por el Camino Francés, y por Concheiros, y por la rúa de San Pedro, grupos y más grupos; muchos grupos de peregrinos cantando "tedeums"; cantando el himno del Apóstol; cantando la Salve; o no cantando pero riendo; o también riéndose de los que cantaban. Y por entre aquellos grupos, Lavinia y Andrés iban andando sus últimos pasos del Camino. ¿Cuántos llevaban dados desde Roncesvalles? ¿Ochocientos? ¿Novecientos mil? ¿Un millón? Andrés conocía cada fachada, cada semáforo, cada tienda, cada fuente, cada iglesia, cada taberna, cada palmo de aquel recorrido, y ni con esas pudo evitar las emociones que todos los peregrinos sienten al pisar las losas de Compostela. Lavinia caminaba contenta, saltarina; pero tensa. Tensa por saber que ya estaba allí, a pocos metros de poder ver, de poder contemplar, admirar, entrar y rezar en la catedral; de poder rezar por ella, por Andrés, por los dos; de poder rezar por la vida.

Al paso por delante de San Domingos de Bonaval, Andrés se descubrió. ¿Cuántas veces no habría pasado por allí sin darle mayor importancia? Pero este día tuvo la intuición de que los ilustres le daban la bienvenida desde su sepultura.

-Esta iglesia es el Panteón de nuestros insignes, Lavinia. No es el de Roma ni el de París; pero es nuestro Panteón.

También Lavinia se despojó de la gorra e hizo una leve inclinación de cabeza hacia la iglesia-convento-museo de Bonaval. Soltó la mano de su compañero. A no ser que estuviesen muy a resguardo de miradas, no pensaba volver a cogérsela hasta salir de Santiago. No fuese que tropezaran con alguien que le reconociese y se viera en la obligación de tener que dar incómodas explicaciones.

Pisando las reales losas que llevan de la Puerta del Camino a la plaza de Cervantes, con los ojos a punto de brillos, Lavinia no perdía detalle de las piedras que enmarcan el paseo. Piedras que vieron pasar y que acogieron a reyes y a pobres de pedir; a obispos y a sacristanes; a santos y a pecadores; a doctores y a gentes de pocas luces; a vírgenes y a magdalenas... La rapaza se emborrachaba de piedras, de arte, y de las sombras que desfilaban al otro lado de la tapia de la cueva.

Desde la plaza de Cervantes tomaron la última enfilada; la que coloca a los peregrinos a las puertas de la catedral; una catedral que juega a no dejarse ver. Antes de llegar a la plaza de la Inmaculada, Andrés torció por la Vía Sacra. Quería que lo primero que descubriese Lavinia fuera la gran plaza de la Quintana. Y como sabía de la sorpresa y de los estallidos de emoción que los peregrinos experimentan al abocar ante aquel cuadro y ver el colosal, pétreo y abierto espacio de fe y de esperanza... como sabía de esto, desde que empezaron a bajar las escalinatas de San Paio no dejó de mirar a la muchacha. Quería sentir reflejados en su piel las emociones y los encogimientos; ver cómo la sangre le corría a trote por las venas más minúsculas, por las venas del sentimiento. La expresión que la rapaza compuso al abrírsele de golpe la plaza... al topar con la Puerta Santa, la Berenguela, las torres y tejados de la catedral, las chimeneas, las escaleras, la Parra, los soportales, la majestuosa pared de San Paio con la bancada de piedra a modo de rodapié... esa expresión no decepcionó a Andrés. Conocía lo que encerraba.

Allí quietos, las pantallas más íntimas de los dos peregrinos se abrían no sólo al filme completo de todas las vivencias compartidas desde que se conocieron en Roncesvalles, sino también al otro filme de ficción que se desenvolvía en un marco muy especial... en una estrella... en su estrella. Se miraron y lloraron. Y como en aquel momento no entendían de más mundo que su mundo, se besaron. Primero se besaron con los ojos; después con la piel. Fueron los besos más serios que nunca se habían dado. Fueron besos de compromiso. Besos en A Quintana dos Vivos, al pie de la catedral; pero a pocos pasos de A Quintana dos Mortos, el más hermoso camposanto, la más hermosa solaina de Galicia.

Repuestos de sentires y de pieles encogidas, siguieron hacia la plaza de la Inmaculada torciendo por la esquina de Literarios.

Cansado, muy cansado, vieron al viejo romero bajando la plaza. Al fondo, al abrigo del Arco de Palacio, una zanfoña sonaba. El zanfoñeiro cantaba.

"Chegaron a Compostela
e foron á catedral;
desta maneira falou
Gaiferos de Mormaltán:"

Quien tocaba y cantaba era el zanfoñeiro Santalices para recibir al duque Guillermo, el décimo Guillermo de Aquitania y Poitiers que venía hasta el Apóstol para expiar los muchos daños que sus veleidades habían ocasionado en Normandía. Venía para morir, y con su muerte alcanzar la inmortalidad. De ahí que su pasar por la plaza del Obradoiro fuese un pasar agónico, lento, como el de quien se estuviese despidiendo de este mundo. Lavinia y Andrés le seguían, y también el zanfoñeiro. Juntos subieron las escaleras y juntos entraron en el Pórtico de la Gloria. Y así habló el viejo romero, Gaiferos de Mormaltán.

"Gracias meu señor Santiago,
ós vosos pés me tés xa,
se queres tírame a vida,
pódesma señor tirar,
porque morrerei contento
nesta santa catedral."

El resto de la trova fue ya cosa de Santalices, que tuvo la delicadeza de ajustar la melodía de su zanfoña a los llorares sentidos de Lavinia.

"E o vello de longas barbas
caiu tendido no chan,
pechos os seus ollos verdes,
verdes como auga de mar.
O bispo que isto mirou

alí o mandou enterrar.
Así morreu, meus señores,
Gaiferos de Mormaltán.
Este é un dos moitos milagres
que Santiago Apóstol fai.”

Rosa dio con Lavinia y Andrés al pié del Pórtico cuando andaban a cabezadas con el Santo dos Croques.

—¿Qué tal? ¿Cómo os fue la entrada en Santiago?

—Muy emotiva; de muchos lloros —le contestó Lavinia, aún con los ojos húmedos—. Y para remate, esta maravilla de Pórtico que nada tiene que ver con las reproducciones que nos muestran los libros. No sé quien le puso el nombre; pero es un nombre exacto. La entrada en el cielo por fuerza tiene que ser así.

—¿Sabéis que Agustín va a concelebrar la misa con el arzobispo? Bueno, él y otros curas más; los que esta mañana pasaron por la Oficina del Peregrino. ¿Recogisteis ya la Compostela?

—No —le respondió Andrés—. Lo haremos después de misa, cuando haya menos cola.

—¡Ah! Me olvidaba —retomó la palabra Rosa—. Hoy va a funcionar el botafumeiro. Un grupo de peregrinos alemanes pagó para verlo.

—Entonces —dijo Andrés empujando a las mozas hacia adelante—, conviene coger sitio en uno de los brazos del templo, que es desde donde mejor se ve.

Agustín hizo la lectura de la Buena Nueva, que hablaba de la necesidad de renunciar a los bienes terrenos para cargar con la cruz.

Había que ver la cara de las dos muchachas al empezar el botafumeiro a volar por la nave transversal. Cuando en el punto de mayor elevación aquel enorme incensario parece tocar el alto techo del templo, a Lavinia se le escaparon un “¡huy!” de asombro y una luminosa sonrisa de admiración.

Después de la misa, esperaron a que Agustín saliese de la sacristía. Los cuatro juntos cumplimentaron los rituales que la tradición marca a los peregrinos dentro de la catedral compostelana. Primero colocaron la mano en el parteluz del Pórtico de la Gloria; en la columna del Árbol de Jesé, padre de David. Tiene que ser la mano derecha, que ya las pegadas de multitud de peregrinos a lo largo de siglos y siglos han hecho forma en la columna de duro mármol. Luego, al otro lado del mismo parteluz, dieron los croques en la autoescultura que el Maestro Mateo quiso situar allí en actitud orante, de cara al altar. Lavinia y Andrés repetían. Por último subieron a abrazar al Apóstol, al busto de Santiago que preside el retablo del altar mayor, y bajaron a rezar ante el sarcófago que supuestamente guarda las reliquias del protomártir del Colegio Apostólico.

Durante este ritual recorrido, los cuatro experimentaron distintos sentimientos. Los de Agustín eran sentimientos de religiosidad, pero con el importante peso de la experiencia afectiva vivida con Rosa y el disimulado dolor de una separación inminente. Los de Rosa eran unos sentimientos menos diáfanos, con más claroscuros; pero unos sentimientos en los que dominaba la plácida sensación del Camino, con su sencillez, sus gozos, sus dolores; con los placeres de las pequeñas cosas, de las renuncias, de las espléndidas epifanías de la naturaleza; con el placer de la amistad nunca de este modo vivida; y también con el placer de los amores y las penas de los desamores... Los sentimientos de Lavinia eran los más gozosos. Ella, que había emprendido el Camino para vivir una experiencia de arte y de aventura, resulta que vivió la mayor de las experiencias afectivas que nunca su pródiga imaginación pudo imaginar. Ella, que había salido de su casa con conciencia y maneras de chiquilla, sabía que había medrado. Sabía que entre Roncesvalles y Santiago algo se le había extraviado; quizás su inocencia, su ingenuidad, su adolescencia última. Había ganado, en cambio, en sazón, en conciencia, en afectos y en ganas de vivir en plenitud lo que había hallado en el Camino; aquel regalo de las estrellas... el Amor... Cuanto a los sentimientos de Andrés, eran sin duda no poco espirituales; un tanto complicados, pero quizás los menos contundentes del grupo. Él había salido a cumplir con una llamada telúrica, una llamada llegada de sus mundos de niño; pero también a procurar una catarsis que le devolviese orden a su descuidada vida de monótonas actitudes. Y ¿cómo volvió? Volvió más amigo de la naturaleza, más amigo de la libertad, más amigo de la sencillez; volvió consciente de lo poco que en la vida se necesita para ser feliz. Volvió enamorado como nunca había estado, ni siquiera cuando los amores de la adolescencia que son los más sentidos. Pero estas sensaciones eran menos contundentes que las de Agustín, Rosa y Lavinia. Quizás por llevar consigo más poso, lo que le permitía ir asumiéndolas sin sobresaltos, con sutileza.

Salieron del templo por Platerías. Rosa quería terminar con aquel ser-no-ser para empezar a restañar cuanto antes la herida de este nuevo amor fracasado. Quería comprar un bocadillo y emprender ya el camino de Fisterra. Andrés y Lavinia intentaron convencerla de que comiese con ellos y con Agustín. Sería la última comida de los cuatro. Rosa no cedió hasta que se lo suplicó Agustín.

-Por favor, Rosa -le dijo en un aparte-. Queda a comer con nosotros. Quizás no volvamos a vernos jamás. También para mí es dura esta separación. Pero para cuando las aguas reposen, me gustaría que sedimentase un bonito recuerdo de nuestro encuentro. No te vayas así. No ahondes aún más en esta herida que a los dos nos duele. Espera a comer y luego te acompaño hasta la salida de Santiago.

-Tienes razón. Si marcho ahora, sufriría de más. Seguramente iría llorando hasta Negreira. Quizás después de comer también salga llorando; pero al menos será un lloro sin rabia.

Entre los muchos peregrinos, turistas y paseantes que subían y bajaban las escaleras de Platerías; que saludaban, se despedían y se fotografiaban, Andrés clavó la mirada en un viejecito que arrimado a la pétrea baranda de las escalinatas tendía la mano a la limosna. También el viejecito reparó en él. Andrés se acercó y depositó unas monedas en el cuenco de su mano. El mendigo le miró de arriba abajo; le miró con la ternura que sólo los años pueden dar, y le dijo.

-Tu Camino no acaba aquí. El vuestro es el Camino de las Estrellas, y no termina hasta que lleguéis al lugar donde ese Camino da en sumergirse en el mar y desaparecer.

Dicho esto, el anciano se desvaneció. Ni Lavinia, ni Rosa, ni Agustín lo habían visto. A Andrés aquella voz le era familiar... Era la voz que de niño había escuchado en aquel mismo lugar; justo la voz que un año antes, en un mediodía cualquiera de un domingo cualquiera de otoño, había vuelto a escuchar en el mismo sitio. Ese día fue cuando Andrés supo que tenía que hacer el Camino.

Paseando bajo los soportales de la rúa do Vilar, Andrés, Rosa y Agustín gozaban de la piedra y de la sombra. Pero Lavinia quería gozar más; quería gozarlo todo y salió al sol que escaldaba las losas.

Dieron la vuelta por O Franco. Comieron en el Camilo. Andrés se había empeñado en invitarles. Jugaba en casa. Fue una comida de mirares más que de conversación. Agustín miraba los mariscos y miraba a Rosa. De vez en cuando hacía alguna reflexión sobre el verdadero significado del Camino; sobre todo del Camino interior que todos los peregrinos terminan recorriendo, aunque muchos no lo perciban. Rosa miraba a Agustín y a su vida anterior, y no encontraba sino una línea recta, continua, dirigida siempre hacia lo incierto. Andrés y Lavinia simplemente se miraban, y con la mirada se buscaban y se decían que ya estaban allí.

Eran las tres de la tarde. Rosa tenía prisa. Le cumplía el tiempo para llegar con día a Negreira y poder descansar de pies y de alma. El cielo se había entoldado. Agustín quería acompañarla hasta las afueras de la ciudad. Lavinia y Andrés fueron con ellos hasta el Obradoiro. Allí despidieron a Rosa. Quedaron en verse en Fisterra. Agustín no llegó muy lejos. A las puertas del Hostal de los Reyes Católicos, antes de meterse en la Cuesta del Cristo, Rosa se paró y le dijo.

-Mejor aquí. Ahora sí que no merece la pena alargar más esta agonía. Quiero que sepas que, a pesar de todo, no me arrepiento de haberte conocido.

Con la misma imprevisibilidad de cuando caminaban por La Maragatería, le besó, dio media vuelta y dijo.

-¡Adiós!

A Agustín no le dio tiempo a reaccionar. Quedó mirándola hasta que se perdió por San Fructuoso, Hortas abajo. Andrés y Lavinia habían quedado en el medio del Obradoiro, justo en el punto donde convergen los radios de losa de la plaza. Agustín regresó junto a ellos y allí mismo se despidieron. El hombre estaba destrozado. Estaba destrozado el hombre Agustín; no así el cura Agustín que al fin había reencontrado su verdadero Camino.

Tocata y fuga en L.A.

Solos en medio del Obradoiro, L.A. vieron como Agustín se perdía por la embocadura de Fonseca. Aún permanecieron allí un buen rato. La rapaza no daba abasto a embeberse de tanto arte que había a su alrededor: el plateresco Hostal, el románico civil de Xelmírez, la barroca fachada de la catedral, el también románico San Xerome y el neoclásico Palacio de Raxoi. No daba abasto. Poco a poco Andrés la fue conduciendo hacia el Hostal.

-Ya tendrás tiempo de degustar esta plaza y todo Santiago. Ahora conviene que busquemos dónde descargar las mochilas.

Tomaron el mismo camino por donde había salido Rosa. Para aquel su primer día con Lavinia en Santiago, Andrés deseaba un lugar bonito y discreto. Fueron hasta el hotel Palacio del Carmen, un antiguo convento de monjas a los pies de la catedral; a los pies de San Lourenzo; a los pies del Pedroso. Un antiguo convento reconvertido en hotel de lujo. Era el marco apropiado, no sólo para celebrar el fin del Camino de Santiago, sino también para celebrar su noche de bodas. Llegados a Compostela, Lavinia y Andrés se sentían un si es no es unidos para siempre, aunque faltara por resolver lo que a Andrés le correspondía resolver; lo que Andrés debía resolver aquel mismo día, pero que decidió aplazar hasta Fisterra. ¡Aplazar! ¡Siempre aplazar!, como si vivir fuese un continuo aplazar el momento de la muerte.

Sabedores de que tenían toda la tarde por delante; toda la noche por delante; toda la vida por delante, se ducharon y se dispusieron a salir. Lavinia quería conocer Santiago cuanto antes. Quería emborracharse de Santiago; de aquellas piedras de Andrés que ella deseaba pisar para hacerlas también suyas. Pero Andrés la convenció de que no convenía exhibirse juntos antes de resolver lo que había que resolver. Si acaso, por la noche podrían subir a cenar al casco viejo. Como alternativa le propuso ir dando un paseo hasta el Pedroso; hasta el monte que coronan las antenas de televisión, desde donde se ofrece una amplia vista de Santiago, y también de las tierras de A Mahía que al día siguiente andarían, camino de su estrella, camino de Fisterra. Lavinia aceptó. Aquel día nada le podía negar.

La tarde entoldada había refrescado un poco; pero aún se respiraba calor de verano. Ella vestía pantalón corto, blanco; camiseta azul, amplia; jersey de pico, ligero, azul más oscuro. La misma ropa que vestía veintiocho días atrás; la misma ropa que vestía la tarde que se vieron en la colegiata de Roncesvalles. ¡Veintiocho días! ¡Toda una vida! Lavinia había escogido el vestuario con conciencia. Era toda una experta en las puestas en escena. Sabía que aquellas ropas y aquellos colores despertarían memorias en Andrés. Y lo cierto es que las despertaron. Eran las memorias de un sueño realizado. Mejor dicho. Eran las memorias de algo que Andrés ni siquiera había soñado. ¿Cómo alguien puede soñar tanta dicha? Uno puede soñar con el ser más bonito, más cariñoso, más deseable, más hecho a su medida. Pero de ahí a soñar que ese sueño se cumpla… y en el caso de Andrés se estaba cumpliendo. Al verla metida en azules y blancos; pelo castaño recogido en coleta; piel morena; ojos verdes; andares de diosa; carita modelo de Pietá… Al verla así, Andrés recordó la colegiata de Roncesvalles, el albergue de Roncesvalles; recordó Zubiri y el Arga, el paseo de Cizur al atardecer, la noche al raso de Puente la Reina; recordó Irache y Los Arcos y los masajes de Nájera; también recordó con mala conciencia los Montes de Oca; y con gozo, la orgía de San

Bol y el baile a la luz de la luna y las sequedades de Palencia y la sublime tarde de León; recordó O Cebreiro y el molino y Vilar de Donas y tantas y tantas felicidades vividas al lado de aquella rapaza que lo tenía enamorado. ¡Veintiocho días! Veintiocho días que le habían traído más gozo que los últimos veintiocho años. ¿Que si aquellas ropas y aquellos colores le despertaron memorias? ¡Claro que se las despertaron!

Al cruzar el puente del Sarela, como si del puente que llevase al futuro se tratase, se cogieron de la mano. La tarde seguía gris, pero no amenazaba lluvias. Tomaron el paseo con calma. Gozaron de la fraga; gozaron de las panorámicas, y gozaron de la cima del Pedroso entre las mastodónticas antenas. El acaloramiento de la ascensión y la luz filtrada que les llegaba de poniente, le daban a la piel de Lavinia una paleta de colores tan delicada que la hacían transparente. A través de aquella piel lisa, pura y dulce, pudo ver Andrés su alma limpia, acogedora y amante.

-Lavinia, pellízcame. Haz el favor.

-Que ¿qué?

-Que me pellizques.

-¿Por qué me pides eso?

-No preguntes y pellízcame. Tengo que convencerme de que sigo vivo; de que esto no es un sueño ni el tránsito hacia la muerte. Es tan bonito vivir a tu lado que a veces me entran dudas de que sea cierto.

-No seas tonto. Soy Lavinia. Estoy contigo y estoy feliz de estar contigo. Hoy, especialmente. Terminamos el Camino de Santiago; estamos en víspera de empezar el Camino que nos ha de llevar a un futuro sin duda venturoso, y en medio nos queda una noche que han de envidiar hasta los dioses y las diosas del amor que habitan las estrellas. ¿Qué otra cosa necesitas para caer en la cuenta de que ni estás soñando ni estás en el tránsito de la muerte?

-Necesito que me pellizques.

Lavinia le pellizcó una nalga y se rió. Él la abrazó y la tuvo consigo el tiempo que pueden durar mil parpadeos de estrella. Ella le besó en el cuello; él le enredó el pelo con la mano. La llegada de un coche les despertó de sus jugares. Bajaron apenas cuarenta metros por la falda que enfrenta Santiago y se sentaron en un peñasco. Ella le abrazó por la cintura; él le rodeó los hombros. Compostela no ofrece desde allí su mejor estampa. La ciudad aparenta estirada. Mucho color teja sobre una variada gama de verdes. Al medio, las torres de la catedral metidas en un laberinto. Y justo por detrás de las torres y del laberinto, al fondo, muy al fondo, el Pico Sacro remedando una teta de novicia; una teta de novicia o un queso de San Simón, de tan suave y bien hecho que se ve.

-¿Sabes que ese es uno de los dos montes sagrados de Galicia? -le explicó Andrés a su compañera que parecía metida en él de tanto que lo abrazaba-. El otro es el Pindo. Sí, el Pindo. Se llama igual que el monte de Grecia; el monte de las musas, de la poesía; el monte de Apolo. ¡Siempre Apolo! Pasaremos cerca de él el día que lleguemos a Fisterra. Este de aquí, el Pico Sacro, está muy relacionado con la leyenda jacobea; el otro, el Pindo, con las mitologías. Éste, con la reina Lupa y con la llegada de los restos apostólicos; el otro, con los dioses y con el camino que lleva a los cielos pasando por el país de las estrellas. Ahí tienes: pasado y futuro. Delante de ti, el pasado; la ruta por donde llegamos. A nuestras espaldas, el futuro; la ruta que seguiremos a partir de mañana; la ruta que ya empezó a andar Rosa. Por cierto, ¿qué será de ella? ¿Cómo irá la pobre?

-No me pongas triste ahora. A veces me imagino que a mí me pudiese pasar contigo lo que a ella le pasó con Agustín, y me dan ganas de llorar. ¡Ojalá que pronto lo supere! Rosa merece dar con un hombre que la quiera y que le haga olvidar sus fracasos. ¡Con lo hermosa que es por dentro y por fuera, y qué mala suerte tiene la infeliz!

Aunque no amenazase lluvias, el cielo entoldado arrastró vientos; vientos que en la cima del Pedroso tornaban frescos. Era un frescor de verano, pero suficiente para incomodar a quien como Lavinia o Andrés venían acostumbrados a los rigores de Burgos, de Palencia y de León; y también a los rigores de la Galicia interior, que cuando en ella se dan, dan duro. Al iniciar la bajada pararon a contemplar el valle de A Mahía: un largo y verde embudo de tierras salpicadas de caseríos; caseríos que a veces dan en conformar lugares e incluso villas. El embudo conduce a Noia. Cuando al día siguiente echen a andar, a mitad de valle torcerán a la derecha para dejar el llano embudo y dirigirse hacia las cimas de los montes que se van sucediendo y alineando, uno detrás de otro, hasta que la vista no alcanza más; hasta el mismo Fisterra. Esas cumbres están tan lejos de la trivialidad, de la vulgaridad de a diario, que andar por ellas tiene que ser como andar por el Paraíso antes de que la serpiente estropease su paz.

-Por ahí debe andar Rosa -dijo Andrés-. Mañana andaremos nosotros. ¡Mira qué bonito! Va a ser como caminar por las riberas del cielo.

El sol jugaba entre las nubes a recogerse por Fisterra, y su luz era una luz clara, luminosa, blanquecina, brillante, gris; era luz de Zurbarán. Cogidos de la mano llegaron hasta el puente del Sarela, frontera de las discreciones. Ya habían encendido las farolas. Sin pasar por el hotel que les caía al lado, subieron por Hortas hasta el Obradoiro. Desde allí, por Fonseca, por la Conga y por Preguntoiro, caminaron hasta Mazarelos. Lavinia no paraba de tomar apuntes de memoria. Y no es de extrañar, porque Compostela, a la atardecida, es para verla. La luz agónica del día y las luces de las farolas, tejen un bordado de colores que les da vida a las piedras y las hace hablar. Lavinia habló con las piedras de la vieja Universidad de Mazarelos, y con las de su iglesia, abierta a luces interiores. Dentro se exponía una muestra de arte africano, que a aquellas horas andaba bien de concurrencia. No entraron porque la rapaza no quería mezclar impresiones. Quería una impresión pura de aquella su primera noche en Santiago. Sí entraron en el local que da justo enfrente de la iglesia. Entraron a cenar en el Asesino, una casa de comidas discretamente anunciada por un pequeño reclamo colgante. El reclamo es una tabla de fondo negro por el que una moza en traje regional persigue a un gallo cuchillo en mano.

Cenaron con calma, ritualmente, como se cena cuando alguien se prepara para hacer un camino sin vuelta. Fue una cena, si no desnuda de palabras sí abundante en mirares. Andrés miraba derecho, de frente, a los ojos. Lavinia buscaba caminos más suaves, más acariciantes. Al agachar la cabeza, su mirada iba de abajo arriba; iba hermosa procurando los senderos que llevan al alma. La suya era una mirada más honda y más cautivadora que la de Andrés; era una mirada verde y frondosa como las tierras de Galicia. Cenaron vieiras y ribeiros y besugo. De las vieiras guardaron dos conchas para colgarlas de sus mochilas como testimonio de haber hecho el Camino de Santiago.

Lavinia gozaba cada bocado, y cada sorbo del oro ribeirán, y cada palabra de Andrés. Éste le contaba que aquella era una de las casas de comidas más antiguas de Santiago; una casa de comidas llena de historias, como bien se podía deducir de una ojeada por las paredes del local. Entre los clientes habituales de más renombre que por allí pasaron, se cuenta Valle Inclán. Lavinia confesó su admiración por el escritor arousán. Sólo había leído las Sonatas, pero fue suficiente para despertar en ella ansias por conocer Galicia.

-Y hoy que la conozco un poco -dijo- no sólo no me decepcionó sino que pienso que ni el propio Valle, con lo descriptivo que era el hombre, fue capaz de mostrarnos toda su belleza. ¿Sabes? Ahora que reparo, tú te pareces un poco al Marqués de Bradomín.

-No lo dirás por lo de feo...

-No. Lo digo por lo de sentimental.

Se cogieron de la mano por un lado de la mesa; apretaron lo justo para acreditar que seguían juntos, y soltaron.

De vuelta al hotel, también con calma, fueron recreándose en la noche monumental de Compostela. Preguntoiro, San Paio, Quintana... En esta plaza, la favorita de Andrés sobre todo por las noches, sentaron en una terraza de los soportales. La cuidada iluminación de la catedral; las soberbias farolas que cantó Otero Pedraio; los versos que a los muertos y a la luna les cantó García Lorca; las escaleras que suben a la Parra y a Literarios, y de allí quién sabe si al cielo; la Puerta Santa; los tejados; las candelas benedictinas, que como huidizas estrellas corrían por detrás de las celosías que enrejan las ventanas del convento de Antealtares, quién sabe si portadas por hermosas vírgenes novicias; las campanadas de la Berenguela que ya marcaban las diez; la losa, la piedra, las estrellas. Todo esto, tan armoniosamente combinado en aquel cuadro, hacía de A Quintana la perfecta antesala de la gloria. Alguien saludó a Andrés. Eran los padres de un ex alumno suyo. Fue un aviso de alarma. Con la excusa de que eran más que horas para un peregrino, se levantaron y marcharon. Bajaron los quince escalones de Platerías brincando. El son de una guitarra vagabunda quiso seducir a Lavinia; pero siguieron. Apenas se detuvieron en el Obradoiro para saborear la iluminada fachada. Siguieron ya sin pausas hasta el hotel; eso sí, enredados el uno en el otro, que ya con aquellas penumbras y por aquellas rúas las discreciones estaban de más. Estaban de más las discreciones y las gordas gotas que empezaban a caer cuando ya el hotel lo tenían a mano.

Su habitación daba al oeste; daba a poniente; daba al fin del mundo, al camino que al día siguiente emprenderían... Daba al futuro. Lejos, muy lejos, el cielo pintaba tormentas, lo que hacía aún más acogedor aquel cuarto de colores claros, luces escondidas, minimalismo, comodidad, trabes al aire, amplitud escenográfica y calor de nido, calor templado.

-¿Por qué no bajamos a la piscina climatizada? -propuso Lavinia-. En este folleto dice que también hay baño turco.

En la piscina había otras dos parejas que pronto se retiraron. L.A. hicieron algunos largos y luego juguetearon a seducirse en medio de las aguas y a hablarse de piel a piel. Fue un diálogo desigual. Lavinia llevaba la piel cantante; piel de lisuras morenas. Andrés estaba más encogido; más a la escucha; más contemplativo. Envueltos en toallas anudadas a la cintura, se trasladaron al baño turco. Sólo estaban los dos. Las pieles retenían las humedades, los brillos y las ansias; y los corazones latían a ritmo de sueños, de boleros y de bulerías. Sobre todo el de Andrés, contento de admirar el busto de su compañera que no paraba de inventar escorzos y de sugerir paraísos. En la ducha fría se metieron los dos juntos, abrazados, refregándose uno con otro para espantar escalofríos.

De regreso al cuarto, ya con la noche pasada de introitos, Lavinia aprovechó la entrada de su compañero en el baño para componer una "maja" goyesca encima de la cama, aunque… "ya hubiese querido el aragonés contar con una modelo como ésta" pensó Andrés al verla. "Pero mejor así, porque de haber sido Lavinia la modelo del pintor, es posible que el cuadro no se hubiese realizado por mor de los temblores de mano del artista". Era tan bonita aquella composición de miradas verdes, sábanas blancas, piel morena apuntando a los soles del camino, luces cálidas, oasis de descanso, músicas de fiesta, brazos abiertos a los mundos de las fantasías, triángulos invertidos para las sementeras de la vida… ¡Era tan bonita aquella composición!... Era tan bonita, que temiendo no poder con tanta bondad como la vida le regalaba, temiendo flojear, instintivamente Andrés buscó apoyos en el minibar. Descorchó cava, cava catalán, tan fresco, tan apetecible como su paisana Lavinia.

La rapaza levantó al son del ¡plaf! del tapón del cava. Andrés seguía con la toalla anudada a la cintura. Ella se la quitó. Él se ruborizó como un colegial al que una compañera sorprende por primera vez diciéndole "¡te quiero!". Bebieron. Se bebieron. Recostaba en un sillón, Lavinia derramó un poco de cava entre los senos. Mientras el líquido resbalaba piel abajo buscando reposos, la mirada de la moza le remitía sequedades a un asombrado Andrés. Apoyado en la mesa frente a ella, el hombre no sabía qué hacer de sus ansias. Estaba claro quien dirigía aquel concierto aún por interpretar, y Andrés aceptaba ser dirigido; aceptaba ser seducido; aceptaba ser amado. Si en aquel momento se lo pidiese, incluso aceptaría la esclavitud, siempre que su ama fuese Lavinia. El primer surco se estancó en el ombligo; pero ella insistió en seguir derramando cava, y en seguir remitiéndole sed al desconcertado Andrés. Al fin, éste entendió las señales de humo. Se acercó al sillón; se arrodilló ante ella y le fue enjugando la piel, empezando por el cava que había llegado más lejos; por el cava ya perdido entre jarales. Luego fue subiendo las tibias laderas del vientre; fue gozando en la acogida del ombligo y en el arpa del costillar… hasta llegar a la fuente. Con la cara metida entre los pechos de Lavinia, soñó con edenes y con ríos de hidromiel y con fuentes de inmortalidad. Ella sentada en el sillón, y él medio asentado en el suelo con la cabeza reposando en los juveniles muslos de la moza, compusieron una "piedad" esculpida en ternura.

En la televisión cantaba John Lennon. El cuadro cambió. Los dos seguían desnudos; pero ahora era él quien sentaba en el sillón, y Lavinia en su regazo.

"Imagine no possessions
I wonder if you can
No need for greed or hunger
A brotherhood of man
Imagine all the people
Sharing all the world…"

Posesión, deseo, hambre, hermandad, compartir... Todos estos conceptos bullían desordenadamente en la cabeza de Andrés, mientras escuchaba a Lennon y miraba a Lavinia como quien mira la aurora de un nuevo día anunciando una eterna primavera. Diríase que en aquel instante Andrés era el más feliz de los humanos... con la venia de Lavinia. Pegados como estaban, piel con piel, la muchacha le susurraba lo que Lennon cantaba.

"You may say I'm a dreamer
But I'm not the only one
I hope someday you'll join us
And the world will live as one".

Pero el mundo de Andrés y de Lavinia no podía ser ya más singular. Para ellos no existía más universo que el de aquel cuarto cálido, minimalista, repleto de sueños; un universo en el que la imaginación imperaba sobre la tormenta del exterior, sobre las luces del interior y sobre el propio mensaje de la canción.

Tal como estaba, Lavinia rodeó a Andrés con sus brazos desnudos, y un beso eterno los condujo a la forja donde vida y muerte se mezclan. Los pechos de Lavinia tonificaban el pecho de Andrés, y las manos de éste se perdían por el cuerpo entregado de la muchacha.

La levantó en brazos y la tendió en la cama. La tendió a lo ancho, que qué más daba si toda la cama era lecho y todo el lecho era vendimia, era cosecha, era riqueza, era gozo. Lo demás fue un sobrevolar el mundo de las ideas, de las fantasías, de los placeres, de los ser-no-ser que sitúan al ser humano en la más irreal de las realidades... Guitarras, cantes, campanillas; soles, estrellas, truenos; azúcares, sales, lenguas; boleros, adagios, ritmos; azules, verdes, amarillos; temblores, suspiros, abrazos; infiernos, purgatorios, cielos; segundos, minutos, vidas; violetas, Bonfadelli, addíos; ¡te quiero!, ¡te quiero!, ¡te quiero!; ¡mi reina!, ¡mi vida!, ¡mi bien!; fuentes, ríos, mares;

cobijos, estanques, senos; ojos en blanco… tocatas… fugas… eternidades…

La noche la pasaron abrazados; la pasaron soñando el más hermoso, el más prometedor, el más tierno de los sueños; un sueño a medio camino entre la cueva platónica y la espléndida realidad. Por el antiguo claustro ajardinado vagaba aún el eco del canto de las oblatas hermoseando las piedras de lo que ahora es hotel y antes había sido convento.

El día amaneció entrado en lluvias. Antes de dejar el hotel colocaron las capas que no habían de quitar hasta llegar a Negreira. No madrugaron mucho. La etapa no era de las más exigentes. En la carballeira de San Lourenzo Lavinia se detuvo a filosofar delante de un viejo roble; un roble medio seco, medio sin vida, pero más hermoso que los robles mozos que lo rodeaban.

—¡Cuánta sabiduría; cuántos recuerdos; cuántas imágenes no reposarán en sus raíces, en su tronco envejecido, en sus ramas y en sus hojas! ¡Cuántos besos y abrazos, y cuántas declaraciones de amor y de urgencias no habrá acogido!

La vasta vegetación de las corredoiras arpando sones de lluvias y vientos, y las nieblas brotando de la tierra mojada, les guiaban hacia las fronteras del no retorno envueltos en músicas pastorales y lienzos rafaelescos. Santiago y los molinos del Sarela eran ya un recuerdo distante cuando abocaron al espléndido paso de Pontemaceira sobre el río Tambre. Las aguas grises y espumosas, salteadas de truchas, reflejaban un cielo cortado de vuelos de alondras y de jilgueros y de pardales en busca de cobijo. Era el primer día que caminaban por Galicia metidos en aguas, y a Lavinia se le antojaba tan auténtica, tan pura, tan genuina, tan típica, tan emotiva aquella estampa de cielos grises, prados verdes, aguas abundantes y sueltos sentimientos, que no pudo evitar su pequeña ofrenda a las humedades.

A Negreira llegaron poco antes del mediodía. El albergue estaba franco y sin nadie que lo guardase. Seguramente quien lo atendía andaría cerca, pero a lo suyo. Tomaron posesión de dos camas en una coqueta buhardilla abierta al paisaje en galería. La lluvia no cesaba. Semejaba como si todas las aguas de julio y de agosto se hubiesen concentrado en aquel tercer día de setiembre para regar la sementera del nuevo mundo que estaba brotando para Lavinia y Andrés. Un mundo desnudo de palabras, en el que nombres y pronombres se confunden y entretejen, de modo que el yo es tú y el tú es yo; un mundo en el que los seres se precipitan en la nada, y esa nada es todo. Mucha tarde les quedaba por delante para gozar de ser ellos mismos en compañía, marchando tras su destino; un destino que con ansia buscaban en las estrellas.

Por la noche se juntaron en el albergue más de una docena de buscadores del fin del mundo. La mayoría había dispuesto cena allí mismo. Abundaban la pasta y el vino. De éste dieron cuenta los comensales y otros caminantes que venían de cenar del pueblo, como Lavinia y Andrés, que aprovecharon el paso por Negreira para gustar de sus afamados bacalaos. Después del vino llegaron los cafés, los cantos y los cuentos. Aquel ambiente ya no era el del Camino de Santiago. Por buscarle semejanzas, más se parecía a lo que L.A. habían vivido en San Bol que a lo que habían vivido en O Cebreiro.

La penúltima etapa arrancó en alborada de grises y de orvallos para ir derivando, poco a poco, en rapsodia de soles. Los primeros lugares que cruzaron parecían arrancados del imaginario de los cuentos infantiles; lugares con casas mimetizadas en carballeira, de las que... de salir un ogro, un gigante, un comeuntos o cualquier otra criatura fantástica, L.A. lo tomarían como ajustado a aquella arcana escenografía. Pero pronto la fraga les abrió paso, casi sin transición, a los yermos de las cimas que dos días antes habían contemplado desde el alto del Pedroso. Si salieron con lluvia bajo la espesa arboleda, andaban ahora con harturas de sol el viejo Camino Real; un Camino que a lo largo de los siglos fueron haciendo druidas, devotos de Apolo, buscadores de islas en donde las manzanas eran de oro, o simples enamorados a la busca de un lugar en el que reposar imaginación y deseos, que a fin de cuentas vienen a ser la esencia del hombre, sus alas. En esto iba discurriendo Andrés mientras recordaba lecturas.

-El ser humano podría reducirse a tan sólo dos parámetros, Lavinia. Sin embargo hay que ver lo complicados que somos.

-Para el caso de que esos dos parámetros de los que hablas fuesen vida y muerte, yo añadiría otros como pasión, amor, desamor, esperanza y desesperanza.

-La reflexión no es mía -prosiguió Andrés-. Decía Octavio Paz que el hombre es imaginación y deseo, y que la imaginación hecha deseo y el deseo hecho acto, le proporcionan energía y delicia eternas. También decía que el hombre es libre; que deseo e imaginación son sus alas, y que ese ciclo que está al alcance de todos se llama fruta, flor, nube, mujer, acto. Es una bonita manera de hablar de los más fuertes y hermosos sentimientos sin llamarles por su nombre.

-Pues, querido. Sin que se moleste don Octavio, mis sentimientos y mis deseos están huérfanos de tanta preceptiva literaria; son más de prosa y de verso simple; de poco coloquio y de mucha entrega. ¿Por qué llamarle de modos tan enrevesados y tan doctos, cuando simplemente se le puede llamar amor? ¿Qué tendrá esa palabra que tanto cuesta pronunciarla? A mí me parece la más bonita de las palabras que guardan los diccionarios y las bocas.

Una cima sigue a otra. Los dos caminantes, a menudo con las manos cogidas y los dedos entrelazados, van por senderos que en antiguos tiempos sólo los dioses estaban facultados para caminar. Serra de Outes; tierras de Dumbría; mítico Xallas en el que abrevaban centauros, pegasos, unicornios, musas, y el propio Apolo antes de meterse en ocasos arrastrando consigo el sol de los atardeceres.

A Olveiroa, destino último de aquella jornada, llegaron desfallecidos. Mucha humedad de partida y luego muchos soles;

mucho subir y bajar y volver a subir y volver a bajar; mucha sed; muchas ansias; muchos deseos. Pero llegaron, y aquella era la última estación antes de Fisterra; el último paso que los dos aguadaban que los llevase a algún Sangrilá aún por explorar, aún sin tentar; que los llevase a un mundo donde no existan ni el dolor, ni el desamor, ni el tiempo.

Olveiroa, una aldea de la Galicia interior tirando a la costa, parece anclada en los tiempos, pero sin despreciar las ventajas de la modernidad. Asentada en laja; las paredes de las casas, de piedra laja; los hórreos, de piedra laja, y el carácter de las gentes también de laja, que bien lo necesitaron para sobrevivir al paso de los druidas y de las legiones romanas que iban al fin del mundo en busca de amparos; luego, también para sobrevivir a los priscilianistas, y ahora a los peregrinos que buscan algo más, más allá de Santiago. Al anochecer, Olveiroa huele a establo, a paja seca y a hornadas de pan. Y cuando los vientos vienen del mar, también a carburos. La aldea está cuidada; casi todos los caminos entre casas, asfaltados. Pero donde se aprecia más esmero es en el entorno del albergue que luce piso empedrado, y a los lados, farolas modernistas que allí están tan a tono como un cabaré a las puertas del cielo.

L.A. dormían aquella noche en el piso superior del albergue. Los demás peregrinos se acomodaron en el dormitorio bajo. Estaban los dos con pocas ganas de acostarse. Era su última noche del Camino, y a la memoria les venían los recuerdos de las noches, de todas las noches que llevaban compartido desde Roncesvalles. A Lavinia se le antojaba que aquellas treinta noches eran toda su vida; Andrés sabía que eran las primeras treinta noches de la mejor de sus vidas. Se acercaba la hora meiga y seguían sin sueño. Fuera, la aldea parecía dormida. En el silencio cantaba el grillo, cantaba la becada y ladraba el perro; los gatos, subidos a los muros y a los tejados, contrapunteaban al grillo, a la becada y al perro. Andrés se asomó a la ventana. No le extrañó que las modernistas farolas que escoltaban el empedrado fueran ahora fachos encendidos. Callaron el grillo, la becada, el perro y los gatos, y el silencio era el silencio de los cementerios. Los vecinos cerraban puertas y ventanas a sabiendas de que se acercaba la medianoche, la hora de las ánimas. Que si de día los caminos eran para los vivos, de noche había que dejárselos a los muertos.

El pequeño atrio de la iglesia se llenó de almas en pena. Todas ellas vestían túnica blanca con capucha y portaban velas encendidas. Salían de las sepulturas de la tierra y de los bien trabajados panteones, casi todos ellos rematados en cruces tridentadas. Una hilera de almas se apostó en el muro; otra compuso un semicírculo en torno a la puerta del templo, bajo la mirada de Santiago, el de la blanca y barbada figura metida en concha de piedra. Se abrieron las puertas. De dentro salió un vivo; un vecino del lugar, flaco, blanquecino, la mirada fatigada. Cargaba una cruz y en la mano llevaba una caldereta con hisopo y agua bendita. Él fue quien abrió la cancilla del camposanto. Detrás de él, las ánimas formaron en dos rectas hileras. A la derecha de la procesión, tres hórreos sobresalían del muro. Sólo el del medio remataba en cruz. Justo allí, el camino se abre en plaza; una plaza centrada por un sencillo crucero de piedra que yergue sobre tres plataformas de piedra y una base también de piedra. Los aparecidos hicieron rueda alrededor del crucero y los vecinos del lugar seguían atrancando puertas y ventanas, recitando conjuros y rezando para que aquella visión no les entrase a anunciar alguna muerte en casa, o a pedirles que por ellos cumpliesen alguna promesa que en vida habían dejado sin satisfacer, o a reclamarles misas que no habían pagado para su redención. El vivo flaco, blanquecino y de fatigada mirada, con la cruz a cuestas y la caldereta de agua bendita en la mano, les fue conduciendo por los caminos de la aldea sin que nadie asomase a verlos. Paraban en todas las encrucijadas donde antiguamente se enterraba a los niños que morían sin cristianar. Los pies descalzos; las manos frías sosteniendo la vela. Toda la aldea apestaba a cera. Soplaba un ligero viento. Las campanas de la iglesia tocaban a difunto. Eran las tristes campanadas de la Santa Compaña. En el tejado del hórreo que aparece atravesado a la derecha del camino, justo donde empieza el empedrado del albergue, tres gatos acechan quietos y en silencio el paso de los espectros. El olor a cera se mezcla allí con el olor que desprenden los fachos y las teas. La blanca procesión se desliza por la pequeña cuesta empedrada como sin pisar el suelo. Lavinia y Andrés, poco avisados, no pierden detalle desde la ventana. El hombre de la cruz pasa por delante del albergue. Las ánimas le siguen. El hombre de la cruz mira hacia la ventana y asperge agua bendita sobre las paredes del albergue. Las ánimas levantan las velas y miran también hacia la ventana con sus ojos de calavera, con sus ojos vacíos. Lavinia y Andrés, sobrecogidos, cierran la ventana y echan las contras. La procesión termina de recorrer el lugar y vuelve a recogerse al cementerio.

Cuando aún de noche L.A. dejan Olveiroa, la aldea duerme a medias. En algunas casas andan en el ordeño del ganado. Desde la carretera que los caminantes toman a la salida del lavadero, se sigue viendo la luz de las modernistas farolas del albergue. Metidos ya por el antiguo camino medieval, y mientras tratan de salvar las aguas del río Lagoso saltando de piedra en piedra, despierta el sol y llama a sus espaldas.

-Contémplala bien, Lavinia. Esta es la última alborada que nos sale al Camino. Espero que vivamos muchas más… aunque ya ninguna será como la de hoy. ¿Cuántas llevamos visto juntos?

-Todas. Yo, todas. Mi vida empezó a alborear hace treinta y un días. Antes era una vida sin colores; ahora es una sinfonía de alboradas.

-Me encanta cuando sacas fuera esa alma de poeta.

De esta etapa disfrutaron lo que un niño puede disfrutar del que sabe que es su último caramelo. Disfrutaron y penaron el hecho de saber que ya no habría más madrugares, más albergues, más mochila, más buscar flechas amarillas, más dolores, más cansancios, más tristuras, ni más sudores compartidos; disfrutaron y penaron el fin de las cosas, que si es cierto que otorga el placer de la obra rematada también lo es que conlleva el desgarro de su propio vacío.

El día volvía a ser de calores; pero por aquellas cimas que andaban a transitar, una brisa confortable aliviaba los caminares. Con la visera hacia atrás, Lavinia tenía un porte andrógino que le añadía hermosura. Andrés iba gracioso con su sombrero de paja.

Las veredas del Camino Real son amplias, firmes, variadas. Dependiendo de los terrenos, igual ofrecen guijarro que tierra endurecida, o cambian a regatos entremurados en los que abunda la zarzamora. En todo lo que llevaban de caminada desde que partieron de Roncesvalles, nunca Andrés y Lavinia anduvieron tan alto durante tanto tiempo, ni se habían mirado tanto tantas veces. Se miraban como si fuesen a despedirse. Y el caso era que no era el caso. Pero se miraban. Se miraban porque en el mes que llevaban juntos habían aprendido a hablarse y a besarse con los ojos, y a verse el alma a través de ellos.

Hasta que el camino da en tirar hacia abajo a la busca de Cee, siete cruceros, cuatro fuentes y varias ermitas animan el paisaje que se le ofrece al caminante. Los cruceros en Galicia son cultura y son arte y son refugio para los espíritus inquietos; son semiente de leyendas y de relatos de lareira; son parte de la tierra. También las fuentes son origen y matriz de muchas historias; pero sobre todo tienen la virtud de curar el reuma, los dolores de pies, las verrugas, e incluso el mal de amores.

Aquella mañana Lavinia lloró lo que nunca había llorado desde que se conocían; lloró intensamente, con hipo; lloró con la cara sonriente y con asomos de tristeza; lloró de pena y de alegría. Lloró cuando desde el Alto do Cruceiro da Armada descubrió el cabo Fisterra, que desde allí se divisa a vista de pájaro.

-¿A qué viene ese llanto, mi reina?

-¡Y qué se yo! Me dio por ahí. No sé por qué lloro, pero tengo ganas de llorar. Quizás llore porque ese es el fin de la tierra... y también el fin de nuestros andares que fueron los que nos dispensaron la ventura de conocernos... O tal vez llore para descargar lo mucho que a lo largo de estos treinta y un días fui acumulando.

¡Qué interminables pueden resultar los últimos pasos! ¡Qué interminable les resulta el paseo por la Corredoira de Don Camilo que recorre de punta a punta toda la playa de A Langosteira! A aquellas horas la gente llegaba a los arenales para bañarse, o salía de ellos para ir a comer. A Lavinia le entraron ganas de estrenar las aguas del Atlántico. Andrés apenas pudo convencerla para que aguardase a llegar al final de la playa; una playa que no acababa nunca y sobre la que el sol pegaba con crueldad. Pero como en esta vida todo tiene su fin, también aquella Corredoira que lleva el nombre del Nobel gallego llegó a su término. Y no podía llegar mejor. Andrés lo sabía y por eso había animado a Lavinia a seguir hasta el final, hasta el Tira do Cordel; un restaurante en primera línea de playa, a la entrada de la villa de Fisterra, con fama bien ganada de ofrecer los mejores pescados a la parrilla de toda A Costa da Morte. Tuvieron que esperar casi una hora por la mesa; pero no les importó. Al pie de los manteles se extendía el arenal atlántico. Las aguas reclamaban los sudores de los peregrinos, y éstos se los entregaron rebrincando entre las dornas.

-¡Qué ganas tenía de volver a meterme en el mar! -dijo Lavinia-. Claro que si supiera -añadió enseguida- de las temperaturas que os gastáis por aquí, a lo mejor me lo pensaba... o entraba más a modo.

-Mejor así. Ya te acostumbrarás. Para entrar en este mar es preferible hacerlo a la carrera. Hay días que si te paras a pensarlo no te mojas.

Comieron fuera, en la terraza, a la sombra de una sombrilla. Comieron navajas, almejas a la marinera y cabracho a la parrilla. Comieron y disfrutaron de la luz, de la brisa, de la blancura de la arena, del azul verdoso de las aguas y del azul del cielo. Disfrutaron de la comida. Lavinia quería comer la salsa de las almejas a cucharadas... Y disfrutaron el uno del otro.

El pueblo de Fisterra lo cruzaron sin detenerse. Enseguida embocaron la cuesta que lleva al Faro. Eran los tres últimos quilómetros de sus Caminos; los tres últimos suspiros de unos andares que les habían juntado y les habían unido para siempre. Aunque iban bien comidos, iban ligeros. Una brisa luminosa que andaba suelta por el cabo, aliviaba el esfuerzo de los caminantes. El día claro agrandaba el espectáculo de aquel mar de los ocasos, que un poco viene a ser el mar de la muerte. A cada paso que daban, el océano se hundía a sus pies. Atrás iban quedando Galicia, el Camino, Cataluña, Europa sus vidas, el mundo entero.

-No quiero que te amargues -dijo Lavinia interrumpiendo silencios-, pero recuerda que hoy tienes que llamar a casa.

-Lo sé. Por mucho que uno quiera huir del destino, el destino es tozudo. Pero primero, antes de llamar, quiero que los dos veamos juntos la puesta de sol de Fisterra desde el acantilado del Faro. Será mi regalo; un auténtico presente de los dioses. Luego, por la noche, llamaré a casa.

-También yo llamaré a mis padres y al que fue mi compañero. De éste quiero despedirme simplemente por teléfono, sin más.

Los dos peregrinos seguían subiendo; el mar seguía abajándose, y los horizontes agrandando. En uno de esos prontos tan suyos, Lavinia sintió la necesidad imperiosa de demostrarle a Andrés lo que le quería, y lo a gusto que se sentía viviendo a su lado toda aquella cascada de sentimientos y de estampas. Se plantó delante de él; le retiró el sombrero de la cabeza; le rodeó con los brazos; se ciñó a su cuerpo, y le besó suavemente, con mucha ternura. Desde un coche que bajaba de la cima, primero sonó el claxon y luego una voz: "Se os va hacer de noche. Buscad el nido". Separaron las caras, que no los cuerpos, e inventaron mil formas de sonreír y de soñar las mismas cosas. Nombres y pronombres se confundían ya por entero, y ninguno de los dos tenía claro quién era el tú y quien era el yo. En otro pronto de los suyos, Lavinia lanzó al mar el sombrero de paja que se fue volando en el aire como una gaviota que anunciase alboradas; como una golondrina de primavera.

-Ahí va mi pasado mecido entre las pajas del sombrero. Me quedo sólo con el presente y con el futuro… y contigo que eres mi presente y mi futuro.

Luego de una breve pausa prosiguió.

-¿Sabes lo que te digo, Andrés? Que hoy no tengo miedo de estar tan cerquita de mis sueños; que hoy por fin le veo una salida al duro y frío invierno que hasta ahora fue mi vida. Sé que todo va a cambiar a partir de hoy. Quiero ver el sol al despertar; quiero alcanzar nuestra estrella y aprender a llorar, a sonreír y a vivir sin miedo dentro de mí; quiero que sólo el amor me guíe; pero para eso necesito que estés siempre a mi lado; que estés siempre aquí, conmigo.

La cabeza inclinada en pudores; los ojos verdes levantados hacia los ojos de Andrés; una media sonrisa dándole gracias a la vida, y su alma y sus sentires pegados a su piel morena, a su figura bonita, perfecta… Todas estas cosas, todos estos guiños, dejaron a Andrés sin palabras. Tan sin palabras lo dejaron que sólo alcanzaba a pensar que qué meritos tenía él para merecer el amor de aquel ángel. Cuando por fin volvió en sí le quitó el gorro, y al igual que ella había hecho con el sombrero, lo lanzó por el acantilado.

-¡Que mi pasado vaya con el tuyo al fondo del mar!

Lo primero que hicieron al llegar al Faro fue ir a la Posada en procura de cama para aquella noche.

-No nos queda nada -les dijo la posadera-. La última habitación la reservó esta mañana una peregrina brasileira para dos amigos que al parecer llegan hoy.

-¿Y dónde está esa peregrina?

-Creo que fue hasta el acantilado.

Si esa peregrina se llama Rosa -dijo Lavinia-, los amigos somos nosotros. Compruébelo, por favor.

-La reserva está hecha a nombre de Andrés y Lavinia.

-Sí. Somos nosotros. Si nos lo permite, subimos a dejar las mochilas y a ducharnos. Luego ya saldremos a buscar a nuestra amiga.

Efectivamente, Rosa estaba en el acantilado, frente a la infinitud del océano; un océano verde-azul atravesado de espumas blancas. Estaba sentada en un peñasco de la parte alta, meditando. Las piernas cruzadas, el busto erguido, la cabeza levantada y los brazos apoyados en las rodillas. Miraba al mar y al horizonte. También ella buscaba el más allá. También ella buscaba futuros.

Se abrazaron como si llevasen vidas sin verse. Se abrazaron y se regalaron besos y sonrisas y caricias sinceras. También Rosa, envuelta en la luz cálida de la media tarde, estaba espléndida y hermosa. Desde el ángulo de las percepciones de Andrés, aquellas dos muchachas, el sol, el mar, la infinitud del fin del mundo, las gaviotas, el sordo ruido del batir de las olas, la brisa, la felicidad que sentía dentro de sí, le regalaban el más lindo de los ensueños que un humano puede merecer en este mundo.

-¿Qué tal estás? -le preguntó Lavinia a la amiga reencontrada-.

-Bien. Superando penas. Aquí estaba meditando cuando llegasteis. Llevo todo el día en esta roca. Sólo me retiré para ir a comer. Llevo todo el día en pláticas conmigo misma, buscando la paz interior que por algún lado se me debió traspapelar. Pero estoy mejor. Sin duda mucho mejor que cuando salí de Santiago. ¿Y vosotros? ¿Cómo os va?

-Yo -contestó Lavinia- llevo días sin pisar suelo. De Santiago hasta aquí pienso que vine levitando. Soy tan feliz que temo que me vaya hacer daño. Nunca imaginé que este Camino me cambiaría la vida como me la cambió. Si alguien me lo dice antes de salir de mi casa, aún ahora estaría riendo.

Hasta la hora del espectáculo de la puesta de sol, se entretuvieron paseando y gozando de aquel paraíso; un paraíso con más mitos y leyendas que piedras lo siembran. Se entretuvieron disfrutando de aquel lugar en el que los celtas querían ver el principio del más allá, y en el que los romanos le levantaron un altar al astro que cada día baja a sumergirse, a ahogarse, a morir allí, en aquellas aguas. Dicen que es un lugar donde abundan las grutas, los diablillos y las cuevas de los demonios burlones; donde las viejas se disfrazan de lobos y las brujas anochecen. Dicen también que es un lugar de fertilidad; un lugar donde los amores siempre dan fruto.

Llegados a la hora en la que el ocaso se anuncia en soles bajos, Lavinia y Andrés pidieron a Rosa el favor de ver a solas aquel último crepúsculo del Camino. Rosa les comprendió. Quedó en la parte alta del acantilado; en el peñasco donde la habían encontrado. L.A. bajaron todo lo que fue preciso hasta quedar a resguardo de las miradas de la mucha gente que allí se iba concentrando para ver el espectáculo; para ver la puesta de sol de Fisterra.

Bajaron varias terrazas de piedra, genista y tojo, hasta dar, ya muy cerca del mar, ya por debajo del último roquedo, con un lecho de hierba verde, verde, muy verde; un lecho estrecho y levemente inclinado; un lecho protegido del abismo por un trampolín de piedra, que bien podría valer para desde él lanzarse a alguna de las dos lenguas de mar que entran por los bajos del acantilado. Lavinia llevaba consigo una toalla. La extendió en la hierba. Se sentaron mirando a poniente; esperando los últimos alientos solares. A sus espaldas, una pared rocosa, cortada con hacha, les ocultaba la visión del Pindo; les ocultaba la visión del monte del que tenía que salir el carro de Apolo para transportar al sol hasta el reino donde duermen los astros y vigilan las estrellas.

Lavinia se acomodó entre las piernas de Andrés. Él la abrazó, recogiendo sus manos sobre el vientre de la rapaza. Sólo se oían el ruido de las olas batiendo en la milenaria piedra, y el tic-tac de dos corazones latiendo al compás. Lavinia llevaba dos días mordiéndose la lengua por miedo a que su alegría sólo fuese un sueño hecho deseo. Pero Andrés debía saberlo.

-Tengo que decirte una cosa, Andrés. Puede que no sea nada; pero también puede que algo esté naciendo dentro de mí: algo que es sólo tuyo y mío. Puede que esté embarazada.

Mientras esto le decía, ni siquiera volvió la vista hacia él. Mirando al sol que ya pintaba rojo, muy rojo, esperó una primera reacción. Pasaron segundos; segundos que a Lavinia se le antojaron eternidades. Por fin, Andrés le cogió la cara entre las manos, se la inclinó hacia atrás y la besó en la frente. Después le acarició el vientre por debajo del pantalón, como queriendo tocar el fruto de sus amores. Lavinia se sintió tan feliz que dio en lágrimas. Tampoco Andrés forzó por evitarlas. Y así lloraron los dos, contentos y sin palabras. Lloraron hasta desbordar en gozo.

-¡Gracias! -le dijo Andrés para no dejar ninguna duda del contento que sentía-.

El sol empezaba a tocar aguas dibujando un riego de sangre, y ese riego se extendía por la superficie del mar, desde el horizonte hasta las rocas más bajas del cabo... Una luz intensa a sus espaldas y un suave zumbido de los aires, reclamaron la atención de Andrés y de Lavinia. Descendiendo el acantilado que les ocultaba el Pindo, vieron como el dios Apolo guiaba un carro de fuego tirado por blancos Pegasos. Al pasar al lado de los peregrinos, el carro se detuvo lo que tarda en nacer y morir un parpadeo de estrella. Luego... siguió camino del Ocaso.

Ya las luces del día declinaban. Andrés y Lavinia no subían. Rosa dio la voz de alarma. Algunos mozos bajaron el acantilado. No tardaron en encontrar la toalla extendida sobre la hierba. Sólo la toalla. La noche cayó sobre Fisterra. Nada se podía hacer hasta el día siguiente. Desde la Posada dieron aviso a la Guardia Civil y llamaron a las familias de los desaparecidos. Al romper el día, una patrulla de agentes batió palmo a palmo, piedra a piedra, tojo a tojo, genista a genista, todo el acantilado. Ni un rastro de los dos peregrinos. Abajo, en las aguas, media docena de submarinistas buscaban también rastros. Nada. Nada de nada.

Una vez más, como siempre, los hombres perdían el tiempo mirando a la tierra en lugar de mirar a las estrellas.

Fin

Editorial LibrosEnRed

LibrosEnRed es la Editorial Digital más completa en idioma español. Desde junio de 2000 trabajamos en la edición y venta de libros digitales e impresos bajo demanda.

Nuestra misión es facilitar a todos los autores la **edición** de sus obras y ofrecer a los lectores acceso rápido y económico a libros de todo tipo.

Editamos novelas, cuentos, poesías, tesis, investigaciones, manuales, monografías y toda variedad de contenidos. Brindamos la posibilidad de **comercializar** las obras desde Internet para millones de potenciales lectores. De este modo, intentamos fortalecer la difusión de los autores que escriben en español.

Nuestro sistema de atribución de regalías permite que los autores **obtengan una ganancia 300% o 400% mayor** a la que reciben en el circuito tradicional.

Ingrese a www.librosenred.com y conozca nuestro catálogo, compuesto por cientos de títulos clásicos y de autores contemporáneos.